望鹤艕

田华 著

团结出版社

图书在版编目（CIP）数据

望鹑觚 / 田华著. －－北京：团结出版社，2024.3

ISBN 978－7－5234－0838－4

Ⅰ．①望… Ⅱ．①田… Ⅲ．①中篇小说－小说集－中

国－当代②短篇小说－小说集－中国－当代 Ⅳ.

①I247.7

中国国家版本馆 CIP 数据核字（2024）第 050790 号

出　　版：团结出版社

　　　　　（北京市东城区东皇城根南街 84 号　　邮编：100006）

电　　话：(010)65228880　　65244790（出版社）

网　　址：http://www.tjpress.com

E－mail：zb65244790@vip.163.com

经　　销：全国新华书店

印　　装：北京荣泰印刷有限公司

开　　本：170mm×240mm　16 开

印　　张：21.5

字　　数：312 千字

版　　次：2024 年 3 月　　第 1 版

印　　次：2024 年 3 月　　第 1 次印刷

书　　号：978－7－5234－0838－4

定　　价：78.00 元

一幅现当代的鹑觚风情画卷

李世恩

　　一个好的作家，大都会有一块只属于自己的领地，招展着自己的旗子。在这里，万物皆备于我矣，造屋种地，秋收冬藏，自给自足，自得其乐，精神和文字都会变得丰盈而灵动。如果还缺点什么的话，那就是自己还没有发现，而不会是没有。

　　灵台作家田华就有这样一块领地——鹑觚。这与其说是她与生俱来的生活土壤，还不如说是她苦苦寻觅和精心构筑的精神家园。

　　鹑觚是个很苍老也很有故事的地名。文献记载：秦太子扶苏与大将蒙恬率兵北上屯边，修筑驰道，当抵达咸阳西北的一个地方，见塬高水浅，风物信美，就决定修筑一座城池，以为内援。在举行奠基仪式时，恰有一只鹴鸟（即传说中的赤凤）闻香而至，落到盛酒的舻上，人皆以为灵异，遂以鹴舻为城名，后立县为县名。鹴舻县，后来随着唐代灵台县的建立而废止，其故城遗址在今甘肃灵台县的邵寨镇。这里地接陕西，风兼秦陇，是陕甘黄土高原乡村生活的一个独特标本。

在我有限的阅读中，隋代的鹴舻先贤牛弘就是一个很有趣的人。这位备受杨坚父子两代皇帝倚重的大臣，曾奉命整饬律令、修撰礼乐，采百王之损益，成一代之典章。权臣杨素每每恃才矜贵，轻侮朝臣，但在牛弘跟前却从来都不敢造次，甚至炀帝杨广命牛弘当庭宣读诏令，对他忘了诏令上的话也不以为怪，还帮他打圆场："宣旨之类的小事，本来就不是宰相们干的事！"这些在古代人物传记中很少涉及的生动细节，被唐代名臣魏征记载在《隋书·牛弘传》中，并不无钦佩地称赞他"可谓大雅君子矣"。

有一位比老祖宗更有声名的鹴舻人物——晚唐名相牛僧孺，这位老先生"识量弘远，心居事外"，曾两度为相，虽有经国济民之才，但因深陷"牛李党争"的旋涡近四十年，未能一展抱负。他的大名，学过中国历史的人没有不知道的。但让许多人颇感意外的是，这个重要的政治人物，却无心插柳柳成荫，写了一部流传后世的传奇小说，竟让鲁迅先生成为隔代知音："造传奇之文，荟萃于一集者，在唐代多有，而煊赫莫如牛僧孺之《玄怪录》。"（鲁迅《中国小说史略》）可以想到，牛僧孺所写的神仙道术、定命再生、鬼怪妖物等传奇，有许多也是以鹴舻父老口口相传的故事为蓝本的。

从这个角度来说，牛僧孺应该是鹴舻这个地方写小说最早也最有影响力的人了。当然，唐代传奇不完全是现代小说，但现代小说无法割断来自唐代传奇的生命基因。所以，我愿把田华以及当地小说作家群迅速崛起的"灵台现象"，理解为与鹴舻、与牛僧孺有着某种神秘的联系。

鹴舻作为一个行政建制早已消失在历史的尘烟中，但鹴舻的这一方水土一方人仍然传承着数千年的文脉。就像古人类生存过的遗址一样，虽然表面生长着寻常惯见的草木和庄稼，但地下却堆积着古代不同时期的文化层，包含着许多已知和未知的文化密码。

以上这些话，真是扯得有些远了，但我觉得对读者更好地瞭望田华的鹎觚，或许提供了一个矗立在高原地平线上的参照物。

田华小说中的故事，大都发生在鹎觚这个似实还虚的文学地理上，人物也多是升斗小民，他们贫穷、善良、坚韧，也不乏可以体谅的算计、自私、狡黠，即使有些看似不可调和的矛盾，也都基本可以把控在祖祖辈辈所夯筑的乡村伦理和秩序范畴内。她怀着对这些小人物的同情、理解和悲悯，再现了鹎觚百姓的生活场景和人情世态，堪称一幅现当代风格的鹎觚风情画卷。

《就这么往前熬》里的孙玉英，是一个再普通不过的农村妇女，她为了能得到治愈儿子冬季流行性咳嗽的雪梨膏，煞费苦心，使出浑身解数，先后经历了讨要受辱——发誓自制——购买食材——精心熬制——分享成果等诸多环节，而且每个环节都是一个有人物、有故事、有悬念的环状叙事，把这些环串起来，就构成了这个普通农妇丰富多彩的性格特征。在热气腾腾的熬制场面，前来掌勺的丁家奶和女儿桂枝这两个苦命人，与孙玉英一起刚好是"三个女人一台戏"，三个角色，三种个性，代表了农村大多数妇女的人生状态。尤其是丁家奶通过絮叨自家的苦难史，表现出粗粝厚实、知足豁达的人生立场，她自言自语般劝慰孙玉英的话："有什么办法呢？就这么往前熬，没有熬不过的冬，没有熬不来的春。"简直就是一个看似目不识丁的乡村哲学家。主人公孙玉英，就像一颗很小的露珠，自带光芒，她由原来只为儿子熬制雪梨膏，到四处叫人来自家取雪梨膏，不仅获得了意想不到的乡村认可度，而且推己及人，从内心实现了与给她难堪的柳部长家的和解。

再如《换牛记》，这是一篇单线叙事的小说，通过分牛——换牛——退牛——再换牛——再退牛——认命养牛——埋进祖坟的串联，虽时出意料之外，但总在情理之中，可谓一波三折，一唱三叹，人耶？牛耶？人就是牛，牛也是人。这种矛盾与和谐、体悟和感恩，将农民对生活的追求、对牛的复杂情感描写得淋漓尽致，可以视为作者唱给农耕社会的一曲挽歌。

还有《就想喝一碗羊汤》，线索比较单纯，但笔法十分细腻，围绕

"我"与家累沉重的乡镇小干部父亲关于吃羊肉的故事，层层演绎，渐渐揭开了父亲的善意谎言和可怜虚荣，把一个忍辱负重、节俭得如同吝啬、懦弱中也偶作金刚怒目状的父亲形象展现在读者面前，这种贫寒父女卑微而又深沉的爱意，令人动容，发人深省。

在这本小说集中，田华还表现出对遥远岁月的深情回望，以及对历史与人物的体察和认识能力。《望鹑觚》是作者刻意以鹑觚为篇名的精心之作，取材新颖，故事奇特，讲述了一个在战乱年月皈依佛门者与妻子、妻子后夫和儿孙们的故事，他三次偶然归家，皆若惊鸿照影，波澜起伏，但来去无踪，其中多个人物角色之间的复杂情感超出了许多人的生活体验。主人公静海爷爷因拉壮丁而当兵，因厌内战而逃亡，他遁入空门的缘由和第一次回家的目的似是而非，似非而是，有一种难以言说的无奈和神秘。但"高手从来不拔刀，真僧只说家常话"，一个看似尘根未净的出家人，虽有厌弃世俗的决绝态度，但更有难舍亲人的儿女情长，尤其是对妻子后夫炒面客的体恤和关照，饱含着人之常情与佛家慈悲，不得不让人道一声"善哉善哉"。出乎意料的结尾是，当"我"冥冥之中无意间找到静海爷爷修行和圆寂的寺庙时，才了解到他大半生为一方百姓积善行德的功业。原来，这绝情，又何尝不是多情？

《明月惊鹊》这篇小说，在看似诗情画意的篇名下，却酿着一坛回甘浓郁的陈年老酒，散发着近百年岁月蕴积而成的苦涩与芬芳。小说通过一个乡下童养媳到八旬老太太的曲折人生，用碎片化的故事，以探幽入微的针脚，本着人性和良知，还原了各个历史时期各色人等的生命状态，拼接出一段画面清晰的社会变革史，让读者一窥历史的嬗变、时代的风云。而且难能可贵的是，作者在驾驭这样一篇题材较为复杂的作品时，笔墨极尽克制，往往点到为止，就像一幅善于留白的水墨画，计白当黑，恰到好处，给人以更多的遐想与思考。谁能说小人物身上就没有一部活生生的历史呢？这类年代文小说，还有《解家队伍》《秀青》，这样用百姓眼光看到的军旅题材，体现出作者多重视角与叙述体系下的民间记忆。

在作者最为熟稔的农村题材小说中，也有跨越几十年的故事。她善于把错综复杂的事件融化到人物的日常生活中，去呈现人物的情感纠葛，书写人间的温煦情义，维持世道人心的文化传统。《双双对对》写的是两个同父异母姐妹的人生故事，她们都有自幼丧母、遭受后母虐待的童年，都终其一生也没有改变面朝黄土背朝天的命运，但性格迥异，相互怜惜，在不同的路子上活出了不同的样子——姐姐隐忍、宽容，甚至逆来顺受，在艰难中走完了自己悲苦的一生，只有晚年进城当保姆遇到一名体贴自己的老教师，这才有了一点灯灭一亮的光泽；妹妹刚烈、泼辣，硬是在婆婆、丈夫跟前闹腾出了自己说一不二的家庭地位。以两个女人命运为主线，以多种人物关系为辅线串连起来的一个个故事，其实是几十年乡村变迁的缩影，也是两个农村家庭的编年史。

《一座叫梁满仓的桥》，紧紧围绕40年前村上集资修桥、如今拆后重建这个主线，通过筹钱、借钱、承诺、失约、爱情、牺牲等一个个纠缠在一起的故事，塑造了几个农村回乡青年和老一辈农民的生动形象，他们有血有肉，有爱有恨，有公心也有私心，有优点也有缺点，演绎着乡村人的悲欢生活和苦乐华年。掩卷深思，这篇跌宕起伏、行云流水的小说，似乎隐藏着当年的农村青年立志改变家乡贫困面貌的时代主题。但作者的高明之处在于，不是去刻意赞美、矫揉造作，而是让人在氤氲的烟火气中感受人格之真、人情之善、人性之美。

读田华的小说，如同走进一个绿树掩映的自然村落，不需要指示牌的引导，也不需要絮絮叨叨的解说，只是沿着弯弯小径信步所之，于轻松自在中时见山花摇曳，羊牛下来，偶尔峰回路转，屋舍俨然，不期然就会遇到久别重逢的故人。这种毫无负重感的阅读体验，除了因为作者对生活的观察、对人情的洞悉和对乡俗民风的了然外，还得益于其谋篇布局的匠心，看似娓娓道来，家长里短，纯然不见机巧，但所谓凤头猪肚豹尾都化于无迹可寻之中，一篇读完，方知玄妙。同时，作者对方言土语的敏锐感受能力和娴熟运用能力，是小说的一大亮色。这些散发着泥土气息的鲜活语言，信手拈来，调度自如，不时跳跃在人物对话之中，成为表现人物个性、激发情感张力、营造故事氛围无可替代的利器，具有浓厚的鹑觚底色和强烈的艺术表现力。

钱穆先生曾在其《国史大纲》引论之前特意提醒读者："所谓对其本国以往历史略有所知者，尤必附随一种对其本国以往历史之温情与敬意。"文学创作，更应该附随一种对故土乡亲的温情与敬意。灵台县城的荆山之上，有纪念乡贤皇甫谧、牛弘、牛僧孺的三贤祠，这是在中国历史上也赫然瞩目的人文标高，田华和灵台的文朋诗友们自当见贤思齐，踵事增华，以凌云健笔，写出更多的传世佳作。

田华的中短篇小说厚积薄发，频现大刊，成绩骄人，已引起省内外文学界的关注。一个作家，难得迎来这样状态良好的创作旺盛期和收获季，君其勖哉，君其勖哉！

二○二三年大雪时节于平凉

作者简介：李世恩，甘肃静宁人，曾先后从事教育、新闻、政务文秘和文艺工作，现供职于平凉市政协。大型纪录片《西北望崆峒》总撰稿之一，著有散文集《芳邻》（1996 年兰州大学出版社）、文史随笔《尺墨寸丹》（2021 年商务印书馆）、文艺评论《松茂柏悦》（2022 年吉林人民出版社），编辑《李庆芬诗文集》（1999 年三秦出版社）、"人文平凉丛书"之《春秋逸谭》《陇头鸿踪》（2018 年人民文学出版社）等。

目 录

目 录

望鹬舻

一

自 1945 年离家后，静海爷爷究竟回来过几次，家里人说法不一。我父亲他们说是三次，这三次大家有目共睹，因而没有异议。可德芙奶奶硬说是五次或六次，多出来的那几次，也许就只有她老人家知道。我这个家里的长孙，只亲眼见到静海爷爷回来过一次，这让我一想起来，就觉得遗憾终身。

德芙奶奶一生有过两个男人，一个是跟她生了三个娃的静海，一个是和她过了一辈子的炒面客。前者为我们曹家延续了子嗣，后者把毕生的精力奉献给了曹家。炒面客爷爷陪伴德芙奶奶度过了漫长的艰难岁月，然而在漫长艰难的岁月里，德芙奶奶心心念念的却是静海爷爷，她到离世都在期盼着他回家。关于静海爷爷的情况，几十年来，德芙奶奶反反复复不知讲过多少遍，反正我是熟悉到如临其境如见其人的地步，有时甚至认为静海爷爷几次回家自己都参与其中。

1957 年，端午节的前一天。僧人在村口拦住一个放牛娃，向他打听静海一家的情况。放牛娃表示不知道吉村哪户人家是静海家。僧人问话时，抓住放牛娃背上的草捆尽力提起来，以减轻他的负重。"静海有两个娃，如果没改名的话，大的叫盘龙，小的叫赛虎，你知道他俩吗？"
僧人问。放牛娃恍然大悟似的说："你直接说盘龙赛虎家不就行了嘛！"
僧人急切地补充说："静海的女人叫德芙。"放牛娃打断僧人的话，说：
"盘龙赶着牛才过去没多久，你难道没看见？"

　　僧人被坑坑洼洼的路面绊了一下，险些摔倒，他跨上一大步，尽力
使身体保持平衡。僧人说："我见盘龙的时候他还小，现在不一定能认
出来。"放牛娃想了一下，说："对呀，记得大人说过，盘龙他爹就叫静
海，不过早死了，听说在外面打仗时吃了'花生米'。"旋即，放牛娃换
上神秘的语气说，"上边调查的人又说没有死，而是被我们的人打到台
湾去了。"僧人的脚步变得踉跄起来，但依然紧跟放牛娃，希望打听到
更多的情况。

　　"你说静海死了，那么德芙嫁人了没有？"放牛娃说："她跟炒面客
过，你说算不算嫁人？"僧人没有回答，但脚步明显迟缓了。放牛娃又
说："我家里人说，盘龙兄妹仨应该管炒面客叫爹，因为他们一家全靠
人家养活，可他们都不承认这个爹，当面喊他叔，背后和我们一样叫他
炒面客。"

　　僧人"哦"了声，又问："你刚才说盘龙还有个妹妹是吗？他爷爷
奶奶什么情况？"放牛娃已经十分不耐烦了，他弯腰撅臀，将背上的草
捆往肩头颠了颠，说："哎呀！你又不是查户口的，人家赶回去还要包
粽子哩。"放牛娃说完不再理睬僧人，只吆喝他的牛快走。

　　僧人踟蹰不前，考虑再三，还是远远地尾随放牛娃继续前行。村子
里到处飘散着煮粽子的清香，这熟悉的味道令他双眼模糊，鼻腔发酸。
最终，僧人在一户院落外驻足，观察良久后走到大门口，向他们施礼讨
水喝。

　　炒面客和盘龙正在牲口棚里给牛铡青草，听到门口有人讨水，喊赛
虎端一碗水送出去。赛虎将水碗递过去时，僧人没有接，却只顾两眼直
勾勾地盯着他看。"你就是赛虎？长这么大了，你妈德芙呢？"僧人的话
令赛虎感到惊讶。他歪着头朝远处喊："妈哎，这个和尚好像认得咱们，
他问你呢。"

德芙提着一笼准备煮粽子的硬柴从场边走过来，她从僧人的身后绕到前面，希望看清他的面目，可天已经麻黑了，僧人的面目在暮色中模糊不清。

德芙正要开口时，僧人轻轻叫了一声，那声音虽小，却不亚于晴天霹雳，德芙准确地听出它来自十几年前。僧人又轻轻叫了一声德芙。德芙霎时如被雷电击中，"啊"了一声，柴笼从臂弯滑到了地上。

僧人说："能否屋里说话？"

进了屋，德芙抓住僧人的胳膊，将他拉到煤油灯前看仔细。僧人身着灰布长袍，面容清秀，身材瘦削。也许时间会将一个人变成另一个人，可再怎么变，能认得的终归能认得。

德芙喊叫起来，叫炒面客赶紧把灯挑亮，喊盘龙和赛虎把其他屋里的灯都端过来。炒面客拿锥子挑灯时，慌乱中将灯打翻了。屋里顿时陷入一片混乱的黑暗中。德芙紧紧抓着僧人的胳膊，急得直跺脚："我把你个挨千刀的，手上长疮熟脓了吗？"

僧人在黑暗中说："甭骂人，是静海回来了。"

三盏灯将屋里照得忽明忽暗，德芙浑身战栗，呼吸急促，像要死了一样，她不知道是在做梦，还是在现实当中，只是抖抖索索不停地抚摸着僧人的身子。

"是真的吗？你真的回来了？我们还当你死了，你还知道回来呀？"德芙的声音变了调，随即爆发出山洪一样的哭声。伴随着哭声，她的拳头像石块一样砸向僧人。僧人被打得踉跄后退，但并没有躲避。

盘龙兄仨惊恐万状地看着眼前的情景。尽管在逝去的奶奶和母亲的讲述下，静海时常生动地活在他们的心里，可当一个自称静海的男人突然出现时，他们还是感到万分震惊和难以接受。盘龙脸上泪水肆流，赛虎低声啜泣，鸣凤瞪大眼睛躲在暗处，偷偷观察着不速之客。炒面客叫了一声静海哥，后半截话噎在了喉咙间。他拉住疯子一样的德芙说："还不快做饭去。"德芙这才意识到，此刻最应该做的是为风尘仆仆的远路人做碗饭吃，而不是疯了一样跟他闹。

静海终于知道父亲早在他离家第五年就病逝了，母亲两年前也过世了。炒面客这些年一直待在他家里。对于自己的情况，静海不愿多谈，只说当年被抓走后，先跟着队伍打了几年仗，然后逃了出去。因为害怕被抓回去，或回家再次被抓丁，逃跑的路上出了家。至于为什么要从队伍里逃走，静海沉思良久，说："都是自己人在打自己人，就跟兄弟相互残杀一样，我是实在受不了折磨才逃走的。"德芙问："为什么不逃回家，而是出家？"静海用沉默代替了回答。

回到两人以前住的屋子，德芙手拿一把糜芒笤帚，爬上炕去扫炕。她扫得很仔细，角角落落都扫到了。上了炕的德芙，心里不再被怨恨和悲喜交加的情绪填满，而是涌上了深深的羞愧。她不敢抬头看坐在炕对面的静海。德芙想，要是有一床干净的被褥该多好啊，可惜家里并没有多余的。她只得一遍遍扫炕，好像要把这炕上的气息全扫掉一样。

扫着扫着，德芙又哭了起来，她说："前些年，传来消息说你死在了战场上，我们就以为你死了，把爹熬得早早下了世。近几年，上头不停来查问你的消息，说你有可能跑到那边去了，我们又以为你活着，只是把我们忘了，永远不再回来了。"

静海也在流泪，他说："怎么会把你们忘了？除非我死了。"

德芙停下扫炕，一双泪眼盯着静海问："既然没有忘，为什么不回来？你不知道鹌鸹原上有家舍，有妻儿老小吗？"

静海垂下头，艰难地吞咽了口唾沫，说："怎么会不知道。"

德芙让静海上炕歇息。静海久坐不动。漫长的十三年，如一座大山横亘于他们中间，让德芙感觉到亲近对方已经变得相当困难。德芙想起当初在这个炕上和静海的种种恩爱，而这些回忆，只会让她更觉羞耻。

在德芙的一再催促下，静海终于上了炕。"这些年你们是怎么过的？"他盘腿坐在炕头上问。

德芙说："还能怎么过？咬着牙硬往前过么。"

静海说："现在社会好了，家里的光景看着还行，只是这些年苦了你了。"他停下了又说，"多亏有炒面客。"

这话让德芙的心猛地一沉，她的头垂得更低了。

"你回来了，明儿就让他走。"德芙跪在炕上说。

"走啊达去？"静海吃惊地看着德芙问。

"啊达来的，啊达去，我也是没法子，这事是咱妈做主的。"德芙哭着说。

静海沉默了一阵，说："我不怨你，也不怪他，一切都是命。"德芙哭得更厉害了。

"他现在有户口吗？"静海问。

"已经在咱家上户口了，地也分了"。

静海没有再问什么，他们又陷入了折磨人的沉默中。

夜深了，在德芙的强行拉扯之下，静海才勉强和衣睡下。德芙回忆起来，新婚头一夜，也是在她的一番拉扯之下，静海才睡下的。他是个怪人，对女人似乎不感兴趣。那个夜晚静海和德芙是什么情况，外人不知，但德芙一夜眼泪未干，致使两只眼睛第二天又肿又疼。

二

早晨德芙睁开眼时，看到静海正在炕头上闭目打坐。这时，盘龙躲在门外说炒面客不见了。静海让家里人赶紧去找。德芙跳下炕时说："人贵有自知之明，自己走了更好。"

事实上炒面客是有自知之明的，思想了一夜，他觉得自己该走了，因为从一开始，他就知道自己是个替身。这个替身，让他一个讨吃要喝的流浪汉过了十多年女人娃娃热炕头的好光景，现在真人回来了，他这替身也就做到头了，自己不主动走，难道要人家撵不成？所以，打定主意，不辞而别了。

好多年前，十三岁的少年不堪忍受叔父一家的虐待，在他们打折他一条腿后，离家出走了。这个父母早亡的少年拉着一条坏腿，一路乞讨来到吉村。吉村是个民风淳朴的村庄，是他流浪的终结地。先是仁慈的曹接骨看少年实在可怜，无偿替他治好了腿，后是他那以贤惠而著称的女人见少年老实本分，收留了他。从此，少年就成了静海家一口人，干粗负重，一待就是二十多年。想起这些年来的种种，走出吉村的炒面客热泪长流。虽然他深知静海的母亲当年收留他，完全是为了家里有个精壮劳力，因为她唯一的儿子自小体弱多病。但他还是万分感激他们收留了他，给了他一个家，给了他二十多年热热火火的日子。

德芙和几个娃在找炒面客的事情上显得十分为难。静海生气了。他说："阿弥陀佛，罪过，真是罪过，打发老牛老驴也没有这样的。人到咱屋二十多年了，血一滴汗一滴养活你们，你们倒好，一句话'啊达来的，啊达去'，你们给我说啊达去哩？难道不知道他没有家吗？"

静海在这个早晨也要走了，家里人无论如何也拦挡不住，德芙和盘龙兄妹仨跪地求情也没用。静海说他已剃度出家多年，回家只是看看，并没有打算留下来。静海走之前挨个抱了他的三个娃，抱的时间最长的是女儿鸣凤，当年走时，她还在德芙的肚子里。静海催促家人尽快把炒面客找回来。他说："不会走多远的，心哪能那么硬，哪会说走就走？你们在这里牵绊着他呢。"

德芙哭着问："可你的心为什么这样硬，为什么说走就走？"

静海说："万事有因果，一切皆是命。"

静海对三个痛哭流涕的娃说："不要难过，炒面客才是你们的爹，是他把你们养大的，养育大于生身，你们应当改口叫爹，不能再叫叔了。"

那天早晨离家时，静海对提着粽子追出好远的盘龙赛虎说，如果还想见到他，就不要逼问他，更不要跟踪他。盘龙哭着说："那你告诉我们你在哪里出家，日后我们好来看你。"静海说："出家人四海为家，萍踪无定，你们不要费心了。"

德芙奶奶说，静海爷爷那次回家走得了无牵挂，因为能看出，他对家里的状况比较满意。奶奶说，如果迟一年回来，恐怕就不是那回事了。

1958年，我们那里成立了人民公社，吉村人开始过上了吃大锅饭，奔向共产主义的日子，社员们一起搞生产，一起免费去集体食堂吃饭。事实上不去集体食堂吃饭，便无饭可吃。因为也是在那一年，农村掀起了轰轰烈烈的大炼钢铁运动，吉村人将家里的铁锅和其他铁器全部砸碎上交，用作炼铁炼钢的原料了。如果静海爷爷推迟一年回来，就得去集体食堂吃饭，以他的脾气个性，断定是万万不肯的。

三

关于静海爷爷出家的原因，大体有两种说法。一种说法是，1957 年静海还俗回到家中时，迎接他的是德芙跟炒面客生活在一起的事实。静海难以接受，愤然离家，再次做回了僧人。持这种看法的人占大多数，认为是炒面客鸠占鹊巢逼走了静海。这让炒面客长久地成为一个极不光彩的角色，使他到死在人面前都抬不起头来，也使他和盘龙赛虎之间本就不亲近的关系变得更加糟糕。德芙则背负了更严重的骂名。几十年来，沉重的精神枷锁压得她喘不过气来，使她没有一日不生活在折磨中。炒面客去世后，虽然也葬入了曹家的坟地，但只能埋在德芙坟墓的下首，因为好多人认为，即便后来他们补领了结婚证，也不能算正儿八经的夫妻。德芙坟墓上首的那块空地，是留给静海的，虽然他到死都没有回家。

持另一种说法的少数人认为，静海出家是命中注定的事情，怪不得德芙，也怪不上炒面客。就是说，静海像贾宝玉一样，终是要遁入空门的。这事的根源可追溯至静海小时候，据说母亲生了七胎才长成了他一个，所以在父母心里，静海比稀世珍宝还要易失难守，时刻得提防着被人盗走。尤其是静海的父亲曹接骨，生育上接连不断的打击，让这个有祖传接骨手艺的庄稼人变得谨小慎微，老怕有个什么闪失，因而时刻都要把儿子带在身边，不让他远离自己视线一步。

一次，一个道行很深的人见曹接骨狗狗蛮蛮十分疼爱小静海，便说："都说'爱出者爱返，福往者福来'，其实也不一定，特别是在儿女身上。"曹接骨觉得诧异，请他进一步明讲。道行深的人说："大可不必在娃身上用心太重，父母爱娃，不见得娃爱父母，说不定将来还会撇下父母，出家当和尚呢。"敏感的曹接骨忌讳听这种话，当即就躁了。那人说："躁什么躁，有些事，由命不由人啊！"曹接骨觉得此人心术不正，跟他吵了起来。这话是德芙奶奶告诉家里人的，有很浓重的宿命味，这使我老想起《红楼梦》里癫头跣足和尚对怀抱英莲的甄士隐说的那番话。

这种说法并非无稽之谈，因为静海从小就是一个稀奇古怪的人，这话不光德芙奶奶说过，吉村好多人都说过。人们说得最多的是他打小就爱哭的事。据说才几岁，他就显现得与众不同，杀个鸡，说鸡可怜，哭着不让；宰个猪，说猪可怜，泪水涟涟要阻止。曹接骨开导他说，鸡猪生来就是让人吃的，杀了有什么可怜的？静海说："鸡和猪都有命，宰杀它们就是害命。"说了这些话之后，他就再也不吃肉了。

过元宵节，大家伙去鹁鸪镇上游玩。看打花时，人人都惊叹于铁花的璀璨美丽，唯静海哭得稀里哗啦，他说那么好看的铁花，在天空一闪就没了，实在叫人心里难受。村里每次娶新媳妇，其他娃娃都忙于起哄看热闹，只有静海在一旁暗自神伤，甚至流泪。他说多好的新媳妇呀，可最终都会变成旧媳妇，他为她们感到伤心难过。一个小人儿，说出如此话来，旁人只当他胡说八道，唯有曹接骨感受到一种潜在的危险。随着静海长大，这种危险似乎在一步步逼近，曹接骨时常会想起道行深的人说的那些话，心中不由满是担忧。反正静海见什么都哭，树开花哭，天下雨哭，见要饭的哭，抬埋死人更要哭，一年四季眼泪总不干。曹接骨从没见过像他这样的，恨铁不成钢，免不了打骂，甚至请法官来攘斥，可屁都不顶。

静海就这样一直哭到了十四五岁，直到有一天，一个高僧给取了"静海"这么个名字，才逐渐消停下来。正是出于这些原因，1936年炒面客流浪到吉村后，静海的母亲说服曹接骨收留了他。炒面客来自甘肃天水某山区地方，因来时肩背炒面褡裢而得名。静海的父母希望羸弱的儿子能有一个得力的帮手，因为无论哪方面，这孩子都实在令他们太担忧了。从此，曹接骨家等于有了两个儿子，一个专学农活务庄稼，一个除了学祖传的接骨手艺，还跟着先生读书识字。

静海成年后出家的事，德芙奶奶认为早有预兆。因为细细想来，他在家生活的那二十多年，诸多迹象表明，有朝一日必要弃家而去。德芙奶奶说，他俩结婚当天，静海当着众多宾客的面，数次泪流不止，这让她娘家人大为光火，害得曹接骨连连赔罪。入洞房时，静海莫名其妙又哭起来，德芙既生气又伤心，问静海是不是不愿意和她成亲，如果是，她就回娘家去。谁知静海没头没尾地说，德芙这样好，叫他以后怎么舍得离开。奶奶说，那年静海19岁，她17岁，因为年纪小，特别容易被哄好，听到那些话，竟破涕为笑了。德芙说："为什么要离开呢？咱们结婚，就是为了永远在一起。"奶奶还说，她生下我父亲盘龙和赛虎叔叔的时候，静海爷爷也是抱着孩子哭得泪人儿一般，家人觉得晦气，当时还臭骂过他呢。

所以德芙奶奶说，也许静海爷爷命中注定不是我们曹家的人，他来只负责把三个娃带到人世上，至于父母和妻子，不过是被他虚晃一招骗了而已。究其原因，是鬼神在暗中操控着他，他不得不这样做。这种说法每每总能减轻一些奶奶心中的负罪感。

四

某年盛夏，一个生意人做买卖从外地返回时，路遇一僧人。僧人向他打问盘龙家的情况。生意人虽说不是吉村的，却跟盘龙家连畔种地，所以对他家的情况还算了解，便一股脑地告诉了僧人。这是实行家庭联产承包第三个年头，农村人吃饭穿衣的问题不但得到了解决，家家户户还有了余粮存款，而且市场也搞活开放了，允许拉出贩进倒腾买卖。生意人说，这下好日子来了，有本事尽管往出使。僧人听后很是欣慰。

生意人和僧人一路结伴而行。走到鹈鹕原边上，僧人让生意人带话给盘龙家，叫他们连夜往回抢收麦子，说如若不然，这年就甭指望吃麦了。

生意人不解地问："听老叔口音，像咱原上人，你难道不知道咱们这边是过了夏至收麦子吗？"

僧人回答："这个肯定知道。"

生意人望着绿中才开始泛起一抹抹黄色的原野说："麦子现在还没

熟饱，再过个十天半月正好。"

僧人说："问题是等不到那时候了，不几天要扯霖子雨，而且一扯就是多半个月，麦子会被糟蹋光的。"僧人神情严肃地接着说，"赶快回去告诉咱原上人，如果不想饿肚子，就想方设法连夜把麦头往回割。"僧人再三叮嘱，让一定把话带到盘龙家。

分手时，僧人又托付一件事，让生意人转告桃山脚下的几家住户，叫他们赶快搬家。生意人觉得十分奇怪，问住得好好的为什么要搬家？他说家哪能是那么好搬的。僧人说，那地方不能再住了，得尽快搬离，而且越快越好。从一开始，生意人就见他风骨飘逸，谈吐不俗，便认定此人绝非一般僧侣道人，加之他言语又一本正经，便越发奇怪，问："老叔既然让我捎话，总得说出个理由来，要不然人家怎么肯信？"

在生意人饶有兴趣地一再追问下，僧人才极不情愿地告诉他说桃山要犯了，马上要走路了。生意人如同听到神话或疯言妄语，摇头笑着问："你说桃山要犯了，要走路了？一座从古就有的山怎么走路？难道会长出腿来？"僧人见如此，只好说："我的心也只能操到此了，信不信是你们的事，反正那地方死活不能再住了，最好在扯霖子雨前搬离。"

生意人是个热心肠，同僧人告别后，尽管心中满是疑惑，但还是一路走，一路传播他的话，只可惜没有一个人肯信。一到家，生意人就专程到盘龙家传话。他向盘龙家人学说当时的情景时，突然拍着脑门蹦起来，说："哎呀，这个出家人莫非是静海老叔？"他夸张地瞪大眼睛惊叫道，"没错，十有八九是他，我说看起来咋那么眼熟呢？可不就是盘龙赛虎的眉眼嘛！"生意人捶胸顿足又说，"我真是太蠢了，当时怎么就没想到呢？"生意人说这话的时候，德芙奶奶的情绪一下子失控了，她哭着抓住他的手，详细地询问僧人的言谈举止和长相。炒面客爷爷说："一听就是静海哥。"说完，提起镰刀便往地里跑。

炒面客爷爷在吉村边跑边喊："快赶紧往回割麦头，我静海哥捎话说今年等不到收麦子的时候了，因为马上要扯霖子雨了，雨会把麦子糟蹋光的，他这人从不说一句谎话的。"

那年吉村大多数人家没有收成，因为生意人传话几天之后，接连行了三天大白雨，据说那是几十年来罕见的大白雨，狂风暴雨将麦子大面积拍倒，如同碌碡碾过一样平展。大白雨过后，霖子雨足足又扯了十多天。人们干着急没办法，只能眼睁睁地看着饱胀的麦穗在温热的天气里生出白刷刷的麦芽，且越长越长。吉村除了包括我家在内的五六户，其余人家全都后悔得要死。

更令人惊讶的事情紧接着发生了，我父亲将信将疑地跟随生意人去桃山脚下传话时，那三家住户非但不相信，反而觉得他们两个脑子出了问题，或是带有某种不可告人的目的。我父亲曾十分后悔跟随生意人前去传那些毫无根据的话，但事情很快就得到应验。几天后的一个深夜里，也就是霖子雨不歇不停地扯着，大面积的麦子倒地浸泡在雨水中时，桃山果然走路不见了。由于桃山在吉村南边的沟口处，加之又是漆黑的雨夜，当时桃山是如何犯了的，如何走路的，没有人看见，但吉村很多人在那天夜里都听到了轰隆隆类似打雷的声音，那声音似乎来自遥远的天际，又像从大地的深处传来。

当又一个早晨来临，人们惊讶地发现他们眺望沟口的目光不再被一座山所阻挡，而是轻而易举地就投向了开阔陌生的远方。吉村人跑近去观察，桃山已经夷为平地，很多土地被淹没，到处都是仿佛沸腾过的红泥浆，那三户倒霉人家不用说被滑坡的泥石深埋于地下。而不幸中的万幸是所有人畜幸免于难，这是因为：其中一户人家的老爷爷放羊回家后听说了此事，这引起了老人的警觉，他回忆起小时候见过的山犯水走的往事，又联想到那段日子总能在夜间听到来自山中的声音，有时像野兽在低低地吼叫，有时像闷雷滚过的轰鸣声，老人认为无风不起浪，既有这话，就必有事情，因而不惜跪地给另外两家做工作，终于说动他们赶着猪羊牲口撤离了住处。

自从这两桩事发生后，吉村人每说起静海爷爷，言语间便满是敬畏，仿佛他俨然已成为得道的高僧或通晓天机的神秘人物。而德芙奶奶沉寂了十几年的心再度活泛起来，她更加思念静海爷爷。

我曾经为自己有这样一个爷爷而深感烦恼和自卑，十岁之前，谁要说我爷是光头和尚，我必要撕破脸跟他干一架。但随着年龄增长，我的想法发生了变化。电影《少林寺》当年火得一塌糊涂，在接连追了六个露天场后，我的想法彻底改变了。在我心里，僧人就是正义的化身，国家危难之时，他们同各路英雄豪杰一起挺身而出，铲除奸逆，是保家卫国不可缺少的力量。我和妹妹梧桐都喜欢把静海爷爷想象成练就铜筋铁骨的武林高手，尽管德芙奶奶一再纠正我们，说静海爷爷从小是个善人，不会干打打杀杀的事，但我们更愿意他是一个有功夫的出家人。

后来，又追着看露天电影《木棉袈裟》，我注意到，每演到圆慧方丈被大火烧死那段时，屁股下坐着砖头的观众眼里就会喷出一片愤怒的火焰，而我和梧桐，泪与火同时喷射，仿佛大火烧死的方丈就是我们从未见过面的静海爷爷。我这才意识到，对于出家人，我心里早有了一些复杂的东西。从此，路遇这类人，便要多瞅几眼，心里难免会胡思乱想一阵子。

1985 年中秋节的前一天，静海爷爷毫无征兆地走进了我家。那会，我们已经搬离了原先的住宅，不知道他是怎样找到新家的。记得当时场里院里堆满了玉米棒子、谷子、高粱和豆子。我是家里第一个看到他的人，虽然我们从未见过面，可当时我的第一反应就是静海爷爷回来了，而事实确实如此，我认为这种直觉是来自骨子里流淌的血脉。

静海爷爷出奇地清瘦。他身着棕色僧袍，光头，留有三须胡，一张和善平静的脸，除了眼睛特别明亮外，如果不穿那身衣服，就是一个 60 多岁老头的模样。

我们全家在那个中午一下子陷入前所未有的慌乱之中，所有人都跑过去，围住静海爷爷只知道傻看。这是 1957 年后，他第二次回家。我父亲盘龙相对比较正常，见静海爷爷不肯进屋，便迅速拿来一把小靠背椅子，让他坐在房檐台上歇息。德芙奶奶扑倒在静海爷爷面前，拍打着他的大腿放声大哭。静海爷爷轻轻拍打奶奶的肩头，轻声慢语地劝慰她。过了好一阵子，家里人才大梦初醒般忙着给他泡茶拿烟，弄吃的。我母亲从未见过静海爷爷，但却比谁都更加激动。她说，到底是咱家一口人，一见面咋就那么亲呢。静海爷爷那天吃了一小块枣馍，喝了半碗蛋花糊汤，我母亲炒的菜，他一筷子没动。

当时，赛虎叔叔一家在市里生活，鸣凤姑姑家在一百多里外，因此他们都无缘见到静海爷爷。我父亲要打电话或捎话，让他们赶回来跟爷爷见面。静海爷爷摆手制止了。他说："不必，我很快就要走。"家里人不敢勉强，只好作罢。

那天家里的人是德芙奶奶、炒面客爷爷、父亲盘龙、母亲、十四岁的我和妹妹梧桐。静海爷爷把我和梧桐搂在怀里，看父亲拿给他的照片。在将赛虎叔叔一家四口及鸣凤姑姑的家人一一指认给他看时，我感觉到爷爷的身体在微微颤抖。尽管当年我已经长得挺高，瘦小的爷爷搂起我来显得有些困难，但我还是感觉到久违了的亲情带来的幸福。我似乎听到爷爷身上血液流动的声音，那声音跟我的一模一样，就像同一类鸟只会发出一种叫声一样。我感觉到我是那样地爱爷爷，梧桐也一样，她的脸紧贴着爷爷的胳膊，一直在流泪。

炒面客爷爷那天蹴在静海爷爷身后，背靠房肩墙，默默地给他卷旱烟。静海爷爷抽完一根，他赶紧又卷上一根，并且每回都要亲自给他点燃。我知道，静海爷爷一回来，炒面客爷爷的处境就会变得异常尴尬，因为他可以说是这个家里多余的人。我不知道，在漫长的岁月里，是德芙奶奶身体不好不能生育，还是别的什么原因阻碍了生育，反正，她没有为炒面客爷爷诞下一儿半女。

那天，向来低调的父亲急于向静海爷爷分享他那天大的好消息。1985 年对我父亲来说意义非凡，在民请教师工作岗位上兢兢业业干了20 多年的他，转正成为正式教师。在才过去没多久的 9 月 10 日，他同全国所有的教师一起迎来了中国第一个教师节，深深感受到这份清苦的职业带给他的荣耀。父亲敏锐地觉察到，自恢复高考以来，随着全民对教育的重视，教师这份职业必将会受到社会普遍的尊重，他因此信心百倍，豪情满怀。至此，静海爷爷的两个儿子都端上了公家饭碗，这在当年，是十分令人羡慕的。可静海爷爷反应平淡，并没有表现出我们期待的那种自豪与惊喜。他静静地听完后，对我父亲说："转正了更要好好干，不可耽误人家娃娃，也不能对不起发的那些工资。"

静海爷爷拉起炒面客爷爷在他身边坐下。他说："你小我两岁，今年也 60 岁出头了，以后干活量力而行，宁肯多跑趟数，也不要硬拼命。"他拍打着炒面客爷爷的宽肩膀又说，"不容易啊！这些年把你操劳得早早老了。"炒面客爷爷的身子颤了一下，他嗫嚅着说："操劳是应该的，干啥都是应该的，我还不老，干活没问题。"事实上，自从包产到户后，炒面客爷爷比以往更加辛苦劳累，赛虎叔叔一家在市里生活，米面油都从家里拿，收种却总抽不出时间回来，我父亲在小学教书，把工作看得比命还重，当然，如果看得不比命重，也就没有后面转正的事。因此，也难以顾上家里的农活。如此，十几亩地的庄稼就成炒面客爷爷一个人的了，我家每年打那么多粮食，哪一颗不是他肩挑背驮弄回来的？

五

静海爷爷摸着炒面客爷爷的腿问："看你走路的样子，是不是腿疼得越来越厉害了？"炒面客爷爷的眼睛潮湿了。他说："问题不大，就是活重了疼得厉害些。"静海爷爷转向我父亲说："他这是老伤腿，农活又这么重，把那膏药啊什么的时常给买上，万一不行，领到医院去给看看。"我父亲嘴里胡乱呜啦了一句，显得不大自在，其他人也显得不大自在。如果不是静海爷爷问起，家里人几乎都忘了炒面客爷爷有条老伤腿，因为他当年来我家时就是这样，大家对此早习以为常了。这么多年，没有人真正关心他的腿疼不疼，或者疼到了什么程度，仿佛他天生就腿疼，是没办法的事情一样。

虽然炒面客爷爷走路一瘸一拐，但并不妨碍他上山下沟干农活，并不影响他挑水背柴放牧牛羊，更不妨碍他先把盘龙兄妹仨，后把我和梧桐俩在肩上驮大。反正，吉村精壮劳力能做到的，他都能做到，年轻时，甚至可以做到健步如飞。只是近些年，那条伤腿让他逐渐显得力不从心了，肩挑背驮时，不能再像以前那样猛一用力就可以站起来，而是单膝跪地，手伸向一棵树，或一丛蒿草，得借助一份力量才能慢慢站起来。

　　我父亲后来对我说，他美好的心情在那一阵突然跌落了，他向静海爷爷讲述自己转正这件天大的喜事的时候，虽然保留了应有的谦虚，但主要还是强调了个人的奋斗。一气子说完后，他才意识到自己忽略了一个至关重要的人，这让他感到不安。见我父亲低头不语，静海爷爷说："你们兄弟俩如今都在人前头干事，要时常记得是谁把你们拉扯大，供经到这个地步的；你们领工资吃轻巧饭，心里要清楚是谁在家里替你们出力拉蛮的。"，静海爷爷叹了口气又说，"其实我不想说这些话，可既然回来了，忍不住还是要说几句。"他稍作沉思，继续对我父亲说，"两个老人给你们拉了多半辈子蛮，如今年龄大了要多体谅，尽量看待得好些。赛虎两口子是双职工，钱上相对宽泛些，平时老人吃烟喝茶，穿衣戴帽，头疼脑热叫他管上，你呢，家庭负担重，主要负责在身边经管就行了。"静海爷爷神色凝重地说，"把我的话告诉赛虎，相信他会听的。"我父亲忙点头答应。

　　静海爷爷那天的一番话，引发了我父亲的回忆与反思。我父亲承认，自己和赛虎能跳出农门，固然离不开自身的努力，离不开命运的厚爱，但更离不开炒面客爷爷的影响和教育。在我父亲和赛虎叔叔很小的时候，炒面客爷爷就对他们开始了现身说教，人家娃拿白馍吃，炒面客爷爷说，只要好好念书，以后天天吃白馍；人家娃穿新衣，炒面客爷爷说，只要把书念成了，新衣多得穿不完。有一年，我父亲的伙伴喜娃在山沟里放牛时，被毒蛇咬了。等家里人得知消息，把喜娃从山沟里背出来，爬坡上塬送到医院时，蛇毒已经要了喜娃的命。我父亲记得很清楚，当他和赛虎为失去一个好伙伴而伤心流泪时，炒面客爷爷又开始了现身说教，他问喜娃是怎么死的，我父亲和赛虎叔叔非常反感地问："你不知道是毒蛇咬死的吗？"

　　炒面客爷爷说："毒蛇咬其实不是主要原因，主要原因在咱们这里的条件上。你们想啊，从山沟里往外背要时间，爬坡上塬要时间，去镇卫生院要时间，浪费了这么多时间，是不是把喜娃的病给耽搁了？而之所以浪费这么多时间，都是因为咱们这里条件太差了，得个病急忙走不到救治的地方。"炒面客爷爷接着说，"要是在城里，喜娃绝对不会死，因为城里条件好，很快就能到医院，而且医院里有治蛇咬伤的药，还有好大夫。可咱们这里呢，即使到了镇卫生院，也没有办法，因为没有治蛇咬伤的药啊。"最后他总结说，"一定要好好念书，长大后到城里去生活，别像喜娃，小小年纪就把命送到咱们这烂地方了。"我父亲和赛虎叔叔之前没有思考过如此深刻的问题，炒面客爷爷这样一分析，改变了他们对吉村乃至整个鹁鸪原的认识，他俩是那一拨孩子中，最早宣称要离开吉村，到外面去生活的人。

上中学时，我父亲和赛虎叔叔有一个时期双双萌发了辍学的念头，那时他们正处于叛逆的年纪。我父亲认为，像他们这样父亲有问题的农家子弟，通过考学出去干公家事的可能性几乎没有。也就是说，随着年龄的增长，他对"知识改变命运"这句话是持怀疑态度的，他的想法自然影响到了赛虎叔叔。出现这种情况，德芙奶奶震惊不已，这是她万万没有想到的。在我父亲和赛虎叔叔死活不去学校时，炒面客爷爷把他们推搡到上房里，让他俩跪在我太爷曹接骨活着时就有的那块老匾下。炒面客爷爷那天的态度前所未有的强硬，他到这个家这么多年，连粗声野气说话都没有，更不要说推搡谁。炒面客爷爷命令兄弟俩跪下，我父亲和赛虎叔叔站得笔挺以示反抗。最后德芙奶奶拿着切面刀威胁，他们才勉强跪了下去。炒面客爷爷让兄弟俩不停地念老匾上的字。他们就愤愤地连续念"耕读传家"四个字。

我父亲和赛虎叔叔一遍遍念"耕读传家"的时候，炒面客爷爷的脑海里就浮现出曹接骨去世前的情景，当时他已到了弥留之际。曹接骨对炒面客说："我们曹家向来人丁不旺，到了我这一辈上，就抓成了静海一个，从小到大当宝一样，可终究还是没守住。好在他留下两个男娃，这两个娃就交给你了，往后不管多艰难，都要供经他们把书念成。"气息微弱的曹接骨看了一眼挂在堂屋正中的那块老匾，流着泪说，"我一辈子看着刚强，其实是个可怜人，在娃娃的事上吃了大亏。我的意思都在这匾上头，你若能经管娃娃们把书念成，就算我没错认人，也不枉我们曹家好生看待了你一场。"曹接骨一句"我一辈子看着刚强，其实是个可怜人"把炒面客的心当时都说碎了，想到自己的遭遇，那句话从此就惦坎在了他心上。

炒面客爷爷那天指着墙上的老匾对我父亲和赛虎叔叔说："你们爷爷留下的话都在这上头，给我仔细看，老人家说得很清楚，我们负责种地，你们负责念书。书不但要念，还要念成，将来到外面去干事。"他说，"今个是最后一回，以后再敢编白撂谎胡逛当，看我怎么收拾你们。"大约我父亲和赛虎叔叔觉得这话实在可笑，兄弟俩轻蔑地相视一笑后，赛虎叔叔斜瞪着炒面客爷爷说："你算个什么东西，敢收拾我们，要收拾收拾自己亲生的去。"

赛虎叔叔的话，让炒面客爷爷傻愣在那好半天都说不出话来。令他们没想到的是，他突然脱下一只鞋，狠劲地抽打自己的脸。很快，鼻血随着鞋子的起落四处飞溅。炒面客爷爷边打边说："不管我是什么东西，不管你们是不是我亲生的，不好好念书，不实实在在做人，我就要收拾，就这样收拾，看到了没有？"德芙奶奶拼命把他手里的鞋子夺过去的时候，炒面客爷爷哭了起来，他的哭声刺耳怪异，让人心里发毛。炒面客爷爷边哭边说："今个我告诉你们，把书给我往到头里念，啥会没学校念了，啥会停下。"炒面客爷爷那天惊人的举动吓到了一家人，他们看到了他的另一面。原来，他并非一个唯唯诺诺、软弱怕事的人，而是个有刚有性的。

我父亲那天之所以感觉心里不安且惭愧，是因为他突然意识到，如果没有炒面客爷爷，他不可能成为一名教师，更不可能熬成一名正式教师。本来他是心安理得的，可怪就怪在，那天讲自己转正的事情时，静海爷爷一直看着他的眼睛，讲着讲着，我父亲突然就感觉到了强烈的不安。过后他想，自己居然没有提炒面客爷爷一句，哪怕轻描淡写地说上几句，心里也会坦然些。

我父亲中学毕业后，被推荐去小学当老师。当时，全大队有五个够格的候选人，而学校里需要补充三个人。大队书记在社员大会上讲，通过优胜劣汰才能选拔出最好的三名老师。然而会后，大队书记却有意无意向几个备选青年暗示，说谁表现好就让谁干。几个青年的家人对大队书记的意思心领神会，据说一个青年的母亲意欲"奋勇献身"，只不过又老又丑而未能成功。德芙奶奶当年一点都不愿意"表现"，她认为，当老师和当社员都是挣工分，当如何，不当又如何，因而没必要花冤枉钱。在这件事上，炒面客爷爷为我父亲据理力争。他说，老师好歹是个先生，走哪都受人尊敬，而社员就是农民，两者根本没法比。最后他成功说服德芙奶奶，送出不少钱物后，我父亲胜出才成了民请教师。

六

　　我父亲在做民请教师的二十多年间，至少有三次产生过彻底离开讲台的念头。一次是在那段特殊时期，当时一切都乱了套，老师不教书，学生不上课。我父亲认为这样当老师实在毫无意义，准备回家劳动。炒面客爷爷当即坚决反对。他说："一来，咱为干这事，付出了不小的代价，二来，你教了这么多年书，年年是优秀教师，撂过不是太可惜了？"他开导我父亲说，"再稠的水，也有淀清的时候，再乱的世道，也有变好的时候，咱要往前看，朝好处想。"于是，我父亲就留下干到了1978年。

　　1978年，我父亲的一位同学介绍他去白银针布厂当锅炉工，他本人在那里已经干了好几年了，虽说是个临时工，工资待遇却相当不错。我父亲当时很是心动，我母亲也支持他去。但炒面客爷爷认为，工资是比当教师挣的多些，也有劳保，可终究是个出力的临时工，年纪稍微大点，人家恐怕就不要了，但当教师靠的是脑子，再老都能教书，再说，还那么远，根本照顾不上家里。想想也是，那次是我父亲自己主动放弃的。

　　到了1983年，我父亲的思想又产生了巨大的波动，当时已经改革开放了，好多人都到外边去发财，而他还在那个偏僻的乡村小学里挣着少得可怜的死工资。我父亲痛下决心，要去南方闯荡，毕竟他也是个有梦想的人。炒面客爷爷知道后让德芙奶奶去劝说。我父亲振振有词，坚决要走。看到我父亲去意已决，炒面客爷爷只好撺掇德芙奶奶演苦情戏。炒面客爷爷说，静海爷爷当年把年纪轻轻的德芙奶奶和三个娃丢下一走了之，如今德芙奶奶快60岁的人了，做儿子的又要丢下她远走他乡，这都叫什么事儿？静海爷爷是德芙奶奶一生心里的伤痛，一旦与这事扯上边，德芙奶奶就会想起自己格外悲惨的命运，便同我父亲要死要活地闹。这样，我那孝子父亲便没走成。

我父亲知道这是炒面客爷爷在后面出谋划策，那段时间他特别生气，跟炒面客爷爷连嘴都不着。那件事发生的时候，距离一个重要文件的下发只剩一年时间，距离静海爷爷第二次回家只有两年时间。后来，我父亲才知道，自己的那个决定是多么冒险，如果不是炒面客爷爷想方设法阻拦，他的前程就会断送在自己手里。

当时，跟我父亲一起被录用的三个民请教师，就只有他一个人还在坚守，而1984年秋季下发的文件规定，连续教龄在15年以上，表现优异的在职民请教师，参加几个月短期培训后，可转为公派正式教师。在这三个条件当中，连续教龄、表现优异，我父亲一点问题都没有，但必须在职这一条，差点就让他给搞砸了。转正的事情决定下来后，我父亲对炒面客爷爷有了新的认识，他曾对我说过，别看是个目不识丁的老农民，头脑清楚，看事长远这一点，没有几个人能比得上他。

七

静海爷爷那次回家，惊动了吉村所有的人，他们都跑到我家来看望爷爷，上了年纪的拉着他的手叙旧，好些哭得老泪纵横。爷爷倒是显得很平静，只问他们的情况，自己的却避而不谈。很快，他就显出疲于应付的样子，我父亲只好把村里的人都劝回去了。

问起那年夏天捎话让我们抢收麦子，叫桃山脚下几家住户搬离的人是不是他，静海爷爷摇头否认，表示他并不知道此事。德芙奶奶说起这二十多年间，她有两次似乎看见了爷爷，问是不是他。一次在1971年农历七月，奶奶抱着几个月大的我去鹓瓠镇上赶集时，远远看到一个头上揾草帽的僧人特别像爷爷，等她追上去时，僧人已疾步如飞走远了。另一次在1983年农历九月初三，奶奶和炒面客爷爷在地里搂豆子时，发现对面山嘴上有个拄棍子的僧人远远朝他们这边张望，奶奶觉得那人特别像静海爷爷，便向对面喊话，谁知，僧人却迅速转身下了山嘴。这两次的时间、地点，奶奶均记得一清二楚。德芙奶奶说："我觉得就是你，如果是，点点头，如果不是，摇摇头，好让我心里明白。"静海爷爷那天既没有点头，也没有摇头。

我们原以为静海爷爷这次回来至少会住上一两天，可谁知几个小时后他就要离去。我父亲恳求说，明天就是中秋节，过了节再走吧。静海爷爷只是摇头。德芙奶奶又哭了，问他究竟从哪里来，要到哪里去。不知道为什么，那天我突然说，从来处来，往去处去。我记不清那话是从哪里看到或听到的，但当时突然就从我的嘴里蹦了出来。静海爷爷笑着抚摸着我的头说，好一个有悟性的娃。他的笑容像冬日的阳光一样温暖柔和，目光如秋水一般澄澈明净。就在那一刻，我也忍不住泪如泉涌，抱着爷爷哭了起来。我不知道自己对爷爷为什么那样亲，那样爱他，那样舍不得他走。

德芙奶奶多次说，按说爷爷不负责任把一家老小撇下，我们都应该恨他，不认他，回来将他撵出去才对，可竟然没有一个人这样做，反而对他都那么好。奶奶说，这究竟是什么缘故，她一辈子都没想明白。

静海爷爷那天走时，说的还是老话，如果还想见到他，就不要逼问他，更不要跟踪他，让他来去自由。

静海爷爷第二次回家之后，德芙奶奶的情绪明显变坏了，也许是年龄的关系，支撑她多年的坚强、乐观和隐忍不发，在第二次见到爷爷后迅速土崩瓦解了。她变得更加唠里唠叨，常常因为深陷回忆而哭哭啼啼。更有意思的是，那段时间，德芙奶奶经常问家里人她长得好看不好看，要他们说实话。家里人都说，即使老了，还是很好看。我也是这么认为的，因为德芙奶奶年轻时号称鹓瓠原上一枝花。每当听到肯定的答复，她就会感叹说："好看顶啥用呢？好看还是没能把人留住。"看来，德芙奶奶把静海爷爷出家的原因又归结到自己身上了。关于静海爷爷的往事，我在那个时期听到的最多，也最为详尽。

静海爷爷是我家人心上的伤疤，揭不得，捂不住，冷不丁撞一下，就会叫人心里异常难受。算一算，那一年他已经 64 岁了。由于对他的生活仍然一无所知，我们的心中充满了担忧。记得那天离家时，我父亲对他说："你年纪一天天大了，身体会越来越不好，"我父亲试探着往下说，"都说叶落归根，还是回来吧，我们给你养老送终。"静海爷爷说："我还跑得动，还有好些事要做。"他既如此说，我们也没有办法勉强。静海爷爷走后，家里人又生出了更深的牵挂和担忧，无法想象他在我们不知道的世界里，怎样孤独地应对老去。

我们都期待着静海爷爷再次突然回家跟我们团聚，这一天虽然没有定数，但我们仍满怀希望。

八

1998 年春节，我在广州。本来我是要回家过年的，可女朋友马佳一家竭力说服我不要回到寒冷的北方去，而是留在广州，和他们一起欢度春节，我因此错失了和静海爷爷见最后一面的机会，这让我痛恨了马佳家人好长一段时间，尽管他们是无辜的。

德芙奶奶后来向我叙述了当时的情景。那年很奇怪，鸣凤姑姑由姑父陪同来我家过年，我们那地方，嫁出门的女儿不兴在娘家过年，所以那是多么难得的一次。赛虎叔叔一家四口也回来了，全家人就差我一个。除夕那天下午三点多，一家人正忙于贴春联，挂灯笼，做菜碟，包饺子时，坐在热炕上的堂弟青青突然说："静海爷爷回来了。"青青这句没头没脑的话，把当时家里暖融融、喜洋洋的气氛立马给撕开了一个大口子，冷风嗖嗖往里灌。赛虎叔叔和婶婶同时向青青投去严厉的目光，以示警告。择豆芽菜的德芙奶奶笑着说："瓜子娃，咋突然说起这话了？"奶奶虽然满面笑容，但眼圈已经红了。赛虎叔叔批评青青说："真是个没头脑。"

青青才不管父母给了他什么样的眼神。他冲赛虎叔叔喊："爸，爸，你快出去看呀，人就在大门外呢。"于是，赛虎叔叔的腿就不听使唤地往外跑。这时候，穿黑棉长袍的僧人站在大门外已有好一阵子了。赛虎叔叔瓷愣愣地看了他数秒钟之后，扑通一声跪倒在地上。

静海爷爷这次回来死活不进家门，说他看看就走。我父亲和赛虎叔叔痛哭流涕地求他，最终，他才答应住一夜。由于说什么他都不愿进到家里去，只好把他安顿到场房里。

我们鹁鸪原上的人，家家打碾粮食的土场里都有一间场房，平时里头放置农具，夏秋两季临时储存粮食。大家伙齐动手，把场房里的东西倒腾出来，给静海爷爷支了一张床。我父亲和赛虎叔叔架炉子时，被拒绝了。他说，太麻烦了，再说，不是很冷。家人不敢违逆他的意思，唯恐他一不高兴抬脚就走，那样的话，这个年大家就都过不成了。我父亲把一根可做房檩子的长木头锯成短滚子，赛虎叔叔抡起斧子劈成一堆粗柴棒，给静海爷爷把火盆笼得通红通红的。

那个除夕，本来已经准备好的年夜饭，因为静海爷爷突然回来而没办法摆上桌，谁都知道出家人不动腥，不吃葱韭薤蒜，我父亲当机立断对我母亲和婶婶下命令，说："马上给我准备全素的。"

我父亲跨上他平时来去学校骑的摩托车，风驰电掣般冲到鹁鸪镇，在一个即将关门的商店里买了一套新灶具。他气喘吁吁回到家时，炒面客爷爷和赛虎叔叔已经把一个大铁皮炉子安到了场房门口。

这年的年夜饭，由久不上锅的德芙奶奶亲自主厨。新灶具，新碗筷，清油，素净的菜蔬，很快就有了七八盘奶奶自认为是出家人吃的菜。德芙奶奶这年已经 73 岁了，虽说平时不上厨了，但她多年的好厨艺应该还在，可据她自己说，那天做出的菜不是死咸，就是焦黑，另一种情况就是根本没有味道。

静海爷爷坐在小小的场房里，看着头发花白的奶奶冒着严寒趴在锅上做饭，他也有 75 岁了，但并不显得苍老。静海爷爷那天只吃了几块奶奶煎的豆腐，用开水泡了一点馍。赛虎叔叔说这样吃怎么行，冲了德芙奶奶的奶粉叫他喝，结果又被拒绝了，静海爷爷说他从不喝那些东西。家里的每一个人都胡乱地吃了点，至于是什么味道，他们根本不知道。

我父亲和赛虎叔叔领着青青非要趴在地上给静海爷爷磕头，静海爷爷说："给我磕什么头？应该给你爹磕。"炒面客爷爷慌忙说："娃娃们都孝顺得很，不要难为他们，磕不磕都一样。"我父亲和赛虎叔叔挨个给家里人发年钱，就在德芙奶奶担心两个儿子做事太差劲，双双把静海爷爷忘了时，赛虎叔叔率先拿出 1000 块，我父亲拿出 800 块，连鸣凤姑姑也拿出 500 块，给静海爷爷发年钱。前面执意磕头已经让静海爷爷很不高兴了，后面给年钱让他更加生气。看到我父亲和赛虎叔叔，还有鸣凤姑姑哭得那么伤心，他才勉强收下。家里人都劝他说，年纪大了，身上得有点钱，不接不到时用得着。

年夜饭很快撤了下去，因为怕吵，静海爷爷叫家里人一个个过堂似的到场房和他说话。先是德芙奶奶去了，他们说话时间最长。德芙奶奶踉踉跄跄哭着被搀扶回来后，依次去的是我父亲、赛虎叔叔、鸣凤姑姑，然后是我母亲、婶婶和姑夫，再是我妹梧桐，堂妹希希和堂弟青青。对于两个儿媳妇和女婿，三个人回来一说叨，我母亲认为静海爷爷给她说的话最多。他对这个老实厚道、通情达理的大儿媳妇甚为满意，对她多年来孝敬老人，对这个大家庭无私的付出表示了极大的肯定，这让我母亲深感自豪。最后一个去的是炒面客爷爷，他们说话时间也很长。

静海爷爷和家里其他人的对话，后来我基本都知道了，只有炒面客爷爷的我不大清楚，因为他不愿意说。多年后，老人家去世前告诉我，我和梧桐，还有堂妹青青结婚时，他给我们每人的那 1000 块钱，就是静海爷爷留下的。在那个除夕之夜，静海爷爷把 2000 块钱硬留给了炒面客爷爷。他说，那些钱从此就属于炒面客爷爷，让他愿干啥就干啥，想怎么花就怎么花。剩余的几百块，说要捐给寺里，并叮嘱不要告诉任何人。炒面客爷爷一辈子没有攒过一分钱，一分一厘都交由德芙奶奶掌管，后来，他只好让德芙奶奶把每一份都添够整数，才作为贺礼给了我们。

九

当时我和马佳一家人正在广州逛花市。南方的年节跟北方是截然不同的两种氛围，虽然徜徉于姹紫嫣红的花市仿佛置身于美丽温暖的春天；虽然到处火树银花，人山人海，热闹非凡，但我仍然思念着陇东鹑觚原上的亲人们。在这个夜晚，对静海爷爷的思念尤为强烈。

我和马佳一家在珠江新城一家酒店吃年夜饭的时候，对政治向来保持热情和关注的马佳父亲举杯对大家说："刚刚过去的1997年，是非比寻常，不该被历史遗忘的一个年份。"马佳父亲的话引发了大家浓厚的谈兴。我们从亚洲金融危机谈到马佳哥哥马达公司的运营情况，虽然经济萧条使他倍感压力，但他持乐观态度，相信危机会很快化解。马佳的父亲，一位军转干部仍然关注着部队的现代化建设和继续进行的裁军。马佳和母亲（一位资深文学杂志编辑），谈到了《甲方乙方》《一个好人》《有话好好说》等电影在本年度不俗的表现，但与创下二十多亿美元票房纪录的《泰坦尼克号》相比，差距仍是天上地下。马佳那个一味追求生活品质的嫂子则一个劲地抱怨马达给她的零花钱越来越不经花，这令马佳的母亲不动声色地表现出了不高兴。

当然，大家谈得最多的是香港回归这一重大事件，说起想到自己的土地上去走一走，看一看的邓公在当年二月份逝世时，马佳父亲说，就剩不到五个月的时间了，老人家终究还是没有能够等到，这实在是千古遗憾。在谈到这位伟人的遗憾时，我突然就想到了我们家的遗憾。

香港回归那天，我正好在老家休假。我们通过电视，看到了那场举世瞩目的交接仪式的盛况。当时，德芙奶奶就坐在我身旁。过后她问了我很多关于香港的问题，我知道这一切都与静海爷爷有关。奶奶无限伤感地说："香港让人占去150多年都能回来，你说你爷爷又没人限制，怎么就不回来呢？"

当时，远在广州的我并不知道静海爷爷回来了。我为此曾经埋怨过父亲和赛虎叔叔，静海爷爷那天下午 3 点多就到家了，怎么就不知道呼我一下，告诉我这个消息呢？要知道，当时我腰里别着 BP 机，赛虎叔叔也有一个。父亲解释说，人突然一回来，全家都慌了，哪里还记得起打电话？后来静海爷爷问到我时，他们才想起应该给我打电话，但已经难办了，因为农村不比城市，大年夜到哪里去打电话呢？虽说吉村当年有两户人家安有固定电话，但把静海爷爷带到人家家里跟我通电话会难为他的，也只好作罢。

静海爷爷那次回家住了一个晚上就走了。那个除夕之夜，璀璨的礼花满天绽放，鞭炮声响彻整个古老的鹁鸪原，我们一家人悲喜交集，强烈的情绪使得他们鸡叫二遍了还难以入睡。而当他们终于沉沉睡去，又猛然惊醒时，静海爷爷早已走了。家里人只看到德芙奶奶站在村口眺望远方佝偻的背影。我父亲说，奶奶就是从那天起一下子真的老了。

静海爷爷 1998 年回家之后，家里人又开始了漫长的等待。然而，在此后的 20 多年间，大家的愿望一次次落空。我们这些做晚辈的，慢慢将此事淡忘了，但德芙奶奶和我父亲没有忘，他们一直在熬心。

2005 年，德芙奶奶因病去世，结束了她 60 多年漫长的等待。一年后，炒面客爷爷也追随她而去了。对于炒面客爷爷，我们家人的感情比较复杂，总的来说，子女们对他都比较孝敬，因为大家都是有良心的人。但在感情上，跟他终归还是疏离的，特别是我父亲兄妹仨，心里总认为他不是他们的亲爹。这就如同德芙奶奶，德芙奶奶在世时，总是光明正大地同各种人谈起静海爷爷，毫不掩饰对他的思念和爱恋，这在当时风气不开化的农村，是比较少见的。而对于陪伴了她半个多世纪的炒面客爷爷，奶奶似乎不愿提及，就算实在绕不开时，也是显得有所顾忌。也许她一生只爱静海爷爷；也许她想表明自己一直在坚守某些世人肯定的东西。这些东西是值得她坚守的，也是让她感到光荣的。而谈及炒面客爷爷，仿佛是对她的侮辱，是对曹家的背叛和不忠。

十

多年之后，赛虎叔叔出了一本名为《梦里家园》的散文集，其时，德芙奶奶和炒面客爷爷已经下世，他退休也快十年了。走到那样的年纪，一来闲散无事，二来变得容易怀旧，赛虎叔叔便断断续续写下了一系列回忆性的文章。其实他年轻时思想活跃，文采斐然，这一点，有我上大学时，他写给我的那些堪称随笔或叙事散文的信件为证，所以写这样一本书也在意料之中。《梦里家园》这本书，写的多半是鹑觚原上的人和事，那是赛虎叔叔的精神家园之所在。通过饱含深情的笔墨，书写了他对人生的理解，对命运的思考，对生活的感悟。书中涉及的人物形形色色，有他儿时的伙伴，少年时的挚友，青年求学时的同学，参加工作后的朋友同事和上级，当然最多的肯定是我的家人。关于我家人的文章，几乎占了那本集子一半以上的篇幅。

《我的两个父亲》是那本书中最打动人的一篇。在那篇文章里，既写了儿子对于战乱年代出家的生父无怨无悔的思念和牵挂，也写了他和养父之间的种种矛盾、纠葛，却又难以割舍的复杂感情，读得我几度落泪，心中感慨万千。从中，我看到了曹家上两辈人性格与感情的多面性，"爱"与"恨"，说起来水火不容，可往往相互交织，错综复杂。

我摘录出《我的两个父亲》一文中的部分文字，希望看到的人对我叙述的这个故事中的人物有更深的了解。

......

也许是人逢喜事劲头足，那年夏天的农活比往年的进度都要快，农历七月初十前后，麦子打碾晾晒已经入了囤，二遍地也全耕过了。这天，炒面客和赛虎终于成行去县城办事，其实，从接到录取通知书的那一天，就开始计划这次出行了。

一到县城，爷父俩就直奔百货公司的棉布门市部，在那里，他们扯了三块上好的布料。走出百货公司，炒面客便迫不及待地向那些穿着得体的女人打问县城哪个裁缝手艺最好。问过四五个女人之后，炒面客心中已经有数了。

父子俩一路打问，找到了名裁缝祁师。傲慢的祁师给赛虎量完尺寸后，建议用草绿色卡其布做上衣，白色棉布缝衬衣，藏蓝色哔叽布做裤子。炒面客满脸堆笑，说："一切师傅说了算，怎么好怎么来。"当祁师得知，这个其貌不扬，看上去有点拧巴的黑小伙考取了青阳师专，半月后就要去学校报道时，态度马上变了。

祁师拍拍赛虎的肩头，说："没看出还是个有出息的娃，看把你参高兴的。"炒面客顿时脸上开了花。祁师无比羡慕地看着炒面客说："前辈子烧啥高香了，这么好的造化？"炒面客说："的确是好造化，三个娃都争气得很。"祁师研究似的打量着炒面客说："这娃长得不像你啊。"炒面客说："男跟舅，女随姑，娃像她妈。"谁知赛虎突然说，我像我亲参。祁师愣了一下，马上便明白过来，他再次拍拍赛虎的肩头，十分抱歉地朝一脸尴尬的炒面客笑了笑。临走时，祁师说："五天后来取衣服，我操心给娃缝得好好的。"

父子俩出了县城，在南桥头买了三牙红沙瓤西瓜，虽说已经立秋了，可依旧酷热难耐。赛虎三下五除二将两牙西瓜吞进肚里时，炒面客把另一牙又递了过来。赛虎问："你咋不吃？"炒面客说："我这两天闹肚子，想吃又不敢吃。"赛虎也不多问，接过去，三两口又吞了下去。

专门挪出工夫去县城缝制新衣服，这在赛虎家是绝无仅有的头一遭。其实鹁鸪镇也有卖布料缝衣服的，但炒面客认为，乡里的布料和裁缝手艺远不能和县城的相比，于是就带赛虎到了县城，由此可见他对此事的重视。在回家的路上，炒面客对赛虎说："总是没个余钱，盘龙当民请教师那年也没给缝身新衣裳，你记着，等鸣凤考上学，缝新衣服时，给你哥一并补上。"

十多天后，穿戴一新的赛虎动身去青阳师专报到，炒面客背着行李卷送他到县城汽车站。原计划让盘龙去送赛虎，可不巧的是他要参加教育局的培训，炒面客又打算自己去。其实他特别想送赛虎去学校，一个原因是赛虎虽说是个大小伙了，可除了县城，哪里也没去过，他一个人出门，家里人不放心。另一个原因是，炒面客很想去看看赛虎念书的大学到底是什么样子，他还从没有见过任何一所大学呢。第三个原因是，一个下苦的农民送自己的儿子去上大学，该是何等的荣耀，炒面客非常渴望有这样一场体面的行程。但仔细一算账，发现往返花销得十几块钱时，炒面客打退堂鼓了。赛虎身上的那些生活费，尚有一部分是求婆告奶借来的，如果再送他去学校，花销又从何而来？后来炒面客打听到，新生一到青阳市，学校就有人接站，他这才放弃了送赛虎去学校的想法。

买好车票，架稳行李，占好座位后，炒面客和赛虎在车下话别。炒面客说："赛虎呀，打你太爷手里起，曹家人老几辈子从来都是土里刨食，我娃是头一个考上大学，将来要干公家事的人。"他说着停下来，瘪了瘪鼻子，似乎在努力控制自己激动的情绪。这是他事隔几年，再次将赛虎称之为"我娃"。自1957年静海回家后，因为村里人的闲言碎语，盘龙赛虎对于这样的昵称一度极为反感，他们认为自己的父亲回家后再度出走，完全是因为炒面客。在他们看来，这样的称呼简直就是一种侮辱。他们心里恨他，瞧不起他，找茬专门和他作对。有好几次，因为称呼的事，闹得一塌糊涂。炒面客从此长了记性，叫他们只喊名字，不再说"我娃"。但这一次，他大胆且自然地叫了出来，似乎不由自主要这样叫一样。

炒面客接着说："当年我答应过你爷爷，要供经你们把书念成，如今，我娃果真把书念成了，"他呵呵笑起来说，"将来我到了那边也好向他老人家交代，"他这样说着的时候，突然又变得泪眼婆婆。赛虎就想起他和盘龙当年不愿继续上学，气得炒面客拿鞋底将自己的脸抽得鼻血飞溅的事，又想起缝衣服时在祁师跟前说的那句过分的话。那天，赛虎的心头一时五味杂陈。

一个卖香蕉梨的老汉挑着担子在车站门口大声叫卖。炒面客说："我去买几个梨，天气热，你在路上吃。"赛虎说"快算了"时，他已经向外走了。赛虎看到他在梨担子前蹲下没一会，站起身又向另一边去了。很快，炒面客拉着那条瘸腿，手端草帽，一颠一颠小跑着回来了。炒面客撩起衣襟，一边使劲擦桃毛一边说："刚才怎么忘了，送人不买梨的。"他将帽框里的五个桃子擦干净后全部塞进赛虎的口袋，叮嘱他说，"出门不比在家，说话办事一定要谨慎小心，时刻要操心自己身上的钱和行李。"炒面客又说，"到了学校不要老想着省钱，该吃就吃，该喝就喝，需用啥就买，花销你不用操心，家里自有办法。"接着他讨好似的说，"一想起我争气的娃，我们吃糠咽柴都是香甜的，穿麻袋片都觉得体面。"

汽车吼叫着开出车站，赛虎回头看时，只见炒面客也学城里人的样子，跟着车边跑边招手。他在那些人当中显得尤其特别，因为那是一个被太阳晒成古铜色的瘸腿人。

赛虎低下了头，他的鼻腔陡然一酸，热辣辣的泪水夺眶而出。

……

十一

如今掐指算来，如果静海爷爷还活着，生于 1922 年的他已经是个世纪老人了，只是几年前，我们在无意间得知，他与德芙奶奶同年离开了这个世界，世寿 83 岁。

说来也怪，那一年，我应邀到甘肃某地参加"中医药非物质文化遗产发展论坛"活动。活动第三天，主办方安排参观当地的名胜古迹，其实也就是让大家出去游玩放松一下。我跟一位吴姓医学教授选择去看自然风光，她同我一样，向来反感那些凭空捏造出来的牵强附会的人文景观。我们从市区出发，向着青山隐隐、峰峦起伏的远方行进，去看据说保护得较好的原始森林和古长城遗址。巧妙的是，去往的地名我在炒面客爷爷嘴里多次听过，那该是他的故乡。

一个小时后，车行至某座山的半山腰。这时，山风送来阵阵隐约的钟声。凭直觉，我认为那是寺庙里传出来的，而吴教授表示她根本没有听到。我俩正争论时，导游说："翻过这座山确实有一座寺庙，不过没什么看头。"她建议去南郭寺或伏羲庙，还有玉泉观看看，那些寺庙历史悠久，建筑宏伟，香火旺盛。

我临时改变主意要去那座寺庙，这背离了我们的初衷，可我觉得非这样做不可。我把先一晚梦到一座荒寺的事对吴教授讲了，吴教授丝毫不怀疑这是我的即兴发挥，她开玩笑说，唯物者愿陪唯心者到任何地方。

时值天高气爽的仲秋，当我们的车子爬行在崎岖不平的盘山道上时，似曾相识的画面扑面而来，我感觉自己正在走向一个熟悉的地方，不是吗？眼前的砂石路我好像走过，路旁色彩斑斓的景致我似乎看过，就连远远近近的峰峦，看着都那样眼熟。可这里距我工作之地有两千多公里，就是离我的家乡鹑觚原也有三四百公里，我根本没有任何可能来过这里。于是，就只好认为在梦里见过。

又拐过一道山梁，一座寺庙远远出现在眼前，它差不多就是我梦里见到的样子。这座依山势而建的寺庙，由大小七八座庙宇组成，远看高低错落，主次分明。

我觉得这寺庙的名字耐人寻味，思索着"圆满"二字走了进去。与古刹名寺相比，这里没有雄伟壮观的建筑，缺少金碧辉煌的强烈色彩，没有香烟缭绕，也没有诵经声阵阵，更没有络绎不绝的游人和有求而来的香客，有的只是硕大的古木投下的阴影、飒飒的山风和鸟雀稀疏的鸣唱。但在我看来，它更像一座真正的寺庙，因为它朴素得不能再朴素了。

我为我们的到来打破了一个寂静的正午而感到抱歉时，一个僧人从正殿里出来，向我们施礼问好，然后匆匆往后院去了。我沿着台阶走近每一座庙宇，跪在那些塑造手法粗糙的神像前虔诚地上香叩拜。我觉得我跟这地方还是有缘分的，因为炒面客爷爷就是这一带的人。我每跪拜一次，吴教授就敲响铁磬三下，然后同我一道欣赏那些斑驳的壁画。她感叹说，这是些真正的东西。看着院子里的石碑，锈迹斑斑的塔状化香炉，走在落了一层松果和鸟屎的方砖上，我的内心感到从未有过的宁静。

这时候，老和尚弘慧住持向我们走来，我向他问好，他躬身还礼。弘慧住持告诉我，这里原是明朝年间修建的一座寺庙，曾经香火旺盛，僧侣众多，后来随着改朝换代与战乱频发，寺庙惨遭破坏，一度破败得不成样子。弘慧住持说，今天看到的寺庙，是先后几代住持和法师经过几十年四处化缘、广为募捐才建成的。弘慧住持又说，虽然寺小路途远，但原先的几位法师在这一带却很有名气，除了诵经礼佛，弘扬佛法，他们几乎全通医术，有会给人把脉开中药的，有会治跌打损伤的，有会接骨整骨的。一听到这寺里有会接骨整骨的法师，我这个曹接骨的后代，立马来了兴致，要弘慧住持介绍我认识一下。

弘慧住持说："此人是静海法师，2005 年已经圆寂了……"

见我惊得张大嘴巴。弘慧住持建议我去看看立于正殿前的功德碑。看碑文时，弘慧住持问我："是不是静海法师给你的某位亲属接过骨？"

我说："是。"

弘慧住持说："静海法师这几十年间不知给多少人接过骨，他在这里很受人爱戴，八十多岁了还在给人接骨，圆寂后，经常还有人来找问他，给他上供。"

仔细读碑文上有关静海法师的文字时，我的眼里不觉蓄满了泪水。简洁的文字，让我对他几十年的人生有了一个大概的了解，原来为修复这座破败的寺庙，他步履匆匆，四处化缘、广为募捐，大到修庙塑像，小到采砖购瓦，无一不是他和另两位法师亲力亲为的；原来几十年来，他不仅忙于给周边的山民和远道而来的人接骨治病，先后还收养过三个孩子，供他们上学，直至把他们送出社会。原来呀，他在这里另有一番天地！

吴教授见我情绪不大正常，走过来问："此地有故人？"我说："是亲人。"我确信，当我走向这座城市的时候，静海爷爷就已经知道了，他指引着我来到这个地方与他相会。

我问弘慧住持："静海法师安葬在哪里？"弘慧住持用手向远处一划说："就在这些山上。"我问："具体在哪里？"弘慧住持答，"无处不在。"我说："不能去祭拜他吗？"弘慧住持说："我们不能违背静海法师的遗愿，因为他说，他自来处来，往去处去了。"

后来我跟弘慧住持谈了一个多小时，弘慧住持提供的信息是，曹姓，有祖传的接骨医术，家在三四百公里外的陇东，家中有妻儿老小。当年被抓去当兵，从队伍里逃出来后，生了一场重病，险些丢了性命，被圆满寺的住持所救，便在此落发为僧。听到这里，我很想从弘慧住持处得知静海法师当年抛妻舍子出家的真正原因，也许他知道。可我马上又否定了自己的想法，这样一个问题，也许与这些山融为一体的那个人都难以回答。

我坐在弘慧住持对面，听他讲静海法师的事情。弘慧住持说他识文断字，悟性极高，能推测天气，欲知祸福，所言极其灵验，被称为"静海神僧"。除了讲为修复这座寺庙，几十年来他同另几位法师四处奔走，费尽心血的事，又说到他早年间用寺里的香火钱和外出化缘的钱，给附近村子铺路的事。弘慧法师告诉我，现在周边山上的人都搬走了，以前好几个村的人走的可都是他出资铺的砂石路。弘慧住持的那些话，其实我没有听进去多少，坐在那里的只有肉身，至于灵魂，早已去了静海法师无处不在的山上。

人生真的有太多的偶然和不可预知，没有想到几十年之后，我跟静海爷爷竟然在一座叫圆满寺的寺庙里，以这样一种方式见面。我对弘慧住持说，我身上流淌着他的血液。弘慧住持说，你一来，我就知道了。

我默默起身，捐出一些钱后走出寺院大门。站在山边上向东眺望，云海苍茫的三四百公里外，有我的家乡鹑觚原，我和静海法师都在那片原上长大。我无法想象，几十年来，他每每东望鹑觚原的时候，是心如止水，静若安澜，还是转身前鼻翼微翕，泪眼蒙眬。

那一刻，我也想到了炒面客爷爷，想起他那五短身子、古铜色的脸膛，拉着一条伤腿走路、干活的模样；想起他一直以来的卑微和对我们的种种温柔体贴，我不禁又一次百感交集。当年，他从三四百公里外奔赴我家，挑起了静海爷爷撂下的那副重担，而静海爷爷出家为僧的地方正好又是炒面客爷爷的故乡，这是无意的巧合，还是命运的有意安排，实在令人费解。

这时候，天空突然变得极为明亮，接着就有金色的细雨落下。我在雨中久久伫立，看着"圆满寺"三个字陷入沉思。什么是"圆满"？我想，也许一个世界的缺憾，就是另一个世界的圆满。也就是说，一个世界的缺憾，才会成就另一个世界的圆满。我只是这么想，也不知道自己想得对不对。

野鸽子

一

那时间，不光瓦片，兄弟仨都跟老黑有仇，野鸽子还曾说过那个家有老黑没他，有他没老黑，长大后要收拾掉老黑之类的狠话呢。其实他们都是胆小善良的好孩子，借胆儿也绝不会干出此等吓人的蠢事，那不过是小孩子一时的气话罢了。但窥斑见豹，足以可见老黑父子间的关系当年有多糟糕。

老黑成为家里的罪人后，瓦片他们反倒不再说与父亲有仇之类的话了，有些事已不是"仇恨"二字所能代表得了的。瓦片后来没有问过野鸽子是否记得当年说过的狠话，如今想来，那简直就是一语成谶。

当年，瓦片他们兄弟仨就坐在饮马山半山腰的一棵古槐树下歇息。那棵古树站在那地方很久了，树身需几人合抱，浓荫遮天蔽日。老黑打完野鸽子后，撇下三个儿子挑着麦担上塬去了，放弃了对他们的劳动监管，足见老黑当时有多生气。

正因为挨了打，瓦片他们就显得稍微有理些，有理才敢坐下来歇息。他们歇息的山脚下有一条狭长幽深的河谷，河谷两边是连绵的群山。那些延展向远方的山峦蓝莹莹的，看上去像忘了退回大海的巨浪，又像慢吞吞迁徙的象群。河谷里绕山根有条飘带一样的河流，正午的阳光使得河水金光闪耀。少年瓦片的目光最终停留在吉村人祖祖辈辈劳作的那些山地上，他若有所思，饮马山上没有一块像样的庄稼地，尽是些巴掌大小的驴脊坡地，这里一块，那里一坨，大山的补丁似的。瓦片认为只有猴子才适合耕种那些土地。瓦片憎恨那些山地，如果不是因为它们，野鸽子怎么会遭毒打？

突然，一阵凉风掠过，古槐树下的瓦片他们舒服地打了个激灵。要知道，那样死气沉沉的午后，在饮马山遭遇凉风简直是个奇迹。瓦片看见野鸽子脸上的鼻血、眼泪和汗水风干了，留下许多蚯蚓爬过一样蜿蜒的痕迹。而他的额头、鼻尖及颧骨擦破的地方仍在不停地往外渗血，瓦片分别给那些地方按上去过几把细黄土（吉村人常用这种古老的法子止血），可野鸽子擦眼泪时毫不在乎地全给抹掉了。野鸽子刚刚被老黑痛打了一顿，抽抽噎噎哭了老半天，好不容易才平静下来。

当时，老黑率领三个儿子正爬行在饮马山的半山坡里。老黑打头，一边四个，挑八个麦捆。瓦片随后，一边两个，挑四个。瓦片那年刚过十四岁，力气还没长圆，四个麦捆压在肩上无异于两座大山。野鸽子小瓦片两岁，却跟瓦片挑得一样多，他比瓦片略高些，自小就有力气。石头才十岁，还不会挑担，一次背两个。就在汗水刺得眼睛都睁不大的瓦片正小心翼翼地挪脚倒步时，突然听到身后传来沉闷的响动，等他把肩上的麦担从左换到右，艰难地转过半面身子时，只见一溜扬起的土雾中似有人正向山下翻滚。

是野鸽子！

后边的石头惊叫起来。他们继续爬坡，直到把肩上的麦担卸到古槐树下，才跑下山去找人。

那时，野鸽子已经把四个摔散的麦捆找回并重新捆好了，他沮丧地看着沿疤节处断成两截的扁担不知所措。老黑则无意关心滚沟的儿子是否摔断了胳膊腿，他对野鸽子满是鼻血的大花脸视而不见。老黑只关心麦子，他急切地捏揣着每个麦捆上的麦穗，不用说那些熟透的麦穗经过一路摔打多半空了。接下来，老黑将摔断的扁担拿起来看了看，然后果断地抡向野鸽子。

瓦片早料到会如此。扁担抽到野鸽子干瘦的身体上如同抽打在一块木板上，发出哐、哐的干响。野鸽子抱头扭作一团在地上打滚，活像一只遭主人毒打而激烈挣扎的牲口。随着扁担的起落，瓦片感觉到自己的心被一双锋利的爪子抓烂或揪掉了，周身的毛发一时全竖了起来。瓦片曾试图夺走老黑手里的扁担，但被一脚踹出老远。老黑龇牙咧嘴，扭曲的脸上浮现出快意的微笑，打得十分尽兴。扁担有些落到野鸽子身上，有些抽到地面上，那地方很快腾起一片壮观的尘雾。野鸽子曾几次想翻身起来逃走，但因忙于抵挡密集落下的扁担而一次次错失了良机。

　　瓦片撕心裂肺地哭喊着，以期引起周围人的注意。他跪在地上哀求老黑饶过野鸽子，但老黑疯了一般根本不听。瓦片只能眼睁睁地看着老黑把野鸽子往死里打而毫无办法。

　　当时，地里割麦的、路上挑担的吉村人任凭野鸽子杀猪般号叫却无一人前来劝阻——吉村人对老黑干活时动辄就打骂孩子早习以为常了。他们并非没有同情心，要不然也不会把饮马山上那么多山地分给老黑这个外来户，当年他们完全可以直接拒绝他迁户。

　　按理说老黑应该知足并心存感激，可性情糟糕的老黑同吉村人总是搞不好关系。吉村人说他是"背过河不认干爹的东西"。在打孩子这事上，他们并非没有劝阻过老黑，而是好多次，老黑非但不领情，反骂他们多管闲事。既然老黑不识好歹，吉村人也就懒得管他家的破事，甚至每有此类事情发生，还有点幸灾乐祸的样子。

　　瓦片以为老黑那天会把野鸽子打死，但打了一阵，老黑自己却住了手。他骂他们是蠢猪，又说他们还不如猪，猪还能卖钱，而他们只能吃不能干，干点活还要弄坏家什。老黑是心疼那根朽木扁担和失撒在路上的麦子而怒不可遏的。

　　老黑走后，瓦片将野鸽子拉起来拍打他满身的尘土时，忍不住再次失声痛哭。野鸽子一拳将瓦片打倒在地，吼道："哭啥？我又没死！"后来，兄弟俩用两根半截扁担将四个麦捆挑到古槐树下时，石头惶恐不安地告诉他们，老黑上来跟他一句话都没说挑着担子就走了。

　　那天，野鸽子在古槐树下哭得双眼通红，中间他停下来对瓦片说：

"这个家有我没他，有他没我。你们等着，长大后我要收拾掉他。"他喃喃自语道，"他不光打我、打你、打石头，还打咱妈。"瓦片惊诧地望着野鸽子，伸手去搂时，野鸽子肩头一缩，哎哟一声，龇牙咧嘴地躲开了，他挨了扁担的身子碰都不敢碰。

野鸽子咬着嘴皮望着远处，一字一顿地说："我叫你打，我叫你打！我叫你永远打不着我，我叫你一辈子想起我都要后悔地淌眼泪。"对野鸽子的自言自语，瓦片当时并未在意，这话是后来才如冰山一样渐渐浮出记忆的水面的。

二

瓦片全家都挨过老黑的打。在打人这一点上，老黑家有家族遗传史。老黑的父亲就是个"打手"，他脾气暴虐，喜怒无常，据说常为丁点小事把老黑母子吊起来打，捞到什么是什么，从不担心会打死人。老黑母亲的早死，哥哥及妹妹的夭亡，极有可能与老黑父亲有关，这是吉村人的猜测。虽然老黑父子来自一个遥远的不为人了解的地方，但初来乍到的老黑还是向人们透露了不少情况。那会他还小，心思单纯，有强烈的倾诉欲望，以期得到吉村人尤其是女人们的怜悯；长大后的老黑发觉吉村人并非如他所想的那般善良友爱，于是，他又极力遮掩、矢口否认。但吉村人牢牢记住了老黑说过的话，老黑说他跟父亲有仇，长大后要收拾掉他，这话后来像家训一样传给了野鸽子。

说起来老黑经打，于千锤百炼中长大，但成年后的老黑不愿回首往事，即便是面对家人，也挂口不提他少年时的遭遇，好些话都是他说漏嘴，或跟父亲打架时抖搂出来的。那无疑是真的，老黑身子上遍布的伤疤，他头发里隐藏的若干蜈蚣状的疤痕就是最好的证明。

在家里，老黑看谁都不顺眼。酸枣长相寒碜不说，针线锅灶又样样拿不出手，这让老黑从一开始就心生嫌弃。他认为女人总得占住一样，看又看不得，干又干不成，要你有何用？老黑是三十岁上没办法才娶了酸枣的。单说人，娶酸枣确实把老黑亏了；但说到家庭，老黑能娶上女人已是抬举他了。他家里有什么呢？四堵墙，两个光棍汉，既然这样，还挑剔什么呢？可老黑偏不，他常用谩骂和拳脚来对待酸枣，以发泄自己的不满。酸枣因此在老黑面前总不得舒展，一副战战兢兢、无所适从的样子。对三个娃老黑也一样充满嫌恶，他们在外头刁钻狡黠，总是惹是生非，在家里却又蠢又笨。特别是野鸽子，老是弄坏家里的家什，因而他是兄弟三个中领教老黑拳脚最多的。

挨打的第二天，野鸽子又犯事了，他偷走了家里仅有的十五块六毛钱。在1983年，那些钱是瓦片家的全部积蓄。老黑当时把钱塞在窑洞高处的一个窑窝里，反正相当隐秘，没有第二个人知道。谁也不知道野鸽子是怎样发现那些钱的。发生那样的事，不叫老黑打死才怪呢，可是老黑并没有打野鸽子，因为他再也打不着了。

野鸽子离家后，老黑始终不认为儿子是离家出走了，他觉得至少在他们家，还没有谁有这么大胆子，酸枣就是被他打断了腿也不敢给娘家人捎话，更不要说一个十二岁的孩子。

野鸽子是拿走了家里仅有的十五块六毛钱，可十五块六毛钱在外头能混多长时间？他又能去哪里？所以，老黑操心的是钱，他担心野鸽子到回家时会把钱花光，而并非儿子的安全。

"狗日的，皇上的买马钱都敢花，回来老子非打断你的狗腿不可！"老黑边干活边狠狠地咒骂，想的全是回来如何处置这个胆大妄为的东西的事。他坚信，最坏也就是野鸽子在外头把钱挥霍一空才回来，除此之外，不会有别的，吉村以前有过类似的事情。

迫于老黑的威力，家里人不敢停下活儿去找野鸽子，更不敢问野鸽子的情况。他们依然从饮马山往塬上拉扯麦子，酸枣还是在麦场里晒麦子，给一家人做饭，但他们都像丢了魂一样。吉村人很快发现老黑家的队伍里少了人，就开玩笑问野鸽子飞哪去了。老黑的脸色很难看，他讨厌吉村人爱打探旁人家秘密的毛病。

"死了！"老黑狠声恶气地回答。

"死了你有这么美？"吉村人说。

野鸽子离家第二天，酸枣慌了，她忍不住要跑到公路上手遮额颅眺望远方，她想象着野鸽子从路尽头东张西望走来的样子，他把路上的碎石子踢得像箭一样纷纷射向路边，最后从公路上拐到通往吉村的岔路上。

也许去他舅舅家了，酸枣这样自我安慰。但瓦片舅舅的到来让酸枣的幻想破灭了。五黄六月，地里能忙死人，舅舅本来无暇来瓦片家，可不知道为啥，近几天来，舅舅心神不宁，总觉得像发生了什么事，不由得就要往瓦片家里跑。得知野鸽子离家已经三天了，舅舅一口气跑到饮马山去找老黑。

"娃走了都三天了，你不赶紧去找，这烂庄稼有个啥收头？"

"满年的庄稼，咋没收头？"老黑冷冰冰地回答。

"我说你这人不知轻重缓急你还觉得妄说你了。你没听说过掏心挖肝的吗？那伙人到处流窜，你就不怕出事？"

瓦片和石头听到这里一齐哭起来。老黑把麦担子搁下，说："不是爱往你那边跑吗？这回咋没去？"

"你问我，我问谁？"舅舅说，"这回兔可没在原窝里卧，我连个人影影都没见。"他埋怨道，"给你说过多少回了，就是不改你那烂丛脾气，打娃娃手底下也没个轻重，看看，是不是打出事来了？"

舅舅那天说老黑算是比较严重的一次，以往即使说老黑，也必是站在维护理解他的角度上的，比方说老黑把他妹子打趴下了，他总要先数说一阵自己妹子的不是，才敢搔皮抹面地批评一下老黑，因为他也怕老黑。

在舅舅的催促下，老黑停了半晌活，骑车去鹈鸪镇上找野鸽子，连路又去了二十里外的县城。瓦片去野鸽子的同学家挨个儿找寻。

那天晚上十点多老黑才回家，他主动向酸枣说了此去的行踪。镇上各道四处都跑遍了，见人就问，人人都说没看见，只有开杂货店的秃驴提供了一条比较有价值的线索，说那天他去县城进货，半道上碰见一个身穿脏兮兮的白汗衫黑不溜秋的男娃，正往县城里跑。

老黑马不停蹄地骑到县城，大街小巷跑遍，逢人就打听。县城多大呀，车多人杂，谁会注意一个不认识的男娃呢？老黑又去汽车站打听，完了又到通往外省的两条公路口去打问，但也不过是白费口舌，多跑路而已，什么消息也没打听到。

老黑言语的无力显示出他的心虚。酸枣躲在灯影里边哭边给老黑盛饭。瓦片和石头也嘤嘤哭了。吃完饭，老黑扛了扁担去担麦，白天落下的活，夜里得补上。瓦片他们也要去，让老黑给挡住了。老黑说黑天容易滚沟，他多担几回就行了。老黑从未有过的体恤使家人嗅出了危险的气息，难道野鸽子找不见了？

第二天一大早，老黑又出门去找野鸽子。瓦片和母亲带着石头去拉扯麦子。吉村人大约都知道了，不住地有人前来打探野鸽子的消息。有人说得风轻云淡，有人讲得相当骇人，酸枣心烦意乱，不想听他们的分析，她对吉村人表现得十分冷淡。

老黑那天推着自行车，佝偻着身子走进家门时，天已经黑透。他的面目隐在夜色里模糊不清，但汗衫背上大朵的盐花却隐约可见。老黑坐在院子里歇息，一句话也没有。瓦片给他端饭时嗅到了一股浓烈的酸臭味。老黑在家里担心野鸽子的死活，在外又惦记着地里的麦子，心急火燎，来去必是拼命奔跑。这回酸枣哭出了声。许久，老黑才长长吁了口气说："不怕，这么大的娃了，能不知道回家？逛几天就回来了。"

老黑说他寻到六神无主时，找过一个在县城做生意的吉村人。那人劝老黑回去好好收麦子，他说东西都是一人放，十人寻，何况是人。人有两条腿，哪里不能去？再说，如果不想让你找到，就是在眼皮子底下也难以找见。接着，老黑自言自语般对酸枣说，兴许跑远了，兴许在近处，那么聪明的一个娃，不会有事的。他终于肯夸一回自己娃了。最后老黑说，从明天起，咱好好收麦子，不管他了，爱啥时回来啥时回来。

三

野鸽子就这样消失不见了，没有谁能说得清他消失的具体时间，他到底是那天吃过早饭不见了的，还是中午人昏昏欲睡时消失了的？那天似乎不大寻常，他消失在上半天，那半天好像不存在，又像是扑朔迷离的半天。家里人努力进行了回忆，他们发现野鸽子消失的前一天，甚至前两三天的事情，都记得清清楚楚，唯独他消失的那半天的事情，回忆起来十分费劲，似乎已经很久远了。

当然，还是有一些场景可供回忆，野鸽子把金色麦捆摆得整整齐齐晒在太阳底下，像一个壮观的士兵方阵；他从地坑庄子的斜坡上走下时，捡起石子打飞了树上聒噪的鸟儿；他无端地踢了一脚向他摇尾乞怜的瘸腿老狗；他爬在瓷瓮边上舀起一瓢水，咕嘟咕嘟一气子灌下去。瓦片依稀记得他冷漠孤傲的神情，他眼里闪烁着倔强不屈的光芒，每次瓦片跟他对视时，他都会扭头避开，挨打之后他们的关系变得生疏，野鸽子失去了往日的欢乐，但绝不是老黑说的"打一次，乖三天"的现象。

野鸽子那天没有去拉扯麦子，是不是老黑叫他别去的，连老黑也说不清了，反正就是没去，在家里干了些鸡零狗碎的活。他跟酸枣说了些什么，酸枣也不记得了。一切模糊零碎的回忆，让家里人搞不清到底是亲眼看见了那些场景，还是梦里的情形。

开始几天，瓦片认为饮马山上的麦子拉扯上塬后，野鸽子就该回来了。饮马山上的麦子拉扯完了，野鸽子没有回来。接着，塬上的麦子开割了，瓦片想，再怎么塬上的麦子割完总该回来了吧。塬上那点麦子很快割完了，野鸽子依然没有回来。接下来便是全力以赴打碾晾晒麦子。麦子入囤前，瓦片又想，眼见的活就要全干完了，野鸽子要再不回来，简直就太不像话了。瓦片知道野鸽子想教训一下老黑，可觉得他有点过了，这又不是第一次挨打。

野鸽子离家后，瓦片成为重点调查对象，瓦片想不通为什么会是他，而不是石头或他们的母亲。老黑让瓦片一遍遍回忆野鸽子消失前的异常举动和言语。瓦片陆续回忆了一些细节，比如野鸽子消失的前一夜，他在沉睡中似乎听到了他翻来覆去的响动，还有不住的叹息声，这算不算蓄谋已久不好说，除此之外，瓦片再无什么有价值的情况可回忆。谁知石头却向老黑报告了野鸽子在古槐树下说的那些狠话。那些话瓦片原本不打算说，既然石头说了，也只好承认。老黑听了那些话，愣神了一阵，然后顺着墙脚溜了下去。酸枣听罢放声大哭。

整个夏天，老黑都要让瓦片回忆他们在古槐树下谈话的细节。反复的陈述令瓦片心生反感，但他又不敢公然表示反对。瓦片并不知道，那不过是个开头，从此他便要承担起有关野鸽子失踪前细节的漫长回忆，并反复讲述他在古槐树下说过的那些狠话的任务，老黑和亲戚们企图从这些话里分析出野鸽子离家出走的其他原因，但似乎很难，所有原因均指向老黑的那顿毒打。

瓦片在县城上高中那几年，老黑每回来送伙食，除了草草问几句学习生活方面的事，追问野鸽子当年说的狠话才是最主要的。老黑总是问："野鸽子当时怎么说来着？"那话简直问过一千遍了。他满眼期待地望着瓦片，瓦片就得一如既往地重复给他听。有时讲漏了某句，老黑便会打断让他补上。老黑听得十分仔细，像是在求证，又像在玩味，良久他才重重叹息一声，说："狗日的真是个狠家子"然后顺着墙根溜下去。

等瓦片敢违抗老黑的时候，却因为心不忍不得不继续，无论是他后来外出上大学，还是参加工作、结婚生子，只要父子见面，老黑都必让他陈述，有时甚至到了乞求的地步。老黑那么强硬的一个人，最后软蛋成那样，实在让人受不了。

老黑始终不肯承认野鸽子的失踪他负有不可推卸的责任，他怪瓦片，嫌他知情不报；他怪石头，骂他是事后诸葛亮；他怪舅舅，怨他对野鸽子不够好，否则那次怎么会不去他家？他更多怪罪的是酸枣，认为她不操心娃娃，枉为当妈的。他甚至怪到吉村人头上，说都是那些居心叵测的家伙把野鸽子叫飞的。野鸽子本来叫鸽子，跟瓦片、石头一样，都是老黑信手拈来的名字，有很大的随意性。那个"野"字是吉村人加上去的，可见野鸽子当时在吉村影响不大好。老黑怪遍了世界，唯独没有怪自己，他将自己置之度外，几十年来，一直如此。

四

陌生人一路打听来到吉村后，曾一度怀疑这不是他要找的吉村，他抱怨这地方实在太难找了。跟他交谈的吉村人不以为然，吉村有什么难找的？原来陌生人是按吉村原先所属的乡找的，那个乡早已不存在了，撤乡并镇使它归入了更大的乡镇，幸好村名几十年未变，否则更难找。

风尘仆仆的陌生人是来寻亲的，对于他说出的人名，吉村人表现得十分茫然。陌生人问吉村人怎么这么少。吉村人自嘲地说，稍有点能耐的都在城里买房安家了，留下的尽是些没本事的。吉村人建议陌生人向比他们更年长的人去打听。当陌生人找到两个七老八十的老人时，两个老人异口同声地惊叫起来："老黑，你是倒着活的吗，咋越来越年轻了？"过了一阵子，他们又同时发出惊呼，"天神爷！野鸽子回来了！"

接到村里人打来的电话后，蒋家骏扔下一切事务从渭城驱车赶往吉村老家。吉村老人声称，陌生来人必是野鸽子无疑，"简直太像你父亲了！"他们感叹道。

这消息令蒋家骏慌乱、激动，他一路把车开得像飞机。回到吉村，却不见陌生人。村里人说去饮马山了，蒋家骏又往饮马山去。村里老人说陌生人居然知道饮马山，而且大体能说清吉村迁上塬之前的位置，由此看来，不是野鸽子还能是谁？更何况长得跟老黑当年一模一样。

在古槐树下眺望的陌生人使蒋家骏如同见到了中年的父亲。蒋家骏喊他野鸽子。操东北口音的陌生人竭力否认，他自称姓范，受野鸽子的委托从吉林四平前来寻亲，他说他们是生死之交。

蒋家骏抬头望着已被保护起来的古槐说："还记得当年我们拉扯麦子歇凉的这地方吗？还有对面那些山，山脚下那河，饮马山上这条顶头坡，什么都没变，就是我们变了，可我们再变，野鸽子还是野鸽子，瓦片依然是瓦片。"

蒋家骏看着眼前这个瘦削的高个男人说："不管你这些年去了哪里，受了什么罪，只要回来就好。回来好呀！可为啥不承认自己是野鸽子呢？我是你哥瓦片呀！"蒋家骏说得心里难受起来，他平复了一下情绪，在陌生人身边坐下说，"我知道你心里不好受，我心里也不好受，可回都回来了，为啥又不认我呢？"

陌生人淡淡地说："我确实不是野鸽子，他回不来了。"陌生人没有说明野鸽子回不来的原因。蒋家骏说："你跟父亲长得实在太像了，跟我也像。"

陌生人说："这世上长得像的人太多了。"他话锋一转说，"不过我跟野鸽子确实像，有时连我父母都分不清。我之所以对你家，包括对吉村的情况了如指掌，就像在这里生活过一样，是因为我和野鸽子在一起待过好些年。那时我们失去了自由，整日除了回忆无事可干，他就天天给我讲他家的情形，还画出了草图，标出哪里有座山，哪儿有条河，山上长着什么树，家里都有什么人，讲他离家出走后发生的事情。你们全家，你爹、你妈、瓦片、石头，我全是从他嘴里知道的。"

在蒋家骏的一再追问下，陌生人讲了野鸽子离家后的事情。

野鸽子从家里出来后站在大路旁张望，几乎是一瞬间，他决定到鹬鸼镇上去。去干什么，他不知道，反正先一天挨了打，现在浑身青紫，疼得坐不能坐，躺没法躺，这使他想起了母亲，母亲每回挨了打就会变得有理一点，可以睡在炕上不给家里人做饭，而老黑多半也不会再难为她，这在平时简直不敢想象，因此野鸽子觉得他也是有理的，什么也不用怕了，于是迈步朝镇上走去。

野鸽子想，大不了老黑再痛打他一顿，大不了把那半截扁担再打成更短的两半截，再大不了把他打死。想到这里，野鸽子心里的仇恨像浇了油的火苗一样噌噌往上蹿。他跟谁都没有打招呼直接就走了。野鸽子并不知道自己要去远处，那只是临时起意。

野鸽子向前走了一阵，身后来了一个骑自行车的少年，瘦小的少年娴熟地骑着一辆破旧笨重的二八自行车，车头上晃荡着一个脏兮兮的大油瓶。少年说如果去镇上可以带上他。就这样，野鸽子强忍着身体的剧痛，艰难地跨上自行车后座。少年将腿伸进自行车的三角框里站着蹬车，身子一弓一弓地将他带到了镇上。

在镇上，他们分了手，少年忙着去称盐倒油，那是他来镇上的目的。分手后，野鸽子才想起连人家名字都没问。

收黄天是跑场子集，因此街上行人稀疏，但摆摊的并不少。野鸽子盲目地在那些吃食瓜果摊前来回走动。卖瓜人操着月牙刀，将黑籽红瓤的大西瓜杀成薄薄的瓜牙叫卖，陈桃烂杏散发出馥郁的味道使整条街甜腻腻臭烘烘的，猪头肉上摩拳擦掌的绿头苍蝇跟他家粪坑里的如出一辙，野鸽子突然觉得很恶心，涌上来的一点食欲一下子没有了。

野鸽子塞在裤兜里的手里攥着一卷钱。当时他并不知道那些钱有多少，他把钱攥得湿漉漉的。野鸽子的裤兜里从来没有装过这么多钱，这些钱像烫手的山芋，让他既兴奋又害怕。他曾经为偷几毛钱，挨过老黑一顿毒打，他无法想象这些钱会带给他怎样的灭顶之灾。野鸽子在街上漫无目的地转了一阵后，走上了一条砂石路，沿着盘山公路奔跑起来。

蒋家骏说，这条路还是过去通往县城的那条慢下坡路，无非是修平加宽了。陌生人努力辨认了一阵说："对，对，野鸽子讲过，当年他是一路小跑到县城的。"对一个少年来说，慢下坡路跑比走更舒坦些。野鸽子在半道上碰见镇上开杂货铺的秃驴，那人车子后头夹着塑料彩条包，应该是去县城进货的。秃驴可没有他路遇的少年那么好心，只看了他一眼，就骑了过去。

五

下到县城，蒋家骏带着陌生人转了一圈，陌生人寻找的城东向阳供销社，中街有名的大众食堂已难觅踪迹。蒋家骏说："县城发展变化之快令我都难以适应，更不要说你。"陌生人笑了，他说野鸽子那天发觉两只脚的大拇指生疼，原来一路奔跑，砂石路将鞋上的针线磨断了，致使大拇指露到了外面。

当时野鸽子想，得买双鞋。他对自己说："我怎么能穿着这样烂的鞋走在县城的柏油马路上呢？"野鸽子在向阳供销社里挑了一双中意的球鞋，那样式、颜色他喜欢极了，他还从没穿过买的鞋子。当他实在不忍心把脏脚伸进新鞋子里时，索性花几毛钱又买了一双丝光袜子。野鸽子穿着新鞋走在街道上，反倒觉得不如烂鞋自在。

野鸽子从供销社出来后并没有走远。买鞋前，他看见一个跟他一般大小的少年，身穿一件白底蓝道的半袖，他不知道那叫海军衫。少年皮肤白皙，穿那种半袖的模样简直帅极了，而他买鞋的向阳供销社里恰好有卖的那种半袖。野鸽子实在喜欢，很想买一件，他身上的汗衫是母亲用人送的面粉袋子缝制的，汗水早已使它变成了屎黄色。

野鸽子走进去，又退出来，心想：无论如何再不敢乱花钱了。就在准备离开时，猛又想起老黑毒打他的事。一想到这些，就有一盆通红的炭火炙烤着少年的五脏六腑，他痛下决心又要买。如此出出进进反复几回，惹得营业员对他都起了疑心。

野鸽子最终还是买了。他想：我挨了那么重的打，我有理，为什么不买呢？

野鸽子在街边的树荫下走走停停，县城就是好啊！他想，树荫底下太阳晒不着，怪不得人家都那么白。当他走到大众食堂门口时，不禁有些神往，经过一番思想斗争后走了进去。一个男人跟一个少年正在头对头吃炒面，看样子是一对父子。他们低声说笑着，男人将自己碗里的瘦肉丝挑出来夹给少年，少年面前摆着一瓶黄澄澄的汽水。这一幕深深刺痛了野鸽子的心，他走过去，声音洪亮地说："给我来一小碗寸节肉炒面，一瓶汽水。"

吃完炒面，野鸽子复又走到街道上，他体会到了花钱的美妙。走了一阵，发热的头脑突然冷静下来，他在慌乱中粗略算了一下，刚才买东西吃饭花掉了五块多钱。野鸽子手指发颤，把钱掏出来数了一遍，剩下十块两毛钱了。刚才好似鬼迷了心窍，他做这一切时全无后顾之忧，如同花自己的钱一样理直气壮。他感觉这几乎不是他所为，好像鬼神在操控着他。

头脑清醒后，野鸽子的心一下子慌得狂蹦乱跳。老黑一定会把他打死的，一定会的。他偷了家里那么多钱，拿出去胡吃海喝，不打死他，就不是老黑。他意识到问题已经严重到了无法挽回的地步，那就是他不敢回去了，想到这里，野鸽子忍不住眼泪巴嗒的。

陌生人说："那些钱其实不算野鸽子偷的。那天早上，几只麻雀在老黑住的窑洞里打架，野鸽子将麻雀赶出去后，想爬上去看看它们为什么老在那个窝窝里飞出飞进，结果就发现了那些裹在油纸里的钱。他将钱取出来，揣在裤兜里走出了家门。走出去的时候，他并不知道自己要离家出走。"

在县城吃饭时，他们发生了争执。蒋家骏要去像样点的地方吃，陌生人坚持要品尝野鸽子说的那种很好吃的寸节炒面。最后蒋家骏只好依了他。吃完饭出了县城，在去往渭城的一个三岔路口，陌生人说，野鸽子当年估计就是在这里坐上一辆长途货车的。

"我明白了，他当时让一个汽车司机给骗走了。"

"不是那回事，没有人骗他，当时的情况很正常。"

眼见天色不早了，野鸽子忧心忡忡，他盲目地走向了离县城不远的一个岔路口。他不知何去何从。那时候，一辆大货车停在路边，司机正在不远处的一棵树下拍拍打打收拾睡觉的凉席，他准备趁着日头偏西赶夜路。野鸽子无所事事的样子引起了司机的注意，他立刻判断出这少年有事。

司机跑车常经过这一带，自认为对这里的情况比较了解，这样的季节，农村人一般不会放任一个少年胡游乱逛，他们一般都在麦场上干活。少年沮丧的神情，脸上的伤痕，令他猜想到他极有可能跟家里人闹翻了。后来他们交谈了一阵，少年觉得司机值得信赖，就跟他说了自己的情况。司机听后劝他回去，说家里人会担心的。

少年说："他们才不会担心，我死了都没人管。"说着揭起海军衫，将满是大团紫黑色花朵的身子呈现给司机看。司机发出惊呼声的同时，用手轻轻抚摸起少年的身子，他的手比野鸽子母亲的手还要温柔。

陌生人陈述到这里停顿下来，他显然有些难受。蒋家骏便说了些家里的情况。

六

野鸽子失踪了，老黑不可能无动于衷。刚开始那些年，他一直在想方设法寻找，去派出所报案，发动亲戚和村里人找，求过神，问过卦，找过当地的黑老大。老黑在这上头被人骗了不少钱财，致使家里更穷，致使瓦片差点不能读完高中。但正因为他毒打了野鸽子，野鸽子才消失不见了，所以大家都怪罪他，有短处拿捏在人手里，连瓦片舅舅都敢跟他吵架了。老黑成了家里的罪人，也就不好坚决反对两个儿子继续读书。如此说来，瓦片和石头能出去上大学，还得感谢野鸽子。

从野鸽子失踪第二年开始，老黑去周边的陕西、宁夏一带当麦客时，挣到的钱一年比一年少。吉村同去的人说他见天换地方，到处胡跑乱窜，这样也就难挣下个钱。其实他这样，无非是希望多跑些地方，看能否打听到野鸽子的下落，但一切都是徒劳。那些年，只要听到哪里死了少年人，不管多远，老黑都要跑去看个究竟。他曾经从砖窑里背上一个烧成黑炭的少年，曾经跟人在水库里打捞起一具少年肿胀的尸体，还曾去看过被车碾压得面目全非的无名少年，但他们都不是野鸽子。

东寻西找中，老黑的须发早早白了，漫长的煎熬和等待中，老黑和家人渐渐失去了希望。他们不再寻找，生活归于近乎麻木的平静。

蒋家骏说："小时候我们恨他，觉得他不配为人父亲，野鸽子失踪后，我们更加恨他。可是，你不知道，当我和石头强行把他和母亲带离老家时，他大吵大闹，死活不肯跟我们走。那一年，他的老年痴呆已经明显严重了，有时连我们都不认识。为了照顾起来更方便，我和石头在渭城为他们买了房。当时我们是把他硬抬上车的，你知道他抓住车门一边拼命挣扎，一边嘴里喊叫什么？他说：'万一野鸽子回来了，家里没人怎么办？'当时我们都哭了，他差不多什么都忘了，却独独记着野鸽子回家的事。那一刻，我的心软了，很多疙疙瘩瘩坚硬的东西突然间就化开了，他记得野鸽子就足够了。"

陌生人掏出纸巾擦眼睛，终于问起野鸽子父母的现状。蒋家骏说："父亲八十三了，身子骨还算硬朗，就是老年痴呆更严重了，谁也不认得了。母亲七十四了，比以前更加瘦小，剩下不到八十斤，眼睛也不好使了，做过两次手术，可越做越糟糕。"

陌生人陷入沉思，良久他试探着问："眼睛的毛病是长期伤心流泪导致的吗？"蒋家骏说："那是肯定的，她为野鸽子哭了几十年，眼睛能不坏？"陌生人点燃两根烟，一根给蒋家骏，一根自己抽。蒋家骏说话的时候，他一直扭头看向窗外。过了好一阵子，他才小心翼翼地问："他脾气还是哪样吗？"

蒋家骏说："江山好移，本性难改。他那脾气，如何改得了？但野鸽子失踪后，家里的情形却变了，不光我和石头敢顶撞他，妈也敢公然同他对抗。"

后来老黑打儿子时，酸枣会冲过去护在前面，毫无畏惧地迎着他哭吼："逼死一个了，还想把这两个都逼死吗？"她认为野鸽子已确死无疑了。或者她直接往老黑身上扑，没事找事一样。酸枣会说，把我也打死，把我们娘母子全打死算了。这时老黑的手往往会尴尬地停在半空中难以落下，他在失去儿子的同时，也失去了他一贯的威严和强势。

老黑变得沉默寡言，更加喜欢一个人独处。他干活时经常坐在古槐树下发呆，黄昏时喜欢抱个烟袋泥塑木雕般蹲在大路旁久久张望。吉村人同情他，试着去安慰他，从那时起，他跟村里人的关系逐渐有了改善。

老黑内心真实的感受他从没有说过。对于瓦片、石头和酸枣来说，野鸽子离家后的日子没有一天是完整美好的。在他们看来，野鸽子并没有消失，在漫长的等待的日子里，他们全都陷入了比悲伤更可怕的情绪中，他们不能心无旁骛地干好任何一件事，因为野鸽子总是生动地闪现在他们生活的某个瞬间。酸枣经常能听见他叫妈，有时在夜半，有时在午后，有时在干活的崖头，有时在种地的沟垴。她无数次坐着坐着突然就跑去开门，说野鸽子背着牛草站在门外，她曾多次看见过他从牛窑或大门里闪进的身影。

有一段时间，瓦片夜里一闭眼就能看见野鸽子，他就睡在他旁边，磨牙放屁说胡话。他怕他又会消失不见，一眼不眨地盯着他，可野鸽子练就了神功，他们正说话间，他突然脚尖轻点，身子一缩从天窗里飞走了。瓦片为抓住他急得大喊大叫，往往会把自己给弄醒。他们恍惚、疑惑、低迷，总是幻听幻觉，像有了某种特异功能。走路时，他们往往会不由自主地去追赶某个少年的背影，当陌生面孔一次次回转时，他们会猛然醒悟，即使在人海中与野鸽子相遇，他也已不是少年了。

在人生的每一个重要的时刻，瓦片都会想起野鸽子，他如魂魄一般依附在他身上。第一次去大学报到时，某个低头抬头的瞬间，瓦片看见野鸽子就在火车车厢里走动；半睡半醒之间，他感觉他就坐在自己身边，专注地看窗外的风景，或转头冲他一笑。当他站在台上举行婚礼时，有一阵子，他想象着小自己两岁的野鸽子，他穿上挺括的西装，牵着娇羞的新娘，会是什么样子。在发言或做报告的各种场合，好多回，他看到了野鸽子，就坐在台下的人群里，同旁边的人轻声交谈或低头做笔记，致使瓦片不由要伸长脖子去辨认。后来，瓦片能想起他的次数越来越少了，但野鸽子依然会顽固地在某个瞬间猝不及防地冒出来干扰他，这样的时候，瓦片会分心走神，这令他很沮丧。

石头也有过不少类似的体验，比如说他大学毕业典礼时，第一次拜见岳父母时，和妻子出国旅游时，新鲜的事物、陌生的环境，更容易令他想起野鸽子。当他凝视刚出生的儿子那张如同丑老头的小脸时，不知为什么，那脸忽然就幻化成了野鸽子的脸。那一刻，石头甜蜜的幸福突然有了苦涩的缺憾，他忍不住想流泪。他想：野鸽子是不是也有孩子了？端详孩子的时候，会不会也想到了他和瓦片？

一家人就是在今年对明年充满希望，明年对下一年充满希望，一年对一年充满希望，再到不抱任何希望中走过来的。好在，他们终于不再等待；他们深知随着年深日久，野鸽子回来的希望几乎为零，他们更情愿突然得到他已死去的消息，好证实他真的从这世界上消失了，好让他们死心。

七

陌生人望着拐向远方的弯路说，野鸽子最终上了那个司机的大货车，因为怎么劝他都不回去。他说回家只有死路一条，好死还不如赖活着，他央求司机带他走。司机自从看了他满身的瘀伤后，就对这个少年表示出深切的同情。他对一个陌生孩子的怜爱更加坚定了少年跟他走的决心。原来，世界上还有如此温良的男人。

单纯的少年并不知道，司机此时已另有图谋。当他第一眼看到少年时，就惊讶于他跟另一个少年的高度神似。司机想了想，勉为其难地对少年说："那行吧，反正是假期，可以出去挣点钱，开学时我再把你捎回来。把花掉的钱补上，你父亲就不会把你打死了。"他补充说，"城市里工作遍地都是，挣钱非常容易。"少年觉得再没有比这更好的法子了。

三天四夜后，司机将野鸽子带到了一户人家，他安排他先住在那里玩几天，然后再给他找工作。野鸽子不知道他到了哪里，一路上他们经过了无数的城市和村庄，他知道自己离家已经远得无法想象了，他后悔地哭了起来。

那家人极力安慰劝导他，他们都很好，待人和风细雨。总之，他们对他好极了，俨然把他当贵客对待。头两晚，绵软的床铺令野鸽子极不自在，而第一回洗澡后周身散发的沐浴液的芳香，使他仿佛置身于奇异的花香中久久难以入眠。他们带他去公园划船，在商场给他买衣服鞋帽。男主人劝他："既来之，则安之，多玩些日子，赶开学回去就行。"他告诉野鸽子不用出去找工作，他的工作就是陪他女儿玩，并承诺回家时会给他比花掉的那些钱多几倍的钱。女主人则变着法子给野鸽子做好吃的，每天很享受似的看着他吃饭。但也有令野鸽子感到不适的地方，女主人有时看着他会莫名其妙地哭起来，以致让野鸽子觉得自己是否做错了什么。

那户人家有个小他两三岁的小姑娘，她丝毫没有瞧不起野鸽子的意思，反而对他十分友好。野鸽子不知道他们一家人平白无故为什么对一个陌生人那么好，这个问题他不由自主要去想。

过了几天，小姑娘告诉野鸽子，她有个同他一般大的哥哥，两年前玩水时淹死了，父母因此深陷悲痛当中。小姑娘还告诉野鸽子，父母对他好的原因是他很像她死去的哥哥。她偷偷拿哥哥的照片给野鸽子看，连他都吃惊于他们的确很像。

其实这家人从未想过要拐骗一个男孩来替代他们的儿子，在他们心中，儿子永远是无可替代的。这只是司机的想法，是他跟野鸽子见面交谈时突然萌发的。司机想到妹妹为那个溺亡的男孩哭哭啼啼日夜悲伤，两年间大病了几场，她之前因病已切除掉了子宫，此生绝无可能再生出一个男孩来，所以他一直都在想如何帮助妹妹脱离苦海。遇到野鸽子，他认为简直是上天的有意安排，起初只是抱着试一试的念头，结果他轻而易举地成功了。司机直至晚年都不认为自己干了件缺德事，反倒认为是他改变了野鸽子的人生。

陌生人说，野鸽子的养父母是吉林四平一家炼钢厂的工人，人很好。短暂的相处中，他们爱上了这个神似自己儿子的乡下少年，他们希望留住他。但他们没有强迫，更没有难为他。二十多天后，在野鸽子表示他该回家了时，他们开诚布公地跟他谈了这个问题。摆在野鸽子面前的是两条路，他们让他选择。

一条路是做他们的儿子，那样就会变为城里人，住洋房，上厂里的子弟学校，吃炒菜米饭，穿新衣服，将来最好上大学，最次进厂当工人；另一条路当然是回家，将来最大的可能是做个吆牛背日头的农民。他们分析说，你父亲肯定还会继续打你。说到父亲打他，屈辱和仇恨的火焰又炙烤着少年的五脏六腑。

小姑娘那时扯着野鸽子的衣服，一双能使人心瞬间融化的大眼睛满含期待，她恳求他留下来。他的到来，使家里一改往日的沉闷，父母恢复了先前的部分欢乐和热情。哥哥出事两年多来，她第一次真正放松下来，甚至变得有些肆无忌惮。她明白一旦他离去，家里又会变回原样，自己又得小心翼翼地做回沉稳的小大人。哥哥的溺亡，对小姑娘的伤害并不亚于她的父母。小姑娘是促成他留下的另一个重要因素，十二岁的少年已渐懂人事，他心里有了难以割舍的东西。

就这样，那个叫野鸽子的乡下少年消失不见了，取而代之的是一个叫范家吉的人，名字是他自己取的，那家人并不知道野鸽子在吉村有个大名叫蒋家吉。

陌生人用手揉着太阳穴说，在吉林那个家里，野鸽子是自由的，他完全可以随时回家。好多次因思念家人半夜哭醒，吵闹着执意要回去时，那家人从没有难为过他，反而每一回都准备吃喝用度打算送他回去，但每回都是他自己反悔了。是舍弃不了柔软的床铺、洋气的衣服、好吃的饭菜、目光似水的女孩，还是那个让他活得像个人一样的家？野鸽子不知道，他考虑不清楚这些问题，他无法回答自己。

蒋家骏说，如果父亲不那样毒打他，野鸽子当年也许就不会出走。陌生人说，野鸽子当年离家也不全是因为那顿毒打，当他踏上司机的车，离开家乡时，就已经原谅父亲了。有些事情真的说不清楚，当你选择走另一条路时，你永远都无法解释是为什么，于是就只好认为是神秘莫测的命运。

陌生人接着幽幽地说，后来野鸽子想，等他长大了，混出名堂了，再回去看望他们。他就这么想了一年又一年。有那么几年，他失去了自由，为妹妹恋爱受骗的事将人打残被关了进去，除此之外，他是自由之身。他一直都在做回家的打算，可越来越缺少勇气，因为时间在一点点过去，勇气在逐年逐月减少。当年他离家时懵懂无知，并未过多思考过任性离家出走会带给家人怎样的痛苦和伤害，长大懂事想回去时，发现已经回不去了。

陌生人长长吁了口气说，自从那年离家之后，野鸽子就不再是野鸽子了，当一个人经历了另一种生活，就很难再回到原来的生活里去了。一个人自己选择变成了另一个人，不仅仅是对自己的背叛，更重要的是对亲人和过往的背叛，这个人是有罪的，时间会加深他的罪孽。

每次决定都是自己做的，野鸽子觉得愧对家人，自责总是如影相随。在这一点上，他觉得人不如动物，他时常能想起家里的那条瘸腿老狗，老黑戳瞎了它的一只眼睛，打折了它的一条腿，那是它为偷嘴付出的代价。打折腿那次，老狗奄奄一息，一副要死的样子。他们将它拉出去扔到很远的地方，怕它死在家里不吉利。几天后老狗竟然爬回来了。伤好之后，一如既往，忠心耿耿。这就让他不能不对照着想到自己，他身上流淌着父母的血，那个穷家再怎么不好，也养育了他十二年，而他说走就走，毫不留恋地走向了另一个家，并且爱上了他们。每每想起这些，哪怕是与此有关的一点点，野鸽子都会觉得无法承受，他倍受折磨，一回比一回更痛恨自己，觉得自己不可饶恕。

陌生人说，成年后的野鸽子曾经有过三次强烈的非回家不可的念头，一次是结婚时，他想把新娘子带给家里人看，特别是母亲，他想让他们分享他的幸福；一次是有了孩子时，他想带着老黑家的血脉回家寻亲认祖；一次是离婚时，他想老家的千沟万壑一定能接纳他的痛苦，给他安慰。那些强烈的想法如出海的船帆，在某个时期张得鼓鼓的，但最终还是犹豫了，船帆被他一次次放下收了起来。他内心一直十分复杂和动荡，总是生活在矛盾中，对于爱上那家人，有时他觉得自己十分荒唐无耻，有时又觉得无可厚非，那似乎是不由自主的事，有那么一点宿命的味道。

直到有一天，野鸽子的养母在弥留之际说："是该回去看一看了，也许你父母还都健在，你母亲……这些年……不知是怎样熬日子的，我们对不住他们……"

三个多小时后，蒋家骏将陌生人带到了渭城父母的家。进门前，陌生人手捂胸口说："让我抽支烟再进去。"蒋家骏陪他在楼道里抽烟的时候，陌生人说："我又不是野鸽子，干吗心里这么紧张？"蒋家骏说："回自己家呢，紧张什么！"

门打开，满头白发的老黑从沙发上抖抖索索站起来，蒋家骏听见他叫了一声野鸽子。老黑喃喃问道："野鸽子回来了吗？是野鸽子吗？""野鸽子……"酸枣站在老黑身边，干鸡爪一样的手在空中乱摸。

蒋家骏的鼻腔陡然一酸，这就奇怪了，因为不能确定，他并没有告诉父母野鸽子回来的事，连在外地工作的石头也没告诉呀！

陌生人说："野鸽子回不来了。"蒋家骏扭过头，看到一张泪流满面的脸。

原载《朔方》杂志 2023 年第 2 期

午后有秘密

一

　　那会子是盛夏，天气炎热潮湿，大清早人就迷迷瞪瞪的，还不要说沉闷的午后。在那样难挨的午后，吉村人几乎全在家里歇晌，往外跑的，必是被逼无奈的。我妈就是这样的人。

　　我妈头戴大草帽，肩捎铁锨出门前，曾对着刺眼的阳光有过片刻的犹豫，但很快她就无所畏惧地走了出去。

　　我妈走后，我们躺在只有精席的炕上百无聊赖。三来又在翻看那些被他蹂躏得面目全非的连环画册，尽管未必看得懂，但他喜欢装模作样，更喜欢刨根问底，每次都会提出一些可笑的问题让我来解答。

　　我和二来正为我妈走时安排的家务活而争吵不休，我认为那些活理应由我们共同承担，三来则除外——他是家里唯一的男孩，又是老小，享受任何特殊待遇从来都理所应当。当二来说那些家务活只属于我一个人，与她无关时，我一下子来了气，我说："凭什么，你妈又不是生了我一个。"

　　二来说："可你妈安排活时是冲你来的呀，你看嘛，'大来哎！不要睡觉，注意看天色，天上一起黑云，立马就把铺盖收进来，千万不敢叫雨淋，一旦淋湿，棉花返潮就不能用了'。"二来模仿我妈的腔调说。

"'大来，你可得把三来给我看好，三来要有个什么闪失，小心我回来剥你的皮。'"二来继续学我妈走之前的交代，可谓形神兼备。学完她得意扬扬地笑着问："我没说错吧？这些活可都是你妈指名道姓让你干的。"笨嘴秃舌的我一时气得不知说什么好，只恨恨地骂："不要脸，我妈难道不是你妈？"

　　这时候三来的脚后跟将炕砸得咚咚响，他说："吵什么吵，吵死人啦！"紧跟着三来就抛出一个问题来，"大来，你说孙悟空吃的仙桃是什么味道？哪里有？我想吃。"二来说："天上有，只要你上了天，准保就能吃上。"三来踹了二来一脚，说："上天还是你去吧！"

　　我突然觉得兴味索然，闭口不再与他们纠缠，后来我们渐渐不抵涌上头来的睡意而陷入昏昏沉沉当中。睡眼蒙眬中，我看见三来把连环画册扣在脸上睡着了，二来蜷曲着身子响起了轻微的鼾声。一只肥胖的木蜂嗡嗡叫着在屋里乱飞乱撞，就在我感觉自己不由自主向着某个深渊里坠落时，有个声音却在耳畔频频响起："不能睡啊，千万不能睡，万一白雨来了，把铺盖淋湿了怎么办？"那该是我的任务在提醒我。

　　我费了好大劲才从深陷的睡意中挣脱出来，睁开酸涩的眼睛看时，木蜂已不见。我匍匐到窗前向外看，只见碧蓝透亮的天空像把充满张力的巨伞，四面被无形的巨绳拽着，仿佛稍一松劲它就会挣脱羁绊飞走一样；院里阳光白花花的，长了脚似的满地乱跑，看上去使人头昏眼花。这时天空不见一缕云彩，地上没有一丝儿风，世界是静止的，只有柴垛上、绷绳上的铺盖在阳光的暴晒下正在变得松软膨胀。一进入盛夏，我妈就频繁地在阳光下晒铺盖，我也就得频繁地帮忙收铺盖，对一个十三岁的女孩来说，这活有些分量，我对此颇有微词，但也不敢明目张胆地说什么。

　　我被二来推醒时，才发现自己终究还是睡着了。二来侧耳倾听一阵，说："好像是李月季在叫你。"我稍屏息凝气，就确定是李月季无疑。我不满地瞥了二来一眼，说："你早听见了，为什么不出声？"二来翻着白眼说："我为什么要出声？又不是我同学。"这时三来给吵醒了，他像只红眼兔子一样翻坐起来说："快去看李月季叫你做啥哩。"说着四仰八叉又跌倒在炕上。

李月季一直在执拗地喊叫我的名字。我跳下炕，趿拉着鞋走出去时，仿佛突然跌入一个能将人眼睛亮瞎的金子般的世界里。我循声走向院墙的某个豁口处，那是前几天的大暴雨为我们打开的一个瞭望口。李月季果然趴在那里，只露出半截身子，戴着一顶大草帽。

李月季很生气，开口就责怪我说："我嗓子都快喊破了，你们在里面为什么不出声？"我说："我们都睡着了。"李月季说："我不信能睡那么死，又不是猪。"我不想听李月季骂人，就问她有什么事。李月季说："到我家瓜地里吃西瓜去。"我说："不去了，院子里晒着铺盖，再说，我还得带二来和三来呢。"

李月季说："叫二来三来他们看着，咱们走。"我说："你还不知道我家二来什么人，能指望她干什么？"正说着二来和三来跑了过来。"怎么？又在说我坏话？"二来吊起一对蛇眼问。当听到李月季叫我吃西瓜时，立马甩出一张相当灿烂的笑脸。

"姐，人家都叫上门来了，咱就去吧？"二来装出对我尊重的样子说。

我没好气地说："皇上不急，太监倒急，是我同学，又不是你同学。"二来嬉皮笑脸地说："一个学校里念书，你同学还不是我同学？"她对李月季说，"月季姐，你叫我姐肯定要叫上我对不对？"我心想：你向来把我和李月季不当回事，一直都是直呼其名，今天怎么一口一个姐，叫得蜜嘴糖舌的？

李月季面露不悦，说："叫上你可以，以后我找大来，你还骂不骂人了？"二来说："不骂了，谁再骂就不是人。"李月季对二来向来没什么好印象，每次她来找我，二来不是给我找茬，就是含沙射影骂李月季，李月季对此早已忍无可忍，我们时常在背后骂二来，李月季说你家那个二来，真不是个东西。

见我不答应李月季的邀请，二来转向给我做工作。"姐，咱去吧！待屋里睡觉多没意思呀。"这时候一个不耐烦的声音在墙外叫起来："姐，他们到底去不去？你放快些，我都要热死啦！"三来听闻，忙跑去开大门。

门一打开，红脸蛋，吊鼻涕，留茶壶盖头的叮当像个战士一样从门外冲进来，他手端一把短小精悍的塑料冲锋枪。这场景一出现，三来眼睛就直了，立马像苍蝇见了血一样扑上去，说："哎呀！哪来的？快让我看看。"叮当把那把有着棕色枪身、黑色枪托的冲锋枪藏在身后，说："去我家瓜地里，去了我给你看，还让你玩呢。"

三来按捺不住激动，踮起脚尖就要抢。叮当把冲锋枪举过头顶左右躲闪，逮空儿撒腿就跑。两人在院子里好一番围追堵截，最后居然不管不顾跳进菜地里争抢起来。很快，好些蔬菜遭了殃，上年搭过，今年又拿出来用的腐朽的西红柿架子也被撞折了一大片，我和李月季大呼小叫才把他们唬出来。我无可奈何地看着狼藉一片的菜地，根据以往的经验，这类事无论是谁干的，我妈回来准要拿我问罪。

三来从菜地里出来后，抱着我的胳膊说："大来，咱去叮当家瓜地里吧，我想玩他的冲锋枪，姐，求你了，行行好吧！"说着他竟然学电视剧里那些人物的样子，跪在地上作揖求情。二来乘机说："姐，咱就去吧，玩一会儿又不影响什么，你同学专门来叫你，不去多不给人家面子呀。"我"哼"了一声，说："今儿还就偏不去。"

三来听我这样说，索性躺在地上打起滚来，其实这时候我早已心动了，只是考虑到满院子的铺盖，又觉得不应为此所动。我说："有铺盖呢，我去不了。"李月季不耐烦地说："你这人咋这么难缠呢？铺盖让晒着，回来收了不就行了嘛！"我说："白雨来了怎么办？"李月季说："你抬头看看天，晴得精光光的，哪有个白雨影儿？"我说："万一呢？"二来说："万一白雨来了，咱还不知道往回跑？"

我抬头仰望天空，天空依然明净高远，仿佛一块硕大无朋的蓝水晶，不过这时候，蔚蓝的晴空里扯起了丝丝缕缕的白云。我略有担心，但又想，就这几丝云能成什么气候，怎么看也不是下雨的迹象呀！于是我装出勉为其难的样子，说："那好吧，但要把二来和三来都带上。"李月季说："那是自然的。"三来闻听一个鹞子翻身从地上弹跳起来，我们欢呼雀跃锁门而去。

二

那个盛夏的黄昏格外短暂，我们还未将一缸水用光，还未将吸足雨水掉在泥地上的铺盖冲刷干净天就黑了。那个黄昏别的什么事都不重要，我们眼里只有铺盖。我们无暇顾及三来。我们一直在拼命做补救工作。我们连饭都没有吃，我们让自己犯下的错吓傻的同时也给吓饱了。

我想象着我妈回家后的暴怒，想象着狂风暴雨即将到来的可怕，从来没有一个黄昏令我如此恐惧，相信二来也深有同感。那天从瓜地里回家后，她再也没有表现出狡诈的一面同我拌嘴，而是齐心协力跟我一起刷洗铺盖。

我害怕我妈回来，却又盼望我妈回来，我想，该来的迟早要来，既然挨揍不可避免，那就让暴风雨早些来吧。

我妈终于回来了。对于我而言，那是一段极其难挨的时光。我妈走进大门时略显惊讶与慌乱，院子里的乱象使她疑心走错了家门。她没有像往常一样一进门就扯开喉咙喊叫她的宝贝三来。她躲闪着跳跃着走过满院摆放的水桶、木棒，大大小小的盆子，蜷曲在地上的铁丝绷绳，以及因我们刷洗铺盖而形成的随处可见的小水洼。借着暮光，看清椅子上滴滴答答淌水的铺盖时，我妈什么都明白了。

我妈走过来，揪住我的耳朵将我拧转过来正对着她。我想不通一个饿着肚子在工地上干了大半天活的瘦女人，怎么还那么有力气。我像被老鹰抓到半空中的小鸡，头晕目眩，惊恐万状。我看见我妈扭曲的面目在那个黄昏中显得格外狰狞可怕。我妈照我的脑勺和脖子飞快地上了几巴掌后，我的眼前立即飞溅出许多烟花一样五颜六色的小星星。我妈的巴掌货真价实，所过之处针刺芒扎般火辣辣地难受。有那么几个瞬间，我的身体在我妈巴掌的作用下，朝某个方向飞了几飞。

"我走的时候怎么给你交代的，啊？铺盖咋成溜溜水湿了？"我妈尖锐的声音像利剑一样刺得我耳朵生疼。我一句话也没有解释，因为一切都是徒劳的。我心想：你看到的铺盖尚是用一缸水冲洗才换来的样子，如果你看到的是我们刚进家门时平铺在院子里的铺盖，估计会把我打死的。

我妈见对我又打又骂却问不出来个所以然来，就转头去审二来。二来的防线向来虚弱，一巴掌下去，立马投降了。"妈呀！不要打我了，我说还不行吗？"这令我既愤慨又鄙视，这种没骨气的小人，在革命年代，不是走狗就是叛徒。我妈又踢了二来一脚，二来吱哩哇啦哭着开始交代："这事不怪我，是你大来领着我们去李月季家瓜地里吃西瓜时白雨来了……"

我妈骂："你也不是什么好东西，这里头还能没你的事？"骂着又要打二来。二来腰子一猫跑开了。我妈又骂："先人手里没吃过西瓜吗？你们咋不吃屎喝尿去呢？"我妈边骂边就近又来打我，二来给了我启发，好汉不吃眼前亏，难道我没有腿吗？

我俩在前头跑，我妈在后头追。我们绕房子跑S形路线，搞得我妈晕头转向，再说大人毕竟没有小孩子灵活，追了好一阵子也没逮住我们，倒是弄出了一院子鸡飞狗叫的乱状。后来我家一棵伸展到院当中的苹果树救了我们，我妈因为跑得太起劲，甩起的长辫子像条飞蛇一样缠在了树枝上。我妈气急败坏，又撕又扯就是摘不下来，在这个过程中，她的火气被消耗掉了大半，情绪有所缓解。

"大来，给我摘头发来。"

我站得远远的，心有余悸地说："我不来，你骗我哩，你想把我叫到跟前打我哩！"

我妈说："我不打，你快来！"

我喊二来："快给咱妈摘头发去。"

二来站在更远处说："你说得好听，我才不去，去了还不把我打死。"我妈见叫谁都不来，只好用软话哄我们："快给妈摘来，我保证不打你们，谁打谁就不是人。"

我战战兢兢帮我妈把辫子从苹果树枝上摘下来后，我妈说话算数，果真没有再打我们。但就在那时，我妈如梦初醒，忽然记起了她的宝贝儿子："三来呢，我回来怎么一直没看见三来？"

"三来，三来……"我嗫嚅着，这才意识到好长时间没见三来了。我只好如实交代，三来跟叮当玩去了。我妈说："天都快黑了，三来怎么还没有回来，他没有跟你们一起回家吗？"我妈这样一问，我和二来都傻眼了，我这才想起来，大白雨过后，我们发疯般往家里跑时，根本就没顾得上管三来。我使劲回忆了一下，离开瓜地那阵，我们好像就有好一阵子没看见三来了。

　　我妈拉了个小板凳坐下，长长吁了一口气，问："三来现在到底在瓜地里，还是在叮当家？"我继续嗫嚅着，我对三来的行踪一无所知。我和二来从李月季家的瓜地里飞奔回家后，我们一直在做抢救铺盖的工作，我们哪里还顾得上管三来？说老实话，我连想他的时间都没有，就算有，也是稍纵即逝，我们心里只有被大白雨浇透的铺盖。

　　我妈站起来，不安地瞅着院门口骂我："我不出去事把我逼得不行，不交钱医院把你废物老子的药就给停了，我把你放凉房里看家，结果你个大死娃铺盖不管铺盖，娃不操心娃，我看你是欠收拾得不行了。"但我妈这回只炸雷未下雨，大约是她实在没力气了。我妈打发我和二来去找三来，她做饭。

　　我们出门直奔李月季家的西瓜地。走到瓜地里时，我已全然没有了中午看见满地碧绿的瓜叶间露出一个个圆溜溜的花皮大西瓜时的那份欣喜。田野正变得昏暗，烟雾笼罩下的西瓜地显出几分诡秘的气象。突然想起李月季讲的女鬼的故事，我不由觉得恐惧，仿佛暮色里的田埂边上背身就坐着那女鬼，又觉得窸窸窣窣的瓜叶间好似有许多鬼魅的眼睛在窥视着我们。我们心惊胆战不敢走近窝棚，只在对面大喊李月季。

　　好一阵子，窝棚里才传出响动。李月季爷爷含混不清地问"谁啊？"那声音一听就是酒喝多了。我们就说我们是谁，接着问："李月季人呢？"李月季爷爷不耐烦地说："回家去了。"我又问："看见我弟三来了没有？"李月季爷爷回答说："没看见。"我说："真没看见？"李月季爷爷说："小小年纪还不相信人，快给我滚蛋，不要打搅我睡觉。"

　　离开西瓜地时，二来指着一处地方说："看，生西瓜就埋在那儿。"我们中午来到瓜地后，李月季确实先摘了一只瓜瓢粉白的生瓜，我们挖坑把那只还未变红变甜的西瓜埋到一个不引人注目的角落后，李月季又摘了第二只西瓜。第二只西瓜又红又甜，我们大快朵颐，吃得十分尽兴。可此时二来提起这些，我觉得她这人除了脑子有毛病没别的，从中午到现在，除了几牙西瓜，我们肚里别无他物，又惊又吓还挨了暴揍，这种情况下提任何吃的东西，只会叫人浑身战栗，胃肠难受。

我一时觉得委屈万分，眼泪忍不住掉落下来，同时又心生担忧，万一三来找不见怎么办？我不由得胡思乱想起来，但分明又不愿朝那方面想，我强迫自己把希望寄托于李月季家。

中午为了尽快到达西瓜地，我们没有绕田埂边羊肠子一样弯曲的小路走，而是直接从坳心里斜插过去走捷路。李月季因为叫我们耽误了时间，总担心有人偷了瓜。到达之后，忙绕着瓜地查看了一番，好在并未发现有人偷的迹象。李月季家的瓜地平时由她爷爷看管，这天，李月季二爹订婚，她爷爷回家顾事去了，李月季因此才来看西瓜，也因此才有叫我们吃西瓜这事。

我们把第一个生西瓜埋掉，把第二个熟西瓜吃进肚子里后，每个人都出了一身臭汗，原来田野里并不比家里凉快，而是黏糊糊的那种潮热，于是我们不请自来全钻进人字形的麦草窝棚里。窝棚里仅就一张门板支的床那么大，我们在床上吵吵闹闹挨挨挤挤更觉得热，便动员三来和叮当去外面玩。他们求之不得，爽快地答应了。

西瓜地边有一棵柳树，一棵灯笼树。我趴在窝铺的床上，看见叮当和三来在树荫下一阵子玩冲锋枪，一阵子编柳条帽，一会儿掏蚂蚁洞，玩得不亦乐乎。

三

我们三个躺在床上谈心，说到李月季她二爹订婚的事，我和二来都想知道李月季新二妈的尊容。李月季撇撇嘴，说："别提了，实在没法说，脸红得像猴屁股，眼睛像冰草割开的细缝缝，还那么胖，走路像鸭子。"她叹了口气说，"要是我，宁肯不找媳妇，也不要那样的。"李月季在替她二爹叫屈。二来说："你二爹是个拐子，还想找什么样的？"李月季转头瞪着二来说："白叫你吃西瓜了。"我忙叫二来闭上她的臭嘴。

我很喜欢李月季家的西瓜地。躺在窝棚里就是置身于田野间，是不同于整日待在家里的一种新鲜的体验。不但能看到满地表皮上覆着一层白霜，闪耀着光泽的花皮大西瓜，还能看见士兵方阵般一块块油绿的玉米地和新翻过的麦田交相辉映的广阔田野，以及远处影影绰绰的村庄、树木，飞翔中途突然调转方向低低掠过的鸟群、据说把长喙插进地里如牛一样哞哞叫的谁也不曾见过的地牛鸟，这一切如同一部格调舒缓的风光大片，让人享受其中。其实田野里平时我也去，帮大人干活送饭什么的，但不过是来去匆匆，视若无睹，劳动的艰辛总使人漠视身边随处可见的美景，而带着闲散的心情细细欣赏田野里的旖旎风光，我是头一回。

我忍不住赞叹田野里的风光美丽时，李月季说，一到晚上就不美了，李月季说幸亏他爷煞气大，否则就不敢住在这里看瓜。我们表现出强烈的好奇心，希望李月季能讲出详细情况。

一年夏天，李月季爷爷搭窝棚时挪了地方。"年年都搭在老地方，这一年爷爷突发奇想挪腾了一下，"李月季解释说，"有天晚上看瓜时，也不知是几点，迷迷糊糊间爷爷看见一个年轻女人背身坐在窝棚口。爷爷大吃一惊，心想黑天半夜的，哪来的年轻女人，忙问：'你是谁？跑到我老汉窝棚口干啥？'年轻女人说：'你还好意思问我跑到你窝棚口干啥？这是我住的地方，你把窝棚搭到我头上，害得我出来回不去。'女人说话时始终没有回头。"

"爷爷说：'胡说啥呢？哪里就搭你头上了？'年轻女人说：'你看不见我住的地方，当然不知道把窝棚搭到我头上了。'"李月季讲到这里不肯再讲了，我们受了刺激，求她快讲。李月季故弄玄虚一番，说："那时候，远近村子里的鸡开始打鸣了，爷爷再看时，那女人不见了，他一下惊醒过来，翻身起来仔细看，窝棚口什么也没有。爷爷突然觉得浑身燥热，头发汗毛一时全竖了起来。他想了一阵，起身提着镰刀对着窝棚口撒了一泡泡沫丰富的热尿，说：'车走车路，马走马路，不知情占了你地盘，实在对不住了，天明就搬走！'爷爷天一亮就挪了窝棚，从此再没梦见过那女人。"

二来问："那女人是谁呀？"李月季说："这都不知道，鬼呀！爷爷后来多方打听证实，才知道他搭窝棚的那地方刚好埋着一个年轻女人，那女人是病死的，不过年代久远没坟堆了。"听到这里，我感觉脊背一阵阵发凉，见我受了惊吓，李月季狡黠一笑，说："这么肯信啊！骗你们呢！"

三来和叮当继续在树下玩，我们继续聊天，李月季说起前些日子他爹妈打架的事儿，我们就顺着杆子往上爬，厚颜无耻地问她爹和镇上开碾米房的女人相好的事是否确凿。李月季承认确有此事，让她妈逮住过好几回呢。很快李月季就自觉吃了亏，她说："光哄我说心里话，你们姊妹俩为啥不说？"二来就讲他们班同学偷笔的事。李月季说："偷笔的该不会是你吧？"又嫌不是掏心窝子话，她说最好讲些自家的秘密。

因为一直没有发现我爹有相好的，我们也就没法讲他的秘密，但不讲又显得不够意思。于是，我就讲我家送人的那两个女孩的事，那是我家的伤疤，轻易不揭开示人的。为生三来，我爹妈把真正的三来和四来生下没几天就送了人，据说那两个女孩长大后比我们更聪明漂亮，过得却比我们更悲惨。讲完后，我们一致得出的结论是，我爹妈的心肠够歹毒。再后来，我们都睡着了。

在去李月季家找三来的路上，我才想起这天的大白雨下得毫无征兆，之前既没有刮风，也没有闪电打雷。很快，我又否定了这个观点，大雨降临，肯定有征兆，闪电、打雷、乌云积聚，必经历了一个过程，只不过我们没有发现，因为我们在沉睡中。我们被噼里啪啦急促的雨声惊醒时，发现世界已变得陌生而恐怖。朗朗晴空不见了，黑云在低空翻滚。顷刻间，也许是狂风将大海掳上了天，大雨瞬间倾泻而下，雨点如密集的子弹，像坚硬的石头，又像狠毒的鞭子，带着破坏一切的疯狂，似乎要把世界砸烂抽碎。那时，我们待的窝棚就像汪洋里的一叶小舟，飘摇欲坠。看着天地迷蒙一片，我们心惊胆战。这时，我在惊悸中记起了三来。"三来，三来，三来和叮当呢？"我急切地问。

李月季说："别害怕，肯定跑那边村子里玩去了，叮当常去那边，不会有事的。"我透过窝棚上覆盖的麦草帘的缝隙向外望去，只见两棵树被风刮得东倒西歪，大有被连根拔起的架势，而树下空无一人，远处的村庄消失在茫茫雨雾中。就在那时，二来突然发出一声惊叫："铺盖！铺盖还在院子里。"我身子一软倒在床上，喃喃自语道："完了！这下彻底完了！"

白雨还未完全停歇，我和二来就跌跌撞撞奔跑在回家的泥路上。从那时起，我们心里又全成了铺盖，而不是三来。我们连爬带滚跌进家门时，雨过天晴，西斜的阳光如金箔纸般撒满院落，压塌了铁丝绷绳的铺盖老老实实趴在地上，它们喝足了雨水，如同一块块大海绵，院子里有一种出奇的安静。

李月季家的人还沉浸在他二爹订婚的喜庆和忙乱中，一些亲戚回家了，一些留了下来，家里闹哄哄的，好像没有人在意叮当回没回家的事。李月季说："不要紧，那么大的娃了，肯定到哪儿避雨去了，应该快回来了。"我说："眼见天黑了，不会出什么事吧?"李月季她妈认为我的担心不无道理，打发李月季哥哥去找。李月季哥哥不知何故显得很不高兴，怼她妈说："找什么找，该死的娃娃牛（小孩生殖器）朝天，不该死的找上门阎王也不收。"

我们只得硬着头皮回去，最后只能寄希望于三来在我们之前已回到家中，我们进门，他最好迎出来。可事实是，我妈已经做好了饭，就等我们带着三来回家一道吃，结果只看到我俩时，她由松散变得紧张起来。我报告了寻找的情况后，我妈开始大骂李月季家的人："这么大的雨，两个娃娃一双没回来，也不知道出去找一找，纯粹是一家子死人。"

我妈仔细地询问了我们到底是什么时候没跟三来在一起的。到了这步田地，我们哪还敢有丝毫欺瞒。当我妈得知我们在李月季家的瓜地里就已经没有再看到三来，而整个下午过去，三来都没有回家时，她一下子慌了阵脚。我妈爆发出狮子般的咆哮声："都给我往出走，赶快给我去找三来，"我妈骂道，"我把你俩狼不吃鬼不拉的东西……"我妈顺手操起烧火棍。

我和二来撒腿就往院外跑，我妈在后面追出来怒吼："今黑找不着三来，我非杀了你俩不可。"我和二来如大祸临头，哭着逃窜，面对黑夜不知该去哪里找三来。我们谁也不敢停下脚步，兵分两路盲目地朝前跑去。

我以为从此我便要彻夜奔跑在寻找三来的路上，而最终我和二来会被我妈杀掉，可谁知跑出才没多远，我妈喊我们回去的声音就在吉村响起："大来二来快回来，三来回来了。"那是迄今为止，我听见我妈最动听的声音。

四

后来三来告诉我，他回来有一阵子了，我们第一次出去找他返回时，他就躲在大门外的麦草垛后面，因为害怕，一直不敢走出来。后来见我妈又把我们撵了出来，并扬言要杀了我们时，他才觉得再也不能藏下去了，这才走出来。

我进屋看到的三来根本不是我的三来弟弟，他浑身是泥，如同好多年后我在某个景点看到的泥塑小人，以至让我疑心他穿了另一套衣服，泥浆连他的头发也糊住了，只一双大眼睛眨呀眨的。

"你去哪里了，你的鞋呢，怎么会光着脚？"我这才发现三来光着两只脚站在地上，被泥浆包裹了的脚，很容易让人误认为是穿着鞋。

我妈问了半天，三来除了瑟瑟发抖就是一言不发，我妈的怒火再度被点燃，赏了三来屁股一火棍，没挨过打的三来劁猪般尖叫着弹起来。我妈说："还都反了你们啦！你说不说？"三来哭着说："我说，啊——啊——我说……"

"鞋烂在稀泥里了。"

"哪里的稀泥？"

"西沟水潭那里的稀泥。"

"你跑到西沟水潭那里去了？"

"嗯！"

"鞋是怎么烂住的？"

"我和叮当在潭边耍水，我们垒了小水坝拦鱼，没注意到大白雨突然来了。我们赶紧往上跑的时候，沟口里，四面山上的水都下来了，到处成了烂泥汤，叮当的枪掉水里了，为了捞枪，我俩的鞋烂在泥里拔不出来了。"

我们被三来的描述吓了一大跳，想想，这是多么危险。

"天哪！"我妈的表情变得惊恐万分，"你几时去耍水的？走时给谁说了？"

"给谁都没说，大来她们几个在窝棚里说话时，我叫上叮当偷偷跑了。"

我妈又赏了三来屁股一火棍，骂道："你胆子也太大了，谁让你随便跑到水潭那里耍水的？枪丢了，鞋丢了事小，命丢了咋办呢？"我妈打完三来扭头咬牙切齿地对我说，"你就是这么给我看三来的，娃差点让水冲走你居然不知道，一阵子看我怎么剥你的皮。"

"叮当呢？"

三来只是哭。我妈将火棍晃了晃，说："我问你叮当呢，跟你一样弄成这模样了吗？"

"叮当……"三来抽抽噎噎哭着说，"叮当，呜呜——叮当让水冲走了。"

"啊？"我妈惊得张大了嘴，"你再说一遍，叮当怎么了？"

三来说："大白雨一来沟里到处是水，我们怎么也找不见路，眼见水都到胸口了，就只好往斜坡上的树上爬。叮当叫我先上，我踩着他的肩膀刚爬上去，叮当脚下一滑，滚下沟让水冲走了。"

"啊！天神爷！"我妈即刻变了脸，扔掉手里的火棍抓住三来的肩膀使劲摇晃着，"三来你说什么？再说一遍，你说实话，是真的吗？叮当家里人知道不知道？这么大的事你咋不早说？啊？啊？"

二来说："三来快给咱妈说实话，你去叮当家了没有？"

三来抹了一把泥泪说："没去。我不敢去。我说的全是实话。"

我妈一屁股瘫坐在地上。

如果说这天我家所有的铺盖被大白雨浇湿是大事件，那么跟找不见三来比起来就是小巫见大巫，而后面发生的这件事，就不是什么大巫小巫的事情了，是比天塌了还严重的事情。两个孩子一同去西沟水潭里耍水，大白雨引发了山洪，一个孩子有惊无险回家了，另一个孩子让山洪冲走了，发生这样的事情，不管经过如何，活着的孩子家总归是不好向死去的孩子家交代的，我突然觉得不寒而栗，意识到真正的大祸临头了。

我妈脸色惨白地坐在地上哭起来："那地方年年死人，你跑那干啥去了？看你闯下的这天祸……"

我那天表现出一个老大的沉稳和担当，还有机智。我爹去陕西川里打短工时，摔断了腿还躺在当地的医院里，发生这么大的事，作为家中的老大，我责无旁贷应当为我妈出谋划策，分忧解愁。于是我对我妈说："别光哭，得赶紧想办法才是，没准叮当家马上就找来了。"一语惊醒梦中人，我妈感激地看了我一眼，一骨碌从地上爬起来，她在衣襟上擦擦手，从锅里捡出三块馍，给了我们每人一块。

五

"三来，我问你，"我妈把三来抱到炕边上说，"你给妈说实话，去西沟里耍水，是你叫叮当去的，还是叮当叫你去的？"我妈说着开始剥三来身上的泥衣服，突然又像被蜂蜇了一样跳起来说，"啊不，这身衣服不能换，你还得穿着。"

三来咬了一口馍，说："是我叫叮当去的。"我妈一把将馍夺过去，说："你胡说，明明是叮当叫你去的，咋能说是你叫叮当去的？这么说，这事就怪你，就与咱家脱不了干系，叮当家就会给咱们找麻烦，咱们就得给人家赔人命钱。"

"真的是我叫叮当去的，不是叮当叫我去的。"三来分辩说。

啪！三来嘴上挨了一巴掌。我妈指着三来说："你给我记着，是叮当叫你去要水的，是叮当叫你聚坝拦鱼的，是叮当叫你先往树上爬的。总之，他比你大，出去玩肯定是他出的馊主意，什么你肯定都得听他的。"我妈换了口气说，"你给我记住，反正不管什么事都是叮当叫你干的，记住了没有？你给我牢牢记住，照我的话说就不会有事，你记下了没有？"我妈发疯的样子吓哭了三来，他的眼泪迅速将那张泥巴脸冲出了好些道道，他惊恐万状地看着我妈，鸡啄米般不停地点头。

我妈还是不放心，怕三来说漏了嘴，毕竟才是个七八岁的小孩，于是我妈用问答的方式对三来进行了紧急培训，直至答案准确无误才停下来。我们心惊胆战，不知接下来会发生什么。

"要不要去告诉叮当家？"我小心翼翼地问。

我妈紧张得脸上全是汗，她一时也拿不准主意，不知道是去说明情况好，还是就这么干等着好，唉！要是我爹在就好了。

这时候，叮当他妈的声音突然传来："三来，三来！"她在院墙外边走边叫，那声音令我们心脏都要骤停了。我妈闻声抓住三来的双肩一把将他提起，像塞一袋粮食一样将三来塞到门旮旯儿，可这时三来却情不自禁地答应了一声。我妈一手捏住三来的嘴，一手拧住他的耳朵压低声说："不说话会憋死你吗？"

叮当她妈哼着秦腔走进大门时，我妈已拉着我和二来迎战一般站在院当中了。

叮当她妈躲开那些水桶、盆子问："三来呢？怎么不见三来？"我们不知该如何回答。"我刚听见三来答应了一声，咋不见人呢？"二来说："刚才是我答应的。""那么三来呢？"叮当他妈站在我妈对面不依不饶地问。我妈虚弱地回答了一句："三来睡着了。""哦！看来把娃跑乏了。"叮当她妈接着问，"这院子咋像贼偷了一样？"她的声音里透着率直和愉悦，看来，她还不知道叮当出事了。

我妈吞吞吐吐不知所云，我相信她根本就没听清楚叮当他妈问了些什么，她的思想主要集中在到底要不要主动说叮当被水冲走的事上，以及怎么开口说，这真是比叫人死还难的事。同时，我很奇怪叮当他妈既然来找叮当，却为何挂口不提儿子。

叮当她妈看出了我妈的不正常，她顺手拉过一只小板凳坐在院当中，说："大来妈，我知道把你气坏了，快别生气了，只要两个娃娃没事，一双烂布鞋算什么！"我妈吃惊地瞪大眼睛，不明白叮当他妈在说什么。我心想：天哪！还两个娃娃没事？是事大了！大得不得了！

叮当他妈跷起二郎腿说："叮当这个坏怂，光着脚刚回家时说三来让水冲走了，猛听到这话，差点没把我们吓死，说个不怕你见笑的话，一开始我还审问去西沟里耍水是谁出的主意，叮当说不是他，我扇了这坏怂一巴掌，我说你比三来大，这馊主意肯定是你出的。可你知道我家那个犟种，死活不承认主意是他出的，我心里着急，又上了一巴掌，结果把鼻子给打破了，我说就是死无对证，咱也不能昧着良心说假话。"

叮当她妈双手抱膝前后晃荡着接上说："可那个犟种就是不改口，就在家里人商量着是主动去告诉你们，还是等你们寻上门来再说时，我的头脑突然清醒过来。我心想，我家叮当今天出去回来了，而三来让水冲走了，如果打个颠倒，我咋活哩？我想，这是多大的造化呀！上天神灵把我看待得这么好，让我娃回来了，我还逃避啥呢？所以，不管这事怪不怪叮当，我们都应该先找人，把真实的情况告诉你们，至于是谁的责任，那是后话。"

叮当她妈拍了下大腿一惊一乍地说："就在家里人分头行动，准备找人的找人，通知你们的通知你们时，这坏怂突然又改口说刚才说的是假话，说三来好好地回家去了。你知道为啥？枪让水冲走了，鞋烂在泥潭里了，怕回家挨打，两人一商量，就编的这谎，你说，才多大点人，鬼就这么大，长大了还了得？"

"啊！"我妈哇地哭出声来说，"他姨呀，吓死我了！"

叮当他妈说："别怕，万幸的是没出事，出点事咱就都活不成了。我今天给他二爹订婚，家里乱成了一锅粥，没顾上管娃，你看差点出了大错。"我妈的哭声更大了，叮当她妈走过去拍着我妈的肩膀安慰道："好好着，甭生气了，我知道你脾气大，怕你把娃打坏了，忙完就赶紧拿了些酿皮、油饼和小馃子过来看你们，你千万甭再生气了，以后咱们都小心些就是了。"她感叹道，"唉！有时候出事就是一会会。"

叮当妈又看着我说："你也别打大来了，大来比我家李月季好哪去了，看我们李月季，啥事能靠得住？今天本来要教训她一顿，后来想想，还是算了，人是活的，谁也不能把谁拴裤带上。"叮当妈把一包吃的东西塞给我妈，说："快给娃娃收拾吃饭去。"这下，轮到我哇地哭出声来了，叮当妈是我见过的世上最好的人。

就在我们觉得一河水开了时，三来跑出来说："你家叮当说话不算数，我们说好的，就是家里人打死，也不说实话。"叮当他妈笑了，她摸着三来的头说："屁大点娃娃，懂什么叫说话算数。"她催促我妈说，"快给娃换衣服去，回来这么长时间了，怎么还是个泥娃娃？"

我看见三来的大眼睛扑闪扑闪的，皎洁的月光底下，确实像个活了的泥娃娃。

我们无法得知那个午后都有什么秘密，我们无法想象三来和叮当去西沟里要水时都经历了什么，我相信他们的话十之八九是真实可信的。两个七八岁的孩子，在山沟里遭遇了突来的暴雨和山洪，没有掉入水潭，没有被激流冲走，他们逢凶化吉，侥幸逃生，靠的仅仅是运气吗？不，绝不是，这里头一定有上天的旨意。这天他们到鬼门关上走了一遭，折身却又返回了人间，上天为了给他们一点教训，收走了他们的鞋子，而放走了他们人，这是对我们多大的优待和宽容呀！我们这是多大的造化呀！

再说叮当一家人，他们就是我们的福星，我们由此心中充满了深深的感激，觉得应当更加爱这个世界，应当同叮当家结下至死不渝的友情。只有我妈在感激之余为自己的卑劣深感惭愧，下决心从此做人要学叮当他妈。

六

那件事发生之后，李月季再也没有来我家找过我。当时我并未觉出异样，秋季开学后，我才感到事情不大寻常。不知何故，我们的关系疏远了，虽然上下学还是一路，但李月季身边我的那个固定位置已被人代替。当年我自尊心很强，李月季冷落我，我也不搭理她，我尽量远离李月季。虽然我装得满不在乎，可其实心里很难受。有时我们单独在路上碰了面，也是别扭地打个招呼就走开了，我们都像在回避什么，可究竟在回避什么，直至长大我都不明白。我百思不得其解，甚至有些黯然神伤。我把这话说给我妈，让她分析，我妈跟我有相同的困惑，那就是李月季她妈对她也冷淡了许多。好几次，我妈碰上李月季她妈，走过去想跟她认定的好朋友亲亲热热深入交谈时，人家敷衍一两句就走开了，这样的情形发生过好多次后，我妈进行了深刻反思，依然无法得知症结出在哪里。

冬季的某天，叮当突然出现在我家大门口，他来找三来玩，却不肯踏进我家院子。我妈十分热情地邀请他，叮当依然显得有所顾虑，不停地朝大路上张望，他说玩一小会就得走，他妈骂他呢。我妈愣了一下便不再勉强，她让我取冬梨给叮当吃。我拿了冬梨，出到大门口时，我妈正和叮当说夏天发生的事，我妈一直都想知道我们两家疏远的真正原因。

我妈说："夏天你们耍水那次把鞋弄丢了，听说你妈把你鼻子打破了？"叮当那天背对着我妈一直在抠墙缝，他显得局促不安，"就是的，"他答道，"我妈把我鼻子打破了。"

我妈撩起衣襟把冬梨擦了擦，递给叮当和三来一人一只，说："都怪我家三来不好，尽出馊主意要去耍水，害得你俩差点让水冲走，回去还让你妈把你鼻子打破了。"

叮当说："那回去耍水，枪丢了，鞋烂泥里了，怕回家挨打，我俩就商量好，编瞎话说另一个人让水冲走了。你想，一个让水冲走了，一个活着回家了，活着的家里人肯定会觉得自己运气好极了，像买彩票中了大拖拉机一样，因此就不会打我们了。当我这么说时，我妈吓坏了，她问我耍水是谁出的主意，我也不知道是谁出的主意，也许是我出的，也许是三来出的，也许是我俩一块出的，谁能记清那事？可我妈逼着我非说清楚不可。我说清楚了，我妈又说我说得不对，我妈说如果说主意是我出的，你们就会来找我们麻烦，就会让我们赔人命钱。我妈非让我按她教的话说不可，我不听，我妈就打我，把我鼻子打破了。"

　　三来听到这里惊讶地瞪圆双眼，说："你妈咋跟我妈一个样，连说瞎话都是一样样的，我妈打我也是不让说主意是我出的。"没想到叮当和三来会出卖自家人，我妈忙去捂三来的嘴。我以为我妈又会教训三来一顿，但我妈那天半张着嘴，脸上显出一种茫然又尴尬的神情，她一句话也没有说出来。

　　　　　　　　　　　　　　原载《四川文学》2023 年第 9 期

就这么往前熬

一

柳小林说，有一回柳部长正瞌睡打盹时，飞机忽然剧烈地抖动起来。柳部长被吓得不轻，以为要出大事了，赶紧把头伸出舷窗外去看，发现原来是吉村人发出的咳嗽声致使飞机颠簸起来。柳小林这种夸张的说法自然无人肯信，但吉村人一上冬咳嗽得特别厉害却是实情。

北方的冬天是那样漫长、寒冷、干燥，这样的季节，人身上有多少毛病都会给整出来。尤其是咳嗽病，简直就是死狗无赖，一旦被缠上，整个冬天都不会放过你，要不怎么叫百日咳呢？

上了岁数的老人、支气管和肺子不好的人、成天到处疯跑的孩子，这时节就会变成勤劳的"砍柴人"，整日间喀喀个不停。总之，这是个麻缠病，每个冬季，吉村过世的人多半是因这病去了的。

有一年是干冬，孩子们咳嗽得越来越严重时，孙玉英动了熬制雪梨膏的念头。当时孙玉英让孩子们整得彻底没了辙，她几乎隔天就往鹁鸪镇的药店里跑，中药西药不停地往回买，钱花了不少，却没一样顶用的，土方偏方但凡听到的都试遍了，也是屁事不顶，这使孙玉英十分烦忧。在孩子们咳嗽得翻白眼、流鼻血、往裤裆里拉屎遗尿，夜间大张着嘴出气时，孙玉英下定决心要熬雪梨膏。

当年在吉村，只有柳部长家和李粮站家年年熬雪梨膏，而这两家大人小孩的确不怎么咳嗽，这是吉村人长期观察得出的结论，这让大家逐渐认识到了雪梨膏的好。孙玉英一直不大相信那玩意儿能治病，即使动了熬雪梨膏的念头，免不了还是要向一个老中医请教一番。老中医说雪梨膏原是宫廷秘方，功在清热养阴，重在润燥养肺，肺子保养好了，自然就不咳嗽了。孙玉英听后决定立即付诸行动。只有象棋知道，真正让她做出决定的并非老中医的一席话，而是去柳部长家的一番遭遇。

吉村多数女人都有过去柳部长家或李粮站家讨要雪梨膏的经历，她们会在孩子咳嗽得实在没法时端个小碗，满脸堆笑地去人家讨要。有礼数的女人去时会带点豆面、冻柿子、几颗鲜鸡蛋或是自家地里产的什么。这样既保全了面子，又多少能求得一点心理平衡。只是东西人家未必会收，因为都不是什么稀罕物，人家家里什么都不缺。

总的来说，柳部长和李粮站两家算得上乐善好施，一般不会拒绝觍着脸的讨要者。当然，有时难免也会表露出嫌弃和蔑视。吉村女人对此大多表示理解，将心比，都一理，如果年年都有这么多人上自家来要雪梨膏，她们确信自己绝不会比这两家做得更好。

吉村女人把讨要来的雪梨膏说得神乎其神，说孩子们服用后，咳嗽一下子好了很多，差一点就要彻底根治了。可在孙玉英看来，并没有那么玄乎，因为村里的孩子天天在一处玩，说这话的人家的孩子还不是照样喀喀声不断。而吉村女人的解释是，都是因为雪梨膏太少了，要是能吃上一头半月，看它咳嗽病还好不好！

既然如此神奇，有一天，孙玉英寻思着也讨要些雪梨膏给孩子们吃。孙玉英是个硬气人，在此之前，从未有过此念头。孙玉英想，别人年年去要，不知要过多少回了，而自己一次也没有要过，想他们无论哪一家，都会给她这个面子的。

二

孙玉英也是个懂礼数的人，去时带了一瓶酱萝卜，五个白皮大鸡蛋,除此之外,实在没什么可拿得出手的东西了。孙玉英认为这些东西跟她所要的东西的价值应该不相上下,可以给她足够的底气,让她轻松地张开嘴巴。

为去柳部长家,还是李粮站家,孙玉英曾犹豫不决。丁家奶建议去柳部长家。虽然丁家奶到吉村没有多少年,但她是经见过世事的老人,这样的老人大多有双鹰隼般犀利的眼睛,看人一般不会走眼。丁家奶认为李粮站家的看上去花繁(热情),不过是假花繁,柳部长家的见人腻的如同吃了屎,实质上却比李粮站家的实诚。孙玉英赞成丁家奶的观点,她也是这么认为的。

孙玉英最终选择去柳部长家。柳部长有公干一般不在家,孙玉英认为去一个男人不在的人家讨要东西会更自在些。在柳部长家大门口,孙玉英停下脚步,像要面见大人物一样,拍打整理自己和象棋的衣服,调整呼吸,露出一个仿佛给自己打气的微笑后,才拉着儿子的手走了进去。

柳部长家是标准的四合头院,房屋高大气派自不必说,单就上房门上挂的那块各色菱形图案拼接而成镶了黑宽边的棉门帘,在吉村就绝无仅有。院子里静悄悄的,只有长长的雪花铁皮烟囱正吐出一嘟噜一嘟噜云朵一样的白烟。

孙玉英环视四周,发现柳部长家的水泥院子里既看不到随手乱摆的农具,也没有做饭烧炕的秸秆柴草,简直比她家擀面的大木案还要干净整洁。孙玉英想不通,同样都种地,人家是怎么做到把家里收拾得跟没种地的城里人一样的。

当孙玉英看到院西边凉棚下堆成小山一样的大炭和细煤,院北边悬空的铁丝笼里姿态悠闲的鸽子与鸡时,她忽然后悔了,但已经站到人家院子里了,难不成还能跑出去,孙玉英在犹豫中拉着象棋跨上了房檐台。

孙玉英站在上房门口叫了一声"他兔娃姨"。吉村人当面称呼柳部长家的都要带上"部长"二字,什么"部长嫂子""部长兄弟媳妇""他部长姨"等,好像白兔娃是武装部长似的。但孙玉英从来不,人家有名有姓，为什么要这样称呼？又不是封建社会。所以，她坚持用"他兔娃姨"来称呼白兔娃，这是孙玉英与众不同的地方。

屋里没有人应声，只有电视呜啦呜啦的声音。孙玉英又叫了两声："他兔娃姨你在吗？"这时，门帘被掀开一道缝，柳大林一绺儿窄脸在缝隙里怔怔地看着外头，好像不认识似的。旋即，门帘垂下，柳大林在里面喊："妈，又来了一个。"

孙玉英和儿子站在门口进退两难。里头窸窸窣窣一阵子后，门帘再度被掀开，出来一个俊俏白净的女人。说到底人家是个裁缝，缀满银丝菊的藕荷色西式锻袄穿在身上是那样合体，裤棱如刀锋般的黑长裤使她的双腿更显修长。白兔娃是鹑鸼镇的名裁缝，有集去街市上摆摊揽活，无集在家里加工。白兔娃缝衣服的工价向来比别人高，但找她的人却只多不少，因为她一直引领着鹑鸼原上的服装潮流。白兔娃穿个啥，女人们不变点点地照着缝个啥，可一样的衣服穿在她们身上就不是那回事了，很难说白兔娃的好手艺没有沾自身的光。

那天白兔娃脸上的表情不大自在。孙玉英赶紧把东西递上，说："娃娃咳嗽得实在没法子，都说你家雪梨膏好，我也想讨点回去试试，如果有效果的话，我们也熬些。"白兔娃没接孙玉英手里的东西，也没有谦让他们母子进屋，只是勉强地笑了笑，说："我给你取去。"

白兔娃拿出少半罐头瓶棕红透亮的膏子，用长把勺子往象棋端的小碗里挖。白兔娃淡淡地说："往年都熬四瓶，今年只熬了三瓶，三要两不要就没多少了。"孙玉英代表吉村女人表达歉意说："是啊！本来就没多少，哪经得起这么多人来要？"这时，门帘缝里突然钻出了柳小林，他气呼呼嚷叫道："妈，不准再给了，给完了我吃啥？"说着伸手就去抢。这一手来得太突然，一个急于抓住，一个试图躲避，罐头瓶瞬间掉在地上，随着一声脆响，孙玉英心疼地叫出了声。

白兔娃气急败坏地踢了柳小林一脚，骂道："你抢的死呀吗？"那一脚正中柳小林的干腿，他抱起一条腿，边在原地打转转，边嗷嗷大叫。恼羞成怒的柳小林冲白兔娃喊叫："今天这个来要，明天那个来要，没有还知道不吃了么，这些人咋这么不要脸？"白兔娃拉下脸呵斥说："再胡然看我不打你的嘴！"白兔娃迅速进屋拿来碗和勺，企图将上面一层干净的雪梨膏刮起来。白兔娃边刮边骂："牙大点娃娃还想拿大人的事，我看你是皮松得不行了。"

孙玉英将手里的东西放在窗台上，蹲下身帮白兔娃刮雪梨膏。"再不打娃了，娃说的还不是实话！"孙玉英说。孙玉英说这话的时候，感到心里很难受。这时柳大林出来，试图把柳小林拉进上房去。柳小林骂骂咧咧哭着不肯进去。令孙玉英没想到的是，门帘一挑，又出来一个高大的人。孙玉英被吓了一跳，不知所措地站起来，说："我不知道他叔还回来着呢。"柳部长根本无视孙玉英母子的存在，他只是心疼地看着柳小林，走过去把手伸向儿子说："来，让爸看踢哪儿了。"柳部长蹲下身，把柳小林揽进怀里，抱在膝盖尖尖上。

柳部长抚摸着抽抽搭搭的柳小林的头，并不看在场的任何一个人，说："咱吉村这些女人简直糟糕透了，叫人咋说呢？啥东西都不愿自己想办法弄，一门心思就知道向别人要，要饭吃方便得很，可终究是个叫花子，这就不是过日子的长法么！"

象棋看见柳部长穿着簇新的军用便装棉衣和挺阔的将军呢裤，他居然一点也不可惜地把锃亮的皮鞋鞁在脚上。柳部长安慰柳小林一番后说："你们语文课本上怎么说的？'只有自己种，才有吃不完的菜'，对不对？"

孙玉英这时已脸色大变，她本能地站起身。白兔娃也跟着站起身，因为生气，脸和脖子涨得通红。

"你坐炕上看你的电视哩么，谁叫你跑下来，男人家话咋这么多？他玉英姨人家从没到咱家要过东西。"白兔娃埋怨她男人说。

柳部长哼地冷笑了一声，说："我一年四季不在家，咋知道谁要过，谁没要过，我只知道年年上百斤买梨熬膏，永远有旁人吃的，就是没我娃吃的。既然这样，以后最好不要熬了。"柳部长抱着柳小林愤然进去时又说，"都是惯出来的怂毛病。"

孙玉英母子站在那里走也不是，不走也不是。白兔娃说："玉英别见怪，你看好茶饭把我家这老的小的吃得人话都不会说了，"她长吁了口气又说，"你等着，我给你拿好的去。"白兔娃掀开门帘进去后，孙玉英母子飞一般逃走了。

跑出不久，就听到白兔娃追赶喊叫的声音，孙玉英母子没有停下脚步，也没有回头。那时候，象棋看到眼泪在孙玉英的脸上乱飞。

三

那件事本来是个秘密，孙玉英再三叮嘱象棋要管好嘴，连自家人也不让知道。但管自己的嘴不等于管别人的嘴，事情最终还是传得沸沸扬扬。象棋一想，肯定是该死的柳小林干的，那小子最是卑鄙无耻的。吉村人有的看笑话，有的庆幸自己没撞到枪口上，有的百思不解，颠来倒去地研究分析，为什么柳部长会如此对待孙玉英呢？

听闻此事，最兴奋的莫过于李粮站家的，她找上门向孙玉英了解情况。看到孙玉英三缄其口，李粮站家的表现得义愤填膺，其实她不过是想借此抹黑对方而已。这两家的恩怨由来已久，原因是一家男人是县武装部部长，一家男人是镇粮站站长，虽说都是领导干部，但论官职，站长明显没部长大，这就使李粮站家在吉村人心目中只能排位第二。李粮站家的为此心里一直不爽，明里暗里总给柳部长家说瞎话，话来话去，两家便结下了梁子。

"不就是一点烂怂雪梨膏吗？要给就给，不给拉倒，说那么多欺负人的话干啥呢？"李粮站家的分析说，"既然部长嫌村里人老上他家要雪梨膏，想捎话带信，可为什么不让别人捎，偏偏你去了说这话？软柿子好捏是吧？你可是第一次去他家要东西啊！这不明摆着看不起人吗？"李粮站家的撇撇嘴又说，"没想到堂堂大部长这么小气，他家不是有的很吗？我看还不如我家那收粮验米的。我家的根本不管这些碎事，爱给谁给谁，想给什么给什么。"李粮站家的拍拍孙玉英的肩膀继续说，"这下知道谁瞎（坏）谁好了吧？我发现你还看不起人，咋不来我家呢？"李粮站家的让孙玉英打发孩子到她家小卖部里去拿雪梨膏。孙玉英应承了，却没有去。孙玉英永远不会再去别人家要雪梨膏了。

在外乡做活的丢丢听到这话气坏了，他连夜赶回家，把孙玉英臭骂了一顿，然后甩下二十块钱，让她去熬雪梨膏。丢丢认为事情不大，但侮辱性极强，全村多少人去柳部长家要过雪梨膏，唯有他家的受了气，可见他丢丢在人家心目中是什么分量，这事气得他肚子胀。

孙玉英也越思想越生气。她总能回忆起"我不知道他叔还回来着呢"那句话，那话让她想起一回，心里难受一回。那算是她跟柳部长打招呼，可柳部长拿她当空气，连正眼瞧她一眼都没有。孙玉英知道，但凡公干当领导的都有官架子，不屑与她这样的人说话，但话说回来，也太过分了。他柳部长未免把自己看得太大了，大得都有点闪了，新闻上播放的中央领导还拉着老百姓的泥手嘘寒问暖呢。但她感激白兔娃，看得出白兔娃那天是真生气了，要不也不会当着她的面数落自己男人。孙玉英感激白兔娃给了她台阶下，由此她得出白兔娃确实是个"实诚人"的结论。想到这些，孙玉英不由就要想自家过不到前去的日子、无权无势手艺蹩脚的木匠男人，又想到自己的寒酸样，凡此种种，怎能不叫人家下眼观？屈辱那些日子在孙玉英心里一天天发酵，她难受得慌，又无法排遣，后来她想，只有熬雪梨膏了，否则她会疯的。

孙玉英先去鹁鸪镇街道的吴家药铺买药。孙玉英热情地跟吴掌柜打招呼，吴掌柜的脸却板得跟水泥地一样，好半天才哼拉了一声。这让象棋怀疑孙玉英跟吴掌柜到底是不是同学。吴掌柜不是忙于用小调羹拨着数西药片子，就是提着戥子往麻纸上抓中药。药铺里有个坐诊的老中医，孙玉英便乘机询问熬雪梨膏得用多少梨。老中医抚着胡须说："一般来说，熬一斤膏子得二三十斤梨。"孙玉英想起柳部长关于"年年都买百十斤梨"的话，这才确信熬雪梨膏代价不小，不禁轻轻叹了口气。

药铺里人很多，吴掌柜忙不过来，孙玉英认为自己被冷落完全可以理解。孙玉英在等待的过程中巧妙地说了一些夸赞她老同学的话，无非是他们上小学时，吴掌柜就显露出做生意的天赋，知道倒腾东西赚笔和本子钱。这惹得吴掌柜的胖女人直翻白眼。象棋觉得孙玉英很讨厌。买东西就直接买东西，干吗套近乎说那么多废话。

吴掌柜终于忙得告一段落，也终于顾得上理一下孙玉英了。吴掌柜奤拉着眼皮问："要什么药？"孙玉英脸微微一红，说："要点罗汉果，还要些好的川贝母。"吴掌柜的胖女人不满地瞥了孙玉英一眼，说："我家铺子里就没有不好的川贝母。"孙玉英的脸更红了，忙解释说："你瞧，我这人不会说话。"

吴掌柜把药斗子拉出来搁在柜台上，问要多少川贝母。孙玉英不好意思直接报克数，试探性地问："怎么也得个十克吧？"老中医说："至少得二十克。"吴掌柜称好了川贝母，往药柜里灌斗子时，趁胖女人不注意，飞快地又捏了一些放在麻纸上。吴掌柜又问要多少罗汉果。孙玉英说随便五六颗都行。吴掌柜抓了称过后，以同样的方式偷偷加了两颗。

结账时，孙玉英忍不住说："一点点药，咋这么贵呢？"吴掌柜的胖女人黑了脸说："嫌贵你可以不加中药呀！"孙玉英讪笑着说："我就是随便说说。"走出药铺时，象棋听见孙玉英自言自语："狗眼看人低，像谁买不起似的。"

四

接下来就是去集市上买梨。鹑觚镇毗邻陕西彬县，彬县自古出好梨，那里产的酥梨以前是给朝廷上贡的。"彬州梨没渣"说的就是彬县梨肉白如雪、皮薄似纸、汁多味甜、入口即化的特点。因此，鹑觚街上卖的几乎全是彬县梨。卖梨的多就不愁买不到好梨，但好梨得出好价钱。好梨一块钱四斤，次点的一块钱六斤，孙玉英心里盘算了一下，知道熬三四瓶雪梨膏得用不少梨，她便希望能买到最便宜的梨。一条街问过去，没有一家价位如她所想，她只买到了生姜。

彬县卖梨人这天来迟了，他把农用车开进街道想加塞，加了半天加不进去只好又开出来。好在酒好不怕巷子深，卖梨人将车停在街东口照样吸引了不少买主。孙玉英被沿车趴了一转圈的人吸引过去时，发现这辆车上的梨皮薄个大，黄澄澄，沉甸甸，比她在街里头见到的梨都要好。但卖梨人的卖价并不高，也是一块钱四斤。

卖梨人没有帮手，顾了称梨算账，没人盯摊子，盯了摊子，没人称梨算账，何况同时喊叫着要袋子的、催他算账找钱的嚷成一片，卖梨人为此显得有些狼狈。孙玉英起先只是顺手递给买主几个袋子，或是捻开袋子方便他们把梨装进去，谁知无意之举竟让她一时难以停下来，有那么多人一阵跟她要袋子，一阵叫她帮忙撑袋子，一些人还将钱递给她。孙玉英顺理成章地接受了这份工作，她手眼并用，并嘱咐象棋监督那些把梨装进自己带来的布袋里的人付钱。

　　有了帮忙的人，卖梨人的工作马上变得有条不紊起来。卖梨人不住地将感激的微笑投向孙玉英母子，他不由得要猜度他们的目的，又觉得不该以小人之心度君子之腹。管他什么目的，先把梨卖了再说，卖梨人想。得到卖梨人的肯定与鼓励，孙玉英母子完全拿这一车梨当自家的，简直可以称得上眼观六路，耳听八方，他们仨配合得很默契，看起来像一家人一样。

　　忙了一大气子，人少了。卖梨人说："他姨手底下麻利得很，给我帮大忙了，快和娃吃个梨。"卖梨人拿起两个大梨叫他们吃。孙玉英把梨接过去放在梨堆上，说："自己吃就吃碰烂有疤的，好的留着卖钱。"卖梨人感激地说："他姨真是个大好人。"接着又忙了几气子，眼见车上的梨越来越少，这时已经下午三点多了，卖梨人说："不知道他姨今天忙闲，把你耽搁了这么大时间，我给你装上些梨，快忙你的事去。"

　　孙玉英说："不急，我等着坐顺车回去，人家集散了才走，我还能给你再帮一阵子忙。"卖梨人说："那太好了。"卖梨人甚至有一阵子怀疑这个女人是不是对他有意思，于是他挺直腰杆，满面春风，说话越发幽默和气起来。

　　集散时，看着卖梨人忙于整理胸前挎包里的票子，孙玉英说："我也买些梨。"卖梨人抬起头说："还买啥呢，娘俩给我帮了这么大时间的忙，怎么也值几斤梨钱。"卖梨人把顺好的票子用皮筋扎起来装进挎包里，说："我这就给你装。"孙玉英说："送的是送的，我还要买一些。"卖梨人说："要买不早买，这会都成挑剩下的了。"孙玉英说："我就要这挑剩下的。"卖梨人不解地将孙玉英上下打量了一番，说："挑剩下的无非是皮毛不好，咱庄户人家图实惠，还不是一样的吃。"卖梨人边往袋子里装梨边说，"你尽着挑，我算你一块钱七斤。"

孙玉英说："我要你这里头有疤碰烂的。"卖梨人怔了片刻说："也行么！回去削削剜剜，少不了多少斤两。"他低头抚弄着梨说，"那就把有疤碰伤的挑出来。"

两人忙活了一阵子，将梨分了类，挑出好大一堆有问题的。卖梨人说："都怪路不好，坑坑洼洼的，把多少好梨都给碰烂了，太可惜了。"孙玉英说："你看大概有多少斤？"卖梨人偏着头瞅了瞅，说："怎么也在一百斤上头。"卖梨人问，"这些你全要得了？"孙玉英没回答，却让卖梨人称秤。卖梨人将梨分几次称了，果然有 120 斤之多。卖梨人说："咱这眼睛就是一杆秤。"

孙玉英这时却犹豫了，一时拿不定到底要不要买这么多。卖梨人见她犹豫不决，便说："我知道你要不了这么多，不过买多少都行，算你一块钱十斤。"

孙玉英忽然就想起柳部长说的那些话，那些话让她瞬间做出了决定。孙玉英说："咱不说斤两，论堆垛，你就说这一堆多少钱！"卖梨人想，今天真是交狗屎运了，碰上个白帮忙的，又是个大买主。他想了想说："给十块钱算了。"

"八块。"孙玉英盯着卖梨人的眼睛还价。

"嗳！他姨！叫我咋说哩！好梨一块钱四斤，次些的一块钱六斤，有疤带伤的顶多一块钱八斤，这是行情。看在他姨给我帮了半天忙的份上，我按一块钱十斤给你够意思了吧？照这样算，这些梨怎么也得十二块钱，我说十块已经是仁至义尽了，就是我丈人来了也没这价钱，你就甭心重了。"

孙玉英低了头说："不是我心重，是只有八块钱了。"

象棋立即叫起来："不对呀，我爹不是给了你二十块吗？"孙玉英照象棋的头拍了一把，说："你就牢记了个二十块，刚才买药难道不要钱？咱难道不买别的东西了？"

卖梨人意味深长地笑起来，说："那你就买八块钱的，加上我送的完全够了，你家有多少人，要买这么多梨？"

孙玉英说："你要行，我全买走，不行，我一斤也不要。"

卖梨人笑着解释说："一斤不要也没关系，主要是我批发不来，亏得实在太厉害了。"

讨价还价的结果是孙玉英提着卖梨人送的几个梨走了，因为双方都不肯再做一丁点让步。孙玉英离开后一直没有回头，但她走得很慢，一阵子假装蹲下身缩鞋带，一阵子有意拍打象棋身上的尘土，碰上熟人也会尽量多说一阵子话。总之，她在卖梨人的可视范围内磨叽了好长时间。

孙玉英坚信卖梨人会追上来，这是她们女人家买东西惯用的伎俩，一旦价钱谈不拢就会佯装走人。这时候，卖家但凡有点赚头，多半会追上来叫住买家。孙玉英想自己这样的大买主，今天卖了那么多梨也没见到一个，卖梨人怎肯舍得放过？至于说亏本，孙玉英笑了，做生意的人嘴里哪有实话，她一点也不相信。

但她期望的情景并没有出现。看到象棋干得发白的嘴唇，听着他不住声地咯咯，孙玉英有些心酸，她一时性起，准备带儿子去吃甄糕，喝豆腐脑，但她很快又把这冲动的念头压制了下去。孙玉英心里有一院白兔娃家那样的高房大院，她得为此勒紧裤带过日子。

五

象棋觉得很扫兴，蔫头耷脑都快哭了，孙玉英只好哄唆儿子跟她去买冰糖，许诺买到后给他一块吃。象棋没好气地问："梨都没买下，买冰糖做啥？"孙玉英说："今天先把冰糖买上，梨下集再买。"象棋拉着哭腔说："人家给咱算得那么便宜，你为什么不买，为什么还要等到下集？"孙玉英说："我就想八块钱把那一堆梨全买下。"象棋嘟囔道："干啥都想占便宜，看好不好，今天还没占上。"孙玉英停下脚步瞪着象棋，象棋吓得住了嘴。

孙玉英咬咬牙称了一斤半老冰糖。掏钱的时候，她止不住心疼地呻吟起来。孙玉英想起老人说钱是穿在肋子骨上的，的确是这样，每次往外花钱时，她都能觉出五脏六腑的疼痛。好在只需要买冰糖，其他材料，什么大枣、金银花、土蜂蜜，都不用花钱买，因为家里既有几棵枣树，又有两藤萝金银花，还有一窝土蜂。

那天，孙玉英和象棋斜趔着腰子，肩背手提一百多斤梨回到吉村时，天已麻黑。娘俩累得气喘吁吁。如果不是半路上碰见邻村赶集的拖拉机带他们一程，指不定什么时候才能回来呢。

孙玉英家熬雪梨膏的消息传得飞快。在1982年，这样的事在吉村不算什么大事，但放在孙玉英家就是出奇的大事。一时间，吉村女人有事没事就往孙玉英家跑，大家带着满腹疑惑来一探究竟。看到孙玉英竟然买回那么大一堆梨，其他材料同样准备得宽绰齐全时，不禁对她刮目相看。但刮目相看并不能打消女人们的疑惑。倒不是说孙玉英家就一定熬不起雪梨膏，而是她们实在想不通，像孙玉英这样抠门抠到家的人，怎么会舍得花钱熬所谓的雪梨膏呢。

迎来送往使一人带三个孩子本就忙碌的孙玉英更加忙乱，但她十分高兴。孙玉英充分感受到了大家看待白兔娃和李粮站两家的那种眼神。那眼神让她很受用，其结果却使她变得忘乎所以起来。每送走一个女人，孙玉英都会拉住人家的手，再三诚恳地说同一句话："梨膏子熬好了，打发娃娃过来拿，一定要来啊！不来就看不起人。"

频繁的接待占用了孙玉英不少时间，考虑到接待还在继续，孙玉英便请丁家奶娘俩过来帮忙。能干的丁家奶一来就做了分工，丁桂枝负责洗梨、剜疤、除伤，她自己负责削皮、用萝卜擦子擦梨蓉，孙玉英支应来人兼抱柴烧火。吉吸鼻姐弟和象棋兄妹几人，专在旁边等着啃梨核。

"象棋、军棋、花棋，"丁家奶挨个叫响名字说，"你们几个以后不准再把我家吉吸鼻叫成吉吸鼻了。"孩子们全吃吃笑起来，孙玉英也哈哈大笑，丁家奶笑得浑身乱颤。

孙玉英说："你看你，自己'兴平''吸鼻'都不分，还怪我家娃娃呢。"

丁桂枝并不觉得好笑，她边干活边说："兴平这名字本来挺好的，可跟吉姓放一块就糟了。"

象棋说："我们可不是分不清，主要是你家兴平嘴唇上老爬着两条黄鼻虫，一吸一吸的。"

三个女人说说笑笑拉家常时，丁家奶又讲到了他们坚持不懈地跟吉菜刀做斗争的事情。丁家奶跟随丁桂枝来到吉家这几年，全是在斗智斗勇中度过的，因此积累了丰富的斗争经验。单看表面，吉菜刀这人很厉害，对家里人吆五喝六，肆意侮辱打骂，但丁家奶认为挨打受气的人才是真正的赢家子。

"你想呀！他一个在外面辛辛苦苦地赚，我们四个坐在家里美美地享受。夏天，他在热处，我们在凉处；冬天，他在冷处，我们在暖处，到底谁亏？"丁家奶又说，"他姓吉的再厉害，勺掌在我们手里，剪握在我们手里，吃喝穿戴哪一样不得打我们手里过，还能把我们什么缺下？所以，受罪的不是我们，反倒是他。"

说到气愤处，丁家奶告诉孙玉英一些秘密，吉菜刀出去转乡卖菜刀时，他们会拿麦子换西瓜、发面炸油饼，并且会赶在他回家前把这些东西全装进肚子里，痕迹也会消灭得一干二净。他们还时常把鸡蛋藏在某个隐秘的地方，等攒多了拿去卖钱，致使吉菜刀老是咒骂家里的母鸡跟丁桂枝一样，都是不好好下蛋的货。这就是他们所能想出的整治吉菜刀的办法。

丁家奶分享斗争经验时丁桂枝很少掺言，她对母亲很是不满，嫌她话太多。因为她认为以前很多事情，坏就坏在母亲嘴上没门，什么事情都往外抖搂的毛病上。但丁家奶却满不在乎地瞪着女儿说："怎么？还不让人说话了，想憋死我呀？玉英是那样的人吗？给钱她也不会搬弄是非。"孙玉英被这话感动了，心想：可得把人做好，否则对不起丁家奶的信任。

这娘俩一个沉默寡言，一个高声野气，事情明摆着嘛，丁桂枝这天并不高兴。既然不高兴，那就不说她家的事了，说说自己去街上买东西的事。药铺的经历不值一提，主要说买梨的经过，对于这个，孙玉英非常有成就感。孙玉英像个说书的，生动还原了当时的情景，人物对话模仿得惟妙惟肖，使丁家奶娘俩在由衷赞叹她聪明能干时，仿佛看见了高个子的卖梨人。

丁桂枝说："没准卖梨的看上你了，才会追上来把梨亏本卖给你。"丁家奶嘿嘿笑着骂女儿没大没小。孙玉英也嘻嘻哈哈笑着，一方面感到十分快活，另一方面她没想到丁桂枝还会开玩笑。

六

熬雪梨膏使孙玉英对柳部长的话多了一份理解，别看就这么个膏子，熬起来费事得要命。一百多斤梨，光是清洗、剜疤、除伤、削皮就用了好长时间，擦成梨蓉也费了不少工夫。孙玉英就想，白兔娃天天忙于缝衣服，李粮站家的一天到晚要站铺子，她们熬雪梨膏得挤出多少碎时间呀，可没熬过膏子的人谁会知道这些呢？

梨蓉擦了两大洗衣盆，丁家奶说得分两次熬，她指挥孙玉英把一盆倒进大铁锅里，加上压碎的罗汉果、川贝母、枣片、姜丝、金银花，先大火猛烧，开锅后小火慢熬。孙玉英烧火，丁家奶搅勺。丁家奶说孙玉英请她是瞎猫碰上死老鼠——运气好，因为丁家奶头一个婆家就是行医的，一冬要熬好几回雪梨膏卖给病人。尽管丁家奶对每个环节说得头头是道，孙玉英还是有所怀疑，烧火当中忍不住总要起身，猫着腰往锅里看。孙玉英说："千万不敢熬坏了，我可丢不起这人。"

丁家奶边搅边说："谁还没干过个啥，只管把心展展地放在肚子里。"

熬到一定程度，用干净的纱布将锅里的梨汁过滤后放一旁，接着熬第二锅。熬到与第一锅成色差不多时，还是过滤，然后两锅并一起，加冰糖，用小火慢慢熬。

这天两家都没做晌午饭，一家锅灶占着，一家忙于帮忙，过了饭点，孩子们饿得胡嚷叫，丁家奶打发丁桂枝回去做饭。丁桂枝走后，丁家奶说："你看我桂枝那死人模样，唉！愁死我了，"她叹了口气说，"你得空多开导开导她，她这人心里不开豁，一天家这样容易出事。"

孙玉英说："我倒想开导，可人家不跟我交心我也没法说。"丁家奶说："她是个死牛肉丸子，啥事都窝在心里，"丁家奶又说，"人一辈子还不是南里北里胡活哩，像我，头一回嫁了个富户，日子不错，可男人病死了，儿子给人家留下，我和桂枝被撵了出来。二回嫁了个穷得叮当响的，勉强十年，男人又病死了。男人死后，我就跟着桂枝过活，谁知娘母子的命运一样，桂枝比我还多走了一家。头一家离了，带着娃到了第二家，第二家的男人死了，只好带着两家的娃和我到了这个吉土匪家。

"吉土匪嫌桂枝带来一堆'拖油瓶'，不打就骂。其实我们也嫌弃他，若不是这么个具体情况，我桂枝长得这么俊，能看上他个四十好几的老男人？不过是都有难言之处，大家各图各的罢了。吉土匪图有个家，更图我桂枝能给他生个一儿半女，我们呢，图他能养活我们。所以，委委屈屈凑合着也能过。还有一件事你可能不知道，我留在丁家的那个儿子不到三十岁得病也死了，你看，老天对我们就是这样赶尽杀绝的。"

丁家奶长吁了口气，说："好在我这人看得开，想得明白。我时常对桂枝说，活人可不敢细思量，要粗枝大叶往前活。比方说，你去柳部长家要梨膏受了气，要我说，受了就受了，千万甭放在心上，一来气坏了自己，二来日后也没法跟人家处了。我寻思着兴许柳部长那些日子工作不顺心，或者当时两口子拌嘴正在气头上，难免就把气撒给了你，想想咱们自个儿吧，谁还没个心里不痛快的时候，谁还没个对人声气不好的时候呢？"

"所以啊！"丁家奶感慨地说，"人生在世就看你咋想，比如我嫁了两个男人都死了，死了就死了，人家要死，咱也拦不住；又比如好多人都说我和桂枝克夫，人说归人说，咱不能让人的话吓死。"

"什么克夫？"丁家奶愤愤地说，"不过是命运不好，一找一个死货；不过是人瞅红灭黑欺负我们罢了。"

丁家奶平静下来又说："要说我们命不好，命确实不好，倒霉事全摊上了；要说命好，命也不赖，能吃饱穿暖，两个娃娃一双抓在手上没丢，我这个'拖油瓶'桂枝也没丢。娃娃有书念，有饭吃，我和桂枝有安身之地，这样我们就心满意足了。"这时，丁家奶自言自语般轻轻地说，"有什么办法呢？就这么往前熬，没有熬不过的冬，没有熬不到的春。"

丁桂枝端了揪面片过来叫吃饭时，丁家奶说正在关键处，一气子熬完了再吃。丁家奶轻轻搅动锅里的梨汁说，"这阵子一刻也不能停，越到最后越容易糊。"丁家奶不时叫孙玉英起身看，让她学下记下，说下回熬就不用叫她了。

孙玉英的脸给灶膛里的火映得红红的，她说："哪能不叫丁家奶呢？"脑后盘着发髻的丁家奶裂开豁牙嘴就笑起来。笼罩在雾气中的丁家奶有几分像孙玉英死去的娘，想起她刚才一席话，孙玉英的心里一时间充满了酸楚的幸福。

"到了最后，一时跟一时都不一样。"丁家奶说着不断用勺舀些起来，让孙玉英看膏子颜色、稀稠的变化。

掌灯时分，满锅里才泛起浓稠的泡泡，丁家奶用勺勾起一点抛向半空中，看到勺上扯起一条红亮的长丝时，丁家奶说："就差一丢丢火，马上要'挂旗'了。"孙玉英又添了两把柴时，丁家奶举着勺说："快看，'挂旗'了。"孙玉英看到红亮的梨膏凝成一个三角形，像一面小旗子挂在勺子上，便忍不住赞叹丁家奶手艺好。丁家奶抹了把汗，说："别看我卖大嘴，其实今天心里捏着一把汗，就怕给你熬坏了。现在看来，虽然几十年不熬膏子了，但功夫还在手上呢。"

最后一道工序是等膏子凉些了加入土蜂蜜，然后装进蒸过的罐头瓶子里。看着红亮剔透如同琥珀一样的雪梨膏，孙玉英心里美滋滋的。

七

晚上躺上炕，孙玉英想，柳部长家和李粮站家每年顶多才熬四瓶，而她孙玉英第一次就成功地熬了五大瓶，这使她有一种扬眉吐气的自豪感。熬完雪梨膏，孙玉英对柳部长不怎么记恨了，因为她对此有了更深的理解，要的人光知道端个碗，你三勺他四勺，一次次把人家的雪梨膏往完里要，背后还骂人家小气，他们哪里知道这事的不容易，实在是太不容易了。前面采买的不容易就不说了，后面熬膏子幸亏有丁家奶娘俩帮忙，要是她一个人，不知要忙到什么时候，更不知会熬成什么样子，孙玉英抚摸着酸痛的胳膊腿儿想。

从第二天开始，陆续就有人来孙玉英家讨要雪梨膏。孙玉英不会像白兔娃和李粮站家的，让来人站在门外，打发叫花子一样隔门给他们挖几勺。她满脸堆着灿烂的笑容，送到大门口还是那句话："梨膏子这下熬好了，麻烦带个话，让没来的打发娃娃过来拿，一定要来啊！不来就是看不起人。"

孙玉英不过就是嘴上那么一客套，谁知客套的太过真诚了，搞得吉村女人全当了真，不到两天时间，两瓶雪梨膏就已经送光了。孙玉英大概算了一下，来过的还不到吉村人家的一半，这使孙玉英有点慌神，倘若全村人都来要，那点雪梨膏别说给自己留，光送恐怕都不够。

果然，前面得了雪梨膏的出去一宣扬，本不打算来的、要来还未来的都行动了起来，既然孙玉英把话都说到了这份上，不去就真是瞧不起人家。

面对一拨拨来人，孙玉英感到心里发虚，头上冒汗，她唯一能做的就是在送的量上做减法，以保证后来的人都能拿到膏子。第三瓶雪梨膏送完时，孙玉英明白局面已经完全失控，对此，她毫无办法。其实办法是有的，丁家奶说："只消一句话，说梨膏已经送完不就得了？"

这时候，孙玉英才想起吉吸鼻家的雪梨膏还没送，她当机立断送过去小半瓶。本来计划要送一整瓶的，丁家奶娘俩帮了她那么大忙，怎么也得送人家一瓶，现在她才意识到，如果不赶紧送，就这小半瓶，恐怕也难以保证了。

最后一瓶半雪梨膏成了孙玉英最后的防线，她想着无论如何得守住。可就在孙玉英歉疚地宣布雪梨膏送完了时，邻村的九斤老汉拄着拐棍来了。九斤老汉说，玉英心底这么长远，娃娃日后必定有出息。孙玉英是"蒋家外甥"，一听这话，将藏起来的雪梨膏又拿了出来。她固然爱听好话，但更主要是不忍心拒绝一个上了年纪的老人为一点雪梨膏颤颤巍巍走那么远的路。

孙玉英给九斤老汉挖雪梨膏时，忍无可忍的象棋冲出来试图夺走她手里的罐头瓶。象棋哭丧着脸说："不准再给了，给完了我们吃啥？"这情景孙玉英有似曾相识之感，她吸取经验教训，将罐头瓶牢牢地抓在手里。所以，孙玉英并没有像白兔娃那样踢象棋一脚。

其实孙玉英比象棋更加心疼不已，第三瓶雪梨膏送完后，孙玉英在心里祈祷，千万可不敢再来了，看在我们辛辛苦苦熬了一趟的份上，给我家娃娃也留些。可祈祷不管用，该来的照来。事情到了这步田地，不送已经不由她了。孙玉英尽管很无奈，但还是来者不拒，说出去的话，泼出去的水，不能自己打自己的嘴。再说了，都是熟人，给了这个，能不给那个？

九斤老汉走后，又来了卫女子和她的伴儿。卫女子听人说吉村有个好心的媳妇专给人送雪梨膏，一打问是孙玉英，赶紧就来了。

"我也想试试你的雪梨膏，看能不能治我这多年的老喘病。"卫女子说。孙玉英忙应承了。这卫女子跟她算是忘年交，家住丈家岭上。这些年，孙玉英去镇上赶集，无数次在卫女子那间孤零零的小房子旁歇过脚，喝过老人家倒的水，不止一次吃过人家房前屋后树上的果子。其实不光是孙玉英，走这条道的人，谁不认识卫女子，谁没喝过她的水？老人一辈子没嫁，无儿无女，上了年纪大约太寂寞了，逢集日总是摆个小桌子，提着热水壶在路边给过往的人送水喝。对于卫女子，孙玉英心里有一份别样的感情。如今老人寻上门了，无论如何是不能拒绝的。所以，尽管象棋军棋气得哭了起来，孙玉英还是毫不犹豫地将最后一瓶雪梨膏打开了。这意味着雪梨膏保卫战彻底失败了。

这天晚上，孙玉英把几个瓶子底上的雪梨膏刮出来，用水冲了给孩子们喝时，她自己也正儿八经喝了些。当那酸甜芬芳略带药味的液体溢满口腔，浸润过喉咙间时，孙玉英心头涌上一阵失落，费了这么大劲，最终啥也没落下，到底图个啥？

孙玉英仔细算了一下，惊讶地发现上她家来要雪梨膏的，除了外村的，全吉村只有两户人家没来，她忽然意识到自己干了一件从未干过的了不起的大事，这件事让她体面地从人后走到了人前，孙玉英既激动又骄傲。又想到九斤老汉、卫女子老太说的那些话，知道自己的好名声正在四处传扬，不是说美名传千里吗？人活一辈子图个啥？不就图个一名二声吗？如此一想，孙玉英很快又释然了。

孙玉英已经预见性地想到丢丢回来又会臭骂她一顿，这是一定的。虽然她为此心生烦恼，但并不后悔。如果说有什么后悔的话，就是忘了问卖梨人明年还来不来卖梨。今冬，她是绝无可能再买那么多梨了。

孙玉英回忆起她和象棋落寞地走在回家的路上时，一辆农用车冒着黑烟开到前面截住了他们。高个子的卖梨人将头从驾驶室里探出来，冲她一笑后迅速跳下车，说："你们走后，我越思越想越不美劲，娘俩给我帮了大半天忙，亏几个钱卖给你们有什么不行的？再说了，一条街上赶集，乡里乡亲的，咱是见钱多，还是见人多？来吧！他姨说了算，八块就八块，把梨拿走。"

卖梨人说得那么干脆，那么诚恳，令孙玉英心里热辣辣地感动。收钱时，卖梨人不知怎么想的，从中抽出一块钱硬塞到象棋手里，让他买嘴吃。一想到这些，孙玉英就不后悔，她一点都不后悔，尽管孩子们在这个冬天继续还要做喀喀喀的"砍柴人"。

解家队伍

一

那一年天气转冷得早，刚交上农历九月，晚上人要睡热炕才会觉得舒坦。一天晚上，月亮亮苍苍的，吴中有从家中返回马号时，无意间发现了吓人的一幕，一支似乎从天而降的队伍正在悄悄经过死寂一片的王庄。

不好，又过队伍啦！吴中有心中暗自叫苦，拔腿就要跑，却被好奇心给扯住了。吴中有藏身一棵树后偷看。只见这支长蛇一样的队伍，前头已经走出了他视线所及的范围，后边还在源源不断往来赶。这些人一律灰军衣，打绑腿，背着豆腐块一样的行李，肩扛长枪短炮，迈着整齐的步伐一队队急匆匆地走过。

月亮底下，除了刷刷刷有节奏的脚步声，几乎听不到别的声响。偶尔有三两个骑马的，越过行进的队伍扬起一溜烟尘疾速向前而去，但除了得得得的马蹄声，似乎也难以听到其他声音。

吴中有从未见过这样一支奇怪的队伍，他发现这些人一律看向前方，好像只能看着前边人的后脑勺才能行进一样，而对于路边这个叫王庄的村子，他们视而不见，或者压根儿不感兴趣。他们好像走在无人的荒野上。

这使吴中有想起以往那些个队伍，那些队伍有的朝东开拔，有的向西逃窜，来来往往，乱七八糟，但在经过王庄时无一例外会停下来，无一例外会人喊马嘶涌向王庄，打庄劫舍心满意足之后才肯离去；而这个夜晚，吴中有眼前的这支队伍俨然一支哑巴队伍，世上难道还有不会说话的队伍？这让偷窥中的吴中有觉得不可思议，他掐了掐自己的脸，再次肯定确实有这样一支不嚷不叫，也不肯为王庄停留的队伍。

王庄那些反应迟钝的狗过了好一阵子才叫起来，它们向来懒散，敷衍了事乱叫了一通便很快闭了嘴。狗们自有它们的道理：这些行色匆匆的怪人并没有打扰到王庄什么，有必要大喊大叫吗？

心惊胆战的吴中有跑回马号时，发现枣红马和青骡子不见了，槽上只剩下老牛和瞎驴，它们略显孤寂与不安。马和骡子肯定让王十万牵走了，吴中有想，除了王十万还能有谁？刚才那些队伍又没有进到村里来。

王十万是咋知道要过队伍的，这老狐狸咋就不言喘一声呢？吴中有边想边给牲口槽里添上草料，抓了几把精料撒开，浇了点水，拿耙子胡乱地拌了拌。老牛和瞎驴在迟疑中开始吃草。

王十万一定又把枣红马和青骡子拉到山里躲避队伍去了，他肯定还带着他的女人和娃娃，吴中有寻思着，心中一时有些不快。王十万是怎么知道队伍要来了，而他却一点也不知道呢？以往过队伍，不管情况多紧张，东家都会来打一声招呼。王十万通常会说，我出去躲躲，你给咱守着马号，他们不会难为一个长工的。

可这次王十万居然没打招呼就把牲口牵走了。吴中有又一想，自己刚才不是回家去了吗？他偏偏在这个节骨眼上跑回去看了一趟他的瞎娘。他见娘盘腿坐在炕上纺线，就帮娘搓了一阵棉条。娘眼睛虽然看不清东西了，但照着影儿，摸索着什么都能干。后来，吴中有给娘挑了两担水，劈了足够烧几天的柴棒之后才回到了马号。而王十万恰巧就在这时候到马号里来了，也许王十万着急忙慌地跑来牵马和骡子时，顺带就要告诉他这个消息的。但吴中有不在。王十万就只好牵着马和骡子走了。这么一想，吴中有觉得根本怪不着东家，你不在马号里，东家咋跟你交代呢？

吴中有看着空空荡荡的马号，看着老牛和瞎驴心不在焉地嚼着草料，不由得懊恼起来，他经常会不由自主地陷入这种懊恼之中：吴中有你就不是个喂牲口的好长工！他不止一次地这样对自己说。这马号曾拴过五匹大马，三头壮骡子，四堵墙一样结实的大犍牛和两头精干的毛驴，屈指一算，大大小小一共十四头牲口。哦，不，最热闹的时候有十六头之多呢。要没个十几头牲口，东家王十万还配在鹑觚原上叫王十万吗？

牲口最多的那会吴中有还小，才跟着老邦子学喂牲口。老邦子去世后他开始独自喂养牲口。正是吴中有常年尽心竭力地喂养，才使王十万的牲口个个皮光毛亮，膘肥体壮；才使王十万的牲口走到哪里都气宇轩昂，与众不同。因此东家总把吴中有和另几个干农活的长工区别看待，不但逐年给他加工钱，每年还外加三斗麦并两斗秋。

东家把账算精着呢，吴中有知道给他加的那点工钱和粮食不过是东家身上搓下的一点点碎垢痂而已，东家是干什么都不吃亏的主。要知道，王十万每年光靠租马和骡子给烟客和盐客赚的银钱就不在少数，还不要说租地和种庄稼的收入。王庄地处陕甘交界处，又是西兰公路便道必经之地，向来商贾往来频繁，正是这得天独厚的位置，让王十万成了王十万。当然，王十万成为王十万，吴中有功不可没。

但是这些年情形大变，自打开始打仗过队伍，王庄人就再没过过安生日子。王十万的日子自然更难过。人怕出名猪怕壮，很多队伍到王庄就是冲王十万来的。鹑觚原上有几个王十万？既然有那么大名声在外，包括王庄在内的所有人都认为王十万出粮拿钱理应当该。王十万的家产因为王十万的名声如消雪般变得越来越少时，王十万虽然痛心疾首却又无可奈何。其实，最让王十万舍不得的是那几匹高头大马和力大无穷的骡子，那是他的生财树，可它们让那些不要脸的队伍和土匪们一回回抢的抢，夺的夺，强行全给弄走了，几头牛也让他们宰掉吃了肉，到最后就只剩下一匹枣红马和一头灰骡子，再就是一头老牛和一头瞎驴了。

俗话说财帛连人心，想起那么多的庄稼无牲口耕种，想起再也不能靠租赁马和骡子赚银钱，王十万心如刀割，他不止一回抱头痛哭。东家一哭，吴中有就心生愧疚，觉得是他把牲口越喂越少了似的。是的，不管怎么说，牲口就是在他手上非但没有增多，反而越来越少的，这就是他时常懊恼的原因。每当想起这些，吴中有心里就像吃了石头一样沉重。

心慌意乱的吴中有再次给牛槽里添足草料后匆匆离开了。牛和驴他已经顾不上管了，他得赶快找地方躲起来。这么大的队伍过来，万一把他抓走了，谁照顾他的瞎娘呢？万一他被逼上前线打仗死在了外头，谁又抬埋他的瞎娘呢？他妹子秀青的男人就是被抓壮丁打仗死在了外头，致使秀青年纪轻轻就成了寡妇。

二

吴中有甩开两条大长腿穿过月光下的王庄向村西头奔去时，发现那棵无论站在任何一处都看得见的大树，在月亮底下泛着金属般的熠熠寒光。起先吴中有觉得这树像个擎天巨人，中途又觉得像朵硕大无比的蘑菇，等跑近了却又觉得更像把黑黢黢的巨伞。这棵需三四个大人才能合抱的大树，使吴中有在攀爬的过程中因无处下手而变得极为困难，有几回险些滑落下来。吴中有吭哧吭哧爬上树后，惊动了树冠里栖息的各种鸟雀。鸟雀们空前聒噪起来，飞快地传递着信息，鸟屎如雨点般落到吴中有身上。很快，就有许多亮闪闪如铁片般的鸟儿从树冠里滑向原野，它们集体朝着某个方向飞翔一阵后急速拐弯，很快消失在夜幕里。

鸟雀散尽，原野恢复宁静。吴中有这只大鸟鸠占鹊巢，把自己藏身于浓密的树冠里时才放下心来，他曾在这棵树上躲过好几回队伍，这是个不为人知的秘密。

吴中有背靠大树的一处双柯枝，脚蹬对面的树干，这样他就可以透过树枝的缝隙眺望远处。约莫一个时辰后，长蛇形队伍最后的影子终于消失在大路的尽头。吓破胆的王庄人依然一个也不见，空旷的原野上除了苍白的月光，还是月光。

吴中有松了一口气，暗自庆幸队伍终于走了，他刚要下树，却意外发现一支分散的小队伍正走在王庄的村道上，他们好像有几十个人之多。吴中有心里咯噔了一下，看来这支队伍跟先前那些队伍一样，最终还是进到王庄来了。吴中有这么想着很快又发现那些人不见了，他敢肯定他们已经进到庄里的人家抢夺东西去了。吴中有冷笑了一声，想：你们能抢到什么东西呢？王庄十有八九的人闻风都跑到山沟里躲藏起来了，该带的都带走了，就算他们都在，这清水洗过一般的日子有什么好抢的呢？

后来，吴中有让尿憋得焦躁不安起来。按说这问题，站在树上只需拉开裤带就可以解决，可这次不行，鬼才知道是怎么回事，进到王庄的这支队伍中的一部分人竟然走到大树底下来了。他们围着树饶有兴趣地转圈子，在赞叹这棵罕见的大树的同时停了下来。有人命令他们就地休息，他们便把枪抱在怀里，坐在大树盘曲的老根上。

吴中有在树上大气都不敢哈，他听见他们好像在开会，有人在讲话，有人被批评。随后，这些人松散开来，开始吃背包里的干粮，喝水壶里的水。他们小声地说笑了一阵后，怀抱枪，裹紧薄被子，头朝大树就地睡下了。

那些当兵的沿着大树睡了一圈儿，好像来到王庄是为了守卫这棵树一样。这时，吴中有已经让尿憋到了无法忍受的地步。可很快，他就不需要再忍受了。他想：他们为什么偏偏找到这里来睡觉，他们为什么不去王庄那些庄户家里睡觉？好多人都跑了，家里应该是空的。

吴中有又想：他们为什么要睡在地上？已到农历九月了，吴中有朝原野里那么一望，只见遍野的寒霜犹如满地碎银，在月光下闪闪烁烁，晚上睡在野地里多冷啊！很快，尿湿的裤子变得异常冰冷，贴在腿上让吴中有非常难受，他忍不住打了几个寒战，这让他想到了拉着马和骡子，领着女人娃娃爬沟溜渠躲藏的东家，他多不容易啊！还有这些当兵的，他们和衣睡在冰冷的地上，也多不容易啊！

后半夜的时候，树下那些人鼾声四起，有人磨牙，有人放屁，有人说胡话。吴中有困得实在撑不住了，意识模糊前他又看了他们几眼，那会，厚厚的霜花落满他们全身，使这些人像镀了银似的闪闪发亮。

天亮时发生了意外，睡过去的吴中有一脚踩空差点从树上掉下来，虽然他身手敏捷抓住了树杆，像猴子一样吊在半空中，但发出的惊叫声把树下那些当兵的吓得不轻。

"谁？"他们纷纷从地上弹跳起来，将枪口一齐对准树上。

"兵大爷不要开枪，是我，一个下苦人，一个老好人！"吴中有急中生智说。他们用枪逼着他。他像只笨拙的狗熊一样从树上滑下来。

一个当兵的用枪指着吴中有问："你是什么人？躲在树上想干什么？"

吴中有跪在地上，头磕得咚咚响，老老实实交代了自己的情况，说因为害怕过队伍才躲到树上去的。

一个当兵的说："过队伍有什么好怕的？队伍里的跟你们一样也是人嘛！"他问，"老乡你看我们可怕吗？"

吴中有说："你们这队伍不可怕，一看都是好人。"他显得很诚恳地接着说，"可以前那些队伍，太可怕啦！一来就杀人放火抢东西，什么坏事都干，我东家王十万的家产和骡马，就是让那些队伍一回回给抢光的。"

说到王十万，那些人的态度一下子缓和了。他们说："正好，简直是歪打正着，我们正要找你，没想到你倒自己送上门来了！"他们说着一齐朗声笑起来。

吴中有跪在地上，头如捣蒜，哀求说："兵大爷千万不要抓我去当兵，我家还有个瞎娘呢！"

一个当兵的把吴中有拽起来，说："没人抓你去当兵，我们招兵买马都是自愿的，我们主要是想找你东家。"

吴中有说："东家现在没钱没粮，叫以前那些队伍给抢光了。"

一个当兵的说："老乡对东家还挺忠心的嘛！回去告诉你东家，让他不要怕，我们找他是想买东西，不是抢。"这个当兵的接着说，"我们是解放军，老乡都叫我们解家队伍，有没有听说过？"见吴中有一脸茫然，另一个当兵的解释说："就是解救、解放穷苦人的队伍。"吴中有算是听懂了一点，点点头说："哦！我明白了，你们是解家队伍。"

天大亮了，那些当兵的放吴中有回去前对他说："我们已经打听过了，我们需要的东西只有王十万有，回去告诉你东家，中午我们会来找他的，我们需要一些粮食，还有马匹。"

三

那天吃过早饭，黄保长慌里慌张地来到马号，开口就问王十万回来了没有。吴中有这才知道解家队伍找过黄保长。黄保长已打发人去找王十万了。吴中有暂时得以从这件事里解脱出来，他磨叽到黄保长来都没有去找东家，其实就是不愿去。甭管是解家队伍、马家队伍还是什么队伍找东家，除了筹粮要钱抢牲口，还能有什么好事？他去找东家不就等于把东家给卖了，不就等于表明了自己的立场？这有失一个长工的本分。

黄保长说："打发去找王掌柜的人，到现在都没有回来，你若能捎上话，叫王掌柜赶紧回来。这回来的队伍可不同以往，一看气象就不一样嘛！这阵子人家正在打麦场上开会，给咱们人讲道理呢！"黄保长将着他的三须胡子接着说，"你说奇怪不？我从来没见过这样的队伍，来之前我听了一阵子，他们说这解家队伍是咱们老百姓的队伍，是为解救、帮助穷人才打仗的队伍。可谁知道呢？这兵荒马乱的，一阵子一个说法，一个队伍一个弄法，有的说的比唱的还好，可还不是不干人事。"

黄保长发了一通牢骚后说："别看这伙人客客气气的，说不定翻脸就是眨眼的事，有人还笑着杀人呢！人家手里有家伙，你说咱们能怎么样？"他叫吴中有带话给东家，让他赶紧回来去见解家队伍。黄保长走时郑重其事地说："识时务者为俊杰，甭管什么队伍，哪个我们都得罪不起。"

王十万是那天下午只身一人回到马号的，在他回来之前，两个来打探消息的士兵刚走。王十万一进马号就顺着山墙溜了下去，这个蓄着山羊胡子，平时不显山露水的精明人脸色阴沉，一言不发地蹾在地上。半响，他才抬头问吴中有咋办。

吴中有发现一夜之间，东家头发蓬乱，面容显现出与年龄极不相称的苍老。吴中有也不知道该咋办，他一个伙计怎么会知道东家的事咋办？吴中有想了想，便将昨天到今天发生的事和自己的所见所闻对东家讲了，最后小心翼翼地说："我看这解家队伍的人不坏，像是好队伍。"

王十万说："什么好队伍坏队伍的，还不是一丘之貉，只会给我的钱粮牲口打主意。"可说了老半天，王十万还是嘴硬尻子松——不敢不去见解家队伍，他说咱们自己去要比人家找来好。

在路上，王十万说："你打十一岁上跟了我，如今少说也有十四五年了，虽说还没给你娶上女人，可我心里一直记挂着这事，只要有合适的，咱就张罗着给你往进娶。"王十万看着吴中有说，"除了这一点，我对你怎么样？"

吴中有有些紧张地说："东家怎么突然问起这话来？东家对我好得很啊，比我娘老子还要好啊！"

王十万点点头说："你娃还算有良心，"他咽了口唾沫接着说，"我家人老几辈都是老实本分的庄稼人，积攒这点家业不容易，我们一没偷，二没抢，全凭力气血汗换。可这些年，过往的队伍把我王十万当韭菜，割了一茬又一茬，现在弄得粮没粮，钱没钱。"王十万叹了口气又说，"你说剩下的这几头瞎瞎牲口要再让队伍给抢去了，娃呀，咱们吃什么，喝什么？你没牲口喂，我没银钱赚，这可咋办呢？你还要娶女人呢！"

吴中有说："东家说的我都懂，要不去了咱求人家，没准他们心一软就会放过咱。我看解家队伍人不坏，挺客气的。

"王十万停下脚步意味深长地看着吴中有说："唉！好我个瓜娃哩，你没听说过笑里藏刀吗？往往对你越客气的人，心里给你谋算的事儿就越多。"

四

吴中有和东家是在王庄的一座破庙里跟解家队伍的人见面的。那伙人普遍有一种令他们感到惊讶却又难以形容的气质，尽管他们衣着单薄粗陋，但浑身上下有股子逼人的神气，这令他们自惭形秽。王十万见面拉着吴中有就要给长官下跪磕头，一旁的士兵拦住了他们。那些士兵都很客气，给他们讲了一通大道理，吴中有记忆最深的话就是他们说解家队伍是穷苦人的队伍，是为老百姓过上太平日子才打仗的队伍。

那个平头方脸长着一对剑眉的长官很坦率，开门见山向王十万表明了意思，大部队正向西边挺进，前方在打仗，他们需要筹集一些粮食和布匹，还有马匹。长官表示，如果王十万愿意捐赠自然最好，他们双手欢迎；如果不愿意，也不勉强，他们可以向他购买需要的东西。

王十万告尽艰难，说得声泪俱下，长官听后很受触动。他说兵荒马乱的，王掌柜确实不容易，但很快又说，既然能找王掌柜，王掌柜的情况他们多少还是掌握一些的，希望能支持一下穷苦人的队伍，并说他们知道王十万存放粮食的地方。

王十万见这伙人客客气气大不同以往，便摸着石头过河，试探着说："穷苦人的队伍肯定最体谅穷苦人，我是有点小钱余粮，可不是偷来抢来、发横财得来的，而是我家几辈人血一滴汗一滴换来的，所以说到底我还是个穷苦人。"见他们没有发火，王十万胆子更大了，说话就显得有些放肆，他说，"其实也没多少家底，可外头把我传得神乎其神。在众人眼里，我王十万就是一块肥肉，谁看着都眼馋，谁来了都想割几刀子。现在弄得肉割光了，连骨头都刮伤了。"他抱着头靠墙蹴在地上说，"我有一家老小要养活，还有五个长工要吃饭，所以，捐粮出钱恐怕办不到，但我愿意将粮食低价卖给你们。"

长官搔了搔他那浓密的平头，说："我们不会难为王掌柜的。"接着就说到了马匹的问题，长官说，"我们还需要两匹马。"

王十万说："我就剩一头老掉牙的牛和一头瞎驴了。"

长官手捏下巴，用他那似乎能洞察一切的眼睛望着王十万，说："你还有一匹红马和一头青骡子。"

　　王十万站起身说："就是把马和骡子卖给你们，这么多人也不够骑呀。"

　　长官说："我们的马是给首长们骑的，士兵们都靠这个。"他说着站起来指指自己的腿。

　　吴中有这才发现，长官的大腿面子上有几块大大的补丁，胳膊肘上也有，这些补丁颜色深浅不一，一看就是好几次补上去的。这令吴中有十分吃惊，穿补丁衣服的长官他是第一次见。

　　长官补充说："这次找马是给两个女同志骑，一个要生孩子了，一个腿伤很严重，走不了长路，她们都是对革命有贡献的人。"

　　吴中有此时锐敏地捕捉到了东家的眼神，他扑通一声跪在长官面前说："本来东家有十几号牲口，可这些年不是跑土匪就是过队伍打仗，抢粮要钱夺牲口哪次饶过我们？现在能使唤的就只剩下一头瘦马和一头跛脚骡子了，你们要再把它们弄走，我就彻底没牲口喂了。没牲口喂，东家就不要我了，东家不要我，我吃什么喝什么，怎么过活？我还有个瞎娘要养活呢。"吴中有说着动了情，咧开大嘴哭了起来。

　　吴中有这一哭倒使长官为难起来，他似乎陷入到接下来不知该如何谈话的窘迫中。王十万趁机说："这娃说的是实话，没了牲口，我连自家都养不活，还能养着他？"他解释说吴中有的爹病死得早，他娘害病瞎了眼，全靠吴中有在他家喂牲口养家。

　　一个年轻长官厌恶地看着王十万对吴中有说："老乡甭哭，也别担心，不给东家喂牲口，你照样活，你不要一直给他当长工，将来你喂自家的牲口，种自个的地。"

　　吴中有哭着说："快别取笑我了，我哪会有自家的牲口，有自个的地"

　　长官语气坚定地说："你会有自家牲口的，也会有自个地的，还会有老婆孩子的，什么都会有的。我们带队伍打仗，就是为了像你这样的人过上什么都有的好日子。"他停顿了一下说，"在大家都过上好日子前，只好委屈你和王掌柜了，办法总是会有的，我相信不喂牲口，你也一定能活下去。"

这话让吴中有心中为之一震。好日子似乎像画卷一样在他眼前徐徐展开，土地、牲口、女人、孩子，一切触手可及，一个长工的人生最高追求不过如此。可美好的想法转瞬即逝，他知道，那不过是空奶头哄娃娃，他离那个美好的日子永远隔着万儿八千里，他永远是一个长工。

他们又回到粮食的事情上，王十万最后不得不答应卖给队伍十二石麦子，十五石玉米和高粱，价钱是王十万提议的，他说比市价低了很多。长官说不要低很多，买卖公平，跟市价走平最好。双方说好第二天一手交粮，一手交钱，为了表示自己对解家队伍的支持，王十万答应送一些布匹和棉花什么的。

王十万和吴中有离开时，长官又说起马和骡子的事，希望王十万回去好好考虑一下，他们的确很需要两匹大牲口。

第二天早上，王十万把枣红马和青骡子从山沟里拉回来后说，最后这两匹大牲口怕是保不住了。吴中有忙问咋回事，东家说解家队伍早派人到西山沟里把存粮食的堡子和骡子马都察看了，他刚才就是跟几个当兵的一道回来的。

五

这天后响，秀青到马号里来找吴中有。秀青的到来，对吴中有来说完全是个意外。他心里有事，对秀青显得比较冷淡。吴中有边往单轱辘板车里丢牲口粪，边问秀青："这时候跑来干啥？"秀青说："我听说咱们这边过队伍，不放心就跑回来了。"她告诉吴中有一个惊人的消息，昨天夜里，他家住进了队伍。

"啊，娘怎么样？"吴中有端着一锨粪停在半空中。

"娘好着呢。说是队伍，其实只有两个女的，一个大肚子，一个挂拐杖，能怎么样？"秀青轻快地说，"只有这两个女的住进了咱家屋里，其他人都在外头，听说有的睡在玉米秸秆上，有的住在麦草垛旁。"秀青不解地说，"这些人真是奇怪，"不过，她接着说，"不过她们看起来像是好人，我今早间进门时，她们正跟咱娘有说有笑地做饭呢，当时吓了我一大跳。"

吴中有看到秀青悒郁青黄的小脸上沿眉梢处有一道伤痕，就问她脸怎么啦。秀青别过脸去说："抱柴时让柴剌了。"

"女人都能出来打仗，真是了不起！"秀青望着外面无比羡慕却又心不在焉地说。

吴中有听了秀青的话，本就乱糟糟的心里又添了不安，从昨天晚上过队伍到现在，他怎么就没有想到自己的瞎娘呢？娘如果叫这些人给杀害了，恐怕尸骨都凉了。于是他又急忙打发秀青回去，说自己安顿好了就回来。

秀青刚走，东家和黄保长前后脚就到了马号。黄保长又来找王十万。他说，解家队伍的意思还是想要马和骡子，他劝王十万丢手。黄保长说："人家是买，又不是抢，白抢去你还能咋？你以前那些牲口不照样让人白抢白宰了吗？还把你吊起来打过好几回呢。"他说这伙人好歹还算客气。王十万听得心里直蹿火。他骂黄保长说话像放屁一样。

好不容易等到东家和黄保长走了，吴中有给牲口添好草料后赶紧往家里跑。在家门口，他看见核桃树下拴着秀青婆家的灰骡子。秀青这几年熬娘家一直就骑这头健壮的灰骡子。刚结婚那阵，由秀青男人来回牵着，秀青一颠一颠地坐在上头，两口子说说笑笑的。那会秀青的脸是圆润的，常常带着一种沉醉其中的微笑。自打她男人被抓了壮丁后，秀青就一个人骑着骡子来回走，她从此变得蔫头耷脑的。在知道她男人死在战场上后，秀青的脸逐渐就失去了原先那些让人看着喜欢的东西，看起来呆恍恍的，失了魂似的。

吴中有拍了拍灰骡子的身子，灰骡子喷了几个响鼻，彼此算是打了招呼。灰骡子看着吴中有，好像有话要跟他说似的。好些时候，吴中有都觉得这匹灰骡子就是他妹子秀青的化身，他对它有一种天然的亲近。灰骡子温驯地望着吴中有，直到他进了家门。

家里果然有两个女军人，两人都是灰军衣，齐耳短刷子头，腰间的皮带上斜挎着小手枪，吴中有一进门就觉得她们通身上下有一种特别的东西，但又难以说清具体是什么，吴中有只觉得他家的窑洞比以往亮堂了许多。她们一个坐在杌子上，身旁靠着拐杖，一个侧身半趴在炕边上，正跟吴中有的瞎娘比画着裁一件婴儿的小衣服。

看到吴中有，两个女军人热情地同他打招呼，趴在炕边上的略显困难地直起身来说："我们没征得兄弟同意就住进了你家，请多多谅解。"吴中有看到她果然是个大肚子。吴中有从秀青嘴里得知，大肚子女军人跟他家一个姓，挂拐杖的女军人姓韩。秀青跟她们仿佛熟识已久，话比平时多，一口一个韩主任吴军医地叫着。吴中有第一次见识当兵的女人，感觉她们像堆烧得旺旺的炭火，而他是那个久在阴冷处的人，见面不由自主就想往上靠，他又觉得她们像春天吸足水分蓬勃舒展的树木，给人一种充满活力的感觉，这些奇异的感觉使吴中有既紧张又羞怯，他们这里的女人没有一个像她们这样的。

吴中有坐在门槛上吃饭时，韩主任问了好些关于他的情况，她赞叹说吴中有的名字取得好。"吴中有，无中有，无中生有嘛！"她说，"这名字自带福气，你什么都会有的。"吴中有给说得红了脸。吴中有的瞎娘说："他爹那会随便给起了这么个名，我们哪里知道有这么好呢。"

吴军医问吴中有想不想跟他们参军去打仗，她说："我们很快就要胜利了，你身体好，听大娘说又能干，当兵是块好材料，没准在部队能干一番大事呢。"

吴中有停止扒饭，一眼不眨地望着吴军医，他从来就没有产生过要当兵的念头，因为在他的认知里，当兵不是自己杀人放火，就是被对手打死打残，能有什么好下场？他觉得逃还来不及呢。吴中有认为他这样的人就只能在王庄给王十万当一辈子长工，每年从他那里领一些钱粮回去，勉强可以养活他和瞎娘。除了喂牲口种地，他什么都不会干，因而哪里都不想去，再说还有个瞎娘呢，他怎么能把娘丢下呢？

吴军医的话倒是引起了秀青的兴趣。秀青说："可问题是我们都不识字，参军能干啥呢？"韩主任说："打仗呀！拿起枪打欺压我们的人，把他们全打跑。"她接下来说，"不识字可以学，咱们队伍里当兵的大多都是穷苦人，识字的很少，去了可以跟我们学，什么都是学来的。"

听到这里，吴中有说他就是想去也去不了，家里有娘呢。两个女军人同时说："是啊，你是独子，大娘不能没人照顾。"韩主任说："那就等着我们把仗打完了你们过好日子吧。"

秀青问："我们什么时候才能过上好日子呢？"吴军医说："快了，很快我们就要过上好日子了。"秀青望着门外若有所思，她的眼神看上去不同以往。

六

后来，吴中有听见秀青小声问："我能参加你们的队伍吗？""能啊，"吴军医正在端详吴中有的瞎娘摸索着裁下的小衣服，"怎么不能啊？咱们的队伍谁都可以参加。"她说，"让我看看你的脚。"然后不无遗憾地说，"你这'解放脚'恐怕不行，我们可不收缠了脚的，行军打仗不方便。"

秀青急了，说："我的脚稳当得很，爬沟溜渠啥活都干，不信你看！"说着她咚咚咚跑了两个来回给她们看。

吴中有的瞎娘说："秀青说的是实话，她在杨家什么活都干。"她回忆起当年给秀青缠脚的事，常常是费了好大劲才缠上，等回头再看的时候，人家早偷偷解开了。她打秀青，骂秀青，逼她再缠上，结果还是偷偷解开了，如此反反复复，不知淘了多少气。秀青小时性子烈，为缠脚日夜号哭，闹得实在没法子，只好放开任由脚生长。吴中有的瞎娘说，要不是脚大，怎么会嫁去杨家？

韩主任赞许地看着秀青说："好样的。"秀青一时懵了，这是第一个夸她不缠脚的人。吴中有看见秀青的眼睛里燃起两团小火苗。

"可是……"秀青的眼睛很快暗淡了下去，她低下头说，"阿公阿家看我看得紧，我外前人死后，他们就不让我出门，见不得我跟旁人说话，为了今天能来娘家，昨晚上我抱着磨杆推了大半夜磨，早上早早起床干了好多活才来的。临走时，阿家不让我骑骡子，照脸抽了我两筥帚。"

吴军医严肃地望着秀青问："她凭什么抽你？你才 23 岁，这么年轻，往后有什么打算？"

秀青嗫嚅着说："我不知道。"秀青真不知道，吴中有也不知道，她的瞎娘就更不知道了，他们谁都不知道往后的日子怎么打算，他们都是活一天算一天，既不知道自己，也不知道旁人。

吴中有的瞎娘说："秀青结婚还没生养，外前人就被抓了丁，等来等去，等来个死人的消息。你说她要是有个一男半女，就不用再嫁了，守着娃娃也是一辈子，可现在守啥呢？什么都没有，阿公阿家对她又不好。"

韩主任不满地说："大娘这样说不对，就算秀青有孩子，咱也不守，守啥呢？年轻轻就守寡，这对秀青不公平，叫我说，应该另找个人过日子。"

吴中有说："她婆家人厉害得很，根本不会同意的。"

吴军医说："所以说这世道不公平，凭什么把我们女人的脚缠成那样，跑也跑不了，走又走不动；凭什么我们女人的命运要攥在别人手里？秀青嫁人是她的事，凭什么婆家人说了算？所以我们要反抗，要斗争，直到我们的事儿自己说了算为止。"

听到这里，秀青突然潸然泪下。她说："我不敢，也从没这样想过。"

韩主任愤愤地说："有什么不敢的？我们俩还不是跟你一样，吴军医跟表哥都订婚了，是从念书的学校偷跑出来参军的。我呢，受不了虐待从婆家逃出来参加了革命，我婆家是山西的一户大地主。"

秀青吃惊地望着眼前的两个女军人，她们俩就有些得意地笑了。秀青追问："他们没找你俩麻烦？"

吴军医双手叉腰说："他们哪个敢来找麻烦？咱们的队伍人多势力大呀！"

秀青恍然大悟似的哦了一声后试探着问："那，那你们现在有外前人吗？"

两个女军人被惹得哈哈大笑。

吴军医抚着圆圆的肚子说："当然有呀！没'外前人'跟谁生孩子呢？"她学秀青说"外前人"，觉得这叫法很有意思。接着，她说："我和韩主任的'外前人'都在前线打仗呢。"

韩主任开玩笑说："秀青妹子跟我们走，我给你介绍一个知冷知热的'外前人'。"

秀青的脸一下子红到了脖根上。

七

第二天中午，吴中有在马号里见到王十万的时候，王十万像牛吃胀了似的吭哧吭哧喘着粗气。吴中有问怎么了，王十万半天也没说出一句话来，吴中有扶他坐下缓了一阵，这才说了发生的事情。原来，王十万和解家队伍的人说好，一手交钱，一手装粮。粮食装好后，算盘噼里啪啦一打，账算出来了，"到该给钱的时候了，你猜结果怎么样？"他问道。

"怎么样？"吴中有紧张起来。

"他们只给了我一半钱，另一半打了欠条，说是经费困难，欠下的以后再给。"王十万说着把一张麻黄纸写的欠条拿给吴中有看。吴中有大字不识一个，自然不知道那纸上写的是什么，但他看到上面盖了两个红色的圆印章。

王十万捶胸顿足地说："我让这伙人给耍了，"他说，"以往那些狗日的是明火执仗地抢，眼下这伙阴险毒辣的家伙是暗地里弄，但是人家手里有枪，咱个种地的能怎么样呢？只好自认倒霉。"王十万说那个长官对他说，这个欠条什么时候都算数，以后找他们，或找政府要都行，一定会给他钱的。王十万走时，长官再三叮嘱叫他把欠条收好。

王十万气得骂天骂地骂那伙人的祖先。他说："队伍一走，我上哪儿找他们去？我找哪个政府要钱去？"

王十万说着解开骡子和马的缰绳，拉着就往外走。吴中有忙问他去哪里。王十万说，牵出去再遛一遛。王十万把马和骡子牵走后，吴中有呆了好一阵才反应过来，看来马和骡子的事王十万不得已最终还是答应解家队伍了。吴中有依稀记得王十万走出马号时愁容满面的样子。

解家队伍是第三天早晨离开王庄的。两个女军人并没有骑着王十万的马和骡子离开，而是租了两头小毛驴。因为王十万自先一天从马号里牵走马和骡子后，就再也没有回来。黄保长派人找遍了附近的沟沟岭岭，可连个人影都没见。

队伍不可能一直等下去，他们是做大事的人，忙得很。在那个细雨蒙蒙的早晨，他们如期离开了王庄。离开时，吴军医再三惋惜地说吴中有不当兵太可惜了，说他是块好料，没准将来能干大事呢！

秀青就是在那几天失踪的，当时吴中有并不知道此事。直到秀青的阿公找到马号里，说秀青偷了他家家当，骑着灰骡子跑了他才知道。秀青阿公是来向吴中有要人的。

吴中有那天不知怎么回事，先是和秀青阿公吵了起来，吵着吵着就扭打在一起。这在以前简直不可想象。以前的话，吴中有肯定要在秀青阿公面前咒死咒活骂自己妹子，骂她不守妇道给娘家人丢脸抹黑，他会以此来表明自己的态度和立场，并且会向人家求情下话。但那天吴中有不知哪来的勇气，他态度强硬，显得蛮不讲理，事后连他自己都吃惊为何会变得如此。吴中有后来想了想，正是解家队伍的到来，在他平静的心湖里丢进了石头，那石头不但激起了水花，还留下了一圈圈不断扩散的涟漪，是那涟漪让他变得容易冲动的。

吴中有想起了他妹子的种种可怜，他横眉冷眼地对秀青阿公说："你们是怎么对待我妹子的？都是你们把她逼走的，我没向你们要人，你反倒向我要人来了，把我妹子弄哪里去了？我要告你们去。"

还是那天，秀青阿公灰溜溜走后不久，东家王十万连同他的枣红马和青骡子出现在马号门口。吴中有又惊又喜，迎出去说："东家可真有你的。"

王十万说："他们放我鸽子，我还不会放他们鸽子？没这点心眼，我能是王十万？"

王十万回来了，秀青却实实不见了。她骑着灰骡子走了之后，就再也没有回来，她到底是跟解家队伍走了，还是去了别处？反正，几十年来渺无音信，吴中有到老都不知道秀青的下落。

秀青失踪三四年后就解放了。吴中有曾沿着当年解家队伍走过的路线多次寻找秀青。有人说，在解家队伍里曾看见过一个没穿军衣的年轻女人，骑着一匹灰骡子。但只是听说，没有谁是见证者。关于秀青失踪的事，鹁鸪原上流传着好多说法，有与人私奔隐姓埋名他乡的；有逃跑途中病死的；流传最广的是秀青投奔了解家队伍，成了一名几十年来忙得无暇回家的女革命。虽然这些说法都缺乏真凭实据，但吴中有更倾向于相信秀青投奔了解家队伍，这是令他感到自豪又骄傲的，对于秀青也是最体面的一种归宿。

但随着年代的久远，吴中有越来越相信秀青已不在人世了，因为解家队伍当年行军至距离王庄160多里外的花所乡时，遭遇了马家军，与之发生了激烈的战斗，牺牲了好些人，秀青极有可能死于那场战斗，要不然她怎么能这么多年不回家？

好多年后的一日，吴中有突然得知一则消息，说只要有当年解家队伍打的欠条借条，不管所欠所借为何物，没有不认账的，即便是马草钱，只要有条子就算数，就可以去当地人民政府领不知翻了多少倍的现钱。当时，吴中有早已实现了拥有土地、牲口、女人、娃娃这些当年他想都不敢想的梦想，虽然他跟王十万早已没了什么关系，但听到这个消息时，还是难以克制内心的激动，第一时间飞奔而去告诉王十万。

白发苍苍的王十万听完吴中有的话后，怔怔地看了他半天，说："时间长了，欠条弄丢了。"

面对因失落而无语的吴中有，王十万觉得有些话难以启齿。其实那张欠条并非丢了，而是被他当年狠狠地撕成纸条，又揪成碎片抛撒在风里了。看着单薄如黄褐色蝴蝶一样的纸片被风刮跑，王十万记得自己曾愤愤地骂了几句难听的话。

王十万连肠子都悔青了。干下这样的蠢事是因为，他当年压根儿就没指望一支打欠条的队伍日后会还他钱，因为他无法相信这样的队伍会取得最后的胜利，他小看这样一支队伍了。

过了好一会，吴中有听到王十万自言自语："只要大家伙都能过上安生日子，那些东西就权当我为革命捐了。"接着王十万意味深长地说，"坏事里头有好事呢！要没有当年欠粮钱那回事，也许这会早都没有我了。"吴中有细一琢磨，还真是这么回事，不由感慨世事三翻六转，难以预料。当年鹁鸪原上给王十万看笑话的那些人怎么也不会想到，正是欠粮钱那件事，使王十万全家在那个特殊的年代免遭了不少劫难。

原载《解放军文艺》2023 年第 3 期

秀青

一

秋雨绵绵，道路泥泞，一支八人的小队伍艰难地行进在崎岖不平的山道上。

两天来，士兵数次报告有个骑灰骡子的人总不远不近地尾随着他们。骑一头小毛驴身形臃肿的吴军医再次回头张望时，只见峰峦起伏，山路蜿蜒，一切尽在迷蒙的烟雨中，这使她依然未能看清士兵数次报告的尾随者。同样骑着毛驴的韩主任突发奇想，说："该不会是王庄吴大娘家的秀青吧？她骑的就是一头灰骡子。"

"骑灰骡子的是个男人而不是女人。"打报告的士兵强调说。吴军医坚持认为极有可能是他们的同路人。

一个勤于思考的士兵说："真是奇怪，就算是同路人，两天来却从没有超过我们，也没有追上来跟我们一起走，骡子总比驴快呀！再说，跟我们一起走远要比他独自走好得多，一个人在雨天里走多没意思呀！"

另一个士兵反驳说："谁愿意跟扛枪的一块走？走一块能有什么好事情？"

吴军医望着绵密的雨幕若有所思。她对韩主任说："离开王庄后，我一直能想起秀青，她往后的日子怎么办呢？"

韩主任说："当时我们都想把她带出来。"

"幸亏没有带，我们已经掉队了，不能再给自己增添负担了。"吴军医说。

韩主任说："你说得对。"说着她眉头微蹙，牙关紧咬，牙缝里挤出倒吸凉气般的嘶嘶声。她的腿伤在雨水的浸泡下又严重了，痛痒难忍时，嘴里就会不由自主地发出嘶嘶的声响。吴军医扭头关切地望着那张苍白瘦削的脸，说："再坚持坚持，今晚找到住的地方，一定给你处理伤口。"吴军医说话时伏在毛驴背上，一手抱着驴脖子，一手托着圆溜溜的肚子，她并不比韩主任好多少，连天冒雨在驴背上颠簸，她的肚子一直在幽幽地疼。

这天黄昏时，一行人走到了泾川地界。赶毛驴的老汉说："送到这里我们就该回了，当初说好的是两天时间。"吴军医说："还没追上前面的部队，怎么就要回去？"赶毛驴的小伙不耐烦地说："这事问不着我们，说好两天就两天，至于追上追不上部队，关我们什么事？"他正处于狂妄的年纪。

韩主任望着即将被暮色笼罩的原野，说："老乡总不能把我们撂到这荒郊野外吧？这样吧，给你们加钱，再送我们一程，只要一追上前面的部队，你们立刻就回去。"

赶毛驴的爷孙俩说什么都不愿再往前送了。老汉说："谁知道你们说的那个'前面的部队'在哪里，或许很快就追上了，或许人家早走得没踪影了。"老汉又说，"这一带原来驻着马家队伍，土匪的队伍也经常出没，等追上前面的部队，我们恐怕就回不去了，就算人连滚带爬回去，只怕毛驴就不是自己的了。"

吴军医期望对他们动之以情，晓之以理，以改变他们的想法，可纵使说得石头上开花，赶毛驴的爷孙俩不送就是不送。老汉蹲在地上说："你们是干大事的人，自然天不怕地不怕，我们是穷苦人，胆小怕事，乱世里只想求个家全人全，你们就放了我们吧！"

双方僵持不下时，一个脾气暴躁的士兵拿长枪指向老汉说："我们在前方流血打仗，命都舍得，他妈的！租你们个瘦毛驴还要摆谱讲价钱。"韩主任忙厉声制止，但枪口已顶在老汉后脑勺上了。

"送还是不送？"

老汉吓得面如土色瘫倒在地，小伙脸上也失了颜色，赶忙作揖下话说："送！送！送还不行吗？"

这一晚，这支小队伍决定夜宿四坡村。他们原本不打算惊动村里人，这是部队的纪律，但连天阴雨，人人淋得湿透，饥寒交加不说，最主要是吴军医和韩主任身体已经吃不消了。他们是在村里转了好几圈，实在找不到一处可以落脚的干燥之地时，才去老乡家借宿的。

前头六家敲开的门，均被胆小的老乡以怕惹祸为由关上了。第七家，费尽口舌，一个木偶似的老妇人勉强收留了他们。面对这帮失魂落魄的人，这个自称石婆的老妇人目光警惕，言语闪烁，一句话也不愿多说。士兵们让她烧水做饭，说了半天，石婆唯唯诺诺只应声却不动手。吴军医说他们自带粮食，只用石婆的水火做熟即可，并承诺送一些小米和一点牛油，石婆这才在慌乱与不安中动手做饭。

见来人都规规矩矩的，石婆显得略有放松。做饭时说起前几天过队伍的事，吴军医告诉石婆，他们跟过往的那些大队伍是一家子，因给部队筹集粮草落在后面了。拉了一阵话，石婆那张核桃壳般的脸终于舒展开来。石婆说："前两天过去的队伍村里人都叫他们解家队伍，那队伍里的人好，不像以往的那些个，尽欺负我们穷苦人。"石婆说话口齿不清，她满嘴只剩下少得可怜的几颗牙齿了。

吃过饭，吴军医和韩主任在一孔塌了半截的窑洞里休息，四个士兵在门口笼火烤湿衣服。韩主任批评那个动不动就拿枪指着人的士兵，指出他粗暴恶劣的行径是军阀作风。士兵不大服气，却避重就轻说起这里的老乡将他们拒之门外的事。几个士兵一致认为此地人觉悟不高，跟王庄那边的老乡没法比。

韩主任也承认确实如此，由此她陷入对吴大娘一家的回忆中。吴军医眼前闪现出她们离开王庄时吴大娘歉疚的神情。当吴大娘得知儿子的东家王十万不愿意将他的马和骡子卖给解家队伍，而是将它们拉向深山老林里躲藏起来时，她深感内疚，好像这事是她所为一样。吴大娘不止一回地表达了对两个行动不便的女军人未来行程的担忧。

临别时，吴大娘送她们家里仅有的几颗鸡蛋。她拉着两个女军人的手说，家里实在太穷了，如果有大牲口，不要说卖，她情愿送给他们。大娘说只要能过上吴军医他们说的那种有吃有穿，不受人欺负的安稳日子，两头牲口算啥！两天来，吴大娘的话如同黑暗中的一团火，令吴军医和韩主任在连天的阴雨中时时感到温暖。

韩主任摩挲着自己的伤腿，说："老乡不信任我们完全可以理解，到处兵匪横行，把个老百姓给整怕了。就说这个石婆吧，家里只剩下她一个人了，这样的世道，一个孤老婆子敢相信谁？"烤火的士兵们陷入沉思当中。

二

这天夜里，吴军医睡得很迟，她在韩主任咬着衣袖还是忍不住发出呜呜呀呀的呻吟声中，将她腿上与溃烂的皮肉粘连为一体的脏绷带一点点剪下来，用盐水清洗处理伤口、换药，再缠上绷带。她小心翼翼地处理伤口时，额头和鼻尖上沁出一层密密的汗珠，她是忍耐着痛苦工作的。一方面，韩主任化脓感染的伤口令她担忧，另一方面，她的肚子总像被一块大秤砣勾住往下拽那样难受。

吴军医认为肚子难受是两天来颠簸兼受湿寒所致，所幸的是大娘家有热炕，为韩主任处理完伤口后，她趴在炕上暖肚子。疼得大汗淋漓的韩主任见她一阵阵分心愣神，就问肚子是不是又不舒服了。吴军医嘴上说没事，心里却充满担忧。她的第一个孩子就是六个月大时早产于救助伤员的路上，那件事在她心里落下了浓重的阴影，怀上这个孩子后，她多次梦到孩子因种种原因又流掉了。

过了许久，黑暗中传来石婆苍老的声音："几个月的身子了？"

"八个多月了。"

"这么大月份了不在家里待着，为啥要跑出来打仗呢？"

韩主任此时已发出均匀的呼吸声，疼痛引发的疲惫令她很快沉沉入睡。石婆一问，吴军医突然觉出自己的孤单来，白天她很少有这种感觉。很快，委屈如潮水般漫卷过来，她的内心瞬间土崩瓦解了。她努力翻动笨重的身子躺平，想起有半年之久没见过面的孩子的父亲，随着分离时间的拉长，他们在一起的短暂时光变得更加模糊起来。想起她拖着日渐笨重的身子一路走来的种种艰难；想起她咬紧牙关默默地坚持，一时间，委屈、怨恨，还有很多说不清的东西填满了她心头。她讨厌这些矫情的东西，一向都将它们控制得很好，但这个夜晚，这些东西变得猖狂，纷纷跑出来扰乱了她的心。黑暗中，热泪无声无息地爬满了她的脸。

　　吴军医不知该怎么回答石婆的问话，这是个三言两语难以说清的问题。这次不同于以往，以往面对类似的问题，她一定会给提问的人讲明白她为什么要挺着大肚子出来打仗。现在她身心疲惫，失去了往日的激情与勇敢，变得脆弱低迷，她就那样大睁着眼，静静地躺着，心里有些痛恨自己。

　　后来她们谁都没有再说话。夜向更深处滑去。天空的乌云那时大约散尽了，月光像透明澄澈的河流从天窗里流淌进来，窑洞里的一切都沐浴在银光闪闪的静谧中。吴军医看到韩主任脸上闪过一丝会心的微笑，也许她梦到那个送给老乡的孩子了，吴军医想。接着，她果然听见她轻轻地叫盼盼，对那个不得已送人的可怜孩子，韩主任从不在人面前提及，但吴军医完全能体会到她心里的苦楚，想到这里，心里难受的吴军医只能抓紧被角。

　　那时候外面起风了，树叶飞沙走石般沙沙作响。吴军医睡着前，听到了毛驴甩动缰绳的声音，此起彼伏的打鼾声，她似乎还听到了一头骡子走近的声音。

　　第二早天麻麻亮，吴军医和韩主任几乎同时被士兵们的大呼小叫声吵醒。原来赶毛驴的爷孙俩牵着毛驴偷跑了。两个士兵懊恼不已，自责睡得跟猪一样死。他们原是提防着他们这一手的，把爷孙俩堵在柴窑最里边睡就是这意思，谁知道还是让他们偷跑了，这令所有人都感到扫兴，四个扛枪的，居然看不住两个赶毛驴的。

韩主任说:"跑了咋办呢? 快去看能不能追回来。"两个士兵便奉命去追赶毛驴的。

三

一个牵着灰骡子的男人突然出现在院子里,这个瘦小的男人脸又花又脏,带着满身的泥水与疲惫。两个士兵警觉地挡在来人前面问找谁。来人的目光像鸟一样飞越他们,直扑向两个女军人住的窑洞。来人先喊吴军医,又叫韩主任。等他摘掉头上的黑瓜皮帽,袖子朝脸上左右两揩时,吴军医和韩主任惊得同时张大了嘴巴。

韩主任单腿跳过去,一把抓住来人的手,"天哪! 是秀青。"她大叫起来。被称为秀青的人细声细气地说:"可找到你们了!"说着呜呜哭了起来。原来,秀青乔装打扮一路追来时,因怕两个赶毛驴的认出自己,只好一直尾随其后。长这么大,她还从未独自出门远行过,一路上,前怕碰到马家队伍和土匪,后怕阿公带人追来,更怕跟丢了吴军医他们,另外还怕人看出她是个年轻女人,因而,时刻处于心惊胆战的防备中。

先一夜,秀青在离吴军医他们不远的一座破庙的房檐台上歇息,一夜几乎没合眼,以致第二天太困从骡子背上摔了下来。吴军医拉着秀青的手,问她刚过去的一夜在哪里。秀青指向不远处的一棵树,说:"那边,从那儿刚好能看到你们这边,我拉着骡子在树底下坐了一夜。"

秀青告诉大家,赶毛驴的半夜鬼鬼祟祟逃走时她看见了。吴军医怪她知情不报,秀青狡黠一笑,说:"我巴不得他们走呢,我的灰骡子力气大,驮你们两个人没一点问题。"吴军医吩咐士兵们赶快去喂骡子。

吴军医和韩主任还曾为没有将秀青带出来而深感遗憾,可当秀青真的追随而来时,她们突然间就有了沉重的负担。离开王庄后,虽然骑着租来的毛驴,但由于身体和天气原因,她们还是难以跟上筹集粮草的后勤部队的步伐,部队只好拨出四名士兵负责安全,让他们随后赶来。离开了大队人马,一路上他们走得其实也是担惊受怕的。秀青的到来,让她们在短暂的欣喜之余,很快就变得顾虑重重。据说这一带情况非常复杂，目前，他们这几个显眼的外乡人时刻都处于危险之中，还不要说再带上一个手无缚鸡之力的年轻女人，她们更为担心的是秀青的阿家带人追来，那样的话，情况就更复杂了。

当石婆看到洗了脸的秀青竟是一个俊俏的小媳妇时，惊讶极了。秀青是本地人，跟石婆言语相通，两人很快就熟了。石婆知道秀青的男人被抓壮丁死在了外头，23 岁的她连孩子都没生下就守了寡时，长叹一声，说："跟我一样命苦。"原来石婆也是不到三十就守了寡，孤儿寡母熬日子。秀青说："还好你有两个儿子。"石婆说："现在一个都没有了。大儿子给盐贩子赶马时让土匪的乱枪打死了，儿死媳妇改嫁，孙子随娘走了。小儿子被抓了三回壮丁，前两回都逃回来了，最后一回端着碗正吃饭时，又被抓走了，至今不知死活。"

趁秀青和石婆拉家常，吴军医和韩主任悄悄交换了意见，决定由吴军医郑重其事地跟秀青摊牌。

话还没说完，秀青哇地就哭了。

"你们知道我逃出来有多难吗？我是死里逃生，自己再跑回去，阿公阿家还不打死我才怪哩。逃出来的那一刻，我就没想着再回去，回去就是送死！"

秀青的话难住了两个女军人。韩主任歉疚地说："这事都怪我们，是我们前几天在大娘家说的那些话误导了你，可是部队有纪律，不是什么人随便都可以参军的。"

吴军医说："特别像你这种情况，会给我们带来很多麻烦的。"她颇为难为情地补充说，"其实我们现在也是自身难保。"

秀青的眼泪像开了河的水哗哗往下淌。她说："就是你们不收，我也决不回去，因为已经回不去了，婆家人这阵子不知怎么到处找我呢。一旦找到，肯定会把我打死的。真的，不是我吓唬你们，我们村有个年轻寡妇跟一个外地银匠跑了，到底放心不下娃娃又回来了，结果让婆家人活活给打死了。我们这里时常有女人寻短见，那些上吊的、跳崖的、喝药的，哪个不是被逼得实在没法活了才走这条道的？"秀青突然跪下说，"你们就收下我吧！我回去终究也是她们那样的下场。"秀青语不成声地接着说，"我知道我不像你们识文断字，能说会写，但我可以洗衣做饭，缝缝补补，你们行军打仗总要吃饭穿衣呀！总之，什么脏活苦活我都能干，只要你们让我参加队伍跟着你们，叫我干什么都行，就是死，我也心甘情愿。"

韩主任想了想，说："你走了，大娘怎么办？她眼睛看不见，需要人照顾。"秀青说："就是我不走还是在婆家，一年能去几回？她自己摸索着能行，再说还有我哥呢。"吴军医将秀青从地上拉起来，说："别动不动就给人下跪，革命队伍人人平等。"秀青抬起头惊喜地问："你们同意啦？"

这个问题吴军医和韩主任没有正面做出回答。

秀青是怎么逃出来的？秀青认为是老天帮她逃出来的。原来，自从认识了住在王庄娘家的吴军医和韩主任后，秀青受到启发就萌发了投奔解家队伍的想法。这想法一时间非常强烈，让她内心激荡不安，可真正要下决心却是千难万难。可巧就在吴军医他们离开王庄的前一天，秀青阿公做出了一个对秀青来说极为重要的决定，第二天他要带着除秀青之外家里所有的人去女儿家给外孙做满月，这里人给孩子做满月讲究娘家人全上，但媳妇往往除外。如果没有阿公那个决定，秀青出逃也许永远只是个想法。

阿公阿家平时出远门一般都骑骡子，但那天他们没有骑，而是率领众人步行去女儿家。亲戚及本家一共要去十个人，十个人都骑在骡子上，会压死骡子的，十个人都不骑，拉着骡子有何用？从十个人当中挑几个人骑，谁骑谁不骑？阿公认为这纯粹是个淘气事，所以干脆就没骑骡子。

阿家走时给秀青安排了一大堆活。阿家向来如此，一刻都不叫秀青闲着。阿家出门后不放心又折回来，因为他们隔天后晌才能返回。阿家不厌其烦地叮嘱秀青要小心门户时，心里想事的秀青慌乱中打碎了一只碗。心疼不已的阿家骂道："扫帚星去了趟你瞎娘家，回来像把魂丢了一样，你日急慌忙的是要去偷汉呢，还是打算跟野男人跑呀？"

秀青那天一脸平静。秀青的平静激怒了阿家。阿家抓起一块湿抹布朝秀青脸上抽了几下。秀青没有躲闪。这使阿家颇为诧异，感到自己的权威受到了空前的挑战。但阿家那阵已穿戴整齐马上要动身了，因而没有时间严厉地教训秀青，更不想影响自己的大好心情。于是阿家骂道："今天我没空，等明个回来再收拾你。"阿家接着骂，"不要脸的丧门星守不住男人，连个碗都拿不住吗？"出门时她回头啐了一口说，"我要是你，早都死了，还有脸活在人世上。"

这一次，阿家的话没有再让秀青因屈辱而泪水涟涟，她的心里腾起了一股决绝而悲愤的火焰，这火焰烧痛了她的五脏六腑，她从之前的迷乱和软弱中清醒过来。

阿家走后，秀青撇下碗筷，拿了扫帚跑到院外扫地。秀青的扫帚胡乱地在地上划拉着，眼睛却死死盯着通往塬边的路，直到阿公他们变成几个模糊的小黑点，这才扔下扫帚跑回屋里。秀青手忙脚乱地收拾自己要带的东西和骡子的草料时，慌得几次打翻了东西。

秀青那天很走运，也许正是早饭时间，她牵着骡子走出村子时，居然没有碰上一个人，下山后她骑上骡子顺着河谷往前走，也没有碰上放牧或干农活的村人。在终于远离了自己的村庄后，秀青激动地想：这简直是上天的有意安排，上天一定是看她太苦了，才放她逃走的，否则，怎么会如此巧合？她不由得感激上天，恨不得立刻跳下骡子，跪在地上磕几个头。

秀青就这样说走就走了。她想：与其在婆家被人虐待折磨死，还不如逃出去。都说草挪死，人挪活，挪一步也许会找到一条生路。再说了，出去就是死，也许都会比死在婆家好很多。在这一点上，她所受到的启发，获得的勇气，完全来自吴军医和韩主任。她想，吴军医订了婚都能跑出来参加队伍，韩主任受不了婆家的虐待也能逃出来参加革命，她秀青为什么就不能呢？她也是个人啊！

那天从王庄的娘家回到婆家后，秀青反复想：我也是个人啊，别人能想到的，能做到的，我为什么就不能去试试呢？秀青似乎看到了一条大路，那条路上走着的男男女女大都跟她一样，有着可怜而不幸的遭遇，他们都是从四面八方逃出来汇集在一起，到一个在她想来十分美好的地方去。你该走了！实在该走了！有个声音不断地在心里对她说。那声音像是吴军医的，又像是韩主任的，更像是那条路上走着的每一个人的。秀青被那句在心里反复响起的话激动着、鼓舞着，控制着，仿佛已身不由己。

一心想要逃走的秀青尽管胆怯慌乱得要命，但一直没有放弃心中的想法。正在苦于没有机会时，机会来了。秀青想，再不下决心，就永远走不了啦。

骑在骡子背上的秀青明白，自己踏上的是条不归路，如果被婆家人抓住，就只有死。于是她不停地拍打着骡子，急于走出危险之地。出了河谷上大路前，秀青换上了她那死货男人的衣服，戴上阿公的黑布瓜皮帽，鞋外边套了一双阿公的大鞋子。穿戴好之后，她抓了一把稀泥朝脸上左右两抹，对着水洼一照，秀青发现完全是一个男人时，就在骡子屁股上猛拍了一把。在终于走上大路后，又喜又怕的她忍不住热泪模糊了双眼。

四

很快，又要上路了。因为按约定，要赶在第四天中午前与大部队在平凉城里会合，虽然两个去追赶毛驴的士兵并没有返回，但是吴军医他们还是决定立即出发。接下来的问题是，一匹骡子，三个女人，到底谁骑？他们迫切地还需要一头大牲口。

另一个令人烦恼的问题是只剩下两个士兵了，保卫力量薄弱，而他们穿着军装，这样极易招惹麻烦，因此，他们不敢再走大路了。几个人商量一番，脱掉军装，乔装打扮成赶路人。吴军医和韩主任绾上头巾，以遮掩她们的齐耳刷子头。士兵将长枪与玉米秸秆扎成捆扛在肩上，使自己看起来像个庄稼人。

上路前，石婆说："我儿子叫石富贵，方脸大个子，左眉头有个黑豆大小的痣，你们两边要是打起来，千万别朝我家富贵开枪，其实都是自己人。"石婆又叫给富贵捎话，说能跑就跑回来，跑不了就想法子投靠解家队伍，当兵也要跟对队伍。几个人满口答应，然后顺着石婆指给他们的峡谷里的路往前走。

起初，秀青让吴军医和韩主任都骑在骡子上，她说灰骡子力气大，驮两个人没问题。吴军医开玩笑说是三个人啊。秀青说，你就当怀里抱了个大西瓜。峡谷里砾石遍布，骡子高一脚低一脚走得很费劲，爬坡就更显吃力。吴军医和韩主任不忍心，争抢着要下来，秀青死活不让。走了约两个时辰后，骡子浑身像被水浇了一般，嘴里呼呼直喷白气，吴军医这才强行下了骡子。

下了骡子的吴军医没走多远就停了下来，也许是骑骡子颠簸的原因，她的肚子又开始隐隐坠疼了，她不停地去草丛里解手，回来总是双手抱着肚子。韩主任见她脸色蜡黄，头上直冒冷汗，就叫士兵去找柴棒生火，让吴军医烤一烤，可连日阴雨，哪里还找得到一根干柴棒？

最后秀青想到了转送的办法，先送韩主任一程，由一个士兵照顾着，秀青牵着骡子返回来接另一个士兵陪同的吴军医。韩主任提出一次不能走得太远，最好远远能看见，这样两边也好有个照应。

吴军医和韩主任最后悔的就是不应该让两个士兵去追赶毛驴的。这真是赔了夫人又折兵，赶毛驴的没追回来，反倒连追他们的士兵都不见了。离开时，他们再三叮嘱石婆，一旦两个士兵返回，叫即刻沿着他们前进的路线追上来。

这天晚间，一行人终于走出了砾石遍布、气象诡异的峡谷，借着浓重的夜色，他们进到一个破败萧条的村庄，向一个刘姓老汉打听情况。韩主任让士兵送老汉一碗小米。刘老汉稍作推辞后立刻变得健谈起来。他们这才知道，走了整整三天时间，不过才100多里路，目前到了一个叫花所的地方。意想不到的是，刘老汉带来了令人振奋的消息，大部队正在离此地约有90华里的平凉城里休整，尽管他也是道听途说，但这个消息仍令大家兴奋不已，看来，他们马上就要与大部队会合啦。

刘老汉赞叹说，他活了70多岁，从没见过这样的队伍，"啊呀！人家就是堂堂正正一支队伍，从大路上一队队走过，眼睛都不乱瞅一下，更不要说进到村里来胡抢乱夺。他们对穷苦人又和气又热情。"同时，他们从刘老汉嘴里得知，前几天这支队伍跟马家队伍在这一带干了一仗。就在西南边那一块，老人指向远处说，那一晚，枪声像雨泡子一样密集，吓得他们连门都不敢出，听说死了不少人，马家队伍给打跑了。

听了刘老汉的话，他们觉得胜利在望，而迫在眉睫的事情就是连夜行军。这样考虑出于，一方面，虽说已经接近大部队了，可像这样走下去，等他们到了平凉城，早已过了约定时间，大部队必定又出发了；另一方面，两天来，吴军医感觉自己的情况很不妙，她是医生，很清楚这样的月份肚子坠疼意味着什么，这极有可能是早产的前兆。吴军医和韩主任决定就地租两匹牲口，他们要连夜赶往平凉城，追不上大部队，至少要追上筹集粮草的队伍。

他们对刘老汉谎称是去平凉城里投奔亲戚的，刘老汉虽未多问，但从打量他们的眼神来看，内心是有诸多疑惑的。刘老汉让他的侄子老瓦帮忙去找牲口，见韩主任有所顾虑，刘老汉说："侄子常在外头跑，见多识广，办事周全我才叫他去的。"

过了好一阵，老瓦回来了，身后跟着一人一匹瘦马。那人将马拴在院边一棵树上后，靠墙默默地抽起烟来。老瓦进到屋里有些抱歉地说："虽说都是庄户人家，但村里没几个养得起牲口的，找了几家，出钱多少都没人愿去，就这家好歹算是答应了，只是要的价钱高些。"吴军医说："三更半夜的，价钱高也在情理之中。"韩主任坐在暗处，借着微弱的灯光观察那个黑瘦的男人时，被他觉察到了，四目相遇的瞬间，他像嗅到危险的猎物一样迅速逃开了，对方那双鹰一样犀利的眼睛令他不寒而栗。

虽然只找来一匹瘦马，韩主任已经相当满意，这样大家就能一同上路了。韩主任吩咐士兵赶紧去喂骡子，秀青和灰骡子这天来来回回走了双倍的路，实在是辛苦，韩主任和吴军医既心疼秀青，又心疼骡子，叫士兵给骡子多喂点精料。

韩主任希望刘老汉给他们弄点热饭吃。刘老汉转身问他的老伴拴狗娘。拴狗娘面露难色，说："家里只有几个黑馍馍。"老瓦说："黑馍白馍你倒是做呀！怕人家不给钱还是咋的？"韩主任说："出门人不挑饭，只要是口热的就行。"拴狗娘听说做饭给钱，马上生火做了半锅清汤寡水的拌汤，六七个黑馍馍切成馍片在锅里炕热叫他们吃。几个急于赶路的人，也顾不得饭烫得嘴疼，只管往肚子里丢。只有吴军医没吃几口就开始蹙眉皱眼，她肚子一阵紧似一阵地发硬疼痛，似有一条蛇藏在那里，时不时咬她一口。

这天夜里，韩主任骑马带着一个士兵跟牵马的连夜走了，吴军医和秀青同另一个士兵留宿在刘老汉家。留宿是吴军医提出来的，她感觉自己实在不能再走了，这一夜会发生什么情况谁也无法预料，也许躺下缓一缓肚子就不疼了，也许半夜会生孩子，后一种情况是她最怕发生的。如果没记错的话，离生还有二十多天，现在生下来能不能活很难说，再说，生在这地方怎么办呢？两天来，她心里时时担忧着这个问题，嘴里却一句也没有说，她记得母亲说过，预感不好的事情千万不能说，一说就破了。

韩主任当时陷入左右两难之中，叫吴军医跟他们一起连夜走嘛，怕她半道上生孩子，若真是那样，荒郊野外怎么办？叫留下嘛，她又不放心，虽然她生过一个孩子，但毕竟各人身体不同，在走还是留的问题上，她让吴军医做决定。韩主任再三考虑，同意了吴军医的请求，让他们住一宿再走。

韩主任走时千叮咛万嘱咐，要留下的士兵对吴军医的安全全权负责，又特别叮嘱秀青好好照顾吴军医。韩主任严肃地说："表现不好就不批准你参加队伍，让你回去。"吴军医让她别吓唬秀青，她认为秀青已经表现得像一个女战士一样勇敢了。

能被韩主任委以重任，就是把她当队伍里的人看待，秀青心中欢喜又激动，脸上显现出一种前所未有的光彩，她的眼神明亮生动，像两团火在燃烧。

不知为什么，即将上路的韩主任却被一种不祥的预感所笼罩，出门后她对送别的刘老汉和老瓦说出平凉城里一个身居要位的名人，说他们就是投奔此人而去的，请刘老汉两口子和老瓦多多关照留宿的人。她甚至带了一点威胁的口吻，说得罪这个人可不是闹着玩的，只可惜刘老汉和老瓦对她所说的名人一无所知。

韩主任是带着忧虑上路的，她无法排遣心中隐隐的不安，吴军医如果有个三长两短，她如何向组织交代，又如何向在前线打仗的顾团长交代？但她又别无选择。韩主任一路上走得牵肠挂肚，好在她不断地进行自我安慰，她想：大部队经过此地没几天，而且就驻扎在几十里外的平凉城里休整，谅那些杂七杂八的队伍和土匪一时半会也不敢来，再看刘老汉两口子都像是老实本分的庄稼人，想他们也不会把吴军医他们怎么样的，再说不还有一个士兵一杆枪吗？她想她能做的就是在约定的时间里尽快找到前面的大部队，让他们马上派人来接吴军医。

五

秀青叫大娘把炕烧热，让吴军医趴下暖肚子。暖了一阵，肚子疼的症状有所缓解。只要肚子不是太难受，吴军医的心情还是不错的，她们又谈起秀青出逃的事。

在此之前，秀青无数次想过要逃走。嫁到婆家四年了，男人活着时，男人是她在那个家里存在的全部意义和盼头。男人死了，她没了盼头，也不知道自己存在的意义是什么。她不知道自己的未来，婆家从来没有人考虑她的事，未来的生活没有人替她做打算。有时她想，或许他们有打算，比如将她卖掉，或者让小叔子再长几年跟她过，肥水不流外人田，小叔娶寡嫂在当地很普遍。秀青心里清楚，无论是什么打算，婆家都不需要让她知道，她是他们花钱买来的，好比一个物件，主人把它摆哪就是哪，它永远无权决定自己的去处。

在婆家，说穿了，秀青就是一个出力干活的长工。她哥吴中有也是长工，给财东王十万专门喂养牲口，但她和吴中有不能相提并论。王十万从不打骂吴中有，因为吴中有是一个不可多得的好长工，他总是尽心竭力地喂养牲口，牲口到了他手里总会像吹了气似的变得膘肥体壮。吴中有靠每年从王十万那里挣回的粮钱养活他和瞎娘，而秀青在婆家辛辛苦苦操劳一年，除了挨打受气什么也没有。从前，秀青无数次幻想她要逃向一个既可以保护她，又不为人知的地方，在她的想象当中，那该是一个遥远的去向。但秀青不知道世上有没有这样的地方。现在，她认为她找到了通往这样一个地方的门路。

吴军医夸秀青有主见。她说："女人也是人，凭什么我们要受人欺压和虐待，为什么我们的命运总要掌握在别人手里？所以，我们要反抗，要斗争，直至我们过上有吃、有穿，想嫁给谁就嫁给谁，同男人平起平坐，能当家作主的日子。"

秀青疑惑地问："有这样的日子吗？"吴军医说："有啊，我们很快就会过上这样的日子，"她望着秀青用坚定的语气说，"你要相信我说的话。"秀青望着微弱的灯光里那张熠熠生辉的脸庞说："我相信！正因为相信，才偷跑出来追赶你们。"

秀青最想知道吴军医参军的详细经历，在王庄她娘家时，她只是听说了个大概。现在吴军医肚子不是很疼，所以她还是乐意说的。吴军医家在西安城里算得上大户人家，光钱庄和当铺、百货商号就开着好几处。她原先叫吴佩兰，从小有奶妈，是人伺候大的。吴军医说："这些不值得一提，咱们说我参加革命的事。"

正因为家境好，也因为父亲相对比较开明，吴佩兰小时候同家里的男孩子一道被送去学堂念书。及至长大些，她进到当地有名的女子学堂接受新式教育。起初，吴佩兰只一心一意念书，事情的变化发生在她进入省立第一女子师范学校读书时。

那所学校离西安八路军办事处不远，在那里，吴佩兰不知不觉接受了很多新的思想和观念。吴军医说："这对我影响很大，我突然认识到自己原来生长在一个罪恶的家庭中。你想啊，多少人在水深火热中挣扎，我家却衣食无忧；多少人流离失所，我家却过着安稳日子，这不是罪恶是什么？那时候我内心起了翻天覆地的变化，觉得很痛苦，开始憎恶起自己的出身，极力想摆脱这样的家庭。"

秀青听到这里惊叹不已，她原以为，只有穷苦人被逼得没法活了才会起来造反闹革命，没想到像吴军医这种自小养尊处优的富家小姐也会造反闹革命，而且造的还是自己家那类人的反。这让她在无比震撼的同时，又觉得这样的人是多么难得，多么了不起，尤其是她自己活在好处，却能看到泡在苦水中的人的慈悲心肠，叫秀青更加高看她。

吴军医继续回忆，到了1939年前后，日军不断前来轰炸西安城，炮火连天中，家里已不能侥幸再过太平日子了，而是同难民一道东躲西藏四散逃命，这使吴佩兰深刻地认识到，西安城虽大，却无一处可安身之地，更不要说念书了。吴佩兰决定投笔从戎，走上战场打敌人。

回忆到这里，吴军医颇为自豪地告诉秀青，当时她已与家里开肥皂厂的表哥订了婚，但两人明显志不同，道不合，她不想被这样的旧式婚姻所束缚。于是，在没有同任何人打招呼的情况下，跟一位同学毅然决然偷偷报名参军去了延安。半年后，她被送去学医，自此成了一名军医。说到她的不辞而别，吴军医伤感起来。吴军医离开西安后就再也没有回去过，她说最对不住的就是自己的母亲，无法想象女儿不辞而别后，做母亲的是在怎样的煎熬中度日的。

"母亲是三房，"吴军医叹了口气说，"她原来是大房的陪嫁丫头，为人老实，性格懦弱，不怎么受父亲待见，正因为在那个大家庭里总被人排挤欺负，母亲便把所有的心思都寄托在两个孩子身上，希望我们能出人头地。可你知道我们兄妹俩是什么情况？哥哥是国民党的军官，而我参加了共产党，一个家里出了这种情况，你想我母亲能有好日子过吗？她会很难的。"吴军医将双手绕到背后垫在腰上说，"革命就是这么残酷，我和哥哥是对立的，不知道是否有一天，我们会在战场上拿枪对准对方。"

吴军医的经历完全超乎秀青的想象，她好半天都说不出话来。后来秀青问："你那表哥呢？"吴军医笑起来，她笑秀青关心的竟是这个。吴军医说："表哥的情况自然不清楚，但肯定是恨死我了，可谁能管得了那么多呢，各人要走各人的路嘛！"秀青又试探着问吴军医现在的外前人。吴军医告诉她，她嫁给了一个因长期战争而无暇顾及自己终身大事的顾姓团长。

秀青说："我明白了，他就是你想嫁的那个外前人。"吴军医出神地望着青豆般的灯火说："他不是我想嫁的外前人。"说到"外前人"这个称呼，吴军医忍不住又笑起来，她说："这人虽然是个大老粗，但我很崇拜他，所以凑合着嫁给他也行，因为他是个英雄。"秀青一时有些搞不懂。吴军医就开玩笑说："秀青以后一定要嫁给你想嫁的外前人哦！"秀青红了脸，想了一阵，去大娘窑里借了一把剪刀递给吴军医。

"我也要剪你那样的刷子头，我这盘起来的头不像咱队伍里的人。"

吴军医接过剪刀，说："你做事已经很像咱们队伍里的人了，头发暂时不要剪，剪成我这样容易招惹麻烦，等追上大部队再剪也不迟。"

看着秀青略显失望的脸，吴军医逗她说："要不这样，试试我的军装，让我看看你穿上精神不精神。"秀青穿着吴军医没有怀孕时的军装很合身，她脸色绯红，像个快乐的孩子一样，张开双臂在地上转圈子让吴军医看。秀青问："你刚才说我像咱们队伍里的人，对不对？"不等吴军医回答，她抢先回答说，"我也觉得像，就是头发不像。"

吴军医说："对，如果剪短头发，穿上军装你会更精神。"她说，"这军装我恐怕暂时穿不了啦，先送给你，等入了咱们队伍，会给你发新军装的。"秀青丝毫没有推辞，将军装仔细叠好后，在胸前抱了好一阵，才放在自己枕边上。

六

夜里，秀青睡得很沉，吴军医几次起身都没有惊醒她，其实吴军医一点都不想惊动疲惫不堪的秀青。她挣扎着起身，为自己准备生孩子的简单用品时，尽量不弄出声音。最后，她将秀青给她的剪刀放在枕边，竭力忍受着无法形容的疼痛，痛苦地蜷缩在炕上。这时候，孤独再次袭击了她内心最柔弱的地方，她有了更深的担忧和伤感。她的内裤已经湿了，虽然不太严重，但她明白这意味着什么。吴军医就这样冷汗涔涔地忍受着一阵阵袭来的疼痛，一会儿在清醒中忍耐，一会儿在疲惫中迷糊睡去。

漆黑的夜里，抱着大肚子的吴军医在旷野里奔跑。她跟部队走散了，战友们一个也不见。她辨不清方向，想喊喊不出声，想跑迈不动腿。她完全让恐惧给震慑住了，而且只要稍一用力，肚子就会疼得让她直不起腰来。那孩子在使劲地踢打抓挠她的肚皮，在愤怒地对她喊叫："我要出去，放我出去！"

那个叫老瓦的人拿刀在追杀她。她拼命往前跑，跌跌绊绊，有几回跌倒差点把肚子摔破。当她躲进好大一堆玉米秸秆里后，她迫切地希望自己能变成其中的一部分，好让老瓦走向别处。

老瓦拿刀朝玉米秸秆垛一通乱刺，她左躲右闪，有几回差点被刺中肚子，她忍不住惊叫起来。老瓦拿刀指着她，叫她把钱拿出来。这时，一个女人的尖叫声将吴军医从梦中惊醒。

月光像河流，从大开的双扇门里倾泻进来，吴军医看到一高一矮两个黑影站在炕边，黑洞洞的枪口正对准她们。一个黑影用沙哑低沉的声音说："老子几天没吃没喝了，想弄点钱赶路，赶快把值钱东西拿出来。"借着月光，吴军医发现对方是两个士兵，从破烂的军衣上看，应该是对方的人。这两人带着满身的寒气，估计是被打散的国军逃兵。迅速做出判断的吴军医没有出声，秀青跪在一旁，抱着她的胳膊浑身抖个不停。

秀青说："求两位大爷不要伤害她，她怀着娃娃呢。"吴军医声音发颤，说："我们是去平凉城里投奔亲戚的，盘缠路上基本花光了，就剩下这一点。"吴军医将身上所有的钱掏出来放在炕沿上。

"就这些，谁相信啊？一看你们就是大户人家出来的，装寒酸不过是为了遮人眼目，快把值钱的黄货拿出来。"

吴军医说："要有黄货，我一个大肚子女人还用在路上跑？"

高个子说："甭装可怜了，看你们那派头就不是穷家小户出来的。"

低个子若有所思地问："你俩口音为什么不一样？"他用枪指着吴军医问，"你是什么人，从哪里来？"

吴军医老老实实地回答："俺从西安来，去平凉城里投奔亲戚，我男人在亲戚家做事。"

两个逃兵轮番审视着吴军医问秀青："她是你什么人？秀青低着头答，她是我在西安的表姐，我送她去平凉坐月子。"

他们疑惑地看着吴军医，一个问："你这头发，一看就是共产党队伍里的女兵。"

秀青吓得差点惊叫出来。

吴军医叹了口气，说："你们可真会说笑，我这个样子走路都有困难，还能是什么队伍的女兵，人家要我这种人有啥用？至于头发，"她说道，"结婚前我在洋学堂念书，女学生大多都剪这种发型。"她看起来是那样害怕，战战兢兢，牙齿咯咯作响，但内心其实很镇静。

矮个子说："还别说，我就见过共产党队伍里扛着大肚子行军打仗的女兵，厉害得很呀。"

高个子这时不耐烦了，用枪屁股擂了一下矮个子，说："废话少说！"说着一只手伸过去一划拉，炕边上的几块银圆和一堆毛票就被他圈到怀里去了。

就在这时候，高个子突然把枪顶向吴军医的额颅，说："耍奸不拿钱就得死。"

秀青扑倒吴军医，将她护在身下，说："大爷也是娘生爹养的，行行好，发发慈悲，不要杀害她，我们庄户人杀鸡都不杀下蛋的，宰羊也不宰怀羔的，"接着她说，"大爷如果非杀不可，就杀我吧，反正大肚子女人不能杀，杀了要遭天谴的。"

看到高个子在迟疑中将枪收回去了一点，秀青赶紧爬起来哭着说："两位大爷一看都是好人，一定是被逼得没法活了才干这事的，我知道大爷们只图财不害命，可我们确实没钱了，求两位大爷饶过我们吧！"

两个逃兵叫她们自己翻衣服口袋，除了秀青口袋里有点毛票别无所获，这令两人很生气，矮个子将地上的行李挨个抖了抖扔下，说："真他妈晦气，还以为碰上个有钱的呢！"说着，两人一前一后闪出门去，后边的顺手抓走了秀青枕边的军衣。

吴军医说："不好！他们要发现是军衣麻烦就大了。"吴军医的话还未说完，秀青就跳下炕，光着脚从门里追了出去。吴军医没想到秀青反应如此迅速，来不及思索跟着也跳下了炕。这猛烈一跳，使吴军医重重摔倒在地，她疼得大叫了一声。吴军医听到秀青扯住了逃兵的衣服，他们在院子里撕打起来。秀青说："还我衣服，这是我的衣服。"

枪声，凄厉的惨叫声，人倒地发出的闷哼声和士兵的呵斥声混杂在一起，吴军医明白大事不好了。

那时候，吴军医已无法顾及其他。那个急于出世的男孩赢弱的哭声在那孔塌了半截的窑洞里响起。生产的开头是秀青突然跳下炕后吴军医紧跟着也跳了下去，跳下炕的吴军医企图抓住秀青，哪怕她的一块衣角，但秀青如一尾滑溜溜的鱼，从门里溜走了，吴军医尽力去抓秀青的瞬间，被一股蛮横的力量拽倒了。

七

倒地后，剧烈的疼痛使吴军医再也无法站起来。很快，一股洪流汹涌而出，夹带出一块巨大的石头。吴军医在惊慌中挣扎起身，拿起炕头上的剪刀，给那个男人鞋一般大小的婴儿剪断了脐带。她浑身战栗，脸色惨白，汗水顺着发梢滴答下落。她艰难地从炕上扯过一件衣服，裹住降生在地上的婴儿。她将婴儿放在炕上后，用尽全力穿上裤子。吴军医扶着门框向院子里挪动脚步，她呼唤着秀青的名字。

院子里躺着三个人，年轻士兵正用手捂着血流不止的胳膊。就在刚才，秀青与逃兵撕扯纠缠的混乱中，这位小战士一下从侧面，一下从背后，准确无误地给了两个逃兵致命的两枪。只可惜，几乎与此同时，秀青也身中数枪。看到几乎是爬出来的吴军医，小战士忍着剧痛说："快看，她中枪了。"小战士说着哭了起来，他恨自己睡得太死，出来得太迟了。

秀青仰面躺在院当中。吴军医跪倒在血泊中手忙脚乱地给她止血。秀青的腿在不停地抽搐，喉咙里发出咝咝啦啦的声响。吴军医心里明白，一切救治都将毫无意义，因为泡沫状黏稠的血液正从这个瘦弱的身体的多个地方往外涌。吴军医知道生命的亮光马上就要消失在秀青眼里，她为自己的无能感到痛心不已，但仍安慰秀青说："坚持住，你会没事的。"

秀青似乎从梦境里走来，或是从累极了的小憩中刚清醒过来，她茫然地看着吴军医说："我不想去黑处，我害怕，我要参加咱们的队伍，我要跟着你们。"

吴军医强忍住悲痛说："你已经参加咱们的队伍了。"秀青脸上便浮现出梦幻般浅浅的笑意，那笑意很快消散在清冷透亮的夜色中。秀青逮了口气说："我冷，大姐抱住我。"吴军医将秀青揽抱在怀里，她看到那件军上衣散落在不远处时，俯身一把将它抓过来，盖在了秀青身上。

这时候，刘老汉和老伴才探头探脑从窑里出来，看到院子里蛇一样蜿蜒流淌的黑色液体时，刘老汉腿软得连步子都迈不开，老伴则吓得双手捂脸哭叫起来。

一个月后，胡子拉碴的顾团长抽空从前线回来看望妻儿。顾团长满目柔情地望着熟睡中猫一样瘦小的儿子对年轻的妻子说："你辛苦了。"他生涩地说出这句话时，内心泛上一阵酸楚。浮肿虚弱的吴军医并未抬头迎接丈夫满是爱怜的目光，她只是望着儿子，显得若有所思。

"儿子的名字我早想好了，叫顾胜利"。

"孩子已经有名字了，叫吴秀青。"

顾团长一时十分愕然，以为是洋学生出身的妻子在跟他开玩笑。"要跟你姓？可为什么叫这名呢？"他笑着问。

这对久别的夫妻为此发生了争吵，顾团长说："简直是胡闹，刚出生的孩子怎么能取一个死人的名字呢？"

吴军医说："所有活人的名字最终都会变成死人的名字，而死人的名字也曾经都是活人的名字。我觉得没有什么，我只想记住她。"秀青的死，使吴军医一直处于强烈的自责与痛苦中，她认为是那套军衣害死了秀青，如果不是因为她的那句话，秀青怎么会去追逃兵，不去追，秀青怎么会死？

向来只习惯别人听从他指挥的顾团长那天显露出了霸气的一面。他说："心情可以理解，但这是咱们第一个孩子，必须跟我姓，名字可以由你来起，但我反对用你说的这个。"吴军医用不容商量的口气说："就叫吴秀青。"她想，没有谁对别人的经历会有真正的感同身受，因为你经历了什么，别人永远无法体会。她想起自己背上背着婴儿，骑着灰骡子在一个朝霞如血的清晨又一次出发的情景，当时她就预见性地想到，不会有谁理解她一会儿把背上的孩子叫秀青，一会儿又把灰骡子叫秀青的行为，旁人根本无法理解，永远无法理解，包括孩子的父亲。

那天，吴军医固执地又重复了一遍："这孩子就叫吴秀青。"说着，她扭过脸去，第一次对丈夫显得凌厉而又冰冷。顾团长看见她眼里含着好大好大两颗晶莹剔透的泪珠。

原载《解放军文艺》2023 年第 3 期

明月惊鹊

一

　　我喜欢明月的名字胜过喜欢她本人，这名字自带光芒，容易使人产生美好的遐想。

　　很多年前，明月独自住在乡下一所老宅里，她的大儿子因病跟父亲已去另一个世界里团聚了，小儿子拖家带口常年在外谋生，每年完任务似的回来走一两遭，这种情形导致照顾明月的任务只能落到她唯一的女儿身上。明月生命的最后几年，她的女儿总带着我，奔波在探望的路上。

　　明月不是那种聒噪的乡下老太太，她沉默寡言，不喜欢凑热闹，连麻雀叫都会嫌吵。这令我怀疑她有某种毛病。她的女儿干活的时候，明月多半安静地坐在明净的能看见浮尘的阳光里，或是有穿堂风经过的屋檐下，老半天也不同我们说一句话。她不同于一般的母亲，见了女儿，就像老燕见了小燕，叽叽喳喳总有说不完的亲热话。

　　做女儿的回到娘家就两种情况，要么小姐，要么丫鬟。我妈属于后者。她总是忙里忙外，不是在园子里耙土栽菜、给善于攀爬的藤蔓植物搭架，就是劈柴担水、拆洗被褥、晾晒衣物。除此之外，明月家的一狗一猫和几只鸡也需要照顾。我妈如此辛劳，无非是希望每回她走的时候，明月家是井然有序、焕然一新的。因此，她无暇陪伴明月，只好让无所事事的我陪她说话，以排解一个寡居老人平时独处的寂寞。可明月不大理我，坐在她身边，我显得多余又无聊，她是个只自顾自发呆的人。

据说明月是个有故事的人。小时候在明月家所在的村子里玩，不止一个小伙伴问过我："听说你渭婆以前是地主婆，她家里是不是藏着很多金元宝？"我们这里管外婆叫渭婆。头一回，我刚进家门就迫不及待地把这话讲给明月听，还未说完就遭到我妈劈头盖脸一顿臭骂，但明月并不像我妈那样反应激烈，她将我护在身后，说："娃娃懂什么，你骂她干啥？"从此我就长了记性，不敢再提这话。还有村里来了卖桃换瓜的，围观的老太太总是怂恿我说："给你渭婆要袁大头去，财东家出来的，手里有硬货呢。"虽然我不知道金元宝和袁大头到底是什么，但我听出了一点门道，那就是明月是个有钱人，这使我很兴奋。

我对明月的身世本来就饶有兴趣，听多了村里人的这种话，就更迫切地希望能从她那里了解到一种于我来说完全陌生的，甚至无法想象的生活。比如：她曾在大户人家当过童养媳，那家里是什么情形？人们吃喝穿戴是什么样子？她过着什么样的生活？还有明月四十多岁上时见过省上来的工作组，据说由县革委会主任毕恭毕敬地陪同前来。县革委会主任相当于现在的县委书记，可见当年来的工作组不是一般的工作组。可明月极不情愿讲那些陈年旧事，我对她有限的了解，多来自我妈和家里的亲戚，用他们的话说，她是经见过世面，不简单的一个女人。

我不止一次地央求明月给我讲宋老爷家的事情，那是些全新的东西，如同好看的民国题材电视剧一样让人充满期待。我竟然觉得那样的时代对明月来说，远远好过我们当下的时代。在人们的嘴里，曾经风光无限的她与眼下苍老孤寂的她，形成了多么鲜明的对比。可明月言语谨慎，对自己的过往讳莫如深，好几次她极不高兴地训斥我，说我问得太多了。当时我很生气，过后也就忘了，后来我想，毕竟她为那些事吃过苦头，那些记忆对她来说是有创伤的，不愿讲完全可以理解。

明月最终还是改变了主意，大约她觉得自己去日苦多，因而满足了我的愿望，抑或她觉察到我是一个细腻、敏感且富有同情心的人，因为她对我说，儿女们没有一个人像我这样，关心并追问过自己的母亲的过往。

一天，我妈去外地给明月买一种稀缺的药，家里只有我和她时，明月主动开口跟我讲起了她的事。当我妈从我嘴里得知这些尘封的往事时，她在惊讶之余陷入了沉思和忧伤。说实话，作为女儿，她同明月的感情是疏离的，对她的了解是粗浅有限的。明月去世后，每每回忆起来，我妈总要悲伤地大哭一场，常常自责并愧疚于他们兄妹年少无知时对明月的冷漠和抱怨。那时候他们认为，他们的前途和命运之所以变得十分糟糕，完全是受了明月的影响。

的确，在我亲耳听到这些事之后，才知道之前许多关于明月的传闻都是失之偏颇的，事情往往是另外一副样子。那一年她83岁，牙齿脱落，嘴唇干瘪，整个人像一枚被岁月风干的果子，但我不得不佩服老人家的口齿和听觉，我们交流起来几乎没有任何障碍。

二

明月是由生产队长步行五里路送到大队部的。明月和家人对上头来的工作组要向社员了解生产队里的情况深信不疑。但生产队长已经敏锐地察觉到事情不大寻常，只是他深藏不露，一如既往。

生产队长像革命年代的联络员，将明月交给在大队部门前望眼欲穿的大队书记后，匆匆返回了。来不及松口气，明月就被带了进去。这里原是某大户人家的一处院落，没收充公后做了大队部。与大队部一墙之隔的是饲养室，空气里混杂着刚铡过草的青草味和浓重的牲口粪便气息。明月走过大队部院子的时候，目光越过那些风雨长期剥蚀而豁牙丛生的土墙，看见好多牛正头对头在大棚下吃草，它们发出细碎而散漫的咀嚼声，似乎时间也被嚼碎了。马和骡子则高昂着头，蹄子不安分地叩响地面。

那天，陪同工作组下来的是本县和本公社最大的两个父母官——县革委会郭主任和公社革委会张主任。明月进门时屋里烟雾缭绕，显然他们已等候多时。张主任常下来参加社员大会，明月见过，其他人一个也不认识。看到人人正襟危坐、不苟言笑的样子，明月骤然觉出气氛的不同寻常来。

大队书记知趣地退出后，张主任拉过一条长板凳叫明月坐下。草率地进入到一种庄严的气氛里，五对一的阵势，出于本能的警觉，明月感觉她走进了某种危险当中。

张主任说："这是省上来的工作组，"他从坐中间的人介绍起，"这位是郝主任，这位是李组长，这是书记员小杨，专门下来找你调查了解有关情况的。"接着他转向穿四个兜站在长条桌边的大背头介绍说，"这是咱们县革委会的郭主任，今天专程陪工作组下来的。"大背头略微矜持地朝明月点点头，说："听说你是积极分子，要好好配合省上工作组的调查。"

慈眉善眼的郝主任说："郭主任太客气了，完全没必要跑这一趟，你和张主任忙你们的去吧。"

大背头说："郝主任快别这么说，你们在宋家村搞调查时，我正在地区开会，走不开没能前来陪同你们，现在回来了，怎么能不来呢？"

郝主任说："烟呀茶呀，什么都有，社员家安排的伙食也可以，非常感谢二位。不过，"他说，"你们得回避一下，这是纪律。"

郭主任和张主任走后，娃娃脸小杨过来同明月握手。明月给握得晕晕乎乎的，来人亲切地称她为同志，同志就是自己人嘛！仅凭这一点，明月心中的担忧消散了不少，灵台解放那一年，一个穿灰军装的大胡子首长也是这样，握住她的手，亲切地称她为同志的。

郝主任温和地说："明月同志，我们找你调查了解一些情况，你不要有思想负担，我们问什么，你回答什么，实话实说就行了。"留短发干散利落的女干部说："郝主任的话你听明白了没有？要如实回答我们的问题，半句假话都不能说。"

明月问："说什么呢？"

郝主任说："我们会问你的。"

下面是女干部的问话，明月当时跟我讲得比较凌乱，我整理了一下，大致如此。女干部自我介绍说叫李红英，喊她李组长或李红英都行。

137

"宋为公这人你认识吗？"

"不认识。"

"宋六子，你总该认识吧？宋六子就是宋为公。"

"认识。"

"听说你在宋家当过童养媳，有这回事吗？"

明月低下头嗫嚅道："有这回事。"

"这就对了。"郝主任双手抱胸，看着明月说，"你这样实事求是回答就行了。"他叮嘱埋头做笔记的小杨，让手头来麻利点，记录尽可能详尽些。

"宋家是怎么威逼你去当童养媳的？说说当时的具体情况。"

明月想了想，说："没有人威逼我，是我爹寻上门把我卖给宋家的。那些年又是打仗，又是闹饥荒，家里孩子多养不活，为寻活口，我爹把我卖给了宋家，我们是心甘情愿的。"

明月记起娘给她穿了一双硬邦邦夹脚的新布鞋，身着红色碎花小袄、毛蓝裤子，头顶挑出桃儿大的一坨，用红头绳缠了炮仗长的一截，脑勺上垂着一根小辫子。长那么大，明月从没如此体面过。她是家里唯一从头到脚穿戴一新的人，不过那些穿戴全是爹赊来的，是怕宋家看不上人才如此打扮。经过打扮的明月更显瘦小可怜，爹对此却很满意。

中间人说，宋家财旺人不旺，大儿子不到十二殇了，二儿子又是个病秧子，宋老爷为此日夜担忧，不知谁给出的主意，说订一门子穷婚就不怕了，命穷的攀附上命贵的，必定要牢牢抓住，这样一来就套牢靠了。宋老爷便决定给儿子找个穷媳妇。

离家那天是农历二月二。爹说"二月二，龙抬头。"小明月没看见什么龙，却看到天在下土。遮天蔽日的沙尘使太阳只剩下一小坨昏黄的光晕。天黄地黄，地上几乎没一样活物，连一只飞鸟都不见。那样的天气，只会让人恓慌难过，明月是垂着泪离开家的。

"你爹拿人家钱了？你当时亲眼见了？"李组长不大相信。

"拿了，我亲眼看见，四个银圆。等钱回去买粮救命呢。中间人也见了。"

"你爹走时哭了吧？"李组长很注重细节。

"我爹没哭，我哭了，我害怕，拽着我爹的衣襟要跟他回去。我爹打掉我的手，头也不回地走了。天快黑的时候，麻雀在屋檐下吵闹成一片，宋家不知为什么有那么多麻雀，我家就没有，可能是我家没有吃的吧。麻雀一吵闹，我就想家，心里不由难过得要命，我一辈子最怕麻雀吵闹，一吵闹就心慌头疼，这毛病就是那时落下的。那会我只能偷偷哭，怕宋家人看见不高兴，不高兴就不要我了。去之前我爹给我说了好几天，我爹说你愿意一家人饿死吗？到了宋家不愁吃，不愁穿，多好呀！多少女娃想去，还去不了呢，咱虽没有缠脚，生辰八字却能合上，人也长得俊俏，这就是我娃的命，我娃要翻身了！"

"你爹居然没有哭？"李组长不大相信。

"我爹眼硬，我从没见他哭过。姐姐秋月偷吃东西，我妈拿捻线绳的铁陀螺照头一下给打死了，还有一个姐姐病死了，一个弟弟生下来没奶吃饿死了，我妈把眼睛都哭坏了，我爹却一个泪渣都没掉。'走了三个，还有五个呢，少一张嘴，少一份争迫，有什么好哭的呢？'我爹给我妈宽心说。"

郝主任的表情变得沉重起来。李组长说："明月同志，我们今天专为调查宋为公的黑历史而来，不是听你讲故事的，当时怎么个情况，你要如实说来，弄虚作假会害死人的，对你也没什么好处。"

"我说的全是实话，不敢说假话。"

李组长习惯性地用拳头支着下巴，满脸同情地看着明月说："说说宋家当时是怎么欺压剥削你的。"

明月一时不知道该怎么回答。

三

郝主任说："明月同志，我这么问你，宋家当时有几百亩田地，骡马牛羊成群，雇了长工用短工，开着染房和药铺，住的是前厅加后院，姓宋的有两个老婆，这些是不是事实？"

"是事实。"

李组长马上接上问："他们穿绫罗绸缎，吃山珍海味，草菅人命对不对？"

明月默不作声。

郝主任解释说："宋家人穿绸挂缎，吃白米细面，对穷苦人没有同情心，李组长说的是这个意思，是不是这样的？"

明月低头思索了一阵，说："宋家房屋是不少，两出两进几十间，牲口确实也多，宋家村生产队里的大牲口差不多全是没收宋家的。吃饭穿衣，肯定比我们一般穷人家要好，但也不是穿绸挂缎，他们平时穿的多是粗布衣服。比如宋老爷的两个老婆，只有逢年过节才穿好衣服，戴首饰。宋家人平时吃饭不讲究，每顿顶多两三个菜，黑面、粗粮照吃，吃完饭所有人都要舔碗，这是宋家的规矩，连宋老爷也得舔，宋老爷不像个财东家，倒像个长工头。"

明月顿了顿，说："我们这里的人都说，宋家的家业一半是细抠下的，一半是拼命过下的。他家早先有几亩地，但不算财东家。宋老爷家世代行医，他祖上走州过县给人看病，每年总能积攒些银钱。宋老爷的先人会持家，有点闲钱就置地。这样过了几辈，就有了家业，成财东家了。"

"明月同志，"李组长不高兴地打断了明月，"不要开口闭口宋老爷，剥削阶级作威作福的时代一去不复返了，姓宋的早已不是什么老爷了，你不能再这样叫他了。"她转向郝主任说，"我觉得这个人立场有问题。"

郝主任说："无妨，让她畅所欲言，我们下来不就是想听听真实的声音吗？"

李组长激动地说："解放都二十年了，怎么还是这样奴性不改？实在是太悲哀了！"

郝主任说："可能说成习惯了，没有太大影响，你继续问你的。"

李组长平静了片刻，说："你的情况，我们在宋家村已有所了解，现在需要进一步掌握些更具体的材料，说说你在宋家是怎么熬苦日子的，他们是怎么虐待你的。"

不知从何说起，该怎么说，那些日子已经久远，记忆变得苍白模糊，明月竟然记不清自己受到了怎样的虐待，像她这种从小吃惯苦的人，即使受了虐待也不会长久记在心里。这让明月感到内疚，出于慎重，她陷入了沉思。

　　"说说你当年的生活，吃穿什么样子，住在什么地方，他们怎么打骂使唤你，比如说吃的猪汤狗食，穿的破衣烂衫；比如说无缘无故打骂你，扯烂你的耳朵，拿锥子扎你的屁股，这是昨天我们在宋家村了解到的。"

　　明月想起这几年大队召开的各种批斗大会，社员们受到鼓舞跳上台，声泪俱下，激昂愤慨地揭发某人的种种罪状。确有其事的夸大其词，现场发挥的多靠捏造。明月觉得人的嘴真是恶毒，想把一个人说多坏就说多坏。捏扁揉圆全由心自造，就是往死里说，很多人联合起来也是一件简单的事。大家说辞一致，是因为需要那样说，就像一条河流，走向是既定的，你只需要汇入其中，使河流变得更加汹涌澎湃，发出更大的咆哮声就行了。

　　宋老爷和大婆无法忍受批斗双双上吊自杀后，明月心里有过愧疚和难过，这话不敢对别人讲，说给新年听，被臭骂了一顿。在明月心里，一直觉得宋老爷两口子人不错，宋老爷不算是一个太坏的老爷。想到这些，再加上当天的情形，明月觉得没有说假话是对的。

　　接下来明月说："说良心话，宋老爷人不坏，地里的租子说多少就是多少，碰上饥荒灾年也能减免一些，日子过不下去的人前去借钱欠粮，一般不会空手回来。长工短工的工钱，也没听说克扣过谁，他家铺子里经常有人赊账，等秋后地里有了收成再还回去。宋老爷立下的规矩一般不能改，但有时也会根据情况变一变。"

　　李组长冷冷地看着明月，几次要打断她，让郝主任给制止了。

　　"让她说下去。"

　　"吃总归是能吃饱，一年也有两身不好不坏的衣服，生活肯定比我家里要好得多。我刚到宋家时，白天干家务活，晚上睡觉前给大婆捶背捏腿。我人小，手上没劲，还老打瞌睡，大婆经常骂我，有时候也挨笤帚疙瘩，没见过她拿锥子扎人。大婆年纪轻轻就吃烟，我负责给她装烟锅，早起倒尿盆。刚去的时候挨打多，后来长眼色了，挨打就少了。我也帮小婆带孩子，小婆待人不如大婆，经常掐我踢我。"

"你帮小婆带孩子时睡哪儿？"

"宋老爷不来时，睡在小婆脚底下，娃娃一哭，她就拿脚蹬我，我就得一骨碌爬起来抱娃娃。否则，就要挨打。宋老爷如果来，我就去大婆屋里睡。"

"问你一个问题，那个地主老头，有没有欺负过你，糟蹋过你的身子？这样的人家，内幕往往是非常丑恶的。"

"绝对没有的事，宋老爷没有这些毛病，大婆说他是聪明一世，糊涂一时，谁的当都不上，就是上了小婆的当。"

"你在宋家生活了多长时间？"

"九岁去的，十八岁回家，有十年吧。"

"当年你和宋卫公结婚了没有？"

"没有，我到离开还是个女娃娃。"

"为什么没结婚？"

"宋家本来打算等我长到十六岁时圆房，可宋六子推三阻四不同意，听说他在外头念书时偷偷加入了地下党，到我离开宋家都没有回来，房也没圆成。"

"圆房，圆房！看看，封建的这一套又来了！"李组长愤愤地说。

"哦，是婚没结成。"

"婚是没结成，但宋卫公肯定早早就霸占了你对不对？"李组长咄咄逼人，"你只说有，或没有就行了。至于具体细节，我知道你不好当着大家的面讲，一会儿单独跟我谈。"

李组长的这番问话，一度使场面变得异常安静，大家屏息凝气等候明月回答。望着明月，李组长想起刚见到她时的情景，令她吃惊的是，农村艰苦的生活，并未销蚀掉多少这个中年女人与生俱来的美丽。她拢向脑后的齐耳短发，土气的装束，丝毫无损于她的形象。虽然年龄相当，可她明显比自己年轻丰满。那一瞬间，李组长的内心多少有些复杂，有一种挫败感。但很快她就在心里将她打压了下去，恢复到一贯自信的常态，嘴角上扬，带着一丝轻蔑而自嘲的笑容。她想，这女人身上注定有很多可挖掘的东西。

"根本没有的事。"明月涨红了脸。

"姊妹太善良啦！我们知道你是受害者，理解你别无选择。"李组长想起《雷雨》中的鲁侍萍，更加确信明月不但是个深受伤害者，更是把伤害深埋心底的那种天性善良的女人。

"确实没有，我对天发誓，这个你可以问我男人新年。"明月急得站起来。

刚到宋家时，两人都小，宋六子倒还表现出一派天真的友好，常和明月说话玩耍，他唯一夸过她的一句话就是那时候说的，说明月就是天上的月亮，这名字好听。几年后宋六子去了城里念书，一方面在家的时间越来越少，另一方面他无法掩饰的冷漠与鄙视，使他们渐渐形同陌路。

"人家是有文化的洋学生，我是下苦的穷女子，人家看不上我，根本不想和我结婚，连我的手都没有碰过，怎么会有霸占的事？"

李组长说："明月同志不要自卑，你这么说是不对的，人人生来平等，不存在高低贵贱之分，他凭什么看不上你？有什么了不起的？"

宋六子确实看不上我，明月在心里说。

四

大婆把明月推到宋六子住的西厢房那年，明月 15 岁。夏天西厢房新换了绿窗纱，那个夜晚窗外风吹花草动，屋里绿影婆娑，让人觉得恍惚如梦。

大婆点起一对红蜡烛，说："六子在城里让书念瓜了，这几年跑得拉不住脚把骨，连媳妇都不知道要了。明月今晚就住这，就说是我让你来的。你好生伺候着六子，女人天生是伺候男人的，迟早你是他的人，得用点心思把他的心拴住。这几年，他净在外头胡跑，这世道，说不定哪一天会跑出事来。"

明月又羞又怕不愿意，这是大婆第三回说这话，前两回只当是嘴头子上说说，这回却是正儿八经的。明月低头抹泪，她爹每回来看女子都要交代，没圆房死活不跟男人睡觉，否则一文不值。可大婆让她不明不白地住在这里算怎么回事？

明月的态度让大婆变了脸："有什么不情愿的？没那么多讲究，进了这个门就由不得你了。我们把你从牙大一点养这么大为了啥？你知道你是干啥吃的？是个鸡长大了就要下蛋，是条狗喂几年就得咬人。"

明月哪敢说半个不字，大婆的脾气她知道，连宋老爷都惧怕她。她十六岁嫁进宋家，两年后生下一个儿子，只可惜长到十几岁糟蹋了。大婆生养得稀，过了好几年才生下宋六子，不知什么原因，此后再没有生养过，可这丝毫不影响她在宋家的地位。宋老爷还有三个女儿，全是小婆所生。宋老爷娶小婆是为了生儿子，而不是为了晚上受活（舒服），这是大婆的话，也是大婆同意了才有的事。

小婆原来是宋家的丫头，仗着有几分姿色，不知什么时候跟宋老爷染缠上了。肚子里有了娃，寻死觅活的，依大婆的脾气，不过是花几个钱打发掉的事。再往大里闹，大不了死人，死个丫头也不是多大的事，只要花钱就能摆平。谁知大婆竟然认了账，同意买来给宋老爷做小。宋家的下人都说，小婆可不是个简单女人，心机重得很。

当年娶小婆是大婆的主意，从宋老爷他爷起，宋家几代单传，财旺人稀成了宋家人长久的心病。大婆是识大体的，纵使心里有一万个不情愿，也得为宋家的香火和长远考虑，正因如此，才有了小婆。可惜小婆的肚子不争气，进门来死活生不出一个带把的，宋老爷为此很伤脑筋，觉得这就是他的命。

宋老爷父母相继过世后，宋老爷开始看大婆的脸色行事，就是晚上睡个觉的事，他都显得左右为难，总在大婆屋里转悠来转悠去地抽烟，总要说上半夜地里收租子，铺子上伙计的人事，大婆困得不行了，倒在炕上摆摆手，宋老爷这才带上门，一路小跑着往后院去了。

那天明月哭了，知道不能再违抗大婆的意思，她只好穿上大婆给的新衣裳，战战兢兢地爬上了宋六子的炕。

宋六子不知去哪儿了，明月猜想极有可能是找下人们玩去了。宋六子顶爱跟下人们搅缠在一块，这让宋老爷很恼火，下人就是下人，跟个下人有什么好说的？可宋六子不听宋老爷的话。

那一夜，明月惴惴不安不敢睡去。夜深了，窗外月光如水一般铺泻下来，一切都是银光闪闪静谧的样子，风声树影里只有蛐蛐在轻声弹唱。西厢房里陌生的气息使她极不习惯，有种兔子睡到狼窝里的感觉。听着自己的心跳把炕打得咚咚响，明月想了很多事情，包括她不知道的男女之事。

明月觉得小婆真是了不起，甚至万分羡慕她，一个丫头是如何做到让洁身自好的宋老爷情愿跟她滚炕头的？后来明月困了，她努力抗拒着睡意，直至一切都陷入了巨大的虚幻之中。可即使迷迷糊糊，她的内心仍充满焦灼的期待，她渴望经过这样一个夜晚，原有的一切会被打破，自己会蜕变成另一个人，这是她的使命，有那么一点英勇的味道。

宋六子推开西厢房门的时候，明月羞愧自己溃败于汹涌的睡意。院子里已亮白如昼，两只喜鹊在枝头上喳喳地叫着。天亮了。

"你怎么睡我炕上？"吃惊不小的口气。

明月顶着薄被子在炕上跪起来说："是妈让我到这儿来伺候你的。"

宋六子摇摇头，尴尬地笑着说："一天到晚尽瞎费心思。"他敛起笑容说，"快把衣服穿上，回你屋里去，你不能睡在我这里。"透过纱窗，明月这才辨出，天并未亮，月亮还斜挂在西天边，喜鹊可能跟自己一样让月光给弄糊涂了，以为天大亮了。

明月羞愧地哭起来："我怎么跟妈说？别人怎么看我？妈早让我来伺候你，说我是你的人。"

宋六子上前一步说："你不是我的人，你是你自己的人。这是家里人的意思，不是我的意思。你赶快走，完了我跟我妈说。"明月没想到自己未圆房的男人会说出这样的话，这使她对自己在宋家存在的意义头一次产生了怀疑。

"我怎么不是你的人？九岁进了你家门，就是你的人了，我知道你在外头把书念下了，不想要我了。"宋六子苦笑着摇摇头。明月看见一对将尽的红烛下，那张白瓷般的脸越发露出轻蔑的神情来，那神情叫她终生难忘，恨不能一头撞死。

"跟你没法说，说了你也不懂。好了，夜深了，你不用走，我走。"宋六子像个虚幻的影子，说着就从门边晃了出去，明月扭头看向窗外时，已不见踪影，只那么一会儿工夫，月亮已经沉落，院子陷入一片幽暗当中。

明月瘫软在炕上，她看见靠窗的炕桌上摆满了书，合着的、摊开的，摇曳的烛光下，那些书泛着奇异清冷的光芒，一个个像长出了眼睛，变成了宋六子的脸。

五

明月对我说，有些事她不想讲，但又不得不讲。明月叙述到这里，书记员小杨说："真没想到是这种情况。"三个人交换了眼神，李组长继续问话。

"宋为公有一个时期通匪，你知道不知道？就是和土匪勾结在一起。"

"不知道，我离开前的那几年他几乎不回家，我只听说他上师范时就加入了地下党，后来拉队伍闹革命，还当了官。"

"据宋为公自己交代，1944 年宋家遭抢劫，土匪严刑拷打他父亲，他家的钱财被洗劫一空，他说当时的情况你最了解，有没有这回事？"

明月低头在心里默算了一下时间，才缓缓抬起头，说："这事有。"郝主任继续点燃一根烟，屋子里全是蓝色的烟雾。外头阳光亮苍苍的，几条五彩光柱，透过门头上的窗户斜打进来，直射工作组背后的墙壁，这让明月想起了放电影。

李组长倒了一杯茶递给明月，干瘦的她身穿宽大的黄军装，腰上束着皮带。李组长说："喝了这杯茶，慢慢说，好姊妹不要怕，你只管说真话。"

多年以后，明月依然对那个晚上的事情难辨真伪，有时候觉得就是她做过的一个梦，遥远模糊，支离破碎，而现在她必须重拾记忆的碎片，将它们拼凑连接起来，讲给工作组听。

人们被逼着从热炕上跳下地，如同光着身子跳入冰冷刺骨的河水里。他们在浑浑噩噩中像牲口一样被驱赶着在院子里抱头逃窜，好多人连衣服都没来得及穿好，没有人知道发生了什么，这是正月底的一个深夜，前一分钟他们还在梦周公。

"那些人从哪里来？"李组长问。

"不知道从哪里来。"明月直到晚年都没有弄清楚黑衣人从何而来，是怎么进村的？宋家村那么多狗，是如何销声匿迹的？

最终，人们发现宋老爷吊在堂屋粗壮的房檩子上，地上的人瑟瑟发抖，惊恐万状，梁上的人却未必像他们那样怕得要死。宋家村几十户人家，宋老爷不相信他们听不见这么大响动。他已经忘记了这些年来和村里人的种种恩怨，不相信他们会见死不救；毕竟他是他们的衣食父母，宋家村及周边几十里地的人，多靠租种他的田地吃饱肚子，多靠在他的药铺染坊里做工赚钱养家。宋老爷想象不出，这一带如果没有了他，那些人该怎么生活。

全村人很快组织起来，带着家把冲进来解救他们，院子里发生了激烈的战斗，持枪的黑衣人终因寡不敌众而仓皇撤离。一些人被打死，一些人负了伤。宋老爷被放下来后，感激涕零，发话死了的厚葬，活着的予以补偿，一个也不能亏待，他是一个仁义的老爷。

可这只是妄想，那一夜，宋家村除了死一般的沉寂没有别的什么，连狗的汪汪声也渐渐平息了。宋家那两只平时稍有点风吹草动就彻夜狂吠不停的大狼狗呢？黑衣人是怎么解决了它们的？

明月抱着宋老爷四岁的小女儿蹴在人群最后面，手里抱孩子的，黑衣人免了她们双手抱头。

近几年，明月不断听宋老爷和大婆议论说这里那里跑土匪了，张家王家拷银子了，两人不无担忧，还专门给看家护院的配了枪。同时又欣慰于宋家平时广结善缘，日子还算太平，谁知高兴得过早了。

"快说，当家的，大家都是敞亮人，你知道兄弟们为啥而来。"问话的身穿白翻毛羊皮袄，坐在堂屋正中宋老爷常坐的八仙桌旁，壮实得像头大羝羊，看样子是个头儿。

"兄弟素来跟你无冤无仇，被逼得没法活了才走此道的，今黑不伤你，取了东西就走人。"羊皮袄说着想起什么似的拧身起来，对着黑乎乎的后背墙上的红脸绿衣关公像拜了三拜。

一个黑衣人拿枪拨弄吊得顺沓沓的宋老爷的腿，像在耍弄他。宋老爷好多巨大的影子像鬼魅一样在山墙上晃荡。明月偷眼左右瞄，发现黑衣人的数量难以确定，他们比黑夜更黑，掂着家伙出出进进，眼睛如冬夜的星子寒光闪闪。

"好爷哩，没东西，这几年地里收成不好，租子呢，也就难收上来，铺子里又没生意，可又是家大人多，赚下两个碎钱光糊嘴都不够，一分没攒下……"吊在房檩子上的宋老爷像个白衣吊死鬼。

"哼……"羊皮袄冷笑一声，"想耍奸溜滑是吗？看来不吃点苦头不行啊！"

羊皮袄手一挥，门外候着的黑衣人抱进两个半人高的野鸡红罐。那是宋家六个一字儿摆开，装清油和猪油的大瓷罐。两个黑衣人把秃头竹扫帚猛塞进罐里，搅了搅，滴滴答答提出来就往火把上靠。火苗很快蹿起，堂屋里亮堂了许多。

羊皮袄说："好汉不吃眼前亏，宋老爷是明白人，快说东西在哪，免得受皮肉之苦。"

"确实没东西，这几年生意亏空，地里歉收，长工短工连吃带拿，娃娃在外头念书花销又大，宋家名气在外，实际是个空架子……"

羊皮袄躁了，腾地起身，枪啪地拍到桌子上，朝着高处骂："你个黑蝎子我老儿，装得比要饭的还可怜，哄谁呢？你没有，难道我们这伙逼上梁山的有？难道这些做牛做马给你卖命的有？来！给这老狐狸点颜色看看……"

惨叫声很快在屋顶响起，半空中的宋老爷夸张地做出踢脚甩腿的动作，有点像每年正月间，外地来的杂耍班表演的空中飞人。可不管怎么躲闪，火扫帚都在宋老爷的腿脚间烧得噼啪作响。

沿墙脚一溜儿蹴的人大气都不敢出，不觉间有人热尿顺着双腿淌了黑汪汪一摊。一个黑衣人跑进来对羊皮袄一番耳语。羊皮袄说："舍不得孩子，套不住狼，不动这老狐狸，不出水呀！"

就在宋老爷毛骨悚然的惨叫声中，一包东西像只笨鸟飞过去，沉甸甸地落在羊皮袄脚下。大婆是见过世面的人，刚才黑衣人把宋老爷从炕上掳走时，她一把从炕箱里拽出一个布袋揣在怀里。

"家当在我这里，大爷快把当家放下来！他这身子骨经不起呀。"

火扫帚移开。有人弯腰捡起地上的东西，掂量着递给羊皮袄。羊皮袄冷笑一声，说："就这些？哄三岁月娃哩吗？开了药铺开染坊，几百亩地在外头租着，这方圆几十里，谁家的血汗钱最后不是流进了宋家，拿这点打发叫花子哩吗？当我们是傻瓜吗？"

彻底恼怒的羊皮袄一摆手，火把扫帚对准宋老爷又是连烧带打，屋里一时火苗呜呜乱飞，空气里弥漫着腊月里燎猪蹄的焦臭味。房檩上吊的人疯狂地喊叫起来。

"啊——啊呜——"，听不清是哭还是笑。

那一阵，地上蹴的少说有十几个，可没有一个敢站起来，谁见过这阵势？人人恨不得钻进地缝里去。只有大婆哭喊着爬出去哀求："大爷饶命！我带你们去取东西，快放了当家，把他烧死了，我们这老老少少怎么活啊……"

羊皮袄摆手叫停。房檩子上传来宋老爷咬牙切齿的声音："不要听妇人家胡说，不当家不知道当家难，家当在啊达里？根本就没有家当。"

羊皮袄双手抱胸，意味深长地望着高处，说："宋老爷说没有，兄弟们也就信没有。难不成还要我们挖地三尺自己去找？兄弟们手里提着头弄这事，总不能白跑一趟吧？江湖有江湖的规矩，钱和命我们总得带走一样，看来宋老爷是爱钱不要命的主呀！"

说罢羊皮袄举枪，他手上仿佛是一只黑鸟，一放飞就会过去要了宋老爷的命。小婆忍不住哭出了声，大婆啐了一口，说："碎婊子不是有缠人的本事吗？这阵子不使出来救当家，做精倒怪淌啥尿水哩？"

羊皮袄转身，说："兄弟来可不是给你们说家务断官司的，甭演戏了，我们这就送宋老爷上路……"

羊皮袄再次举枪，大婆猛扑过去抱住了他的腿。

"大爷饶命，大爷饶命……大爷听我说，家当在哪儿我知道，我这就带你们去取。"

"好，千万别再耍花招，否则你和当家花开两朵。"

明月说，大婆领着黑衣人不知从哪儿很快抱来一个坛子，羊皮袄一抬脚给踢翻了，银圆当啷啷滚落出来。羊皮袄说，看来是不见棺材不落泪啊！手起枪响，大婆栽倒在地。

六

明月怎么也没有想到，大婆会叫上她。家当不家当与她这个形同下人的人有什么关系？大婆醒过来发现自己脑袋并未开花，只是耳朵嗡嗡作响，抬手一摸，原来是耳坠子给打飞了，顿时涕泪肆流，边在地上捣头边说："多谢大爷不杀之恩，我再也不敢耍怪了。"临出门，大婆忽然转身说，"明月、德贵跟我走。"

明月站起身，将孩子接给小婆。在此之前，小婆像个罩窝的母鸡，一手搂着一个毛茸茸的小脑袋。也不用羊皮袄发话，明月跟着大婆机械地往外走，晕晕乎乎像在飘。正要迈门槛，被拦住了："你就是明月啊？呵呵，长得不错嘛！"明月屏住呼吸，感觉魂都飞走了。

明月后来对我说，她从没见过那么多钱，她做梦都没有想到，宋家的家当，居然埋在喂牲口的草料房的地底下。

老长工德贵也懵了，在宋家二十多年，草料房里永远堆着草料，冬天干草，夏天青草，谁也不会觉得那地方有什么不对，谁也不会想到那里竟然埋着几瓷瓮银圆和一堆狗屎一样的大烟膏子。黑衣人三两下扒开封瓮的泥皮，揭开一层层油纸，白花花的东西露出来，他们迟疑着同时将手伸过去。明月形容说，银圆被刨得哗啦作响，在黑夜里光星四溅，以致让她怀疑那地方埋的是星星。

宋家的长工都知道东家有个多年雷打不动的习惯，每年过年都会给喂牲口的长工放两夜假。祭了祖，东家会抱上铺盖卷到牲口房里去守夜，会亲自给大小牲口添草上料。宋老爷常说："穷人惯娃娃，富人惯骡马，老牛老驴也辛苦一年了，应当犒劳犒劳了！"

李组长说："地主婆死了，德贵老汉去世了，刨银圆的事就只有你知道，快说说当时的情况。"

银圆刚刨出来就有黑衣人飞奔到前院去报告，宋老爷当即被放了下来，伤痛难忍的他伸长腿半依着墙呻唤连天。见当家受了大罪，回到堂屋里的大婆抱住宋老爷放声大哭。

宋老爷拼尽全力抡起胳膊，对准大婆的脸就是狠狠的两巴掌。他忍着剧痛啐向她："你个败家的老卖货……"

土匪不光拷银钱，还得吃饱喝胀才上路。几个黑衣人叫嚷着肚子饿了，让上锅的去弄吃的。这天早上刚好蒸了白蒸馍，馍馏热后，同臊子盆一并送了进来。热蒸馍夹肉臊子，好吃莫过于如此。黑衣人个个狼吞虎咽，吃得满嘴流油，很快就有人噎得打嗝翻白眼，又叫去烧汤。吃到酣畅处，羊皮袄抹掉头套，露出一张络腮胡子浓眉大眼的方脸。

羊皮袄抱拳向地上的宋老爷作揖，说："对不住了！宋老爷。你要想开些，俗话说财帛连人心，我们也知道这些银钱是你千辛万苦积攒下的，可眼下这世道，凭什么你们一家半家穿金戴银，白米细面，还攒着这么多银钱？凭什么穷人就只能卖儿卖女，吃糠咽柴？所以你不要怨恨我们，要怨只能怨这不公平的世道，是这世道不让你过安稳日子的。"

宋老爷双目紧闭不住声地呻唤。羊皮袄接着说："兄弟这次为两件事而来，一来取宋老爷的银钱，二来受人托付带话给你们。"羊皮袄扫视人群问，"明月呢？"

这话无异于一群麻雀在明月脑子里轰然飞散了，听人说，有些土匪只拷银子，有些既要拷银子，又要糟蹋女人。明月心想，这下活不成了。羊皮袄喊第二声时，她不知道自己是怎样从柱子背后挪出来的。

羊皮袄走过来，看了看明月对宋老爷说："宋六子让我捎话给你们，他不回来了，让你们就当他死了。叫明月不要等他，他是不会跟这女子结婚的。"

宋老爷停了呻唤睁开眼。大婆哭着问："大爷啊！宋家几十年的家当可全在这儿，你们不会杀了我六子吧？他在哪儿呀？"

羊皮袄说："不会的，我们是劫富济贫的好人，怎么会滥杀无辜？你们问得太多了，我们只替人捎话，其他一概不知。"

羊皮袄抬脚踩上太师椅，说："宋六子让你们尽快打发明月回家去。他捎话说，十年间把人家女子当长工使唤，回去前把工钱给结了。"

羊皮袄接着说："兄弟今天就替宋六子做一回主，给女子二十块银圆，让拿回家找婆家去。"一个黑衣人数了银圆掬过来，明月不敢伸手，那人呵斥道："接着！银钱又不烫手。"

"下苦人都给我站出来！"羊皮袄说。

一时间药铺里的、染坊里的、上锅的、喂牲口的、种庄稼的，抖抖索索站出来十多个，黑衣人一溜头走过去，挨个朝每个人手里溜下两块银圆。德贵多加了几块，黑衣人说："今黑你出力了。"

羊皮袄对宋老爷说："今黑的钱是兄弟给下人们的，不是你们给的。搞清楚这钱已经不是你们的了，别我们一走，日眼的又要回去，没要命已经很给你们面子了，到时候别怪兄弟们的枪不认人。"

一个黑衣人用枪指着宋老爷的额颅问："记下了？"

宋老爷头如捣蒜。羊皮袄又说："人虽是走了，可你家的事没有我们不知道的，不想落石坊子赵百万的下场就听我们的，该放人放人，该散钱散钱，别他妈不仁不义，否则，宋老爷这里就得浪费我们的子弹，子弹如今金贵得很啊！每一颗都得留给我们的敌人！"

拷银子的走了，宋老爷因烧伤和惊吓过度一病不起，宋家人心惶惶，愁云惨淡，生意也无人好好打理。几天后，明月带着二十块银圆回到了娘家。

明月说："本来我不想要，人家遭了难，咱不能趁火打劫。可宋老爷叫我无论如何也要带走。大婆哭着说钱留下只会要了他们的命。没办法，我只好带上银圆哭着离开了宋家。"

七

李组长对明月拖沓的叙述早已失去了耐心，满脸的焦躁和不屑。"你哭什么呢？是留恋在宋家的日子，还是感激宋家人给了你钱？姊妹如此蒙昧无知，让我感到悲哀又难过。"

李组长接给明月一张照片，问是否认识此人。照片上的人一身戎装，满脸络腮胡子，手持一柄烟斗，单腿屈膝踩在一块大青石上眺望远方，他身后不远处，一匹马正在浅滩上饮水。隐约的远山衔着落日，俊秀的马匹，硬朗的军人，使这泛黄的老照片别有一种动人的力量。

"这人是谁？看着好眼熟。"

"你仔细再看看，是不是你说的羊皮袄？"

"还真是！"明月惊叫起来。

"那晚大约来了多少人？"

"反正不会少，光堂屋里就五六个，押我们出去刨银圆的时候，外头墨天黑地什么也看不清，但院里院外有好多火把。"那天晚上，明月听见院外好多马蹄子叩响硬邦邦的地面的声音，大牲口热烘烘的气息也曾越墙扑面而来。

"你看到宋卫公了吗？"

"没看到，但那事一出，宋家的下人私下里都传说拷银子的人是宋六子带来的，这话在我们这里传了几十年。大婆也是这么说的。"

大婆送明月出宋家村时，路上支开其他人娘俩说话。"娘母子缘分尽了，娃呀，你回去要好好活人。"大婆拉着明月的手泣不成声。明月眼泪哗哗往下淌。大婆说："有情有义的娃，比我身上掉下的那个坏了心肝的有良心，妈舍不得你走，可又耽搁不起。"大婆抹两把泪说，"狗日的毒辣得很，勾结土匪来抢自己的娘老子，世上有几个人能做出这样的事来？"

明月故作惊讶："妈哪来的这话？"

"瓜娃呀！"大婆撩起衣襟捂住嘴，衣襟很快被濡湿了一片，"当娘的能不知道自己的儿，畜生那晚在院外头呢。"大婆说，"我心里憋屈难过得慌，实在没地方说，只给你说说，千万甭再往外说了，当家听到了，当即会气死的。"

说到这里，明月补充进来一些情况，那晚除了羊皮袄，其他黑衣人难以分辨。不过银圆刚刨出来时，一个黑衣人激动之中抹了头套，虽然很快又戴上了，明月还是一眼认出那是刘毡匠。大婆当时愣在那里，半张着嘴，一句话也说不出来，后来再没听她提起过这个人。刘毡匠是外地匠人，那些年常来宋家擀毡，一来就是几个月，宋六子只要在家，就喜欢往擀毡的跟前凑。

明月的这番陈述，没有再引发李组长"哀其不幸，怒其不争"的愤慨，她反倒和郝主任一致认为取得了各自想要的非常有价值的材料。

关于宋六子的情况，明月对工作组说她倒也想得开。宋家出事前几年，每年冬夏两季人还常回来。脸色苍白身体羸弱的宋六子回到家，既不去药铺盘点查账，也不去染坊配料煮布，他对家里的生意根本不上心，除了喜欢往长工堆里钻，就爱一个人待在前院的西厢房里，把自己埋进书堆里。

大婆见他老待在屋里，怕闷出病来，总撵他出去。宋六子一出去不是往牲口圈里跑，帮德贵他们铡草，就是去药房，看四喜他们切药炒药装斗子。宋老爷为此很生气，总骂宋六子没出息。

宋老爷曾痛心地说，供宋六子念书，是指望他出人头地，光宗耀祖。可谁知他满肚子的假仁义，是那副德性。早知是如此吃里扒外的混账东西，当初真不该叫他去城里念书。宋老爷痛心疾首，认为是书把宋六子害了，害得不浅啊！

宋老爷还打过宋六子，原因是宋六子说宋老爷是吃人的人，原话明月忘了，意思跟那晚上羊皮袄说的话差不多。

郝主任说："明月同志这么一讲，我们对宋卫公这个人又有了全新的了解和认识，谢谢你。只是我们不明白的是，为什么你讲的，跟我们在宋家村调查了解到的情况出入很大？比如说对于宋老爷和大婆，你跟那边人的说法太不一样了。再比如那个小老婆，她声称自己是被姓宋的强霸了才给他做小的，这个你怎么解释？"

明月说："你们让我说实话，当时怎么个情况，我就怎么说的，我也怕惹祸，一句假话都没敢说。小婆的事，我没亲眼见，反正宋家的人都说是她先缠上宋老爷的。"

明月深知这次谈话充满风险，这使她顾虑重重又小心谨慎，好在工作组一再提醒她讲真话就行了，这无异于给她指明了方向，这和她内心一直存在的某种朴素的观念不谋而合。她偏执地认为，不管什么时候，说真话肯定不会错。可她哪里知道未必如此，二十块银圆的事，最终给明月惹来了大麻烦。

本来明月娘家那边没几个人知道，婆家这边就更鲜有人知，这么多年来也没人找问过此事。那些银圆，让明月一家度过了迎来新社会前最艰难的一段岁月。而她那天对工作组翻肠倒肚的一番交代，成为她某段不光彩历史的确凿证据。

几年后，明月被一次次拉出去挂牌游街，戴着高帽子上台坦白交代。本来她是一个受人同情，被人保护的对象，从那之后，竟成了一个站在大多数人对立面的人。人们痛恨她对那种没落、腐朽、奢靡的生活表现出来的痴心妄想和脉脉温情。面对台下激愤的声讨，她是否后悔得要死，明月说到这里只会沉默。不过，她去世前对我说过的另一番话多少能表明些心迹，她说："灾祸从口出，言多必有差。你越想说清楚的事，就越说不清楚。"

很多人怀疑明月当年带回家的不止二十块银圆，她的老父亲也被押上台，因为他们家从没有将这一"重大事件"向组织坦白交代过，更没有上交过哪怕是一块银圆。明月婆家和娘家因此都受到牵连，两家人对她意见很大，特别是她的大儿子和女儿，他们认为是她那段不光彩的历史严重影响了他们的光明前途和美好人生。大儿子在那个时期，曾声明同自己的家庭脱离关系，女儿也好些年不回娘家，这种情况，一直持续到明月决心要结束那种让她无法忍受的生活时。就差那么一点点，企图轻生的明月让她男人新年发现并救了下来。这之后，大家对她的抱怨才有所减少。

八

那天下午，工作组在吃过社员家的最后一顿派饭后调查工作暂告一段落。李组长突然对继续这项工作的意义产生了质疑，她嘴里咬着一根从墙上随便拽下来的草茎，在大队部门前跟郝主任交换意见时说："一个人跟大多数人在同一件事情上的说法背道而驰，这意味着什么？显而易见，这个人在撒谎。"

郝主任弹掉一截烟灰，说："我看未必，如果是大多数人在撒谎呢？皇帝为什么会光着身子在街上装模作样地走，是因为人们用谎言给他编织了一件并不存在的衣服。"他抬头看向远方的天空，神色凝重地说，"如果世界上只剩下一种声音，毫无疑问那就是谎言。"他接着说，"为了明哲保身而不惜昧着良心说瞎话的人还少吗？我是说人们往往更看重自身利益，而并非真理，这就是真理为什么只存在于少数人当中的原因。"他叹了口气继续说，"我们，包括太多的人，现在差不多已经丧失殆尽正视真理的勇气了。"

郝主任的声音低沉沙哑，但在李组长听来却无异于振聋发聩之声，她又惊又怕，没有同他再讨论下去，郝主任冷静的思考和并未彻底泯灭的良知令她感到羞愧。她敬佩他敢于对现实中的大多数人提出质疑的勇气，但在调查宋为公这件事上，她对自己尊重的这位领导已经有了看法。由此，调查工作就此结束。后来他们补充了一些情况后让明月回家了。

明月从宋家出来后嫁给了长工德贵的二儿子新年。新年早年间一直在陕西麟游一带跑，收土特产倒腾些小买卖。起先明月并不清楚他还干别的什么，后来慢慢才知道，原来新年早就加入了地下党，一直在山里发动群众闹革命。明月知道，参加地下党的都是了不起的人，比如说宋六子。自己的丈夫能参加这样的组织，她心里是欣喜而激动的，人嘛，要活就得活出点名堂来，明月是这样想的。虽然她常常为此心惊胆战，但还是默默地支持着丈夫。在新年的鼓励下，明月参加识字班，做军鞋，筹军粮，不久后还加入了妇救会。

灵台县解放那年，明月腰系大红绸带，跟随秧歌队锣鼓喧天地迎接解放军进城。在行进的队伍里，有人认出了身着灰军装的宋六子，他骑着高头大马，看样子在部队干得不错。

"快看呀！宋六子，是宋家村的宋六子。"人们为自己这地方出了个人物而奔走相告，好事者跑来指给明月看。

宋六子也认出了明月，明月剪了短发，显得意气风发，这次距他们最后一次相见过去了好几年，明月已是两个孩子的母亲。宋六子变化也不小，给人一种沉稳干练的感觉。他远远地冲明月招手致意，温和地笑着，那是明月认识宋六子以来，见到的最平和的一张脸。

很快明月又有了新发现，首长们就座的主席台上，宋六子身边一个浓眉大眼的络腮胡子，看上去面熟，听声音耳熟，像是在哪里见过。辨来辨去，明月兴奋地叫起来。

"没错，就是他！"

后来我问明月："听说宋六子对你很感激，平反后特地回乡看望过你好几次，送过不少粮票布票和钱物，据说你死活不要，当时为什么不要呢？你傻呀！还有，人家诚心实意帮你解决困难，表示可以推荐我小舅参加招工或参军去部队，你为什么不同意呢？"我那天居然狂妄地说，"我觉得你这人脑子不是很够用，白白浪费掉了这么好的资源。"没想到，这些话惹怒了明月。她大声训斥我，说我小小年纪太过聪明了。那是我见过她最生气的一次。明月的故事到此戛然而止，她死活不肯再讲了。

明月 84 岁时因病辞世。作为她的亲人，我们谁也不知道，还有多少故事和秘密被她带到另一个世界里去了。

原载《朔方》杂志 2022 年第 1 期

一座叫梁满仓的桥

赵解放的作难

1979 年秋天，赵解放如同一尊雕塑，长时间屹蹴在太岁村某个山头上，两眼失神地望向远方。自这年夏天他们迎接了有村以来最高规格的检查后，他就经常陷入这种状态之中。

那次检查后，太岁村要修桥的消息不胫而走，很快，几乎全县人民都知道了，因为陪同地区领导下来视察的县领导一回去就把此事当作典型来树立，大会上讲了，小会上讲。县领导号召全县人民要像农业学大寨那样，向太岁村人学习，学习他们敢想敢做的气魄和艰苦奋斗的精神。事情八字还没见一撇就宣传成这样，等于给太岁村人扣上了大帽子，等于断了他们的后路，这事只能成，不能败。

可有谁知道赵解放的作难呢？巧妇难为无米之炊，一分钱没有，这桥怎么修？赵解放骑虎难下。但风都吹出去了，岂能抛在脑后不管。为此，他吃不香，睡不好，连白头发都有了。

那年夏天与四十多年后的这个夏天极为相似，都是因为罕见的大暴雨致使这个县大面积遭了水灾。当年太岁村尤为严重，山体滑坡，窑洞塌陷，山洪泛滥，河水暴涨。在淹死一个孤寡老人和一个叫梁有仓的少年，冲走数字不详的牛和羊，村民出行严重受阻后，自己想办法在雁河上修建一座桥，就成了鹦鹉公社下达给生产队长赵解放的硬性任务。他为此忧心忡忡，一筹莫展。

太岁村位于鹑觚县最西边的偏远山区，属于鹦鹉公社芦子川生产大队。鹦鹉公社是鹑觚县条件最差，穷出了名的公社，而芦子川又是鹦鹉公社最穷最差的地方，在芦子川生产大队，太岁村又是顶差劲的，占尽了差中之差，这地方是个什么情况，不用想都知道。

太岁村人挖窑洞穴居于北山，种庄稼却在对面的南山。太岁村人去向外面，或是进南山种地打柴，常常因为雁河的阻隔而困难重重。本来这条河上有一座古老的吊桥，自从这座年代久远，严重腐朽的吊桥在一个风雨大作的夜晚以决绝的姿势轰然扑向雁河后，太岁村就彻底没有了桥。没有桥，同外界就断了联系，这怎么行呢？可当时村里人根本没有能力修建一座桥，没办法，几根圆木两两衔接，往雁河上一搭便成了桥。

从此，太岁村人就少不了在雁河上练习平衡术，时间一长，居然有不少人掌握了负重走独木的本领。当然情况也并非全是这样，这雁河每年总以两样面目示人，旱季，窄窄浅浅，温顺委婉，人不走独木桥，踩石头便可以过河，可一到汛期，就变得狰狞暴戾，特别是雨水涝的年份，沿途大量雨水的汇入，使夹山沟里的雁河变宽暴涨，浊浪汹涌，往往连独木桥也给淹没了，这时候不走独木桥没别的法子，人们就只好挂着棍子，在桥上摸索着走。

每年这时候，最麻烦的就是成熟的庄稼和上学的娃娃，这两样都等不得，村里人只好一趟趟送出去，背回来。这样难免就会发生些人掉进河里，庄稼牛羊被水冲走的事。反正每隔个三两年，雁河就要耍点脾气，不是人掉下河淹死，就是牲畜被大水卷走。

村里人都想修座桥，特别是生产队长赵解放，正是风风火火干事的年龄，这想法没有一天不在他心里翻腾，这也是他在视察的领导们面前夸下海口的真正原因。视察的领导们走后，为修桥，赵解放先后召开了三次村民会议，商讨怎么个弄法。

赵解放要大家群策群力想办法。这个只有 52 户人家，却有 20 多个姓氏的村庄，多是当年避难逃荒落脚此地的山南海北客，异姓既非宗亲同族，又无血缘关系，不用说人心是涣散的，基本上是各自为政，反正，在太岁村里干点什么事儿都难。

修桥的事，起先大家热烈赞成，但一说到要集资出劳力时，一个个装聋作哑，变成了木头桩子。见村里人光埋头抽烟纳鞋底不表态，赵解放说："修桥不是谁家屋里的事，是大家的事，既然是大家的事，就都得想办法。"

开导再三，村民们终于开口发表意见了，结果是摆了一河滩困难。赵解放是个火性子，一听这些话就躁了，他说："叫大家伙来不是摆困难的，是叫你们想办法的！"

村里人说："想什么办法？吃喝都是问题，哪来的钱修桥？"赵解放说："吃喝是问题，没钱也是问题，但桥还得修。"于是，村民们又展开了讨论。很快，赵解放就听到一些叫人十分生气的话，有人说这不是威逼难为人哩吗？日子都过不到前头去，哪有力气和钱弄那事？有人说，咱多大本事端多大碗，没本事就不要胡咧咧。更气人的话在后头，说，还不是想去芦子川大队当那个到处吃瞎账（好处）牛皮哄哄的大队长，才在大领导面前胡吹冒撩夸下海口，看这日能东西怎么收场。

赵解放一颗热辣辣的心顿时凉了半截，他觉得太岁村人太小看他了，把他满腔赤诚的心意给严重歪曲了。赵解放感到悲愤和难过。但他是个强性子人，他犟着脖颈儿想，既然你们这样想，那我还非得弄出点名堂来给你们看。

那天，赵解放的脸先是一阵赤红，继而是乌云一般黑沉。他说："我是头脑发热在大领导面前夸下海口，但我得严重声明一下，本人决不是冲那个到处吃瞎账的大队长才夸下海口的，"他用凛然不可侵犯的目光扫视了会场一圈，说，"请问，我不夸这海口咱就不修桥了吗？咱不种庄稼，娃娃不念书，大家伙不出来进去走了吗？还继续让河水把老人娃娃冲走吗？"他一气子说出这么多话后，当即就后悔了，不由满怀歉意地在人堆里寻找梁满仓的家人。

梁满仓的弟弟有仓为驱赶被洪水冲散的羊群淹死才没多少日子，按说不该提这事，但赵解放觉得打蛇打七寸，说话戳痛处，没有什么比这个更有说服力，将心比，都一理，他旨在唤醒村里人。好在梁满仓的父亲人木讷，倒没什么反应。

这年夏天，"乔司令"一行来到太岁村视察工作。他是这个地区最大的父母官，不知此绰号是否因他在部队的职务而起，反正陪同的人都叫他"乔司令"。看到太岁村人近乎原始的生活状态，"乔司令"内心大为震惊，他在连说乡亲们受苦了时，几度眼眶发红，声音哽咽，显得十分忧国爱民。趁此机会，赵解放大胆说起了修桥的事，当然主要是摆困难。赵解放想，只要"乔司令"发句话，修桥的事就不愁解决不了。

"乔司令"认真听完赵解放的话后，让县革委会主任表态。县革委会主任拍着赵解放的肩膀对他的想法先是一通肯定，赵解放以为接下来就要谈该如何解决问题了，谁知人家让他自己想办法。

面对众人不解的目光，县革委会主任说了下面一席话："县财政困难的程度大家无法想象，一条贯通南北二原，不足一百公里的公路，修了整整五年还没有竣工，什么原因？不就是咱们鹣鲏县太穷，拿不出钱来嘛！"他用一种谨慎却又带点委屈的口气接着说，"可是，急需花钱的地方又实在太多了……"连赵解放也听得出，这话主要是说给"乔司令"听的。

双手叉腰，将上衣披在肩头的"乔司令"若有所思地听完后，目光深邃而坚定地望向远方说："是啊！国家现在百废待兴，各行各业都急需搞起来，到处都一样，需要花钱的地方确实太多了。"

"乔司令"将肩头的上衣往前簸了簸，转身鼓励赵解放说："当年我们处境那么艰难，依靠陕北革命根据地，自力更生都能打赢战争，最后取得全面胜利。跟当年比，眼下这点困难算什么？你们年轻人有的是干劲，有的是想法，一定会把事弄成的。"

当时群情激动，大家热烈鼓掌，都说"乔司令"高瞻远瞩，讲话鼓舞人心。在这样的氛围中，公社革委会主任怂恿赵解放当场表态。老革命出身的"乔司令"用他那握过枪的大手握着赵解放粗糙的手，用满含期待的眼神热切地望着他。狂热的赵解放一激动，当即就表了态，表示一年内，一定想办法在雁河上建成一座桥。

"乔司令"大为高兴。陪同的人拍手叫好。"乔司令"拍着赵解放的肩膀，笑着对公社革委会主任说，这样年轻有为的青年人为什么不选拔到生产大队或公社去工作呢？这话让赵解放激动万分，他仿佛看见了自己的锦绣前程。"乔司令"走时同赵解放相约，第二年一定来看太岁村建成的桥。

视察的领导们一走，赵解放的头脑马上正常了，一分钱都没有，拿什么去修桥，修桥又不是在嘴里修，他吓出了一身汗，不知道自己卖下的大嘴，最终如何收场。

为修桥，太岁村召开第四次会议时，有一家没有人来，这是赵解放批准了的，因为这家人遭了难。但正是这家人没有来，大家伙儿才想出了修桥的办法。

那天一开始，村里人照例抽闷烟、纳鞋底，一个个愁眉苦脸，好像逼粮要账的年三十找上门来了一样。令人压抑的气氛最终被为人精明的郭抗战打破："我倒有个好办法，说出来大家伙看成不成？"他的眼里闪烁着智慧的光芒。赵解放让赶紧说。郭抗战说："我说了，大家可别说我不仁不义。"村里人都一眼不眨地望着郭抗战。赵解放连连催促，郭抗战才试探着说："我们何不把梁家的钱借过来？现在全村就数他们家最有钱，而且钱码码不小。"

所有人都哦了一声，显出不知是吃惊还是恍然大悟的样子。对啊！他们怎么就没有想到呢！梁家近些日子突然发财了，成了太岁村的首富，那笔钱的数目让他们想都不敢想，要知道当时工分一天值二毛钱，小麦一斤一毛七分钱，那是多大一笔钱呀？这些孤陋寡闻的人完全想象不出，也许全鹦鹉公社的钱比这个也多不了多少吧？

这想法连赵解放也没有想到，他愣住了，沉思片刻问："大家伙觉得这钱能借吗？"

又是一阵低头抽闷烟的叭嗒声，纳鞋底的哧溜声。过了一阵，有人发表意见说，这桥咱哪怕不修都行，梁家的钱是万万不能借的。另有人说，是不能借，短短几个月殁了两个儿子，咱们不帮人家，反倒给人家的钱打主意，这像话吗？大家都随声附和，都说梁家的钱坚决不能借，那是人家儿子流血牺牲的钱，咱不能这么不够人。

推倒郭抗战的建议后，大家又商量了半天，却商量不出个所以然来，因为村里好多人家连十块钱都拿不出来。但自从郭抗战提出向梁家借钱后，大家就变得若有所思，或是有些心猿意马了。最后还是郭抗战又给了大家新的思路。

郭抗战慢悠悠地说："我倒认为这钱能借。大家想啊，梁家两个儿子不都殇了吗？往后他家不就没劳力挣工分了，这样他们吃啥喝啥？钱总不能直接吃吧？虽说他们现在有钱了，但死水怕勺舀，再多的钱也有花完的一天。"郭抗战接着说，"这回梁家两口子的身体肯定就跨了，不信大家走着瞧，遇上这么大的事，铁人也会撑不住的。那么问题来了，往后谁来照顾他们呢？他们虽是有钱，但钱也不是万能的。不如把这钱借过来，我们全村人来照顾他们，给他家两个儿子把工分划上，年终算账分粮时，无非是各家各户少分一些，然后呢，等我们日子好了，钱足便了，再还给他们，这不是一举两得吗？"

大家都觉得郭抗战的分析在理极了，但为了显示自己够人，又都像不赞成似的没有当即表态。过了一阵，有几个人问赵解放怎么办，赵解放也不知道怎么办，他圪蹴在地上，只是挠头。

过后赵解放才发现，其实全村人都同意这么做，因为他们很快就全都转过来给他做工作，说他们的儿子从此就是梁家的儿子，而梁家两口子从此就是全太岁村人的亲人，大家信誓旦旦，表示要照顾他们到下世。这些情真意切的话，令赵解放既感动又担忧，他担忧大家只会说在嘴上。

借钱的事，赵解放自始至终心里非常矛盾，他是真不愿借梁家的钱，而并非村里人口是心非那样。那是什么钱？那是人家儿子血肉之躯换来的钱，不比得寻常的钱。赵解放心有不忍，也张不开口，但除此之外，又毫无办法，这似乎成了唯一的出路。

梁满仓借衬衣

梁满仓生于 1957 年，父亲给他取了这样一个朴素又实在的名字，直接表达了一家人想要吃饱肚子的愿望。

梁满仓参军那年 21 岁。梁满仓出去参军，是为寻条出路。他家情况当时很具体，母亲患子宫脱垂不能干重活，弟弟又聋又哑不顶事，他常年在学校念书，家里就只有父亲一个劳力。一个劳力挣工分，四张嘴吃饭，肯定要饿肚子。即便如此，父亲还是干粮盘缠，把梁满仓一直供到了高中毕业。这个目不识丁的老农民，深知知识改变命运的道理，他殷切地希望儿子通过念书，能端上公家饭碗，但梁满仓高中毕业后还是回到了家里务农，这让做父亲的失望，让做儿子的愧疚。

当时赵解放是生产队长，梁满仓跟他颇能合得来，他们常在一起探讨村里的人和事。两个人都是有点想法的人，都想着怎么能把村子的贫穷现状改变一下。他们惺惺相惜，却又常常陷入无能为力的苦闷中。梁满仓经常说，如果他有钱，第一件事就是给村里架桥修路，他们一致认为，路不通，什么事也干不成。

梁满仓去参军，赵解放鼎力相助。一方面，他同梁满仓关系好，既把他当兄弟，又拿他当朋友；另一方面，还有梁满秀一层关系，赵解放和梁满秀曾偷偷相好过，但梁满秀最终嫁作他人妇，因为他们相好的时候，她跟人订婚已经好几年了。因着这两层关系，赵解放竭力向大队和公社推荐梁满仓，想法设法让他走出去。从当时的现状来看，已经成家的赵解放是没有任何出去的希望了，正是对梁满仓心里的苦楚感同身受，赵解放才全力以赴支持梁满仓离开这个鬼地方远走高飞。不能不说，这里头有他的一份愿望。梁满仓出去参军的另外一个原因，与一件衬衫有关。

有一天，何红灯叫梁满仓去她家走一趟，那时农村女子不敢直接跟家里人说自己谈了个对象，人们普遍认为那是伤风败俗的行为。因此，只能美其名曰说是同学。何红灯叫梁满仓去她家，就是希望家人能看出点什么来，顺带看看他们的反应。

梁满仓对此事很重视，去之前找赵解放借衬衫和自行车。他穿着又窄又短的新衬衫，带着还算厚重的礼物去何红灯家时，果然让她家人看出了点什么——此同学非彼同学也。他们在看出了点什么后就开始盘问梁满仓家的情况。之前一家人还比较热情，得知是太岁村的时，何红灯家里人当即就变得爱搭不理的。

为缓解尴尬，何红灯提议去村子周遭走一走。在路上，何红灯的二哥扯住梁满仓一弯腰就露出脊背的衬衫说："这东西你们村的年轻人十有八九都穿过吧？听说太岁村人有出门借衣服的习惯。"就在梁满仓面红耳赤，窘得不知如何是好时，一个听到他们谈话的邻居问："你们太岁村人是不是像鸭子一样都会凫水？"出于警觉，梁满仓没有立即回答。邻居笑嘻嘻地接着问："有河没桥，咋能不会凫水？太岁村人肯定个个都是游泳健将。依我看，国家就应该到你们村去选拔游泳运动员才对。"说完，邻居和何红灯的二哥笑得弯下了腰。虽然是揶揄开玩笑的话，但对自尊心极强的梁满仓来说，已是莫大的侮辱了。

何红灯的母亲跟梁满仓谈话时说，她家花灯、雪灯找的对象不是干部，就是工人，总之，家庭条件都不错。红灯人长得出众，又念了一肚子两肋巴书，怎么也得找个穿四个兜的干部。她掰手指头算起给红灯介绍的对象都有谁谁谁。梁满仓一听，全是比他不知强了多少倍的，不由低下头咬住了嘴唇。最后，何红灯的母亲直截了当地说，红灯找对象绝对不找太岁村的。但总算没有赶净杀绝，她补充说，穿军装的倒是可以考虑。

梁满仓那天的心情由风和日丽变得阴沉灰暗。回家时，他神情阴郁地告诉何红灯，要么永远不再来，要么穿着自己最体面的衬衫来，说完头也不回地走了，留下何红灯在山口怅然伫立了好久。

梁满仓那天一回到太岁村就心急火燎地找赵解放商量，表示他无论如何也要去当兵，这似乎成了唯一的出路。梁满仓说："出去当几年兵，穿身军装回来好娶何红灯。"赵解放嘲笑说："就这点出息？亏你还是个高中生。参了军，只要在部队好好干，就会提干。提了干，前途就会一片光明。前途一光明，啥事就都好办了。到那时，别说何红灯家里人不同意你，你还不一定同意她呢。"

有了赵解放的鼎力帮助，1978年春季，梁满仓当兵非常顺利。送兵的时候，赵解放去了，同去的还有满仓的父母，哑巴弟弟有仓，姐姐梁满秀和何红灯。那天，身穿簇新的绿军装，胸戴大红花的梁满仓在一众新兵里边显得格外出众。想到他头脑灵活，既能干又肯吃苦，还是个正儿八经的高中毕业生，赵解放心想这是个好兵苗子，没准在部队里能干一番事业呢。当满载新兵的大卡车开走时，追着车跑出好远的何红灯和梁满秀哭得十分伤心，简直就是生死离别的样子。当时赵解放还开玩笑说，女人就是眼窝子浅，又不是这辈子见不着了。谁曾想，这辈子还就是见不着了。

时间很快到了第二年夏末。某天，偏远的太岁村突然来了几个陌生人，他们把吉普车停在雁河岸边，战战兢兢走过独木桥进到了村里。鹦鹉公社的干事和芦子川的大队长神情严肃地跑在前头，让赵解放把来人往梁满仓家里带。

来人里头有两个穿军装的年轻干事。赵解放暗想，莫非梁满仓在部队立功受奖了，部队派人给家里报喜来了。又一想不可能呀，梁满仓在云南当兵，那么远，部队的人咋可能来？很快，赵解放就有了一种不祥的预感，前段日子，部队在广西云南那边跟越南人打仗，难道梁满仓出事了？

在梁家，所有人都站在院子里。因为除了院子，梁家没有一处可接待七八个人的地方，何况他家还没有那么多凳子。部队干事体贴又尊敬地搀扶着梁满仓的父母，尽管四十多岁的他们并不需要搀扶。

一开始，部队干事问梁家人知不知道梁满仓上前线打仗的事。梁家两口子变得紧张起来，都说不知道。他们是真不知道，因为他们不识字。梁满仓平时写给家里的信，寄来的钱，都是通过姐姐转交的。不知是出于保密，还是怎么回事，上前线打仗的事，连赵解放也不知道，梁满仓几个月前给他的信里根本没有提及此事。

部队干事脱下军帽，沉痛地告诉他们梁满仓牺牲了。

干事把牺牲的情况大致讲了一下，梁满仓的部队是这年二月份上的战场。三月中旬，他们连的一个小分队在掩护大部队撤退时，陷入了越军的包围圈，好几名战士至今下落不明。由于已经过去了好几个月，估计人已经牺牲了。至于牺牲在哪里，暂时还没有搞清楚。梁满仓被部队评为烈士，这些人此次来是处理后事的。

部队干事带来了450元钱的抚恤金，16元梁满仓生前积攒的还未来得及寄回的津贴，以及他的一些遗物。遗物里有一封梁满仓上战场前写给家里人的信。

干事怕有什么遗留问题，让赵解放把烈士的信当众念一下。梁满仓在信里说，从部队准备开赴前线到马上要战场，他一直没有告诉家里，是不想让家人担惊受怕。梁满仓说，养兵千日，用兵一时，身为军人，不仅仅是和平时期站站岗，放放哨，更主要的是关键时刻义无反顾地奔赴前线，上阵杀敌，这是军人的职责，再正常不过，叫家里人不要怕，也不要想法太多。

烈士信中写给父亲的话最多，叮嘱老咳嗽的父亲背部不要受凉，最好是白天黑夜夹袄不离身；他希望父亲多体谅母亲，不要再对她吆五喝六，不要让她干重活，免得又犯老毛病；他牵挂哑巴弟弟有仓，恳求脾气不好的父亲不要随便打骂他，说他听不见，说不出，本身就已经很可怜了；他半开玩笑半认真地让姐姐改改鸡毛猴性子的坏脾气，说除了姐夫，这世界上没人受得了，女人嘛，还是温柔些好。

梁满仓在信中还说，如果这次他能活着回来，有三个心愿一定要实现，一是带母亲去大医院，看好她的病；二是在部队好好干，争取提干，好把何红灯娶过来；三是和赵解放想办法给村里架桥修路。梁满仓在信中又说，如果他"光荣"了，那就对不住所有人了，父母恩也只能来世再报。除了诸多叮咛，他要家里人答应他两件事，一是无论什么情况，都希望家人多多保重，好好生活；二是如果他不幸牺牲了，希望家人不要向政府和部队提任何条件。在这封信的结尾，梁满仓却又十分自信地说，老天会保佑他的，他一定能活着回来，而且还会在战场上立功受奖，叫家里人等着瞧。

那天，梁满仓的父母并没有放声恸哭，他们大张着嘴巴，如泥塑木雕一般傻呆呆地听着，最后双双瘫软倒地。大家争相去搀扶，两人挣扎了半天，还是没能站起来。民政局的干事带来了一张烈士证，400元的补助金和一些慰问品。两个干事极为诚恳地做检讨说，人都牺牲几个月了，由于种种原因，未能及时通知烈士家人，属于他们工作上的严重失职，请求梁家二老原谅。

老半天，老梁才回过神来。他说："人都殁了，迟通知早通知还不都一样。"浑身颤抖的女人抓住部队干事的手问："我家满仓是不是在战场上犯什么事了？"部队干事说："没犯事呀！满仓在战场上很勇敢，牺牲得很光荣。"干事又补充说："在部队这一年多，满仓表现很出色，正考虑后边给他提干呢。"

女人陷入疑惑当中："你们说人都找不见了，咋知道他是勇敢的？"干事说："他一向是勇敢的，再说战场上有和他一起作战的战友呀。"听到这里，脸色苍白的女人才哆嗦着吼出一腔来，那一腔真是撕心裂肺。

来人走的时候，老梁说："这钱我们不能要。"

部队干事歉疚地说："确实是有些少，但部队现在就这么个标准。"

老梁说："不是。"

干事问："那是什么？"

老梁说："我伯、我大哥都是抓去当兵死在战场上的，也没见谁给过一分钱，这次我们咋能向国家要钱呢？再说，满仓在信上也说了，不许我们向国家和部队提条件。"在场的人眼圈都红了，一个民政干事说："那是什么时代，现在是什么时代，过去哪能跟现在比。"他们再三解释说："不是你们向国家和部队提条件要钱，而是国家主动补偿给你们的，这是你儿子流血牺牲的钱，你们不要，会难为我们的。"好说歹说，推来让去，老梁总算把钱收下了。

当来人知道这对老实巴交的夫妻在短短的几个月内失去了两个儿子时，他们全都忍不住流下了眼泪。部队的两个年轻干事一个比一个哭得伤心，一个把身上的30多元钱全掏出来，另一个把手上的手表抹下来，硬送给了梁家两口子，他们说这是梁满仓战友的一点心意。

一天黄昏，赵解放领着副队长、出纳、保管员和郭抗战几个人去梁家。在梁家大门口，他们同时感觉到自己沉重的脚步实在难以迈进那道低矮的门槛。踟蹰再三，最终他们还是进去了。那时，距离部队来人走了刚好 20 天，他们之所以这么急，是怕夜长梦多，怕这笔钱会另做他用。

一行人进到黑黢黢的窑洞里，辨认了好一阵子，才发现梁家两口子双双死人般躺在炕上。家里冰锅冷灶，显然久未开火。他们环顾四周，发现只有被烟熏得油津津黑的窑壁上贴着的烈士证是醒目的，那是那个家里唯一鲜亮的东西。当看到那张烈士证的时候，他们仿佛被什么突然灼痛了眼睛，几个人同时不由自主地将头扭向了旁处。他们试探着，极为小心又十分诚恳地说明了来意，说的最多的当然是如何照顾梁家人的事，他们带去了村里人情真意切的话。结果是，梁家两口子起都没有起来就拒绝了他们。他们去了那么长时间，老梁只说了两个字，不借。

何红灯背石头

虽然赵解放去了梁家三次都没有借到钱，但还是开工建桥了。赵解放当时心里憋着一股子气，这股子气让他有种做不成事誓不罢休的劲头。他要学愚公，哪怕修上十年八载，也要把这座桥修起来，不能让人认为他赵解放只会编大话，不能叫人低看他。

何红灯当年来到太岁村背石头，很多人都觉得无法理解。这女子为什么要来背石头？这是太岁村人怎么都想不明白的事情，毕竟梁满仓已经不在了，不在就与她没有任何关系了，而她为什么还要来背石头呢？

太岁村的年轻人说这就是"生死相许的爱情"。太岁村人就被这"生死相许的爱情"深深感动了。当年他们岂止是感动，简直是被震撼了。他们从来都相信，爱情只是偶尔出现在银幕上，欺骗他们抛洒热泪的虚假的东西，如同天上的星辰，于他们来说是遥不可及的，他们卑微地认为，像他们这样的人是不配拥有爱情的。可没想到现实生活中的爱情故事就发生在他们身边。他们觉得梁满仓这短短的一生，有这么个女子死心塌地爱他也就值了。

太岁村人企图跟何红灯搭话，以了解她内心真实的想法，但何红灯只用蛇皮袋子背石头，一句话也不说，仿佛是个哑巴。事实上，那段时间她如同患上了失语症一样，表达变得十分困难，从得知梁满仓牺牲的那天起，她就变成了那样。

梁满仓牺牲的消息，何红灯是在生产队干活时听到的。当时她竭力控制着自己的情绪，不想让人看笑话。好不容易等到晚上回家，一进家门，这女子就将自己关在屋子里失声痛哭。她无论如何也无法相信这样一个事实。何红灯哭一阵，想一阵，呆一阵，然后继续哭、想、发呆，一遍遍看梁满仓从部队写给她的那些信。也许是不想让何红灯担心，在最后一封信中，梁满仓一如平常，丝毫没有透露他要上战场的事，她就这样折腾了一夜不曾合眼。

第二天，何红灯的父母发现女儿不会说话了，他们吓坏了，忙带她去看中医，过了几天，声音总算出来了，但从此，人变得神情恍惚。父母怕何红灯想不开会干出什么蠢事来，就给端吃送喝，不停地来安慰劝导她。

父亲说，娃是个好娃，死得确实太可惜了，但打仗哪有不流血死人的？他掏心掏肺地对女儿说，瓜女子，你跟他才有几天，能有多深的感情？人跟人真正睡在一个炕上，生了儿，育过女，那才算真感情。你们年轻人谈对象，只要没结婚，就都是镜里头照娃娃，离真正的感情还差得远的很呢！

母亲说，你又没跟他订婚结婚，所以不用伤心难过。你要真跟他结了婚，他死了，你还不活了？何红灯听得实在忍无可忍时，将父母推出门外，顶了门，一个人待在里头。她父母愈加不放心，在外头轮番上阵用大道理劝导她，嘴里表达着对梁满仓的同情，心里却觉得这未必不是一件好事。他们相信这是上天的有意安排，因为他们根本就不同意这门亲事。

何红灯是家里的老小，几个哥哥姐姐都没读多少书，唯有她读到了高中毕业。因为书读得多，她就显得与众不同。但又能怎么样，高中毕业后，何红灯还不是跟梁满仓一样，心不甘情不愿地回家当了农民。

何红灯回家后，既不跟何家坪的那些大女子小媳妇得空就扎堆做针线活、兴致勃勃地探讨她们认识的每个当婚论嫁女子的婚事，又不见跟哪个知心女同学走动，而是独来独往，很少和人搭话。村里人都说何红灯高傲，何红灯也承认自己高傲，她觉得自己就应该高傲，就像一只天鹅落在鸡群里那样。其实早在之前，随着年龄的增长，随着读的书越来越多，见的世面越来越广，她相信自己未来的人生，跟何家坪这些女人的人生是完全不一样的。

何红灯瞧不起身边这些女人，包括她的母亲和两个姐姐。她不想活成她们那样，长大、嫁人、生娃，成天为家人的衣食操劳，像磨道里的驴，被人套住，只能绕着固定的圈子浑浑噩噩转一辈子。何红灯认为她活在世上首先得有事干，比如当医生、教师、公社干部什么的，或者招工进城当工人，其次才是婚姻家庭生活。何红灯特别想当个小学老师。在这一点上，梁满仓尤其赞成她的想法。他认为，女人往往比男人更优秀，完全没必要把自己的一生完全奉献给生育和家务，而应该到社会上去做事，贡献自己的一份力量。

梁满仓说过，如果他们将来结了婚，只要有机会，他会支持何红灯出去做任何事情，他认为女人同样应该实现人生价值。对于女人的尊重，是何红灯最为感动，也最为高看他的地方。在他们这种小地方，能像梁满仓这样，把女人当人看真是太难得了。

尽管高中毕业后何红灯回到了家里，每天去生产队参加劳动，同一个社员并无二致；尽管前途渺茫，似乎没有任何出去工作的希望，但何红灯一有时间就读书学习，她总是把课本摞在炕头上，便于随时翻看。虽然从暂时看来，读书学习已经没有用处，好像完全可以丢开了，但何红灯不这么想，她一直记着高中毕业前老师说过的话，"机会永远留给有准备的人，只有时刻准备着，它才有可能降落到你身上。"何红灯在迷茫中一直坚持读书学习，是因为她坚信，有一天一定会排上用场的。

何红灯的父母见女儿成天不哼不哈，一有空就将脸埋向书本，他们不知她的所思所想，只觉得书念多了反倒把女子害了，他们担心何红灯自恃清高会影响找对象，毕竟这么大的女子回到家，主要任务就是找个好对象。

何红灯从学校回到家里后，上门给她介绍对象的人可谓是络绎不绝，但都没有结果，据说多半原因是这个"人物尖尖"不同意。其实，何红灯早有对象了，只不过是她不敢把这个对象告诉家里人，因为他是太岁村的。

梁满仓牺牲后，何红灯的心里充满了无尽的自责和深深的痛苦，她认为梁满仓的死自己有不可推卸的责任，因为她心里清楚，梁满仓参军的动机并非如征兵宣传的那样——保家卫国，而是为了"自己最体面的衬衫"。何红灯认为，如果不是因为在她家受到的那些刺激和侮辱，梁满仓未必会去参军。不参军，也许他就只能穿补丁重重摞摞的衬衫，但最其码人活着。她想即便如此，她照样愿意嫁给他，没有谁能真正阻止她。

那些日子，何红灯一直在非常固执地思考一个问题，虽然这个问题对她来说已经没有任何意义，但她忍不住还要去想。她希望能找出一些确切的时间、具体的地点和相关情节，她需要证明有这样一个人存在过，他们羞涩又认真地爱着对方；她需要在求证中缓解近乎要击垮她的悲伤，她不想让自己那么脆弱空虚。但她发现很难，她很难搞清楚自己所想的事情，悲伤只会让人记忆变得模糊。

何红灯每天早上骑着自行车来，晚上收工后独自返回。何红灯背着石头，低着头走在太岁村人的队伍里，她那冰雪般的脸上没有任何表情，她甚至想给自己的脸上涂满泥巴，好让别人不要看到她那无法形容的悲伤。背石头的何红灯只固执地想一个问题，那就是她是何时喜欢上或爱上梁满仓的。

也许是从那重重摞摞的补丁衣服开始的，梁满仓衣服上补丁的颜色、形状之杂多无人能比，但丝毫无损他俊朗帅气的形象；也许是从那一头总是洗得很松散的黑发开始的，他在篮球场上奔跑、运球、投篮，那头发忽而如松针一般根根直立，忽而像烟花一样四下散开。

　　起初，他们关系并不好。排练《红灯记》时，梁满仓演李玉和，她演铁梅，但李玉和对铁梅并无半点关爱，相反在对戏的时候，总爱用嫌弃的眼神盯着她质问为什么老记不住台词。她很是难堪，觉得这人对人真是有些过分了。

　　还有更过分的事情，有一回往礼堂搬桌子，为了少走路，一帮学生直接从礼堂口往上爬。在这过程中，自然少不了拉拉扯扯。"铁梅"往上爬的时候，一帮男生呼啦啦跑来帮忙，上头拽的，下边推的。她红着脸尖声喊叫时，一个男生让已经上了台的梁满仓搭手帮忙。梁满仓说，自作多情的人已经够多了，我就不凑这个熟闹了。

　　爬上台后，她相当生气，要他解释什么叫"自作多情"。梁满仓振振有词地说，帮助一个不需要帮助的人，就是自作多情。她挡在他前面问，你怎么知道我不需要帮助？他没有回答她的问题，却反问，刚才有人爬了三四次都没爬上来，里头也不乏女生，他们为什么视而不见，而你爬的时候，个个都能看见你需要帮助，这不是自做多情是什么？那天她气得满脸通红，无言对答，她想不通这个人为什么偏偏跟她过意不去。

　　那次的事情固然令何红灯难堪，事后她却一点也不记恨他，她这人就这么奇怪，非但不记恨，反而还有些喜欢他，她很高兴自己在众多的同学里找到了一个与众不同的。他就是那样一个人，也许是出于本心，轻易不会随声附和大多数同学的观点，他敢于对某些事情发表自己不同看法，她时常记得他那略带点愤怒的神情。

　　她清楚地记得当年走近他身边时，嗅到他那特有的味道时的心旌摇曳，那是一股淡淡的，微微带点汗味，有点倔强，却又舒展的男子汉气息，也许那时候，她已经深深爱上他了。

　　何红灯来到太岁村背了半个多月石头时，一个中年男人寻到工地上来了。那人在人群里找到何红灯，一把将她逮住。"你给我往回走，"那人压低声说。何红灯不吭声。那人又说："老大来找过你一回，我今天再来找你一回，"他用凶狠的眼光盯着何红灯低声吼道："我再说一遍，你乖乖给我往回走，不然，看我怎么收拾你。"

何红灯站着一动不动。有人认出来者是何红灯的二哥，村里人记起，前几天也有一个男人来过。那次，那个男人的脸阴沉的像锅底一样，他同何红灯站在路边说了好大一阵子话后走了，那应该是大哥。

何红灯的无动于衷让二哥恼羞成怒，他怒目圆睁，牙齿咬得咯嘣响的同时，抬腿踹过去两脚。何红灯踉踉跄跄往前跑了几步后跪倒在地上。二哥骂道："天天跑到这里干什么？背个什么石头？你是个什么身份？家里人给你好说歹说多少次了，为什么不听，你还有没有羞臊？唯恐天下人不知你跟这个死人搞过对象是不是？"

在何红灯的家人看来，何红灯应该否认这段关系，应该懂得掩饰才对。因为这种行为不仅不会被人看作有情有义，反而会遭人耻笑，会让他们家蒙羞。何红灯被身边的女人拉起后，背着石头，弯着腰站在那里任由二哥打骂。她一句话都没有，嘴被牙磕破了也没有去擦一下。

太岁村的人都跑过来劝架，叫何红灯赶紧跟二哥回去。何红灯并没有听从大家的建议，而是继续背石头到天黑。这件事让太岁村人在大受感动的同时开始自我反省，他们看到了自己的自私自利。从那天起，太岁村人就鲜有人装病请假、摆困难了。

那天，赵解放送何红灯回去时，忍不住问她为什么要来。何红灯说不知道，反正就是要来，是身不由己要来。她说只有来背石头，才能使她心里好受些。赵解放心里想，一个弱女子都能如此重情重义，他一个大男人家还有什么好说的呢？就是拼了命也要把桥修起来。

何红灯被二哥打了之后，继续来背石头。何红灯当年来到太岁村，除了鼓舞士气，还起到了另外一个意想不到的作用，没有何红灯，那座叫梁满仓的桥就修不起来。

太岁村人背了差不多两个月石头时，有一天，梁家两口子到工地上来了。在炕上睡了那么长时间，他们头发蓬乱，胡子拉碴，好像从山洞里走出来的野人。本就瘦弱的他们变得更为羸弱苍白，走起路来摇摇摆摆，像两个纸人一样。他们对赵解放说自己想通了，愿意把880元钱全部借给村里修桥。猛听到这话,赵解放既惊讶,又高兴,他感激地就要给他们跪下磕头了。可很快,他便陷入矛盾之中。从内心说,他实在不愿借梁家的钱,但不借又别无他法,所以钱拿到手后,他着实难受了好些日子。

梁家两口子从把钱拿来的那天起,就跟村里其他人一道往工地上背沙子和石头,他们是那样的瘦弱,一阵大风都能刮跑似的,但却一天都没有停歇过。很快,他们的头发就像秋天的芦苇一样雪白了。

一共是1200元钱,除了梁家的880元,有290元是村里人筹集的,30元是何红灯的。何红灯的钱,有12元是自己的,6元是梁满仓寄给她的,他让她去扯两件好看的布料做衣服,其余的是花灯和雪灯给的,她们很同情妹妹。赵解放不忍心收何红灯的钱,何红灯哭了起来,这是她在太岁村的工地上唯一哭过的一次。何红灯说:"这钱你得收上,我是替梁满仓出一份子。"

何红灯把钱交给赵解放之后继续背石头,一段时间后,她告诉赵解放自己不能再来了。那年冬天,何红灯经公社推荐,走进一座破败的寺庙改建的小学,成为一名民请教师。她热爱那份工作,教书在鹦鹉乡小有名气。遗憾的是,12年之后,刚刚转为正式教师的她,在一个风雨大作的日子,从一座年久失修而倒塌的教室里往外抢救一个吓傻了的女孩时,被掉下来的房檩子砸中了头部,她就那样倒在了血泊中,留下一个叫等等的男孩。

梁满秀的愤怒

太岁村修桥还在背石头的阶段时,工地上闹过两次事。一次是何红灯她哥打何红灯,一次是梁满秀撕赵解放。

父亲把钱借给赵解放修桥的事,终究还是让梁满秀知道了,她一下子气疯了。那时她正处于失去两个弟弟的巨大悲痛之中,心中积郁的痛苦如地下炽热的岩浆,一旦找到出口,就会喷涌而出。梁满秀带着满腔悲愤在工地上找到赵解放时,他们昔日的情份已荡然无存,她变成了一只吃人的老虎。梁满秀撕住赵解放的衣服，对他拳打脚踢，破口大骂。梁满秀骂赵解放是坏了心肝的大骗子，咒他天打五雷劈，不得好死，逼他当场把钱还给父亲。她说这是她无依无靠的父母的养老钱。梁满秀不给赵解放任何解释的机会，赵解放只能在步步后退中本能地抵挡。最终，梁满秀把赵解放的衣服撕成了随风飘扬的旗子，把他的脸和脖子抓得满是血道子。

老梁怎么也拦挡不住疯了一般的女儿，只好抬手给了她两巴掌。随着巴掌的起落，老梁说："借钱的事，没有人哄骗我们，是我们自愿的。"梁满秀停下来，定定地看着父亲，简直不能相信这话是他说的。

老梁说："嫁出去的女，泼出去的水，我家的事不要你管。"梁满秀怔了片刻，又跟父亲闹起来，母亲拉她的时候，被她推倒在地。梁满秀哭声震天，骂声不绝，直到声嘶力竭。走时，她赌咒发誓，说从此要跟认鬼不认人的父母断绝关系，让太岁村人给养老送葬等等。后来，她果然有一年多没回过娘家。

事情闹成这样，赵解放心里非常难受，他问老梁怎么办，老梁只说了一句话，你修你的桥，别的事不管。

有这句话就够了。赵解放赶紧到处去找匠人，只有1200元钱，修多么小的一座桥都不够用，哪还有匠人的工钱。赵解放就没远没近，一个接一个去找匠人。每找到一个，都要给讲他们修桥发生的事。赵解放由此锻炼成为一个讲故事高手，一回比一回讲得曲折生动，感人肺腑。有时，他还会穿插痛哭流涕的表演，希望以此来打动匠人，引发他们的善心，少收或直接不收工钱，帮助他们建桥。但当时匠人出去做工要生产队派，他只好又去找生产队长求情下话。

一个多月，赵解放把鹦鹉公社的生产队全跑遍了，终于有四个生产队答应开春派人帮他们建桥。赵解放这才松了口气，回到村里继续备料。他们就地取材，在那年大雪来临之前，把建桥要用的材料基本准备齐全了。

赵解放外出找匠人的时候，并没有忘记梁满秀的事，梁满秀的事成了他心里的刺，他觉得正如梁满秀骂的那样，他就是卑鄙无耻，有趁人之危的嫌疑。同时，他又觉得自己委屈万分。好几次，赵解放特地绕道去找梁满秀，想推心置腹跟她谈一谈；想告诉她，人的卑鄙无耻，有时候是被逼无奈。可是梁满秀骂声不绝，拒绝与他见面。有一次，竟还放狗出来咬他。

2020 年深秋，上访者赵解放带领安然在看过一座叫梁满仓的桥之后，他们去往梁满秀家。赵解放说，拦住不让施工队拆桥的是梁满秀，打电话把他从银川儿子那边骂回来的也是梁满秀，所以，这次必须当面锣，对面鼓，和梁满秀把事情说清楚。

在去往梁满秀家的路上，赵解放说："事情一搁就是几十年，终于等到灾后重建要拆桥了，借此机会，政府无论如何得把这事处理一下，别让人骗子长，骗子短的再骂我了。"他看上去满腹心事，叹了口气接着说："我都 70 的人了，难不成还要把骗子二字背到坟墓里去？叫我好好过几年安生日子吧！"

梁满秀已经 70 多岁了，厉害人脸上自带三分，光看面貌，就知道是个不好打交道的女人。安然和赵解放走进院子的时候，头发花白的梁满秀正坐在一棵核桃树下，看着晒了一地的玉米棒发愣，家里没别的人，她的儿子媳妇都到地里收玉米去了。梁满秀起身跟安然打招呼，对赵解放不理不睬。

安然说，当年用梁满仓烈士的抚恤金给太岁村修桥的事，他已经知道了。他说这件事令他相当吃惊，当然也非常感动。他称赞他们是英雄的，了不起的一家人。

没想到这些话如导火索，点燃了梁满秀心中埋藏了几十年的愤怒。"什么英雄？什么叫了不起？"她脸上的肌肉抽搐起来，眼睛里喷射出火一样凌厉的目光，"当领导的光会拿大话空话哄老百姓，说这些屁话顶什么用呢？"她指着赵解放说："就是这个不要脸的大骗子，当年从我父母手中把我弟弟的那点流血牺牲的钱哄去修桥了，他们当时说得要多好有多好，可后来谁管过我父母？二老得病早早下了世，还不是因为没钱看病。而钱呢？钱让这个天打雷劈的骗子骗去了。"梁满秀由于情绪激动而满脸通红，她一只手捂着心口，说："这些年来，一想起这事儿，我心里就恨，恨太岁村的人，没一个有良心的，更恨这个骗子，巴不得他早点死掉。"

虽然梁满秀撕解放的事已经过去了几十年，面对梁满秀，赵解放还是显得心有余悸，像做了错事的孩子一般低着头，尽是皱褶的脸上写满了愧疚。看着梁满秀情绪失控，骂声不绝，安然搀扶她坐下，安慰她，给她讲道理。

安然说："大姐的痛苦，我感同身受，所以，心情完全能理解，但希望你冷静一下，"他接着说："大姐不要这么骂老赵，也不要怨恨他，当年他拿了你们家的钱，是为太岁村人办事，并不是为他个人什么私事。说句公道话，当年就那么个实际情况，从国家到个人都很困难，这事确实把你们一家人亏了。"安然看着赵解放说："老赵这一路上跟我说了很多，他觉得愧对你们家人，这成了几十年来他心里过不去的一道坎。"

梁满秀听后说："八九百块钱，放现在不值钱，可放在1979年，你们说值钱不值钱？"

那些钱在当时确实很值钱，在农村能娶三个媳妇，可以买五头牛，是5000多斤小麦的价值。说到这里，赵解放说起了梁满秀的父母把钱借给他的真正原因，他后来问他们是怎么想通的。老梁说，两个儿子，一个让洪水淹死了，一个牺牲在战场上，睡在炕上的那些日子，他们思前想后，觉得两个儿子没了一双，活都不想活了，要钱又有什么意思？老梁说，钱总会慢慢花光的，花光了就什么都没有了，而那些钱是儿子拿命换来的，叫他们花，他们也于心不忍。于是就和女人商量，不如拿出来修了桥，还算干了件正经事。一来修座桥对他们来说是个念想；二来大家伙日后必定会记得梁满仓，这对做父母的来说，也是个安慰。

老梁还说，他们固然缺钱，也太需要钱了，但如果没有这些钱，日子还不照样过，就没有庄稼人过不了的苦日子。他们想，拿这些钱修座桥，只要这桥在，一辈辈人就会一直记得梁满仓，这就等于他们的儿子活在世上。

另外让他们想通把钱拿出来的是何红灯，何红灯都能念及同儿子的那点情分来他们村帮助修桥，做父母的就不能不管不顾自己死去的儿子心中的想法，因为梁满仓不止一次说过，他要有钱，一定要给村里修座像样的桥。梁满秀默不做声地听着赵解放的叙述，这是几十年来，她第一次知道父母当年的所思所想，泪水顺着她的脸颊汩汩往下流。

　　第二年开春就开始建桥，无偿来帮忙的几个匠人都没修过桥，也没有图纸，只好拆拆修修摸索着干。那桥宽两米半，长十二米，两头依借山势而建，中间设计两个圆桥墩，虽然样子看起来笨拙，但真材实料，桥建得相当结实。材料除了水泥钢筋是掏钱买的，沙子是河里淘的，石头是山上挖的。那一年，因为建桥，村民把河滩地里的石头捡了一遍又一遍，使那些不被看好的土地从此疯长庄稼，往后年年多打粮食。修桥的日子，除了干农活，全村人几乎全在工地上，连小娃娃都跑来帮忙抱石头。

　　几个月后，工程结束，又是一段日子，木桥栏做好后往两边一安，一座还挺壮观的桥梁就横跨在雁河之上。赵解放特意选了日子，庆贺桥梁建成。那天，敲锣打鼓，鞭炮齐鸣，全村人激动万分地奔上桥，他们跟赵解放一样，怎么也无法相信，仅仅拿着 1200 元钱，完全靠人力，居然修起了一座像模像样的桥，虽然在外人看来，这桥实在不怎么样；虽然外边还有不少欠账，但并不影响人们的成就感。

　　当太岁村人沉浸于激动和自豪之中时，好些人想到了该给这座桥起个名字。他们说，这不是一般的桥，得有个了不起的名字。赵解放说了不起的名字早有了，说着他抽掉缠绕在桥栏杆上的一块红布，原来匠人早在那里刻下了"梁满仓桥"四个大字。村里人看到这几个字时多数沉默了，他们想起了很多事情。他们为忽略了一个最应当刻在此处的名字而深感惭愧。

　　那一晚时值夏秋交替之时，天朗气清，皓月当空，雁河上蒸腾着丝丝缕缕的雾气，喝多了的赵解放带着太岁村的人焚香奠酒。他跪在桥上喃喃说，满仓兄弟啊！我们拿你用命换来的钱，给咱太岁村修了座桥，全村人都会记着你的，也一定会照顾好你父母，你在天之灵就好好保佑我们吧。

说来奇怪，也许真的是梁满仓在天之灵保佑，梁满仓桥修起来后的40年里，太岁村不知经历过大大小小多少次水灾和地震，房塌屋倒，山体滑坡的事时有发生，但梁满仓桥不畏风雨，岿然屹立，不但桥体坚固结实未被冲毁，而且村里从此再未发生过一件洪水淹死人，卷走牲口的事件。

安然说："桥如其人，这算得上是一座英雄的桥，但是，"他话锋一转说："就算这桥这次依然没有被大水冲垮，就算这桥多么有纪念意义，但也已经完成了它的历史使命，不能再适应时代的需要了。"安然比划着说："太过窄小了，汽车到现在还是开不进村里去对不对？"他一口气说下去："社会在飞速发展，时代在大踏步进步，我们不仅要缅怀英烈，更要向前看才是。因此说，借灾后重建这个好机会，把这座40年的老桥拆掉，好好修座宽敞的新桥，我想这也是你们梁家所有人愿意看到的。"他诚恳地望着梁满秀，说："大姐有什么条件，现在提出来。"

"什么条件？"梁满秀喃喃自问。她啜泣着说："当年村上借我家的钱还没还呢，你说对不对？"她转头问赵解放。

赵解放说："对着呢！"这是两人闹掰后，几十年来第一次正面对话，赵解放有满腹的话要对梁满秀说。

梁满仓桥刚建成那一两年，生产队一有点收入，就赶紧拿去还修桥的外欠账了。两年后，包产到户了，大家各干了各的，变得越发自私起来。从那时起，生产队成了空架子，收点钱更加困难，给梁家还钱的事也就搁了下来。后来，随着政策的放宽，太岁村的一部分人迁回原籍去了，本就不大的村子剩下二十来户人家。人一少，更是无人谈还钱的事了，大家好像都忘了有这么回事。当然，老梁两口子从未催要过那些钱，也许他们当年借钱的时候心里就明白，那钱是有去无回的。

那些年，梁满仓的父母靠国家发放的补助金和救济粮过活，日子还过得去，可惜他们因为身体本来就不好，加之悲伤思虑过度，50多岁上先后都因病去世了。在此之前，赵解放因为修桥有功，被提拔到芦子川大队当队长去了，他一走，新队长认为这不是他任上发生的事，要赖拒不认账，村里人更是巴不得，大家当年对梁家人的承诺，一样都没有实现。

赵解放说村里人忘了，他没忘。几十年来，这事像根刺一样一直扎在心里，更何况梁满秀总在捎话带信骂他，这等于老在给他提醒。因为这事，赵解放多次找公社反映情况，但都没有结果。他也找过县上的领导，只是人事变化如走马灯，当年陪同"乔司令"下来视察的那个县革卫会主任，桥还没修好就已高升调走了，接任者对此事如同听神话，哪个会去管？至于那个大官"乔司令"，再也没见过。所以，这事情就不了了之了。

听了赵解放的叙述，安然对梁满秀说："这事确实让人心里五味杂陈，的确把你们家人亏待了，但事情年代久远，中间过程也很曲折复杂，找政府赔偿估计没有可能，但我愿意竭尽全力帮助你们达成心愿，只要不超出我们的能力范围，比如尽量帮你们寻找烈士遗骸，申请困难补助什么的，我都可以向有关部门反映，有什么想法，大姐爽快地说出来吧！"

在这个过程中，梁满秀的情绪渐渐得以平复，她挺直身板，伸长脖子朝太岁村的方向眺望着说："满仓当年牺牲后，国家已经给过我们钱了，国家不欠我们什么，还提什么赔偿的事？至于村上借我家的那些钱，我爹活着时就知道要不回来，他没打算要，我呢，不过是气太岁村人没良心，骂骂咧咧挂在嘴上，其实，也没打算要。"

安然松了口气说："既如此，大姐为什么要阻拦拆桥？你有什么条件，告诉我好吗？"

梁满秀的神情变得黯然，短暂地沉默后，她说："我能有什么条件？家里其他人都下世了，只有我一个活着，提什么条件都没用了，何况我弟弟当年写信专门叮嘱家人不要给部队和国家提条件，"她说得很轻，仿佛在自言自语。随即又说："其实我是舍不得拆掉那座桥，这么多年了，在我心里，总觉得那桥就是弟弟满仓。"她说："你们信不信？我老觉得是满仓变成了桥，每次去的时候，怎么看都觉得是我弟弟趴在雁河上。父母活着时常去桥上给满仓烧纸，有时在晌午，有时在夜里，我妈每次去都要难过地哭上好久，弟弟死在外面，尸骨不知道在哪里，父母就当这座桥是他们的儿子。父母下世后，我去桥上烧纸，我总在夜里去，我不愿旁人看见我悲伤难过。黑夜里，我在那桥上哭可怜的弟弟，哭父母，哭我自己。每次哭的时候，我都能感觉到满仓就在那里。我好像能听见他对我说，姐呀，你就甭伤心了，快回去吧，我已经变成桥了，想我了就来看看这桥吧！我又好像看见哑巴弟弟有仓打手势对我说，我跟满仓在一起呢，我们都挺好的。所以，我就想……"

梁满秀停顿下来，擦了泪水，看着安然说："新桥修好了，能不能还叫梁满仓桥？这桥以前就叫这名，我想让人都知道，这儿曾有一座很小的桥，是用一个叫梁满仓的年轻人的命换来的钱修的，我不想让大家忘了他，这就是我的条件。"

安然长长舒了口气，他没觉出轻松，心情反而沉重起来。同时，又为自己先前把人家想成这样那样而心中很不是滋味。沉思片刻，他说："大姐放心，这条件不难办，我会尽量满足你们的。桥修好后，我们就把这座桥命名为"梁满仓桥"，桥上刻上梁满仓的名字，在桥头立一块石碑，专门介绍烈士的事迹，让来来往往的人都知道，这是一座英雄的桥，让大家永远不要忘记他。"

赵解放严肃了一整天的脸终于舒展开来，像极了一朵皱菊。"我说嘛，这事到了安局长手里，还不简单得跟——一样。"他感激又快活地说道。梁满秀也变得高兴起来，眼睛看起来特别有神，她拉起安然的手，脸上挂着喜极而泣的泪，说："我替我们一家人谢谢你了。"

"老百姓还是很好的！到什么时候他们都是那么顾大局，识大体，那么朴实。"安然心里默默地想，他的眼圈潮红了，鼻子酸酸的。

安然的梦

满地红红碎碎的炮仗屑，踩上去软绵绵的，走过一座剪彩仪式刚刚结束的大桥时，忽然听到有人喊他的名字，安然觉得奇怪。环顾四周，参加活动的领导仪式一结束就走了，助兴的秧歌锣鼓队表演完也撤了，就连看热闹的群众都走光散尽了，在这座新建的大桥上，除了自己，空无一人，是谁在喊叫他？起先，有点辨不清声音的来处，他只好停下脚步，仔细地观察了一阵，然后才循声前往。最终，他确定，那隔一阵喊一腔的声音是从桥头某处传来的，那里矗立着一块巨大的喷绘牌，上面是绿野田畴，粉墙黛瓦的美丽乡村。

难道有人藏在这里？安然将头从侧面探过喷绘牌后面问："谁在叫我？"

还是没有看到人，在喷绘牌遮挡的桥头位置，安然看到方方正正一块白色大理石碑，上面刻着"烈士梁满仓纪念碑"几个金光闪耀的字，下面的碑文是红色的，如同一个个燃烧小火炬，紧邻石碑旁的桥柱上刻着"梁满仓桥"几个遒劲有力的大字。

四周有一种异乎寻常的寂静，安然突然感到心里发慌，忙问："谁在叫我，是谁在叫我？"一连几声，无人回应。"是梁英雄吗？是梁英雄在叫我吗？"安然再次问。他相信，一定有人藏匿在这地方，只是他看不见而已。可不论他如何问，都没有人应答，喊叫声也没有再响起。

这时，石碑后面的护坡上爬上一高一矮两个扛大锤的年轻人，他们嘴叼香烟，谈笑风生，走到纪念碑跟前，抡起铁锤就要砸。

安然厉声喝住问："为什么要砸纪念碑？是谁让你们砸的？"两个年轻人颇为诧异地收住手。高个将烟取下来夹在指缝间，挑衅似的望着安然，说："安局长应该比我们这些人清楚，现在主要宣传的是新农村建设，而不是一个死人。"

安然瞬间变了脸，愤然怒斥道："什么死人？人家是个英雄，你们不了解情况就不要胡乱说。"低个在纪念碑上弹了弹烟灰，鼻腔里挤出阴阳怪气的一声冷笑，说："就算是英雄，也是个过时英雄，没什么了不起的。再说，英雄又能怎么样？英雄能出钱给这地方修座桥吗？"安然瞪着那俩人说："英雄从来就没有过时的，我告诉你们，这里原来的桥还就是这个英雄出钱修的。"高个听了喷出笑来说："没喝酒吧，讲什么神话？你是说原来那座像模型一样的小桥？"低个嗤地也笑了，说："原来的桥是谁修的我们不关心，我们只知道灾后重建国家花了这么多钱来修桥，就应该宣传我们现在的成绩才对，而你作为交通局局长，竟然弄个死人碑子立在这里，不知道是什么意思，这样，恐怕上上下下都不会高兴吧？"

安然急得满脸通红，反问："在这立一块碑子，跟宣传当下的成绩有什么矛盾啊？再说这不是普通人的碑子，而是一个英雄的纪念碑。"

矮个说："再怎么说，还不是个死人的碑子。"

高个将烟头弹向空中，烟头划着弧线飞到纪念碑后面去了。他说："真是太玄了，马上就要剪彩了，我们才发现这里有块晦气的碑子，哎呀呀，可不得了啦！要知道今天是县上的一把手陪同市上的一把手来剪彩。当时可把咱们领导吓得不轻。现场砸，肯定来不及，而且影响也不好。于是，紧急把原本立在公路边的一块大喷绘牌移过来挡在这里，总算是有惊无险呐！现在，领导要我们立马把这晦气的碑子砸掉。"高个说这些话的时候，并不理睬安然，好像只说给低个听一样。

"快砸，快砸！电视台马上要来拍宣传片了。"高个命令低个。

安然内心的愤怒瞬间达到极致，他感到自己的五脏六肺里全是易燃易爆气体，正在发生可怕的爆炸。他的脸上露出从不曾有过的凶悍表情，开始骂人，甚至要动手打人。他张开双臂护在纪念碑前说："哪个单位的，谁给你们这么大的权力？你们砸一下试试看，"他怒吼道："这纪念碑是我批准立在这儿的，桥的名字也是我命名的。"

那两人像听到笑话一样夸张地笑起来："你以为你是谁呀？据我们所知，桥梁命名得上面有关部门层层批准才行，纪念碑也不是随便能立的，所以说这东西属于违建，必须砸掉，至于你给这座桥起的名字，上头不发文件，根本没有人承认。"

安然感到热血直冲脑门，他暴跳如雷，照着高个就是两拳，"什么叫随便？一个曾经为此地修过一座桥的烈士的纪念碑，立在这里能叫随便吗？"

骂得理直气壮，打得痛快淋漓，最后竟把自己给弄醒了，他感觉到自己握紧的拳头是那么疼，原来，刚才是在猛搂自己的硬木床头。

安然爬起来，靠在床头上，愤怒使他出了一身汗。回想刚才那个奇怪的梦，一定是烈士梁满仓在叫他，他有话要对他说，他肯定地想。在想梁满仓这个人的时候，安然想到了他那离世多年老实巴交的父母和弟弟，还有背石头的何红灯。尽管未曾谋过面，他对他们仍感到非常熟悉，但他无法确定这种感觉是来自梦境，还是与赵解放有关。

他又把灯关掉了，坐在黑暗中吸烟，火光一闪一闪的，不免又想起前些日子对梁满秀的那个承诺。他已经为自己的轻率而后悔万分了，现在更是如此，因此，心情变得十分糟糕。一个看似很容易达成的心愿，实施起来会不会如他想得那么简单？

不！恐怕不会！

在一座乡村的桥头立一块纪念碑，用纪念碑上人的名字为这座桥梁命名，事后安然才想清楚，决不会像他承诺的那么简单，这件事情如同这个世界一样复杂。在睡梦中，他可以义正辞严地发声或怒斥对方，但是在现实中，自己能不能为心中真正的想法发声，能不能心安理得地说话？恐怕是个问题，他突然为自己感到无比的悲哀起来。

也许正是为此担忧，才有了刚才这个梦。安然想到了自己的工作，许多看似简单的事情，真正干起来却隔山阻水，明明有捷径可走，明明可以直奔主题，你却不能够，你得去绕道，许多事就是由无数的绕来绕去和人为的麻烦而构建，许多事情最终都会背离初心。他缩了缩肩膀，悲哀地发现，一个人是很容易变成赵解放那样的大骗子的。

就想喝一碗羊汤

一

那是夏天的某个中午，永红机械厂礼堂顶上的大钟一如既往地敲响了十二下，浑厚悠扬的钟声中，我提着一只装满开水的大铝壶，夹杂在下班的"劳动蓝"人流中，从厂区涌往生活区。到了宿舍门口，一辆破旧却有点眼熟的二八大杠自行车横在门口挡住了我的去路。我正要绕道进去，室友范晓琪穿着一件我从未见过的淡紫色连衣裙走出来，她手端精巧的不锈钢饭盒准备去打饭。范晓琪在我们厂化验室上班，工作轻松自在，属于"上等公民"，比我们这些一线的"下等公民"每天都要提前下班好一阵。她朝里努努嘴说："你爸来了。"我进门一看，果然是我爸来了。

我爸穿着灰白色的中山套装，端坐在双层铁架子床边等我。那身衣服有些年头了，肩胛和膝盖处明显落了色，但一丝不苟地穿在我爸身上，仍然显得非常有气派。我说："爸，你怎么来了？"我爸说："单位放一天假，我来看看你。"

我爸在距离我有四五十里路的一个乡政府工作，自我先一年分配进这个生产农业机械的工厂后，他来看过我两次，两次都是骑自行车来去，为的是省几块钱的车费。这让我想起我爸自行车上捎着我，从吉村

186

转学去单店乡读书的往事，其时已有近十年的时光飞转流逝。

在确认我爸是专程来看我后，我紧忙摘下工作帽，脱掉满是油污肥大的工作服，倒了一些热水洗手。我看似在认真地清洗自己的一双黑油手，实则是在筹划另一件事。那一阵，我爸一句话也不说，就坐在对面看着我。

洗完手，我说："爸，咱到外面吃饭去。"我爸说："不咧，在你们灶上打点饭吃也一样。"我心想，上两次我爸来看我，吃的都是职工灶上的水煮菜，难道这次又要吃水煮菜不成？我知道我爸心疼钱，绝不会像范晓琪她爸或她哥那样，每次来都要带她出去美美撮一顿。而且我还知道我爸一准是饿着肚子，骑行几十里漫上坡路来看我的，因为我爸的人生词典里没有早餐这个词，他永远舍不得花几毛钱去安顿一下消化了一夜的干瘪肚肠。我旋即做出一个冒险的决定，拽着我爸的衣袖不由分说："走走走，咱们外面吃去。"我爸那天倒没有表现出他那惯常的固执，我拽了几下，他就站起身来。

出了门，没走几步，我又折回去，说忘拿钥匙了。一跨进宿舍，我就压低声对刚打饭回来的范晓琪说："有没有钱？赶快借我一点，我要请我爸吃饭。"那一阵我十分担心范晓琪会说出"没有"两个字，范晓琪是我们宿舍唯一经济从不赤字的人，她要说没有，那我就非得陷入绝境不可。若真是那样，我这个冒险的决定，真不知该如何收场。好在范晓琪说："还有五块钱，你拿去好了。"

真是谢天谢地！

范晓琪说："今早家里托人捎来一包吃的和一条新裙子，唯独没有捎钱。喏，就我穿的这条。"范晓琪用下巴指指她身上的新裙子。"也不知道给我捎点钱，好像我过的是皇上的日子。"范晓琪埋怨道。永红机械厂效益不好，这是我进厂后才知道的真实情况。这家当地有名的老国企早已徒有虚名，拖欠工资成为常态，这次又是三个多月没见工资的面了。厂里好多像我这样没有积蓄的年轻人，生活除了家里资助外，基本就靠借和欠。范晓琪可以经常大吐苦水向家里要钱，而我就不能。我不能让家里人知道我在外面读了三年中专，最终分配回原籍进了这样一家烂企业，那样只会徒增他们的烦恼和忧愁，再说知道了又能怎么样，我爸那点工资家里都不够糊扯，哪还有我的份。

五块钱装进兜里，我顿时感到底气十足，拿了事先故意落下的钥匙去追我爸。我爸说："你这女子，丢三落四的毛病总也改不了，钥匙怎么能随便落下呢？"我说："早改了，这不你来我高兴的嘛。"我爸听了这话显得很开心，我也尽量显得很开心，我不想让我爸看出我的窘迫。

出了生活区大门右拐，不多远就到了三岔路口，食客众多的满意餐厅在此占据了一个显著位置。常在这一带走，老见餐厅门前支着煮羊肉的毛边大铁锅，旁边的木架子上吊着一溜儿杀好的肥羊。盛传这家祖传老店新中国成立前就在这一带卖羊肉泡，据说肉嫩汤鲜，非常地道，只可惜我一次都没吃过，也就无从考究到底好不好。那天，我扬眉吐气地领着我爸走进吵吵嚷嚷的满意餐厅时，感觉服务员看我的眼神，跟平时我在外头张望时不大一样。

我看见餐厅一角的大木案上垒起方方正正半人多高的麻花垛。满意餐厅的大麻花素以酥香脆兼个大而著称，比他家的羊肉泡更有名气。我爸对着山一样的麻花垛发出了啧啧的赞叹声，他环视那些大快朵颐的食客，问我："咱们吃什么？"我说："吃羊肉泡。"

我是冲这家餐厅的羊肉泡来的。

那件事过去多年，我一直奇怪，鬼才知道那天我为什么要请我爸吃羊肉泡，因为我们曾为吃羊肉泡闹得很不愉快，在那之后很长一段时间，我爸几乎不吃羊肉。更奇怪的是，他那天居然没有拒绝我请他。

二

关于吃羊肉引发的事件，还得从我转学说起。我曾经非常后悔跟我爸去单店乡读书。我转到单店中心小学后，属于我爸的神话时代宣告结束。有一个时期，我对他相当失望，甚至是厌恶。在知道我爸的真实面目后我很是想不通，成天装模作样，教导孩子要如何如何诚实做人的他，为何要家里单位两边扯谎？而且他的那些谎言，在当年我的认知里，实在毫无意义。也许成人的世界里需要编白卖谎，但我认为最起码应该有其存在的理由和意义，比如善意的、迫不得已的……而我爸这么做是为什么？

我在吉村小学读完四年级后，我爸决定让我转学去单店乡读书。转学原因有二：一是我爸对孩子们的教育很重视，对我这个长女尤其看重，一心想把我打造成样板工程。我爸常说，打墙看头一堵，头一堵打端正了，后面的堵堵都端正。这话据我所知，他是从我那大字不识一个，却有大智慧的奶那里传承来的。我是家里的老大，老大学习好，树立起榜样，后面的跟着看样子，自然也就学好了。我爸觉得我已经到了五年级，不能再在吉村小学耽误前程了。他要我转去的学校，是比我们鹑觚乡大好多，条件也好许多的一个大乡镇的中心小学，教育资源自然是吉村小学无法比拟的。其实我们鹑觚乡也有中心小学，可距家二十几里路，我去上学就得住校，而我转学去单店乡，有在乡政府工作的我爸做后勤保障，是极方便的。

转学的原因之二是我自小就有一种毛病，经常无缘无故闹肚子疼。这毛病多在家里人做饭时发作，一闻见油烟肚子就疼，有时疼得满地打滚。因为肚子疼，我常常吃不下饭，我妈带我不停地去找医生，有的医生说是胃痉挛，有的说是肠绞痛，最可怕的是一个老中医说我肚子里生了虫。生虫之说吓得我半死，我曾不止一次地梦见自己肚子里盘踞着一窝似蛇非蛇的东西，把我的内脏吃得所剩无几。为此，我总被逼着喝又苦又涩的中药，吃各种颜色的宝塔糖和西药片子。我奶给我讲过迷信，尝试过好多偏方，均不见效。因为经常闹受罪的肚子痛，十一岁的我长得又黑又瘦，身高体重还不及小我两岁的妹妹，因此家里人都叫我铁蛋（母鸡生的一种极小极小的蛋）。

我爸那几年在单店原上工作时认识了一个老中医，据说病看得极好，说了我的症状后，带回来一些丸药，吃了似乎有效果，我肚子疼的毛病犯得稀了。老中医跟我爸说，最好是把我带过去，望闻问切当面好好给我瞧瞧病，连续吃药调理一段时间就好了。

一旦做出这样的决定，即将远行的我，身份似乎就变得尊贵起来，姑且把去七八十里外的单店乡称之为远行吧！因为长这么大，我还从未出过这么远的门。我妈在我临走的那段日子里不怎么骂我了，我奶也不嫌我嘴馋身子懒了，就连我那傻子二爸，也对我表现得依依不舍。我妈和我奶共同给我设计制作了一身行头——红格子呢上衣，毛蓝哔叽裤子，带襻的花条绒毛底布鞋。我毕竟要去我爸工作的地方上学，不能穿得太寒碜，那样会丢我当乡长的爸的脸，这让我的两个妹妹既羡慕又嫉妒。

农历七月初十前后，我爸专程回家来接我。我走的前一天，家里给我饯行，仪式搞得挺隆重。我奶和我妈趴锅燎灶忙活了一整天，早饭是新菜籽油炸的新麦面油饼，自己蒸的酿皮子，下午是酸汤长面。我奶说进门饺子出门面，长面长面，长来长去嘛！那天才知道，家里人对我其实还是挺重视的。

离家的时候，我突然有了一种不怎么美好的感觉。心头涌上的不舍，让我差点当了逃兵。我有点不想跟我爸去那个陌生的地方念书了。但那个念头稍纵即逝，更多的我还是被想象成诗一样的远方和别样的生活所吸引，显得兴高采烈又意气风发。那天，我爸自行车上捎着我和包裹行囊出发时，怎么看都有点像赶集卖小百货的贩子，车子前后东西捎得满满当当。

我要去的地方是有宽阔的柏油马路的大乡镇，我爸所在的乡政府有六层洋楼，我对可以登高望远宽敞明亮的楼房充满神往，还有我爸乡政府灶上的伙食很好，白米细面，饭菜油水大，隔日子还杀猪宰羊。前者我有道听途说和想象的成分在里头，后者我是有真凭实据的。我爸每年至少有五六次用八磅热水壶从乡政府往家里提羊肉泡。记得我爸喜欢用略显烦恼的口气说："一月杀两次羊，每次都是好几只，大老碗里肉稠得不见底。物以稀为贵嘛！"我爸说，"不管啥东西放开肚皮尽饱咥，人肯定要犯腻，甚至会把人吃伤的。"他说着做出夸张的要吐的动作，看来吃羊肉已成为我爸的负担，他提羊肉回家纯属吃不了兜着走。当时我们全家对此深信不疑，带着一种近乎崇拜的神情看着我爸表演。我奶每次都要感叹说："我娃把人活咧！"她一说完就颠着小脚赶紧去大门外的椒树上摘椒叶烙饼子，我们要好好享受属于我们的羊肉泡。

三

单店乡果然有黑油油宽阔平坦的柏油马路，乡政府也确实有一栋气派的六层楼房，可我爸并不住在楼上。那栋办公兼住人的中规中矩的建筑物里根本就没有他的一席之地，我们走向的是一排陈旧的尖顶房最靠边的一间。后来我听到一些颇有微词的说法，新建的楼房论资排辈入住，我爸虽是主动放弃登楼的，但好些卑劣的人认为，他的高风亮节来自对门前一小块菜地的无法割舍。后来我也认为的确如此。

那天卸下车子上的东西后，我爸迫不及待地跳进门前的菜地里去收菜。跟那排房子一等长的菜地被分成若干小块，对应我爸房子的那一块正是他的。我爸叮嘱我，以后他出乡不在，叫我多留心地里的菜，稍能吃就赶紧收进来，"有人偷咧！"我爸带着憎恶的表情说，"可惜三个已经泛红的大西红柿和一个半大葫芦，一趟家回得全不见了。"

我环顾着那间陈旧简陋，光线不怎么好的房子，说不清的失望在心头弥散开来。我心想：乡长怎么会住在这样的房子里？这时远处有人喊："老贾，老贾，你回来了？两点钟的会。"

这一声老贾让我吃惊不小，我们吉村的人，虽多是农民，见了我爸都知道尊一声贾乡长，这里的干部怎么这么没礼貌，直呼乡长叫老贾呢？后来我发现我错了，人家李书记、范乡长、于主席，乡上大小的领导全叫得妥妥的，没礼貌是因为，我爸压根儿就不是什么乡长。

我爸不是乡长，我是从范乡长和他女儿范米米那里得到确认的。范米米先我一年来单店乡读书。我插到她那个班后，两人一半天就熟络起来，那是我到单店乡后认识的第一个朋友。一天下午，我去三楼找范米米做作业。开学后连续两次检测考试我均名列前茅，范乡长不由得对我刮目相看，跟我爸说让我帮助一下成绩老垫底的范米米。我欣然受命，每天一吃过饭就去范米米他爸那个大套间里陪她做作业。那天文书在外间汇报开会的事情，范乡长安排说那个会议很重要，无论如何得把领导班子的人招齐全。文书走后，我冲出去自告奋勇说我爸由我来通知。我疑心文书和范乡长把我爸这个领导给忘了，因为纵使我十分留心，也没有听到他们提姓贾的乡长。

范乡长那天笑了起来，笑得意味深长。他一边喝茶一边问我："你咋知道你爸是乡长？"我说："人人都叫我爸贾乡长。"范乡长说,："你爸给你家里人说他是乡长？"我说："这个我爸倒好像没有说过，但我们那边的人都说我爸是乡长。"范乡长听罢哈哈大笑，说："你爸是皇帝自封呢，我们今天是'真乡长'开会，'假乡长'就不用通知了。"

我的脸一下子烧红了。

范米米后来悄悄对我说："你爸不是乡长，你也不想想，乡长哪有骑着自行车回家的？贾乡长是你爸的外号。"至于为什么叫这个外号，范米米说她也不知道。从那以后，我就打心里讨厌起那个表面上看起来亲和力十足的范乡长，我已经觉察到他不是什么好鸟。我和范乡长的对话传到我爸耳朵里后，我爸数说了我一顿，叫我这张雀雀嘴以后不要乱讲话。

转眼到了农历八月底，单店乡开始过物资交流大会，单店乡是我们县数一数二的大乡镇，每年的交流古会规模相当大。乡政府当然要把过会当头等大事来对待，因此筹备工作做得充分而细致。干部们被分成若干组，不分昼夜地忙碌着。我爸那段时间忙会上的事，没工夫管我。范乡长更忙，我和范米米如鱼得水到处胡跑乱逛，我以前听我爸说起过单店乡过会的盛况，亲眼所见才知确实如此。

单店乡原有的三条街道被本地商家优先占领，外来的客商只好沿公路两侧南北走向搭起了长棚，等于又新辟出了两条街。娱乐场所在街道四周安营扎寨，这样一来单店乡的市面相较原来一下子扩大了好几倍。那些日子，街道上到处轻歌曼舞，人来人往，繁华得颇有点小香港的味道。交流会正式开始后，歌舞马戏录像厅的大喇叭相对着日夜吼叫，互不示弱，吵得人头疼。再加上秦腔戏，一天两场，锣鼓喧天的就更显得热闹。范米米领着我把能去的地方全跑遍了，甚至还跑到老远的牲口市上看赛牛。我们对赛牛没有任何兴趣，兴趣只在评委席的饮料上。不知是长得漂亮的人扎眼，还是怎么回事，我发现只要范米米一闪面，眼尖的干部立马就会发现她，拿起饮料使劲往她手里塞，每每我也会沾光得到一瓶。

我禁不住赞叹交流会规模宏大时，范米米总是嘲笑我的孤陋寡闻。她说："这有什么稀奇的，年年会都过得这么大，过几天还要请西安的名演来唱戏，那才真叫大。"乡政府那些天也越来越热闹，好多干部的家人都来赶会。星期天，司机小李开着吉普车接来了范米米她妈和她哥，看到范米米她妈优雅从容地从车上下来，我心里很不是滋味。我家没有人来，记忆中我爸似乎从没邀请过我们。我跟我爸之间的不愉快倒不是因为他没邀请家人来赶会，到现在我都不知道是为什么，那时交流会已进入了尾声。

四

那天在满意餐厅里，我安顿我爸在圆桌旁坐下，自己去窗口买羊肉牌子。1994年一碗羊肉泡不过两块四毛钱，我点了一碗清汤羊肉，一个六毛钱的大麻花。我对卖牌子的说："再加一碗羊汤。"加汤六毛钱，一共花掉了三块六毛钱。买好牌子我去外头排队等羊肉。大碗羊肉泡端上桌，我爸让我先吃，我说："你先吃，我的马上就好。"我爸将大麻花掰成寸节泡进碗里，我在旁边给他剥新蒜。我爸鼓起腮帮，嘴贴着碗边，左一下，右一下，轻轻地吹着热气腾腾的羊汤，翠绿的香菜和细碎的葱花就被吹到碗一边去了。还没吃，我爸黝黑的额颅上就渗出一层细密的汗珠。他用筷子慢慢搅动碗里的羊肉，眼睛里放出热切专注的光芒，那是一个热爱茶饭，敬畏食物的人眼里才有的光。

羊汤被端上来后，起先我爸没发现，后来见我碗里全是清汤很诧异，停下筷子问我："怎么要了一碗羊汤？"我说："我就想喝一碗羊汤。"我说出那句话之后有似曾相识之感，哦！记起来了，我爸也说过那样的话。

交流会到了最后三五天，乡政府请西安戏曲研究院和易俗社的名演来唱压轴戏，记得有刘茹慧、任哲中、马友仙、李小锋等人。据说全县的乡镇只有单店乡请得起西安的大戏，那在当时可是了不得的事，不亚于请明星开演唱会。乡政府那几天要招待县上和其他乡镇来赶会的领导，杀了好几只羊，乡上的干部集中吃了一天。我爸那天从灶上端回两碗羊肉，其中一碗是清汤，我当时诧异地问他怎么不吃羊肉，我爸说他胃口不好，就想喝一碗羊汤。

下午七点多，就在人潮提前一波波涌向洋槐橡围起的戏场子，等待丝竹管弦声起，名演隆重登场时，我爸自行车上挂着装满羊汤的八磅热水壶，包里提着切好的羊肉片悄悄出了乡政府大门。我爸走时再三叮嘱我认真做作业看书，晚上闩好门早些睡觉，他说自己第二天早早就赶回来了。

我爸走后我去后院提水。交流会期间到处用水，龙头上的水细得像麦秆，乡上好几个干部都在那里等水。有个马叔叔招手叫我过去，说："碎女子长得这么瘦小，一天能吃饱肚子不？"我说："能啊！"马叔叔问："'贾乡长'今天给你吃羊肉了没有？"我说："吃了呀，我爸端到房子里我吃的。"马叔叔又问："'贾乡长'不吃羊肉，你是不是也不吃？"我觉察到这家伙不怀好意，但出于礼貌，还是耐着性子回答他的问话。我说："谁说我爸不吃羊肉？我爸一直吃羊肉哩。"另一个叔叔说："这碎女子还不诚实，你爸明明一口羊肉都不吃，每次的羊肉全都提回家里去了。"我对"不诚实"这个字眼一点都不能接受，想起我爸说羊肉把他吃伤了的那些话，很不服气地争辩说："我爸是让乡上的羊肉吃伤了才往家里提的。"我的话引发了那些人一顿狂笑。那个肥胖的马叔叔说："这个'贾乡长'可真有意思，羊肉居然把他吃伤了？"他们继续大笑，最后一个个捧着肚子，我被笑得莫名其妙。

我一点都没有说假话，每次我爸骑行几十里山路，汗流浃背地提着八磅热水壶走进家门时，我奶无论在干什么总能第一时间发现我爸。她脚步轻快如社火里跑小旦的，殷勤地接过我爸手里的东西，吩咐我们赶快去泡茶打洗脸水，自己则颠着一双小脚去大门外摘椒叶。我奶烙椒叶死面饼子是一绝，而且还麻利，半小时准搞好。我奶烙饼子，我妈煮粉条发木耳，熟红油辣子，备葱花香菜。菜在地里长着，葱白香菜绿，薅两把切成末就成。配料备齐，八磅热水瓶里倒出的羊汤再掺几瓢水烧开，我爸带回来的羊肉片被我奶均匀地分到七个碗里，浇上汤，撒了葱花香菜，我家的羊肉泡就上桌了。

那样的时刻，平时清汤寡水的饭桌变得殷实富华，全家人喜笑颜开，美味带给人的欢愉是酣畅的。当然，巧妙就在于，往往会有两三个邻居来串门，见了我爸开口就说："我说嘛！全吉村都能闻到香荃，原来是贾乡长把羊肉送回来了。"我爸也不接话茬，只殷勤地让座发烟，我奶和我妈通常都要虚情假意地谦让一番，我们则装作谦虚的样子低头吃饭，只有我那傻子二爸不懂得含蓄，老爱将羊肉片夹过头顶，伸长舌头接着吃。

那天下午，我根本就没有可能听我爸的话，他走后我哪有心思看书，也不会早早关门睡觉，我和范米米直接飙到街上去了。那些天，街上的喧嚣严重干扰了学校正常上课，外头人声鼎沸，歌舞喇叭惹得人心痒难耐，课堂完全失去了应有的严肃性。《少林俗家弟子》《霍元甲》《万里长城永不倒》《木棉袈裟》在录像厅轮番上演，邓丽君、张学友、程琳、谭咏麟的歌声满大街飘得都是……这些流行的新鲜东西令我们像打了鸡血一样兴奋。男生们热血沸腾大谈功夫武打片，南拳北腿频频比划招式，教室俨然成了精武门；女生们痴迷于邓丽君甜蜜绵软、苏芮豪放高亢的歌声，嘴里哼的不是"甜蜜蜜"就是"酒干倘卖无"。

更有顽劣的同学，改歌词的天赋初见端倪，前一晚看过《陈真》，第二天就变得好为人父，摸着软弱可欺的同学的头煞有介事地唱道："孩子，我是你爸爸，不信去问你妈妈……"全班哄堂大笑，受了奇耻大辱的同学哭着去告状，老师查出的"爸爸"在讲台上站了一排。

老师大骂："想当爸爸的急疯了，啊？看你们那怂样，谁有你们这样的爸爸倒八辈子大霉了！"问起怎么欺负老实同学的，一个个装聋作哑了。老师很愤怒，教鞭侍候，叫其中两人还原当时的场景。慑于威力重新表演了一回，全班忍不住又是哄堂大笑。老师笑岔了气，蹲在地上抱着肚子骂："坏怂……等我肚子不疼了……看我怎么熟……你们的皮。"

五

那段时间家庭作业极少，我和范米米三下五除二日做完作业跑到街上的时候，才发现那天更加不同于往日。一下子不知从哪里冒出那么多人，除了人，还是人，到处塞得水泄不通。那时从一个地方到另一个地方已经变得困难重重，我们只好耐着性子夹在人群里慢慢往前挪。好不容易挤到歌舞团附近，也只能远远地看着高台上的舞女踏着劲爆的音乐搔首弄姿。范米米说："这个咱们不能看，老师说不正经的人才看这个。"

我俩像两尾可怜的小虾米，被汹涌的人潮裹挟着进了戏院。戏已经开演，唱的是什么全然不知，只听得周围的人隔一阵就使劲拍巴掌，疯狂地叫好，不时还夹杂着刺耳尖锐的口哨声。我俩被夹在热烘烘臭烘烘的人群里，只能看着别人的脊背和屁股干着急，这让我在气恼的同时心生担忧，很明显形势对我们极为不利。我对范米米说："得赶紧往出挤，不然会被踏死的。"

可已经出不去了，似乎所有人都到戏院里来了。我们跟潮水般往前涌的人群形成力量极为悬殊的对峙。没有人理睬我们的逆行，只管向前压过来。我和范米米急得大哭大叫，后来那些人墙终于动了恻隐之心，让开一条缝儿，我们这才挤了出去。多年之后，范晓琪不止一次地夸赞我当年的英明果断，她认为那个夜晚如果不是我有先见之明，抬进乡政府的说不定会是我俩。

那天夜里我睡着不久，嘭嘭嘭的敲门声就将我惊醒了。有人在外头急促地喊："老贾，老贾……"我惊魂未定地拉亮灯，不知发生了什么事。外头的人说："碎女子，我是你刘叔叔，你爸人呢？"我跳下床隔着门说："我爸回家了，说他明天一早回来。""你爸回家干啥去了？"我预感出了什么事，而且这事好像与我爸有关，但我只能照实说："我爸回家送羊肉去了。"

我爸第二天回到乡政府我只见了一面，他给我留了点钱和饭票匆匆就走了。三天后我爸胡子拉碴地回来了，那三天他被派去看死人。他回家的那天夜里，该当要出事，邻近三县多少的人跑到单店乡来看西安名演的折子戏。包班车的，开单位车的，骑三轮车摩托车和自行车的，车队一直停到了几里开外。所有的吃食被一抢而空，一杯水、一碗面难求。水一样绵绵不绝的热情观众，先是挤塌了戏院大门两侧的砖门墩，紧接着掀倒了那些起缓冲作用的粗壮的洋槐橡围栏，场面一度严重失控，最终发生了踩踏事故，多人受伤，两个孩子一个老人当场毙命。出事后，一波又一波的群众抬着死人来乡政府闹事，人命价拉长战线说了好几天，才把人抬走了。

那件事影响极为恶劣，在当时可谓轰动一时。如此，交流会不得不提前结束。范乡长亲自到县上去做检讨，听说背了处分回来。范乡长回到乡上后接连开了几天整顿学习大会，不用说我爸成了会柱子。

我爸天天夹着笔记本去，夹着笔记本回，铁青着脸一言不发，我打回来的饭菜他都不怎么吃，我很担心我爸。听到范米米透露说要处理我爸时，我央求她想法子带我去听会场，看他们怎么整治我爸。范米米愁眉苦脸不敢去，说她爸近几天心情不好，昨天把她无缘无故骂了一顿。范米米眼里泛着委屈的泪花说她爸以前从来没有骂过她。但范米米这个人很够意思，最后还是陪我去了。

我俩猫着腰悄悄靠近四楼会议室，找到一个既不易被发现，又利于视听的藏身之地。我看见会议室里乌烟瘴气黑压压的一片，人人似乎都低垂着头。范乡长声色俱厉地批评了一些人后，矛头很快指向我爸，批评他不请假擅自离岗，导致交流会期间戏院发生严重踩踏事故，造成人员伤亡和重大损失，社会影响极为恶劣。范乡长说要给那一晚执勤的几个干部处分，给我爸记大过，还要扣罚他的工资。

范乡长刚讲完，我爸曜地就站了起来，他突兀地站在会场中间，像一只鸵鸟。我爸说没请假擅自回家是事实，他心甘情愿接受处理。但那一晚的事故即使他在现场照样会发生，我爸表达了不能把主要责任推卸给他的观点。"那么大点戏场突然涌进几千人，发生踩踏事故是必然的，你指望几个执勤的人能怎么样？就是端上枪也不一定能控制住局面。"坐在范乡长边上主持会议的纪委书记说，"老贾你承认错误态度要端正，要勇于接受批评和处理意见，你知不知道平时大家对你都很有看法？"

我爸说："我态度很端正，大家有什么看法尽管提出来摆上桌面说。"纪委书记说："今天既说到这儿，那就说说你的这些问题吧。"纪委书记拿出一个小本子翻了翻抬起头说："早就有人反映你爱贪占公家便宜，有小偷小摸的毛病。有人反映说你年年往家里拉单位上的大炭，有人说乡政府地里的一根葱、一棵白菜你都要收回你家去，还有人反映说你腐蚀拉拢灶夫，把给大家搞福利的羊肉总往你家里偷偷提，这几年提回去好几只羊了吧？"会议室里有人忍不住笑出了声，范乡长面露厌恶之情皱起眉头说："行了，让老贾同志自己说一说吧。"

我爸那一阵怒目圆睁，眼里似要喷出火来，他大约是在咽唾沫，粗大的喉结上下滚动着。我爸说："软处好起土是不是？好，我一样样回答大家提出的问题。我确实年年寻熟人找顺车往家里拉大炭，可我拉的是分给我的那一分子。千二八百斤，谁见我装过公家一块子？"我爸环顾会场说，"谁见过站起来！当着大家的面说。"会场里鸦雀无声，干部们的头垂得更低了，恨不能钻进腿裆里去。我爸咽了口唾沫又说："我家口大负担重，冬天舍不得生炉子，夏天舍不得吃羊肉，省下来给家里的老娘傻兄弟女人和娃娃有什么不对？犯哪条王法了？"我爸的拳头把桌子砸得砰砰响。"灶上羊肉一份一块多钱，比外头便宜得多，我一次买两三份送回去，羊汤每回是灶上送的我承认，除此之外，我贪占公家什么便宜了？你们可以查我的伙食账，我姓贾的白吃白拿过一次没有？至于说我拉拢腐蚀灶夫，简直是放他娘的狗屁，人人眼睛朝上翻，我一碗羊肉都舍不得吃的人，拿什么去腐蚀拉拢灶夫？"我爸义愤填膺，继续发表他的演说。"至于一根葱，一棵白菜，是我姓贾的自己种的，你们搞清楚，我是光明正大往家里拿，不是偷偷摸摸！"

我爸振聋发聩的声音响过后，发出一声冷笑："评先进领导年年记不起，出了事，我倒成了定乾坤的人物。"他的目光在会场内凛然地扫视了一圈后又说，"我看今天坐在这里的是鬼多人少，大家在我身上费心了啊！"贴有老实人标签的他向来是前襟长后襟短，做人小心谨慎唯恐得罪了谁，那样的话如同晴天霹雳令干部们吃惊万分。我爸一板一眼地说："账上一年往外支几百吨大炭钱，谁敢保证都拉进乡政府的大院里没走二路？谁见过三条腿的羊？我见过！咱们灶上的锅里经常煮着三只羊头，九条腿，多少的羊跑了路，没人看见；乡政府的车公一半私一半，没人看见；半夜钻女干部的房子，没人看见。你们一个个舔肥屁股咬瘦屎，骆驼拉出去没人管，却一门心思研究我牙缝里的菜渣子……"

六

形势的急转直下令所有人始料不及，死水一潭的会场起了波澜，稳若泰山的范乡长不由得抬了抬屁股，他打手势终止了我爸的责问并安抚他说："老贾你不要激动，先坐下，喝口水，慢慢说嘛！"

范乡长左右转换目光，严肃地看着干部们说："大家提问题要客观、实事求是，不要无端猜测加臆想。老贾同志家庭负担重，有些事情大家可能多有误解，但人是个光明磊落的好同志。"说完范乡长带着明显的恼怒转向纪委书记说，"这是民主生活会上的问题，非得今天在这里讲吗？"他转过头接着说，"刚才的这些问题，我认为提得很没水平，由此可以看出，同志们普遍缺乏一种朴素的阶级感情，咱们就事论事，不要搞恶意的人身攻击。"

范书记喝了一口水，双手支着下巴对我爸说："老贾咱们言归正传，我怎么听你刚才分明是在变相地批评我呀？你说我事先考虑不周，安全防患意识不强是不是？"范乡长沉痛地说，"作为主要领导，我是有不可推卸的责任，可上级已经严肃处理过了呀！我是背了处分回来的。就算没处理，老贾你也不够格责问我，现在的问题是轮到我来处理你们，你不要有什么不服气。"

我爸拍着桌子说："我就是不服气，凭什么给我记大过处分？凭什么几个人里头我处罚得最重？要我说这次事故主要责任就在你，李书记出去挂职学习后，乡上的事不都是你一个人说了算吗？你说东我们不敢西，与我们下面跑腿的人何干？"纪委书记厉声呵斥道："老贾你不要蹬鼻子上脸满嘴胡然。"我爸一把掀翻桌子直往上冲。会场一时大乱，主席台上的人如梦初醒般东倒西歪站起来，几个"跟班"冲过去，把范乡长护在中间弄出了门外，我和范米米吓得飞奔下楼。

关于那碗羊汤，我的解释是，最近胃口不好，不想吃肉食油腻东西。我爸立即停下吃饭，问我："怎么回事？"我说："我也不知道怎么回事，最近老觉得恶心、口苦，饭也吃不下。"我爸将筷子搁在碗边上，说："你怎么不早说？应该找大夫看看。"我说："看过了，大夫说我脾胃不和，肝胆湿热重。"我爸问："开药了没有？我说开了好几样中成药，正在吃。"我爸这才稍微放下心来，他把我的碗拉过去，将自己碗里的羊肉往我碗里夹，我赶紧用手挡住，将碗又拉回来。我说："我要能吃得下，自己还不会买一碗？"我爸轻信了我的话，又把泡剩下的半个大麻花递给我。我摇摇头，说："麻花太油腻我也不想吃。"我爸这次不听我的话了，他严肃地说："出力流汗干了一早上活，不吃饭怎么行呢？硬吃也得吃点。"说着就往我碗里泡麻花。说实在的，一个干体力活饥肠辘辘的人，面对一碗肥瘦相间香气四溢的羊肉泡，那种诱惑是难以抵挡的，但我还得装出不为所动，难以下咽的样子给我爸看。我爸不停地劝我多少吃一点，我不停地重复假话。他边吃边和我说话，问工资发得怎么样？钱够不够花？我说："还行，工资虽然低点，但生活没问题。"我爸高兴地说："你能挣钱了，家里负担就轻了，这是好事。"我爸又问起范晓琪的工作，他说："你就在车间踏踏实实干你的，咱不跟人家比。"

喝完羊汤，我爸的羊肉也吃完了，我用剩下的钱买了两个大麻花，直到借来的五块钱只剩下两毛钱。我把麻花装进我爸的皮包里让他带走，我爸非要给我留一个。我说我离这儿这么近，想吃可以随时来买，我爸便不再推辞。我和我爸坐在满意餐厅说了一会儿话，又喝了几杯茶。我爸说:"今天来把你见了,饭也吃了,一阵你去上班,我就回去了。"我坚持让我爸先走,想在上班之前送送他。

我们在那个三岔路口告别,临走我爸说:"你眼睛怎么看起来黄黄的?该不会是得肝炎了吧?"他再三叮嘱我要好好吃药,万一不行就再去找大夫,他为我胃口不好的毛病显得忧心忡忡。我爸说:"还是要多吃中药,你小时候肚子疼的毛病,就是单店那个老中医几十副中药给吃好的。"我说:"行,那我找个大夫再开几副中药。"我安慰我爸说不会有事的,叫他别担心。我爸这才骑着车子走了。

我爸跃上车子的轻盈和满脸的喜悦让我看出他此行的心满意足。我能挣钱了,请他下馆子,这让他很享受。如一棵栽种多年的果树终于挂果了,他有一种成就感。我在三岔路口站了好久,目送我爸离去的背影,一些说不清是什么滋味的东西涌上心头,我突然鼻子发酸,有种想流泪的冲动,但我努力忍住了。

七

我爸大闹会场那件事发生之后,我对他的感情一度变得十分复杂。说实在话,我很同情我爸,贫穷带给他的尴尬与耻辱我感同身受,但同时我又讨厌他给自己脸上贴金的那种虚伪。我同马叔叔的谈话传到我爸耳朵里后,我爸骂了我,嫌我说话不过脑子而且毫无节制,他那天居然把我比作直肠子驴。自从来到我爸身边,他的很多谎言都让不懂得人心险恶的我在无意间给拆穿了。明知我爸很没面子很气恼,被比作蠢驴的我,那天还是一股脑儿说了一大堆令我这一生一想起来都会羞愧的话。

我说:"你怪我什么,谁叫你那么虚伪爱面子?谁叫你老是说假话?你明明不是乡长,别人叫你乡长,你为什么不解释?过交流会乡政府的干部家家有人来赶会,你却吹牛说我妈打小在西安那边戏园子里长大,秦腔早都听腻了。我妈明明是咱们那边杨庄人,你以为我不知道,你还不是嫌家里人来赶会要花你的钱。"我爸转身吃惊地望着我,手停在半空中成了一尊雕塑。我的嘴像小钢炮,一旦开了火,就要痛快精准地打击对方。我说："你明明舍不得吃羊肉，却说羊肉把你吃伤了，你咋那么可笑？"我爸那天照我脸扇了一巴掌，那是他第一次动手打我。

我在眼冒金星，短暂地丧失意识之后哭着冲出乡政府大门，身后传来我爸粗鲁的谩骂声。我漫无目的地朝前跑去，我越想我爸越可恨，天哪！他居然动手打我。旋即我决定步行回家，我要给他一点颜色看。

天黑了，通往回家的路上人车稀少，耳畔尽是树涛风声，若隐若现中，风中好像夹带着我爸一阵阵焦急的呼唤声。后来天更黑了，我隐约看见我爸骑着车子，大声唤着我的小名从后面追了上来，我跳进路边的雨水沟里，藏身于一棵树后，看着他疾风一样驶过后，我爬上路面继续前行。过了一阵，我发现我爸调头折回来了，我再次藏身树后，路边那些粗壮的树干足以遮挡住瘦小的我。看到我爸像条虫子一样，腰子一弓一弓拼命骑车的狼狈样子，我觉得很可笑，于愤懑中感到一丝快慰，觉得自己像一个胜利的复仇者。

就是走到天亮，我也要回家。那一刻，委屈和对家的思念如洪水猛兽，到了一个十一岁的女孩无法忍受的地步。我边跑边小声哭泣，我要离开这个可憎的家伙，我再也不愿吃一碗灶上打来的干面被他掺上开水分成两碗的稀汤面；我再也不愿喝他每天下乡前就熬在锅里汤清水另的稀饭；我也不愿连续十几天被他逼着喝那种黑汤汤中药，我宁愿肚子疼死！我更不愿跟着他骑自行车来去家里，平地上坐车，坡道上步行，脚上老是打满水泡；我不愿看乡上干部的眉高眼低……

我受够了。

可很快，不知是因为害怕还是良心发现，我开始后悔不安起来，觉得自己未免有些过分。我想到在这条路上来回走，每回我爸带我都要翻越两座山，淌一条河，过河时，他先把包包和车子扛过去，然后背我过河。我伏在他肩头上总能看到那双青筋暴起的大脚，撇得很开的脚趾头紧紧抠住河里的鹅卵石。我想起撅着屁股，推着自行车讲故事哄唉我一步步走向山顶的他，那赤红的脸膛和脖颈里蜿蜒爬行的汗水；我想起单店乡政府的干部围着圆桌狼吞虎咽，而我爸脸上挂着卑微的笑，自告奋勇在灶间打下手，摘葱剥蒜，烧火捞面，碰上啥干啥。他干那些事美其名曰叫帮忙，可谁都清楚他心里的小九九，不就是为了灶夫勺里的饭菜能多一点滑向自己的饭碗嘛。他总是磨叽到最后才吃饭，也无非是希望时有时无的剩锅底能加到他碗里。

我想起我爸绑在车子上往家捎的白菜土豆和南瓜，想起他精脚两片蹾在靠背椅上给那些告状的农民处理纠纷。那一夜好些事情在我眼前生动再现，最远甚至可以追溯到三四岁。那些枝枝蔓蔓的细节令我无比惊讶自己的记忆，它们原先一定躲在什么地方，那一阵毫不节制地全朝我奔了过来。

那个夜晚，有关我爸的记忆如钟杵般一下下猛烈地撞击着我的心，我觉出了疼痛。很快，我的内心起了变化，一种温柔又忧伤的情感自心底升起，它们如同海水一样漫过后，我的激愤很快土崩瓦解了。我对我爸的感情再度变得复杂起来。

我调头走向单店乡政府的时候，我爸同几个骑车人朝我奔过来，除了狼狈的样子，他的羸弱瘦小令我感到陌生，记忆中他一直很高大。我爸就是从那个夜晚开始过早变小变老的，而我是在那个夜晚完成了成长中的第一次蜕变。

那天夜里，朦朦胧胧中我被一阵低沉压抑的声音所惊扰。梦里蜘蛛正在织网，我以为是蜘蛛弄出的声音。半睡半醒间，我借着窗前的月光努力辨认，最终发现是我爸在低声抽泣，他披衣坐在对面的床上，面目隐进阴影里模糊一片，低垂的手里似有一根未燃尽的烟，银色的烟丝正袅娜上升成为一种静态。我看见我爸的两个肩膀一抖一抖的，像个爱哭的讨厌女人一样。一直以来我都习惯于他的坚强和乐观，突然窥见另一面，这让我感到极度尴尬和难以接受。天哪！他那么一个大男人，居然在偷偷哭泣。

我闭上眼别过脸，发出轻柔均匀的呼吸声继续装睡。我不想做一个男人在黑夜里独自面对自己的脆弱和无助时的见证者。我希望这一幕是夜行的鸟儿，只是在我们的窗口做过短暂的停留，天亮前它飞走了，生活并未因此留下过多痕迹，一切照旧。

从那以后，我爸再也没有用八磅热水壶往家里提过羊肉，他一口羊肉都不吃就是从那时候开始的。很多次，我奶都试图跟我探讨，并想从我这里揭开我爸不吃羊肉的真相。每次我都装出无辜无知的懵懂样，我不敢跟我奶讲实情，跟谁也不敢，那是属于两个人之间的秘密。

只一学期，我又转回吉村念书。我爸在会上那么一闹，不光得罪了领导，全乡政府的干部都叫他得罪了。一时间，我爸成了胡萝卜拌红辣椒丝——吃出来，看不出来的人物。这个潜在的危险浮出水面后，一度令领导们头疼又担忧。老实人闹会场的风气一旦开启，乡政府"一言堂"的局面很快被打破，据说我爸带坏了一批人，干部们从此变得难以管理。痛定思痛，范乡长带领领导班子，对于工作中的激进和失误，特别是干部队伍人性化管理的缺失，进行过深刻反思。范乡长是"具有朴素的阶级感情"的实践者，他从那件事情中吸取经验教训，严禁干部们搞内讧，从此"严以律己，宽以待人"的口号提得很响亮。

考虑到我家的具体情况，范乡长安顿灶夫，往后我爸提羊肉，不用再加伙食费。这是否是怀柔之策，不大好说。而我爸拒不接受这种关怀，在他的同事看来，相对范乡长的体恤和大度，我爸就显得过于小家子气。很快他这个刺头被调换去了单店乡最边远的村子包队，去一次没个三两天是回不来的。

八

路上上班的人逐渐多了起来，我将目光从我爸远去的那条路上收回来，跑回宿舍换上工服准备去上班。范晓琪给我留了两个夹菜馒头，她知道我没有吃饭，我拿着馒头边吃边往厂区跑。

大约一周后，我收到我爸托人捎来的一包东西。打开袋子，原来是一包晒干的茵陈和一包大枣。还有一封给我的信。

大来：

你的身体怎么样？还是胃口不好，吃不下饭吗？大夫给你开的药吃完了没有？如果不行就再去看看。身体是革命的本钱，没有个好身体，什么也干不成。我回来后一直担心你的病，给你看过病的那个老中医介绍说茵陈和大枣熬（泡）水喝，利肝胆，清湿热，常喝对肝脏非常好。我下队时抽空在路边拾了一些茵陈，晒干了给你捎来。茵陈晒之前，我用水淘过好几遍，很干净，你可以加大枣直接熬水或泡水喝，估计喝一段时间，你那毛病就好了。

......

那年夏天到秋天，我接连收到好几包茵陈和大枣，大枣我和室友们分吃了，茵陈卖给了永红机械厂旁边的药店。药店老板乐意收下那样干净成色好的茵陈。三次卖的钱加起来刚好够吃一碗羊肉泡，我们也发工资了。我期待着某天下班后，一辆破旧但有点眼熟的二八大杠自行车又横在我宿舍门口，范晓琪走出来说"你爸来了"。

原载《安徽文学》2020 年第 11 期

双双对对

双双说，中国在世界上的地位是打出来的，女人在家里的地位是斗出来的。

——题记

一

刚进门就发觉气氛不对，我爸开门后又坐回沙发看电视去了。我妈背身在厨房里干活，脑勺上似乎都鼓着劲。

难不成又发生"战争"了？

"怎么了？"我径直走进厨房问。

我妈脸色十分难看，手拿钢丝球正用力过猛地擦洗锅盖，她没有抬头，也没有回答我。我只好莫名其妙地走向客厅。

我爸依然看电视、嗑瓜子，目不斜视，也不理睬我。这两人真有意思，拿我当空气呢！

"怎么回事？"我凑过去小声问。我爸极为不满地"哼"了一声，说："没事。"我知道男人一般不善于表达，像我爸这种话少的男人更是如此，说没事，其实就是有事。从前，每次"战斗"结束后，一般都是我妈鼻涕一把泪一把地进行控诉。我是说如果有主持公道的长者或深表同情的邻居在场的话，我妈会表现得更加淋漓尽致。我妈的哭诉往往会最大限度地引发旁人对我爸的痛恨及对她深切的同情。而我爸笨嘴秃舌，有理没理，一句也不愿多解释。

我爸妈打闹了一辈子，到现在我都想不通，如此水火不容的两个人，是如何做到既有各自的坚守，又有共同的合作。四个孩子就是他们精诚合作的产物，他们是怎样亦敌亦友搅缠了一辈子的？

我决定从我爸这里打开突破口，"到底怎么啦？"我问。

我爸说："怎么啦？还不是'闲事主任'瞎操心，把自己给气的。""闲事主任"是我爸给我妈起的外号，几十年了，算老字号，据说因我大姨双双而起。

我爸心有余悸地望着厨房压低声说："你二表哥今天来请我们，为你大姨立碑子的事。'闲事主任'给人家给得难堪的。你二表哥走后，我说叨了几句，可不得了啦，连哭带骂又跟我算起老账来了。"正说着，我妈边擦手边从厨房里出来，一脸的厉害相，我爸立刻闭嘴回到看电视状。我不由得感叹，真是风水轮流转，我爸现在居然越来越害怕我妈了，这在从前，简直不可想象。

我妈坐下向我诉说原委，原来二表哥今天提了礼物来请我爸妈，准备农历十月初八给大姨立碑子，到时候要过事，请他们去参加。二表哥的原话是："我妈就只有你这一个亲妹子。"二表哥的话不够严谨，单从血缘关系上讲，我妈只能算大姨二分之一个亲妹子，因为她俩是同父异母。至于小姨，是小外婆从旁处带来的，自然不上算。可从情感角度讲，二表哥说的没错，大姨一辈子只和我妈亲，所以我妈就是她唯一的亲妹子。二表哥说我妈从前没少帮衬他们家，他们兄妹很是感激，常记着我妈的好，所以立碑子的事，舅家人都没请，但一定要请我妈去。

我妈就问给我大姨夫刘拐子立碑子不？二表哥说不打算立，只给他妈立。我爸向来对大姨家的人不感冒，估计当时没有参与谈话，但听到这里忍不住插嘴说："按咱们这里的风俗，两口子男人不立碑子，女人一般不立，给你爸都没立，为啥给你妈立呢？"我妈狠狠瞪了我爸一眼说："给女人立碑子怎么啦？谁说给女人不能单立碑子？"

我妈又问二表哥："怎么现在突然想起这事，一般不都是三年立碑子吗？既然三年没立起来，人殁了都十几年了，这会立有啥意思？你妈活着时又没活个好人。"

　　二表哥说："正因为我妈活着时没活个好人，心里老觉得愧疚，这几年日子好了，就想给我妈立个碑子。至于我爸，跟我妈没埋到一块地里，也就不打算立了。"

　　我妈想了想，问："立碑子是你们兄弟姐妹大家伙的意思，还是你一个人的意思？"二表哥说是他一个人的意思，其他人没这意思。

　　"我妈刚殁的那几年，我很少梦到，这两年反而时常能梦到，我想我妈了，就想给她立块碑子，这样就跟她站在那儿远远地看着我们一样。"二表哥说得很诚恳。

　　我妈说："让你妈风吹雨淋地站在那荒山野岭上干啥呢？嫌她一辈子还不够苦？"我爸说："人家就是想象一下，你还当真了？"说到这里，我妈想起了大姨活着时受的那些罪，心情突然间变得低落。心情一低落，对二表哥的态度也就不好了，言语不免刻薄。最终她也没表态到底去不去，二表哥悻悻地走了。

　　二表哥一走，我爸就开始数落我妈："没眉没眼，不知道你姓甚为老几，人家不过是来通知一下而已，不是来征求你意见的，盘问来，盘问去，费那劲干啥呢？一辈子老想给人家当家，太掂量不清自己了，咋那么不会做人呢？"

　　这些话引发了我妈的愤慨，跟我爸吵了起来，从大姨身上扯到她身上，从外部矛盾转换为内部矛盾，连哭带闹的，牵扯出两人几十年间的恩恩怨怨。哪一年，哪一月，哪一日怎么打她了，跟我奶合起来怎么虐待她了；哪一次把鼻子打破了；哪一回将胳膊折断了；哪一次头发连头皮扯下几大把，记得清清楚楚，一说一大摊，直把我爸骂得哑口无言。

　　"你妈就是这么厉害，这么不讲理。"我爸示弱般对我说。

　　我妈又瞪了我爸一眼，对我说："我对你大姨的感情，你又不是不知道。"我妈希望能从我这里得到理解和支持。这个我当然知道。我妈跟大姨的情分，已不是一般意义上的姊妹情深，这说来话长。

二

我外公一生娶过三个女人，并非家大业大而三妻四妾，而是他命不好。头一个女人不堪忍受阿家的虐待跳井死了，留下三岁的双双。隔两年又娶进一个，看待得比前一个好些，生下一个女子后，阿家原形毕露，加之又得了肺病，郁郁寡欢中撇下三岁的对对撒手而去了。外公给两个女儿取这样的名字，绝非受某句温润如玉的诗句唱词的启发，或感动于一段缠绵悱恻的爱情故事。这个生于 1924 年的农民，木讷又愚昧，实在没有这样的才情，与"双双对对，明月照人来。"丝毫扯不上边。

大约外公已经意识到，在将后漫长的岁月里，他能给予两个女儿的关爱和保护，显然是力不从心的。他希望姐妹俩像套在犁上的一犋牛，出双入对，共同负荷人世间的苦难。

对对小双双六岁，是双双一手带大的。见过的人都说双双长得像对对的妈，这就奇怪了，亲女子不像，旁人生的倒像，恐怕就是缘分。反正对对也记不清自己妈的模样了，想着就是双双这么个样子，委屈难过时，心里就想叫她一声妈。

这边人常说，头一个媳妇撂过墙，第二个媳妇当老娘。外公把两个媳妇都撂过墙后，娶回的第三个媳妇自然得当神一样供着。我这个小寡妇外婆怀抱女儿嫁进门前，就打听到阿家虐待媳妇恶名在外，人家吸取前两任的经验教训，一进门真枪实弹就跟阿家干上了，几番较量下来，阿家根本不是对手，便乖乖服了软。在接连生下两个儿子后，小外婆变得不可一世起来，这样，双双和对对自然就没什么好日子过。

后妈很快驯化出一个后爸。外公从外头回来，听到的尽是前面两个女儿的不是，明知三个小的一窝亲，吃得饱，穿得暖，值金值银，两个大的另眼看待，但为了息事宁人，只好装聋作哑。有时为表姿态，免不了要昧着良心教训打骂。

双双一天书也没念过，对对勉强还上了几年小学。双双在娘家的日子是在拾柴割草，洗衣做饭，没完没了地抱磨杆，背上驮了妹妹驮弟弟，披星戴月去生产队挣工分中熬过的。

双双脾气柔顺，轻重的活儿，搁身上不吭声，挨打受气抹两把泪就过去了。对对性子烈，受了冤枉，要争辩；挨了打骂，要呼天号地，这就使她受气更多。双双总是竭尽全力保护妹妹，背柴捡大梱，推磨抱头杆。干了错事，不管谁的，都往自己身上揽，双双额颅上有一块伤疤，是正舀饭的小外婆一铁勺过去给挖的，那一勺本来是给抢东西吃的对对的。

说到批评二表哥的事，我妈突然问："你大姨是几时去世的？"我说："至少有十二三年了吧？"我妈说："对着呢，你都能记个八九不离十，你大表哥居然记不清，有这么当儿子的吗？"我爸明显无法忍受我们的谈话，但又不好发作，手执遥控器对着电视一顿乱调，一会儿秦腔，一阵子广告，弄得我们的谈话无法连贯。

我妈说："走，卧室里说去。"

我妈说起有一年碰上大表哥，问起给大姨捎的治头疼的药吃了有没有效果。大表哥不好意思地说他还没顾得上过去。那时大表哥二表哥已经分出去单过了，大表哥从外面务工回家几天了，却腾不出工夫去看望生病的大姨，当时连他自己都觉得脸上挂不住。这事引发了我妈强烈的不满，每回说起来都要骂上好一阵，牵出他们兄妹的种种不是。我妈长叹一声，摇摇头，说："没一个好东西。"

在农村，六十多岁的老人离世，大家普遍认为很正常，儿女们说起来也不会太过悲伤，毕竟这个老人在世上活得已经够长了，如果继续活下去，只会成为儿女们的负担。我们吉村有个媳妇骂老阿家，说："牛老死了，能吃肉卖皮；老母鸡还能炖锅汤；你老死了，我一毛钱的好处没有，还得棺板老衣抬埋你。"大姨的几个孩子倒不至于如此恶劣，说起来还算孝顺。如果要说不孝，就是一个个日子都过不到前头去，实在是有心无力，这是大姨常替孩子们开脱的话。

三

小时候，我妈不止一次地给我们讲过大姨出嫁的情景。过粮关那年，十八岁的双双由家里人做主，嫁给了家在山区，大她十几岁的刘拐子，换取了刘拐子家好多粮食。我妈形容说："一红一灰两匹骡子，夜间来，天明去，气咻咻地往外公家里驮了好几个晚上。"

娶亲那天，刘拐子没来，来的是他哥哥。不知是自觉长得不体面，还是怎么回事，反正刘拐子没露面。世上就有这么奇怪的事，但必定有其缘由。双双不情愿，哭死哭活。对对也跟着哭死哭活，为姐姐嫁了个不般配的老男人，也为姐姐一走，丢下可怜的妹子没人管。

双双是让人硬抱上骡子的，除了那身浆得硬邦邦的红衣服，没有一点新娘子的喜气。临走时，伏在骡子背上的双双拉住对对的手说："我走了，没人给你护驾了，千万甭跟咱妈顶嘴。"话还没说完，骡子屁股被人拍了一把，昂起头得得得走开了。对对追着骡子跑了好远，直到山阻路转不见了娶亲的人。对对从小没有妈，从她不断重复的描述中，听得出她对姐姐有着母亲一样的依恋。

我妈说大姨很羡慕她，因为她跟我爸福来是自由恋爱，这在 20 世纪 60 年代末的陇东农村并不多见。所谓自由恋爱，其实也不过是见过几次面，相互看上了而已，叫一见钟情更恰当。我妈结婚时外公家没要粮食，我家可不像刘拐子家地多粮多，但要了我们那一带最高的彩礼。小外婆认为不能白养女子，更何况像我妈这么俊的女子。这跟我小姨后来结婚时，一分钱彩礼都没要不能相提并论，因为小姨是大学生，女婿是国家干部。

当时我爸福来非我妈不娶，跟我奶闹得一塌糊涂，家里只好鼓硬腰子，掏大彩礼娶了我妈，这为日后我妈和我奶的矛盾埋下了伏笔。

刚开始，对对还过了一阵好日子，两年过后，她的腹部依然平平，加之老二媳妇进门就生养，这使她的日子逐渐变得难过起来。村里人闲言碎语，阿家打鸡骂狗，说花大价钱买回来个"铁公鸡"。对对瞒着阿家去找中医，药吃了不少，但没啥效果。大家见对对又瘦又小，断定八成不能生养。

小两口本来很好，可福来经不住他妈的撺掇，在对对实在受不了阿家的讽刺挖苦偶尔顶嘴时，为了捍卫母亲的尊严，违心地去打媳妇。这里的男人都打媳妇，"打到的媳妇，揉到的面"，作为男人有责任教训自己的媳妇，否则，就是失职。

对对挨了打不想回娘家，就往姐姐家跑。双双心疼得直掉泪，收留对对住下来。那会双双已经有了三个娃，庄稼大，牛羊多，忙得黑白颠倒，但不管多忙，妹子生养的事是头等大事。

双双领对对去十里开外找一个老中医看病，据说他精湛的医术为好多不孕的女人调理出了孩子。去的时候没啥拿，连夜炸一包金黄酥脆的油饼，提上半篮子鲜鸡蛋。老中医说对对气血不足，得好好调理一段时间。开了药，约好下回看病的时间，走时老中医夸赞说："油饼实在好吃。"双双很高兴，说："只要我妹子能生下娃娃，油饼次次有。"

双双觉得这还不保险，又带对对去旺子坪求神拜佛，据说那里的送子娘娘很灵验，有求必应。为虔诚其间，姊妹俩抱着大公鸡步行前去。

有双双撑腰，对对心里憋着一股子劲，生不出娃娃，誓不罢休。但她不想把药拿回家去吃，怕遭人白眼，落人话柄。双双就把锅拔掉，在灶膛里支几块砖头，成天黑烟黄烟地煎药。药吃得差不多了，福来也来找对对了，双双说叨福来几句，就打发两口子回家去，叮嘱对对下个月身上干净了再来。

对对从此每月都要往姐姐家里跑，惹得阿家更加不高兴，骂对对跑骚哩，出门骂，进门骂。双双让对对忍着。

跨过年，对对怀孕了，搞不清是老中医的药让她气血充盈得以孕育，还是神灵显灵，反正生下了我大哥，接着生了二哥、我和妹妹，开枝散叶使对对终于迎来了挺直腰板的日子。阿家再寻不是，对对就敢跟她公开对阵。对阵的原因，渐渐转到双双身上。

鹑觚镇每年农历四月和七月都有古会。二媳妇娘家人来赶会，阿家尽其所有，热情款待。炸油饼，洗酿皮，擀长面，包饺子，变着花样吃。对对也要叫双双来看戏。若跟二媳妇娘家人碰到一起，还能蹭点好吃好喝，若是单独来，家常便饭还得看脸色。尽管双双每回都带来不少地里出产的东西，有一次甚至带来半只羊，但阿家并不领情。在这一点上，刘拐子说起来是厚道的，双双要给妹子家带什么，他从来不反对，尽管为打姐姐，对对追过去，日娘翻老子地跟他干过好几次仗。

二媳妇的娘家人每次都是空手来，阿家却从不说什么，因为二媳妇的娘家爸是脱产干部。这样对对心里就极不舒服，但双双不让对对提意见，脸都不能吊，说只要她在，对对就不能跟阿家翻脸，否则，就是给她难堪。双双说吃啥还不都一样。

阿家其实心里更不舒服，因为过会时，当家要给女人娃娃扯布料缝新衣，这是鹁鸪原上的习俗。对对让福来扯布料时给姐姐一并也扯上，还要找同一个裁缝等身缝好。对对说钱是双双出的，可谁知道呢？看那拖儿带女的寒酸样，能舍得自己掏钱缝衣服？阿家想，没准是两口子串通好的。

鹁鸪镇过古会正是农历四月间，地里的农活不少，对对粗枝大叶干一阵就旋风一样跑回去，跟双双坐在屋檐下叽叽咕咕做鞋子、改造衣服，有时饭也忘了按时做，这让阿家从地里一回来就火冒三丈，天天指桑骂槐说福来。福来也是一肚子气。

每次过完会，福来总要跟对对大闹一场，不"修理"一下对对，阿家那里终究说不过去。闹的次数多了，阿家就跟对对摊牌："你姐又不是你妈，非得你孝敬不可？年年叫来看戏，来就来了，可把个家里搅得鸡犬不宁就不好了，与其这样，以后甭来了。"

对对说："我就是要把我姐当我妈一样孝敬，因为我姐就是我妈。不让我姐来，老二媳妇娘家人也不要来了，一个家里出两样事，没门！"福来眼见自己妈说不过，不由分说扇了对对两个脆耳光。对对正在锅里捞面，情急之中，将手里的笊篱照头捂了下去。于是，就出现了福来顶着一头面条，显得格外滑稽的场面。阿家一看，这媳妇厉害得我娘俩都唬不住，夺过笊篱跑到院子里大喊大叫："这家媳妇打男人哩，要吃人啦！快来看呀……"福来受不了羞臊，动了真格，把对对痛打了一顿，头发连头皮揪下了好几绺。

四

第二年过会，双双没有再来，但二媳妇的娘家人又来了。炸油饼时，对对放了平常几倍的碱，炸出一堆军用品；面下到锅里，两火棍将火捣得半死不活，长面下成了短刷刷。亲戚一走，阿家迫不及待地发作了："碎怪种你要翻天啦是不是？"对对毫不示弱地说："老怪种你狗眼看人低，把我姐看得下贱的，把老二家娘家人的沟子恨不得舔了。"阿家哪受得了这个，在院子里打滚哭号，从下院滚到上院，把土院蹬出了几个大坑。闹够了，拿了麻绳又要去上吊。福来赶紧去下话，阿家悲痛欲绝地说："你个怂头鬼！我怎么养了你这么个窝囊废？"福来狠下心来，卷起袖子，把对对又"修理"了一顿，结果反是福来住进了医院，那次，对对将一根长矛枪准确无误地掷向了福来的大腿。

那次的事儿闹得挺大，福来出院后，请了家门户族来说事，问对对究竟要干啥。对对说："第一，以后谁再敢打我，不是他死，就是我死；第二，我要分家，不分就不跟福来过了。"

对对家就分出去单过了。

对对后来总结说："中国在世界上的地位是打出来的，女人在家里的地位是斗出来的。"此番豪言壮语，一下子把家庭斗争提升到了政治高度，谁会相信这话出自一个只念过几年小学的农村妇女之口。这可算作她对自己血泪斗争史的高度总结。对对还说："千金难买主意正，幸亏那时赴死亡命闹到分家，继续一个锅里搅勺，不知气要受到什么时候。"

每每回忆起往昔的峥嵘岁月，我妈总显得悲壮又激愤，我妈对自己个性的硬朗还算满意，对大姨的软弱却格外痛惜。我妈说她和大姨不一样，她是只要你欺负我，管我弄过弄不过，都要拼命跟你弄的那种人，而大姨却是把牙打掉往肚子里咽的人。我妈认为大姨一辈子命运不好，全是因为太软弱，太善良，不懂得反抗。

双双嫁给刘拐子，心里自然不爱，但却从未起过异心，只一心一意过日子。刘拐子说哥哥因他没成家，得给哥哥生几个娃娃，将来也好有个抬棺木捂两锨土的人。双双一口气就生了八个，五男三女。哦，不，应该是十个，听说两个生下没长活。这几个娃娃，果真随了刘拐子的心愿，有的像他，有的像他哥哥，村里人戏谑地叫娃娃们"各种各样"。

　　"各种各样"一度成为双双家娃娃的代名词。如果按三年生两个计算，双双一辈子约有十几年忙于生育。八个娃娃，几十亩庄稼，槽上的猪，圈里的羊，还有大牲口，其中的辛苦真是难以道尽。

　　对对可怜姐姐，说她一年四季停歇不下来，幸亏是个人，若是机器，早都报废了。双双生养得稠，月子里没人伺候，因此落下好些病，年纪不大不是这疼，就是那疼。可谁把她的病当回事呢？带着病，该干啥干啥。好在刘拐子近三十才娶妻，对自身条件也有自知之明，觉得找个女人不容易，对双双还算体贴，倒不常打骂。

　　刘拐子的光棍哥哥，受山区条件制约，或者别的什么原因，年轻时没娶上女人，双亲下世后，就跟了刘拐子。还有一个说法，本来当年家里要给哥哥娶双双，又担心哥哥娶了，拐子弟弟更不好娶，于是就商量先尽着条件差的来。谁知这一耽搁，就没有再说下合适的，随着年纪越来越大，便死了心，一个人赶一圈羊，天天山上转悠。双双把哥哥看待得好，吃饭穿衣，样样不在刘拐子之下。

　　十一口人的大家庭，光吃穿就是个问题，擀面得擀两大案，做鞋端着大筐篮。抢吃抢喝，打架骂仗，吵都能把人吵死。双双白天下地干活，晚上灯下飞针走线，她手里永远有做不完的鞋，因为一起下的鞋样，小的还没上脚，大的脚趾头已经探出来了。除了鞋，衣服也是个事。每年夏季，双双早早就动手开始拆洗棉衣，家里人多事杂，一天难得捉上几回针，身上的棉花一粘就是几个月。

　　分家后对对不再受制于人，前后两季过会，早早打发娃娃去接姐姐。说是跟会看戏，其实是借机让她歇缓些日子。这时候双双来妹妹家，不用再顾忌什么，背着自己的针线活计，有时甚至把脏棉衣也背来拆洗缝制。有对对给打下手，会快很多。双双在的日子，对对只一门子操心吃的事，好吃好喝挨个儿做，做好了双手给接过去，叫双双也尝尝吃现成的滋味。

姊妹俩领着娃娃去鹁鸪镇上赶会，南北一条街走过去，油糕麻糖、凉粉酿皮、灌汤包子、张师猪头肉、李记野兔腿，样样要尝到，真正是"吃过街"。水果、瓜子、酒麸子，看戏时端到戏院子里去吃。双双见了自家村里人，有意大声打招呼，一副很自豪的样子。人一看，大喊："哎呀！跟有钱妹子赶会呢！"

一年一年，娃娃说大就大了，一个个枪杆子似的，这让双双很是犯愁，大了就要娶媳妇，媳妇从哪儿来？农闲时上山挖药，林子里打树籽，养鸡养兔养猪，加上羊和地里的收入，一分一毛攒起来，一凑成十，十凑成百，一分也不敢乱花，给自己添置件衣服都舍不得。福来那时在乡文化站已经转为正式工了，家里的情况还可以，对对就明里暗里帮补姐姐，福来心知肚明，也没有办法，十个女人九个贼，你能知道什么？

我妈愤愤地说："人死了十几年了，这会儿良心发现啦？立个碑子有什么意义，给谁看呢？"我妈又说，"你大姨生硬是累死的，要不然不会连七十都活不上。"没错，大姨确实是累死的。

五

老二媳妇进门不久，同老大媳妇就开始闹意见，哄唆着过了几年，闹到要分家。一个槽上拴不下两头叫驴，何况老三眼见也要娶媳妇了，必须另修地方，另起炉灶。刘拐子请客送礼，乡上村上的干部吃过他家八回蒸鸡肉，十回酸汤面后，终于批下来两处地方。

两处地方同时开工修建，双双两边跑，哪里缺人，哪里补上。既当小工，又给匠人做饭。两个媳妇借着奶娃娃，谁也不愿把手往面盆里伸，力气拿戥子称，生怕自己吃了亏。为免淘气，双双谁也不说，只能自己拼命干。差不多一年时间，修了两院地方。双双瘦得失了人形，经常喊头疼，晕倒过好几次。

再说两个媳妇，地方修好分出去后并无分家的概念，只当是去旁处住了。吃什么，拿什么，理直气壮，招呼都不打一声，娃娃成天还是绊在双双脚下。无论地里，还是锅上的活，这家不叫，那家就叫，双双反倒比之前更忙了。两个媳妇一个赛过一个懒，都不捉针线，一家大小的衣服鞋子还是双双的。上了冬，小娃娃尿棉裤，三五天就得拆洗一次，否则尿骚味熏人。双双不忍心，晚上等人家睡了，把娃娃的棉裤抱来拆洗，洗净了铺在炕上烙干，鸡叫三遍时起来缝制。天一亮，柔软干净的棉裤就送到媳妇们的炕头上。但媳妇们并不领情，有一年过年，二儿子比大儿子多给了双双二十块年钱，二媳妇知道后大闹三日，弄得年都没过成。

三媳妇进门后情况起了变化，门户看得紧，顺手牵羊变得困难不说，最主要的是不让双双再管老大老二家的事。三媳妇说："割开门，另当家，不要老扯不清。既然跟我过，就只能管我一家的事。"可哪能这么绝对呢？一条儿女一条心。

一到农忙时节，双双不由得要牵心老大老二家，想着老三家回来吃现成，老大老二家回来冰锅冷灶。便趁人都在地里干活，瞅机会跑去给老大老二家做饭，做个五六成熟，他们回家就快多了。然后又跑回来给自己家做。这样难免不被三媳妇知道，知道了就要骂双双，好几次把人往门外掀，叫跟老大老二过去。刘拐子也怕三媳妇，只是唉声叹气。

某一天，"闲话筒子"有意来捎话，她娘家是双双的邻居。说三媳妇跟双双吵架时，将她推倒把腰摔坏了，还说三媳妇骂的话难听得不得了。对对问："有多难听？""闲话筒子"面露难色道："不好说呀，我怎么说得出口！"

对对说："她能说，你就能说。"最终"闲话筒子"扭捏着说："人家骂你姐不要脸，跟兄弟俩睡了一辈子，所以生出一窝'各种各样'的娃娃……"对对听后，脸像黑旋风一样。"闲话筒子"觉出后怕来，说："我好心给你捎话，你可不能把我卖了。"

对对听后就开始骂人，要福来当即送她去看姐姐。福来不让管闲事，两人吵了起来。吵完后，对对骑上自行车，直奔姐姐家而去。那是她第一次骑行那么远的路，一路上跌跌绊绊，摔倒过好几回。到姐姐家后，见双双果然躺在炕上动弹不得，便赶紧给吃了带来的跌打丸。双双看妹子一脸煞气，忙解释说："没什么事，是我自己摔倒岔气了。"

　　正说着老三回来了，对对问："媳妇打你妈，你咋不管?"老三嗫嚅着说："管是想管，一是管不下，二是怕人家闹事，弄不好还要跟我离婚，我家这条件，娶个媳妇不容易……"

　　对对啐了一口，说："好个没志气的东西，看把你吓死了，没媳妇的人还不活了?!"

　　三媳妇这时从外面回来，对对二话不说，跳起来照脸就是几巴掌。"你厉害得很呀! 再掀一下我看看!"对对那天扯开嗓子高声叫骂了半天，引得左邻右舍都来看。老大老二老三，一个个骂到了，连刘拐子也不例外。对对骂道："进了你家门，给你家当了半辈子丫鬟，干不完的活，受不完的气，伺候了老的，伺候小的，你个缩头乌龟是干啥吃的?"据说刘拐子家没一个人敢出来劝阻。后来三媳妇做好了饭，出来赔罪道歉，对对才住了骂声。

　　"真是个贱坯子!"我妈后来对我说。

　　那次的事闹得挺有影响力，那一带的人都知道双双有个厉害的老妹子。这事越传越邪乎，甚至说把老三也打了一顿，把我妈说得跟孙二娘似的。

　　老三媳妇的娘家爸到乡上找我爸福来讨说法，问对对是哪里的山，哪里的水，凭啥打他女子。福来只好装出可怜兮兮的样子息事宁人。福来说："母老虎平时把我都往死里打，还不要说你女子把人家姐姐打了，这事占不住理，不挨打才怪呢。"

　　那件事之后，几个媳妇都有所收敛，特别是三媳妇，再没有明目张胆地欺负过双双。所以双双时常说，要不是对对，她恐怕早叫人给活埋了。

　　对对的做派福来很反感，分家之后，一心要将她改造过来。可她就像一棵长歪了的树，绳子拉断了好多，还是固执地朝着某个方向生长。好多年过去，福来什么都没能改变她，不过是白费了些口舌和力气罢了。有时他无奈地想，骑上一匹难以驯服的马，恐怕就是这个样子，你不得不随着它的性子。

说起双双家的老四和老五，对对意见更大。农村的三个没良心，干事的两个更没良心。老四当兵留在了新疆，几年探一次亲，手头总是紧张，每年给不到五百块钱，往往钱在身上还没暖热，就让老三以各种名头借走了。春天捉猪娃，秋天买种子，从来都是有借无还。

老五书读得好，双双一心想把他供出点名堂来。老五在县城念书那几年，双双每周都要在班车上往县一中捎馍馍。老三意见贼大，嫌一个大小伙不劳动还要花销家里，不止一回从双双手里夺馍袋子。双双只好趁老三两口子晚上睡熟了，偷偷起来放穰柴熟油熟辣子、炒炒面。袋子里的馍总是上黑下白，底下埋藏着其他好吃的，比如茶叶蛋、油拌凉面什么的。那时候，刘拐子得脑出血已经去世，老五上学几年的花销，哥哥姐姐没人给一分，凭的是刘拐子哥哥卖羊的钱和双双的鸡蛋钱。至于老三，不阻拦就已经够好了。

老五自知这学上得不容易，格外用功，几年后考上了大学。临走撂下豪言壮语，说三四年后他工作了，要把双双接走，不在农村受罪了。

对对说，"兴许这个老五还差不多"，把双双当时给说哭了。

可是后来发生的事，再次证明承诺和誓言多是虚妄空谈。刘拐子的哥哥去世后，老五的确把双双接进城享福去了。对对很为姐姐高兴，终于苦尽甜来了。可是有一天，她无意间得知了一个惊天秘密，双双在城里的几年，只有很短一段时间待在老五家，其余时间都是在伺候一个丧偶的老教师，就是给人家做保姆。具体原因，双双在老教师去世回家后，对对死活问不出来。据猜想，无非是老五的城里媳妇容不下双双。

其实这事双双的儿子女儿全都知道，他们攻守同盟一致瞒外，一是嫌丢人，二是怕对对知道了找麻烦，他们全都怕她怕得要命。双双后来反而开导妹妹："想开些，其实没什么，我老了，到哪里不是一张床、一碗饭的事。张老师对我很好，比我的儿女好。"这是她一生为数不多说自己儿女不好的话。

从双双的只言片语间了解到，张老师是个温文尔雅的南方人，年轻时为崇高的革命理想奔赴西北这座省会城市，在这里邂逅了他美丽的太太。一个心仪的女子，因为热爱而愿意为之终生付出的教育事业，让他在这里落地生根，一待就是几十年。据说张老师跟去世多年的太太伉俪情深，他说双双跟他太太的眉眼有几分相像，这让来到他家的第六个大龄保姆得以留了下来。

双双说张老师把她当人看。事实上，张老师是把所有人都当人看的一个人。他是个理科老师，却喜好文学，一有空闲就看书，还会读小说给双双听，听不懂就一词一句地给她讲解。张老师站了一辈子讲台，当丧偶与轮椅接踵而来后，十分痛苦孤寂，这样的人，需要陪伴和倾听。一个跟他太太神似且做得一手地道的北方面食的保姆，足以令他对她年龄偏大这一点忽略不计。总之，张老师对双双是比较满意的，特别在饮食方面，他早已受北方太太的影响，成了不折不扣的面肚子。

双双有所保留地陈述这些话的时候，无数夏天的夜晚或秋天的黄昏在她脑海里纷至沓来。她推着张老师从散心的某个地方往回走，或是从河边，或是从公园。沿途他们遭遇的目光中，从来不缺少由衷羡慕的。他们停下来歇息时，常有人问张老师多大年龄，说："真是好福气啊！老伴这么贤惠。"也有老太太研究似的端详着他们跟她说："你跟你家老头真恩爱啊！瞧他看你的眼神就知道。"他们往往会心一笑，也不解释。他们的确像一对恩爱的老夫妻。

这些误解，起初双双难以接受，急于跟路人撇清他们之间的关系，可张老师一次次摆手阻止了她。他说："由他们说去吧！一遍遍解释多费事啊。"张老师曾笑呵呵地问她："咱们不像两口子吗？"

双双发现自己慢慢变了，变得开始享受起这些话来。当她推着张老师，走过小区树影婆娑的小径时，好多次，夜色遮掩了她脸上的羞涩和欢愉，她忘记了自己的年龄和身份，像个怀春的少女一样偷偷地笑着，体验到了这一生从不曾有过的幸福和满足。

在张老师家吃得好，穿得干净，双双心里是畅快的。那一年，她从城里回来时，人们看到的是不同往昔的双双，人长胖了，皮肤变白了，脸上的皱纹也少了。她曾怅然若失地感叹说："张老师要再能多活几年，该多好啊！"她的儿子们也是这么想的。

伺候张老师三年零九个月挣的工钱，两万元汇给了新疆的老四，老四那时候离了婚，净身出户的他正到处筹钱买房子。老五换汽车跟她念叨，拿走了两万多。剩下的钱，回到家让另三个儿子瓜分了。几个女子意见贼大，说双双重男轻女，没给她们分钱。

对对知道这事的时候，钱已经被瓜分得所剩无几。双双要给对对两千块，说是留个念想。双双说："没想到自己一辈子还能挣这么多钱。"

对对说："我能要你的钱？"

因为这事，对对把姐姐大骂了一顿，嫌她没脑子，不知道把钱存下来养老，反给了那帮没良心的。双双说："钱财生不带来，死不带去，我也没几天好活了，娃娃们日子紧，要拿就拿去用吧。"对对说："你这是什么话？才六十五的人，什么叫没几天好活了？"

有一年夏天双双病了，主要是头疼。老五接到城里去看，时间不长，又送回来了，带了好多治心脑血管的药。老五说她本人嚷闹着非回家不可。

对对去看望姐姐。做饭时双双说，近来她常梦到那个死鬼，双双管刘拐子叫死鬼。双双说死鬼拉着枣红马在家门口叫她跟他走，她在院里干活，不想出去，死鬼的脸色就阴沉了下来。双双学刘拐子的腔调说话："老婆子啊！一天到晚累死累活的，不伺候那些没良心的了，快跟我走！"完全是刘拐子的语气和神态。那天，对对觉得怪怪的。在灶间做饭的双双，面目隐在不断升腾的雾气里，显得有些怪异，当时她心里就生出一种不祥的预感。

六

晚上回去时，我爸已经在另一个卧室里睡了。我开玩笑说："忆苦思甜半晚上，到底打算去不去？"我妈说心里没主意，不知道去不去。

我劝她最好不要去，年纪大了，触景生情难免又要伤心。

我至今清晰地记得，我和我妈看望大姨不久，大姨就殁了，据说是晚上睡殁的，身边一个人都没有。祭奠大姨的那天，我妈一路上大放悲声，是山摇地动的那种。村里人说，一听就知道是双双的老妹子来了。

说到这里，还有几个人，一直被我忽略，他们是小外婆、两位舅舅和小姨。不是忘了，也不是无暇顾及，而是他们游走于我妈和大姨的人生边缘，实在缺少共同的东西。我承认我妈和大姨对他们心存芥蒂，他们之间一直存有某种难以消除的隔膜，致使他们不曾真正相通过。这也不能全怪他们，我承认我妈有其狭隘固执的一面，至今她依然对小时候受到的虐待耿耿于怀，比如，从前她给我们换鞋袜时老会说："我和你大姨小时候根本不知道袜子是什么，手和脚总是冻得又红又肿，烂得流脓淌血。"接着她会话锋一转说，"人家三个亲生的年年冬天有新棉衣、新棉鞋，我们两个永远只能穿没拆洗过的旧棉衣棉鞋，又硬又冷。人家坐在热炕上吃着刚出锅的，我们头上顶着凌霜，从外边劳动回来吃的是剩饭。"

有一回，我家的两只大公鸡打起来了，它们怒目圆睁，羽毛竖立，像跳大神一样在院子里兜来兜去，战斗一度相当激烈。我二哥手持一根长棍子，企图将它们从中间隔开，结果却误伤了其中一只。一只公鸡停下攻击，冷漠地看着对手栽倒在地，翅膀扑打着地面痛苦地挣扎。给鸡又不能做人工呼吸，我们只能眼睁睁地看着它的腿一伸一缩，张着尖尖的嘴逮气。二哥当时吓哭了，我妈没有打骂二哥，她看着很快断气的公鸡说："人死的时候也是这样的。"我们问："你见过人死？"

我妈向我们描述，小外婆用捻线绳的铁陀螺追着打她时，双双冲过来挡在前头，这让小外婆更加恼怒，照头就是两下。双双当即倒在地上，腿就如同我家公鸡的腿，一伸一缩地抽搐着，嘴里大口地逮气。好在她命大，躺了一阵缓过来了。这种经年累月灌输的思想，直接影响了我们对小外婆的评价，无论她晚年表现出怎样慈爱的一面，我们都认为她是恶毒的老巫婆。

这些偏见在我外公去世后，使我妈和大姨与娘家人变得更加疏离，往来愈加稀少。我爸认为，大可不必把关系搞成这样，你们对人家有偏见，人家难道对你们没有？事实上，我两位舅舅和小姨，也确实对我妈和大姨存有偏见，只不过他们没有像她俩那样，直白地表现出来罢了。舅舅他们认为，我妈和大姨缺少应有的感恩，不管怎么说，是小外婆把她们拉扯大的，而姐妹俩的薄情和冷漠，伤透了做后妈的心。

我不能说他们不好，我的两位舅舅和小姨，每次回家都会提着东西来看望我妈和大姨，像亲弟弟妹妹一样。他们都很会说话，问这问那，对我们的生活表现得十分关心，而我妈除了给他们做一顿好饭，便无话可说，显得拘谨，带有某种明显的戒备。

祭奠双双那天，我注意观察过两位舅舅和小姨的神情，他们风尘仆仆地从工作或做生意的某地赶来，长途奔波使他们显得疲惫不堪，他们都表现出悲伤的样子；但那种悲伤是舒缓的，多少有表演的性质。跟我妈比起来，他们的情绪从容而有节制，特别是我小姨，用洁白的纸巾轻轻擦拭眼泪的动作简直称得上优雅。而我妈几乎是我们在两旁架着往前拖行的，因为她总是一副要倒下去的样子。她的头在肩上滚来滚去，咧开的大嘴像高音喇叭，哭得撕心裂肺，整个人看起来不成体统。

我听见我妈在反复哭诉一句话："姐啊！你走到蜜州都不得甜呀！走到蜜州都不得甜呀……"

另外一点，我不希望我妈去的原因是，为了大姨，她把"各种各样"的表哥全得罪了。为了避免彼此难堪，还是不去为妙。

转眼到了农历十月初八，我和哥哥、妹妹去参加大姨的立碑仪式。奇怪的是，这么大的事，四表哥、五表弟居然没有回来。很快有人告诉我们，说这是二表哥的单独行动，他们都是前一天下午才接到通知的。老四老五据说一是极不高兴，二是来不及，所以就没有回来。

我们跪在刚立起的棱角分明、字迹新鲜的碑子前烧纸时，我想，难道我妈在某些方面有着先知先觉的能力？比如说阴谋。在我们来的前一天，我妈最终下定决心，说："思来想去，还是不去为好，谁知道这里头有什么事呢？那些个人呀，我还不了解！"

幸亏我妈没有来，否则，她老人家一定会非常失望难过，没准又会骂人。因为自从来到大姨家，我们的耳朵里就灌满了她的儿子媳妇、女儿女婿为在她墓前立一块石碑，像麻雀一样争吵不休的声音。他们满腔愤慨，各抒己见。原来二表哥不知从哪里得到小道消息，据说一条正在规划中的公路刚好要从埋大姨的这块地里经过，到时候征了地，一定会有一笔可观的赔偿款，其他人很快也知道了这个也许是空穴来风的消息。这次立碑子，二表哥独揽费用不让其他人平摊。他们义愤填膺地抗议说："我们还非出不可，妈是大家的妈，地自然是大家的地。"只有三表嫂表现得比较淡定，她把我拉到一边说："老二为啥这阵子着急忙慌地给老人立碑子？还不是想把这块地占去。"她的吊梢眼一斜，露出狡黠的笑容说，"老二的如意算盘恐怕要打空了，别忘了，我妈活着时，可是跟我们过的。"

我们开始烧纸货，大火贪婪地吞噬着那些做工拙劣的花圈、虚情假意微笑的纸人、金光闪闪的发财树，还有成沓成沓的阴票。风向不定，火头翻来覆去，呛得人人咳嗽流泪，以致难以看出谁是真正的伤心。

原载《延安文学》2021 年第 5 期

一

　　1982 年包产到户，王得贵家分到七亩八分责任田，加上自留地，山塬共有八亩多地。分完地，生产队紧锣密鼓着手分大牲口。为彰显公平，队里先后出台了几套分配方案，但都不尽如人意，最后只好用古老的抓阄法来解决这一棘手问题。规则是：不管你家口大小，土地多少，一切全凭运气，抓个牛是牛，捡个驴是驴，摊上瞎眼瘸腿老掉牙的，算你倒霉。

　　前一夜，王得贵和叶荞麦兴奋得睡不着觉，他们热切地讨论着第二天抓阄的事，两人将生产队里有名头的大牲口悉数盘点了一遍。

　　"花青怎么样？"

　　"花青还用说，狗日的脾气犟，可力气好，拉独犁一晌能耕几亩地。"花青是头大骡子。

　　"一撮毛呢？一撮毛能给咱也好。"叶荞麦巴结王得贵似的笑着问。

　　王得贵说："一撮毛比花青更厉害，就怕你使唤不住。"一撮毛是匹红鬃烈马，额头正中长着一撮白毛，开了天眼似的。

　　叶荞麦思想了一阵，说："骡子马就是不好使，专欺负女人娃娃，还是抓头犍牛吧，牛性子凉，好使唤。"她掰指头算起队里的大犍牛，黄毛、黑蹄、斜眼子、轱辘、独角……王得贵当饲养员多年，牲口的绰号成天吊在嘴上，就没有叶荞麦不熟悉的。

王得贵说："三头壮骡子，四匹高头马，八个大犍牛，头梢牲口里头随便抓，抓到哪个都好。再就剩下五头麻驴，几个瞎眼瘸腿老掉牙的瞎瞎牲口了。"叶荞麦认为瞎瞎牲口不在他们考虑之列。她说："咱心不高，只要是能使力气的犍牛就行。"

王得贵说："快睡，快睡，明儿照你说的抓就行了。"王得贵心里不装事，头一挨枕头就打起了呼噜。叶荞麦却睡不下，吹了灯，盘腿坐在炕上想心思。月亮渐渐升高了，能看得见她翘翘的嘴角和明亮的眼睛，叶荞麦热切地期待着一头即将属于她家的大牲口。

那些日子，叶荞麦难以抑制内心的喜悦与激动，连走路都踮着脚。头一次实实在在拥有了这么多土地，叶荞麦心里头尽是想法。首先，得有一头得力的大牲口，不管咋说，土地总归要牲口耕种。

万万没想到的是，一头根本不在考虑之列的牲口最终会走向他们。叶荞麦和王得贵有一个时期关系不好，甚至不在一个炕上滚就是那时候的事。说严格点，就是从一头她想都没想过的瞎瞎牲口走进家门开始的。

叶荞麦想得多，想到实在困了，跌倒就睡。水一样的月光从天窗里倾泻进来，铺洒在炕头上。叶荞麦那时还年轻，睡梦里浅浅地笑着，镀了银一般圆圆的面庞在月亮底下很好看。

天刚亮，两只喜鹊在院门外的杨树上尾巴一翘一翘喳喳喳叫开了，叶荞麦觉得这是个好兆头，催促王得贵赶紧起床烧香。王得贵起来洗了脸，在灶神前点燃三炷香，跪在地上虔诚祈祷一番后磕了几个响头。据说灶神掌管家里一应大小的事务，他们一直都习惯将自己的愿望寄托于神灵。

叶荞麦说，运气好，抓一头膘肥体壮的大犍牛；运气差，抓头次一点的也行，世上的事哪有都按人心里来的。他们不是贪心的人，但绝不想得到一头瞎瞎牲口。在叶荞麦的期望里，犍牛是抓阄的底线，只要是犍牛，哪怕是个犊子，就不算运气太差。

怕狼偏偏狼来敲门。很不幸，只一个早晨的工夫，情况就起了变化。脚步轻快的叶荞麦在院子里干活时，时不时要朝门外瞥上一眼半眼，她想象着一头大牲口庄重地走进大门时的情景，硕健的牲口使得大门更显局促，她甚至已经开始计划要把大门拆掉加宽重修，好使牛出来进去走得畅快些，这情形一直持续到大门外闪过一头牛的影子时。

王得贵回来有一阵子了，他拉着牛在家门口徘徊，抓到这样一头牲口，自觉颜面无光，不知该如何向自己女人交代。

跟牛短暂地相见，叶荞麦突然生出不可一世的傲慢来。一头小牛怯怯地跟在王得贵身后，它瘦弱干瘪、皮粗毛糙，一副无精打采的样子。这完全出乎叶荞麦的意料。

叶荞麦恍若在做梦，有些不敢相信地问："就抓了个这？"

王得贵尽量表现出一个男人遇事豁达的样子，故作轻松地笑道："还能抓个啥？就抓了个这么！"他笑得很牵强，连自己都觉着难受。叶荞麦反应过来后，一拧身进了院子，王得贵和牛被晾在了外边。

二

叶荞麦气得脸都青了，开始数落起长了双臭手的男人来："亏你还在饲养室喂了那么多年牲口，竟然抓回一头比猫大不了多少的牛，这也叫牲口？"

抓回这样一头牛，王得贵心里比谁都难受，比谁都冤屈。他想不通，就凭他这么多年尽心竭力给生产队喂养牲口，老天爷也不该赏他这么个东西呀！想想他手里头捋过去多少高头大马、壮骡子、山一样的大犍牛；想想他早上抓阄前的踌躇满志，而最终牵回来的是这样一头牲口，这简直是个笑话，是天大的讽刺！王得贵欲哭无泪，可他毕竟是男人，很快就做出无所谓的样子，将牛拴在院子里的梧桐树下，走进窑洞同叶荞麦理论。

"刘拐子家还抓了头瞎驴呢！张百忍家不也抓了个瘸腿老牛吗？照你这样想，还都不活了？好歹也是头母牛呀！"愤怒的叶荞麦把手里的针线活摔到桌上，问："你说这瘦得像板夹了的母牛能干啥？"

"母牛咋了？瘦又咋了？瘦了能肥呀！只要好好喂，一样见风见雨地长，说不定日后给咱生一院牛犊哩！"王得贵辩解说。叶荞麦从鼻腔挤出一声冷笑，她已听不得半句话，黑着脸兀自出来进去，所过之处扇得风吼。

很快到了晌午，叶荞麦对人和小母牛依然不理不睬。三个放学回家的娃娃却毫无偏见地表现出了热情，围着小母牛像看村里娶来的新媳妇一样。他们的评头论足，很快招来了有气无处撒的王得贵的呵斥，娃娃们觉得无趣，各干各的事去了。小母牛刚到新家就不被女主人待见，估计心里很窝火，它开始发出抗议声，冲着叶荞麦进出的窑洞哞哞大叫，不耐烦地绕树转圈子、刨蹄子——大约是饿了。

饭做好后，叶荞麦端着半筛子草料走向小母牛，草料里拌了几把人吃的黑面。叶荞麦和小母牛全程无交流，她只是居高临下地审视着它，看瘦牛自卑地低着头，偷吃似的将草料一点点卷进嘴里。叶荞麦觉得这头牛不仅与大牲口应有的气派不沾边，反而贼眉鼠眼的，她气得长吁短叹，恨不得跑过去跟王得贵美美实实打上一架。

这天，王得贵和三个娃娃自己舀饭吃，以往都是叶荞麦舀好端上桌，王得贵觉得这顿饭是从脊梁骨上吃下去的。

晚上，叶荞麦出了奇事，她不让王得贵跟她一炕滚了。叶荞麦说："抓了这么个能吃不能用的废物，还有脸上我的炕！"王得贵也不说一句丛话，黑着脸，窝着满肚子火，任凭女儿怎么拉扯，还是夹着铺盖卷，到粮窑里睡去了。

无论心里多么气愤，既成的事实已无法改变，思想了一夜，叶荞麦强迫自己接受了这头牛。人老几辈子，头一次有了这么多土地，也有了一头所谓的大牲口，尽管这头大牲口实在不像样，但有总比没有强。叶荞麦虽然态度恶劣，但还是跟着王得贵开始修牛圈、砌牛槽，在大门外给牛搭凉棚。

干了几天活，叶荞麦跟王得贵总共只说了一句话，其实就是下了一道命令："暂且先养着，七月交流会上拉出去倒换掉。"

王得贵不以为然，他深知这样的牛不是想倒换就能倒换了的。分牛时，这头瘦牛按 168 元搁价，拉到牲口市上，也许连 140 元都没人出。王得贵心里默默盘算着，先得把牛喂好，喂好了再说倒换的事。

王得贵见叶荞麦每天饭照做，活照干，冷着个脸就是不和他说话，心里又气又懊悔，他想早知如此，当初就应该让叶荞麦这个"能不够"去抓阄，如果抓到的还是这头牛，看她又要怨悔谁？王得贵很想骂叶荞麦：你这女人怎么这么死不讲理，这事能由得了我吗？就像生娃娃，生男生女能由得了女人吗？王得贵甚至还想打叶荞麦，但都只限于想法，他哪有那能耐？在吉村，王得贵是出了名的怕老婆，可王得贵从不承认这一点，他认为自己是疼老婆，疼老婆的男人一般都不会惹老婆。如此，王得贵只好一忍再忍。

一天，王得贵拉着无精打采的小母牛去看兽医，牛总不好好吃喝，得给开些中草药调理一下脾胃。一头牛不能吃，如何能长得膘肥体壮呢？在兽医家，王得贵碰上了远亲表弟。满脸指甲道道的表弟也来给牛看病，那牛是个犍牛犊子，比他家的牛看起来搭眼些。原来表弟的牛跟王得贵家的牛一个怂毛病，都是嘴刁不肯吃喝，身上的毛乱七八糟的。

开好中药后，王得贵和表弟拉着牛，边往回走边拉话，自然就说到了生产队分牛的事上，两人都感叹自个命运不好，连一头称心如意的牲口都分不到。表弟一连打了几个唉声，说："淘气得很，以前淘生产队的气，没想到现在又要淘自家的气。"表弟说表弟媳非要一头母牛不可，哪怕老鼠大点都行。表弟媳认为，母牛能生犊，家有一头母牛就等于栽了摇钱树。表弟说自打他把牛拉回去后，家里就骂声不绝，他连躲的地方都没有。"你看我的脸，就是让那母夜叉给抠的。"表弟说。王得贵万分同情地看着表弟，觉得自己的命运再怎么不济，比他还好些，不管怎么说，叶荞麦总算给他留了脸面。

王得贵说："还不都一样，这边家里也是把气往死里淘。"他忍不住向表弟大吐苦水，说起了叶荞麦把他从他们两口子的炕上赶走，差一点就不给他和娃娃们做饭，成天吊着个脸给他哑气受的事。表弟不解地问："你家不是母牛吗？表嫂还闹啥呢？"王得贵说："一人一个脾气，一个沟子（屁股）一个渠渠，叶荞麦跟你屋里的正好相反，偏偏想要头牸牛，哪怕猫大点都行。"王得贵解释说，"叶荞麦认为地多庄稼大，牛使力气是第一需要考虑的。"

"我的个天！果真一人一个脾气，一个沟子一个渠渠！"表弟觉得不可思议，他感叹道，"咱俩咋都这么命苦呢！"

走了一阵，表弟恍然大悟似的说："咱们为啥不换了牛呢？你想，我屋里的死活要个母的，你屋里的竖横要个公的，这不正好现成吗？咱们换一下不就两全其美了！"

王得贵愣了一下，说："这恐怕不行吧？"

表弟说："有啥不行的，这件事上，我完全能做主，换头母牛回去，我屋里的没准会高兴疯的。"

王得贵心里暗喜，但不露声色，怕表弟是在戏弄他。

表弟卷了一根旱烟棒，一裁为二，递给王得贵一半，说："咋想的？快说说啊！"

王得贵说："咋想的？肯定是母牛好，母牛能生犊，一本万利的买卖，可叶荞麦这个猪脑子想不明白，天天给我找事。"

表弟说："知道你拿不了表嫂的事，要不咱顺路到你家问问，我是真心实意想换。"

三

叶荞麦一看八竿子打不着的远亲表弟来了，爱搭不理的。王得贵说了表弟的来意后，叶荞麦虽然似信非信，但人总算热情起来了，忙着给表弟安烟泡茶。表弟问叶荞麦啥意见．叶荞麦说："这事太突然了，我一点心理准备都没有，能有个啥意见？"她安排说，"你俩坐院子里喝茶说话，我给你们做饭去，一顿饭的工夫，咱都再考虑考虑，毕竟这是大事。考虑好了，咱就换，考虑不好，权当你走了一回亲戚。"

这顿饭叶荞麦做的是鸡蛋面片子。王得贵进屋端饭时，叶荞麦没有像前几天一样，将饭碗蹾到灶台上，让他自己端，而是递到王得贵手上。王得贵一看大叶面片擀得薄厚均匀，碗上头漂着鸡蛋花，菜绿辣椒红，搭配得煞是好看，心想这事有门道。

吃饭时，叶荞麦问表弟："换牛的事你媳妇不知道，你做得了她的主吗？"表弟面片咥香了，边夸叶荞麦厨艺好边说："其他事我不敢说，这事我百分百能做主，这本来就是我媳妇的意思，她睡梦里都想要一头母牛，真是瞌睡来了遇枕头，这回不知该有多高兴呢！"

叶荞麦听后说："我要犍牛为耕田种地使力气，顾的是眼前一坨坨，你媳妇要母牛为生牛犊，考虑的是长远事。"她面露难色接着说，"按说我用母牛换你犍牛算吃大亏了，但我情愿，也就无怨无悔，既这样，吃亏占便宜，咱谁都不许反悔。"

表弟把碗递给王得贵，说："还有吗？再来一碗。"叶荞麦说："放开肚子尽饱咥，饭多着呢。"表弟说："只要你没问题，我们那边还能有啥问题？不为母牛，我今天也不可能到你家里来。"

表弟带着药，拉着小母牛拐过山梁看不见了时，叶荞麦才如释重负般说："总算把瘟神送走了。"王得贵气呼呼地说："这下你称心如意了？可我看送走的不是瘟神，倒是财神，你这个败家子。"

叶荞麦也不恼，反正，换牛之后，他们家的角色也互换了，这下是王得贵吊着个脸，叶荞麦反要赔上笑脸。这天晚上，叶荞麦把王得贵的铺盖卷又抱回到他们炕上。王得贵又恢复了睡在自己女人身边的权利。可王得贵心里很失落，他眼前老是浮现出小母牛离家时怯怯的眼神，探路般似乎不情愿离开的步子，他觉得很对不起小母牛。

要是放在从前，叶荞麦未必看得上这头换来的小犍牛，但经过抓牛事件的打击后，她的心气不高了，小犍牛对她来说已经很不错了。叶荞麦搜罗出家里的大麦、玉米、豆子、小麦，和在一起给牛炒精饲料，亲自给牛煎药灌药，有空就打发娃娃去割青草，一心一意想把小犍牛喂成大犍牛。

有一天，叶荞麦突然想起什么似的说："你说换牛这事，咱跟表弟媳也没见面，她该不会反悔把牛退回来吧？"王得贵没好气地说："你没听表弟说这是他媳妇的意思吗？人家占大便宜了，还能给你退回来？"

叶荞麦说："这世上的事难说着呢，这几天我右眼皮老跳，好像有什么倒霉事。"王得贵自言自语地说："捡了便宜的人不担心你反悔，你反而担心人家，简直是猪脑子。"

王得贵说这话的时候，叶荞麦手拿一把木梳子，蘸了水正仔细地给小犊牛梳理身上的毛，她另一只手拿一块湿抹布，随时将粘在牛身上的脏东西擦掉。这头有着宝石般的大眼睛，湿漉漉的嘴唇，性情温顺的枣红牛犊令她越看越喜欢，她觉得这是王得贵自抓了那头瘟神母牛之后，干得无比斩劲的一件事。

一日，王得贵赶集回来，刚进村就有人告诉他，说换牛的人正在他家闹事。王得贵一口气跑到家门口，见许多人围了一圈正看热闹。透过人缝隙，王得贵看到叶荞麦和表弟媳手里攥着枣红牛犊的缰绳，正使出生娃的劲朝两边拽，像是在拔河比赛。脸涨得通红的叶荞麦说："你想硬抢还是咋的？"

表弟媳呸啐了一口，说："听说吉村人最讲理，都给我评评，是我硬抢，还是王得贵家骗人？"王得贵挤进人群，对表弟媳说："有话好好说，有事慢慢商量，在这里大吵大闹，不嫌丢人现眼吗？"表弟媳冷笑一声，说："骗子都不嫌丢人现眼，我拉自己的牛，有什么丢人现眼的？"她转身向围观的吉村人说："你们恐怕还不知道是咋回事吧？我外前人到街上给牛看病时，让王得贵给哄骗到家里，两口子一唱一和，又是好烟好茶，又是鸡蛋面片子，把我那瓜怂哄转了，把好牛换给了他们。"

听到这里，吉村人的目光齐刷刷地对准王得贵，紧接着，他们你看我，我看你，像在相互求证。王得贵面不改色地对吉村人说："你们千万别相信她的鬼话，"他质问表弟媳，"谁是骗子，你红口白牙咋就随便诬陷人呢？什么叫把你外前人哄转了？换牛的事，可是你外前人——我表弟提出来的。"

"哼哼！你还知道是你表弟啊？既是表弟为啥要哄骗他呢？"表弟媳说着扒开人群，把晾在一旁波澜不惊的小母牛拉到枣红牛犊跟前说，"大家伙瞅瞅，我家牛什么样子，王得贵家牛什么货色？用能生犊的换

232

犍牛，瓜怂才会这么干，这不明摆着吗？这牛没有毛病才怪呢！"

表弟媳又说："王得贵、叶荞麦是什么人？猴嘴里掏得吃酸枣的人，能做亏本的买卖？"王得贵愤怒了，说："你这个女人不要满嘴胡然，你咋血口喷人呢？"可当王得贵看向枣红牛犊和小母牛时，他惊讶地发现，也就才十来天的时间，枣红牛犊俨然已脱胎换骨，仿佛另一头牛似的，而小母牛却更加不像样，原先大小差不多的两头牛，现在一下子拉开了距离。

这时围观的人群起了骚动，大家交头接耳，窃窃私语。一个吉村人带点倾向性地问："既不同意，牛刚拉回去为啥不来换？为啥要等十天半月呢？"表弟媳一把将裤管抹到膝盖处说："牛刚拉回去我就不同意，我当天就要把我家的牛换回去，可王得贵的表弟嫌丢人，死活不让我来，还打我，我腿上的伤就是他打的。为了二两烂面子，王得贵表弟居然动手打我！"表弟媳悲愤地哭了起来。哭了两声，停下又说："王得贵表弟居然敢打我，我本来要去死的，但一想，死了还便宜这俩大骗子了！至于为什么没早早来，因为我腿疼得走不了路嘛。这两天勉强能走了，赶紧就来了，我要把我的牛换回去。"

叶荞麦说："你弄清楚好不好，是你外前人说你想要一头母牛，是他缠上门来，主动要跟我们换，不是我们找他换的。"

表弟媳说："我是想要一头母牛没错，可不是你家这号母牛。我们村的人都说了，这牛要能生犊，太阳打西边就出来了。你想，你都不要的牛，我能要吗？"

王得贵气得脸色煞白，手一扬说："行了，行了，把你的牛拉走。"叶荞麦拽住表弟媳要算账，说牛吃了多少精饲料，为追肥喝了几斤清油，让把账算清了再拉牛。表弟媳用嘲讽的口气说："你哪怕给牛吃的是海菜席，那是你的事，说明你是有家子，你爱给吃，关我屁事！再说了，你家牛是喝风屙屁的？这些天难道没吃我的？"王得贵从未干过如此丢人折马的事，脸上早已挂不住了，便一腔喝住叶荞麦，让表弟媳把牛拉走。

这天晚上，王得贵又从叶荞麦的炕上把铺盖卷抱走了。

四

　　小母牛回家后，王得贵家的气氛坏到了极点，叶荞麦连续不断地骂了好几天人，主要骂表弟两口子，兼骂王得贵。可骂归骂，牛还得想法子往好里喂，因为一个多月后就是物资交流会，牛要上牛市去。叶荞麦心里着急，她强迫自己平复心情，十八般武艺全拿出来，要尽快把牛喂得变过样子来。

　　也许这头小母牛的命运就是这样，总是无法走出王得贵家。七月物资交流会总共十二天，王得贵上了十二天牛市，可牛缰绳却一直在他手里。原因不外乎两种，要么看不上牛，说什么都白搭；要么勉强能看上，却只想拾便宜，出 120 元已极具侮辱性了，可出 80 元的也大有人在。随便一个犍牛犊子都在 180 元之上，再怎么说也是头母牛啊！这价钱你说能卖吗？王得贵气得能吐血。想卖的卖不掉，要买的自然买不进来，家里的日子就等着一勺倒一碗，王得贵倒换牛的希望落空了。

　　散会这天，王得贵和叶荞麦拉着小母牛往回走，路遇同样从牛市上下来的两口子，他们同王得贵两口子一样，灰头土脸，唉声叹气。借火吃烟时男人问："为啥没卖了？"王得贵说："咱的牛不搭眼，人不出价。"女人说："我看你家牛挺好的，母牛嘛，肥瘦没关系，关键要能生犊子，就像女人生娃，又肥又大的，不见得能生养，瘦麻秆反倒腿一叉一个"王得贵大有遇知音之感，不由将那女人多看了几眼。

　　叶荞麦问："你家的又是为啥没卖了？"男人说："不知道。""不如我家的，都卖的一个劲儿的，可这瘟神就是卖不了。"叶荞麦说，"我看你家牛也挺好的，瘦是瘦点，但骨架子大，将来准能出息个好犍牛。"男人也有大遇知音之感，感激地说："买牛的要是都像你这么识货就好了。"他们顿时就有了同是天涯沦落人之感，一路走，一路相互安慰。后来也不知怎么回事，简直鬼使神差一般，那家人居然提出要换牛，说他们本就打算将犍牛犊卖掉后，买一头小母牛。

　　世上换牛的事尽让王得贵家碰上了，究竟是天意，还是缘分，谁能说得清。因为有前车之鉴，王得贵两口子很谨慎，起初并未答应。那边一个劲儿地给他们做工作，王得贵两口子就有些心动了。其实他们蛮看上那头黄牛犊的，但这事还是不能当场做决定。一旁商量了一番后，王得贵说："我怕我们会后悔，容我们回去再想想，你们也找人参谋参谋，看划算不划算，如果都是真心实意，三天后见话。"

换牛那天，为防止日后生变，叶荞麦觉得需要郑重承诺一下。他们都不习惯写保证书什么的，便口头做了承诺。王得贵说："谁反悔谁不是人。"对方说："谁反悔谁就是牲口"

分别的那一刻，王得贵分明看到了小母牛眼里的哀怨，它默默地注视着王得贵和叶荞麦，仿佛有满肚子的委屈话要对他们讲。王得贵受不了那眼神，别过脸去，不忍直视。他想幸亏小母牛不会说话，否则的话，它一准会跳起来，美美实实把他们骂上一顿：你王得贵两口子什么人嘛，一会儿把我倒给张家，一阵子把我换给李家，全然就没把我当个牛看。

五

卖又卖不掉，换也换不成，受此几番打击，王得贵和叶荞麦彻底死了心，也认了命，他们终于相信，世间的事都是有定数的，舍多少，得多少，上天早替你算好了。钱财也好，牲口也罢，该是谁家就是谁家的，一点都强求不得。如此，不再抱任何希望，心反倒安定下来了，反倒一心一意对待起小母牛来。

叶荞麦进行了深刻反思，她觉得还是自己对小母牛不好，才有了今天这种结局。她将小母牛和家里的鸡狗做了比较，母鸡给她下蛋抱鸡娃，狗忠心耿耿给她看家护院，这一切的前提是，她是多么看好它们啊！小鸡从破壳而出到变成大母鸡，它们一直是在她充满爱意的目光中长大的。她时常能想起自己端着灯，在摇曳的灯影里，看到小鸡用尖尖的但不够坚硬的嘴，费力地啄破蛋壳，相继探出湿漉漉的小脑袋，拿椒籽一样亮晶晶的黑眼睛略显疲惫地打量着这个世界时，她心里潮上来的那份温柔和怜爱；叶荞麦也时常能想起她端着小簸箕，站在院当中咕咕咕叫它们来吃食的情景。起初，它们像一堆嫩黄的绒球欢快地滚向她，很快，它们像淘气的娃娃争先恐后奔向她，及长成大母鸡时，它们便像生育过的女人，摆动着肥胖的屁股，略显笨拙地向她跑来，让她的心欢喜得一颤一颤的。

狗呢，就更不用说，时常偎在她身边，像卫士一样随她走来走去，家里的事没有狗不知道的。吃饭时，狗就蹲在她身边，她最爱用筷子将饭团夹起来抛向半空中，让狗跳起来接着吃，她管这游戏叫"打卦"，狗乐得享受其中。叶荞麦这才想到无论是家里的鸡、狗、猪，还是庄稼，她从一开始就一心一意对待它们，对它们抱有美好的期望；而这头小母牛，一到家她就厌恶嫌弃它，在牛面前居高临下，不可一世，甚至都不愿好好瞅它一眼。叶荞麦想起一句老话叫"想啥来啥"，可不是嘛，当初她要讨厌鸡，说不定鸡就不好好下蛋，她要嫌弃狗，说不定狗早离家出走了。

叶荞麦又想起鹿儿岭上那一亩三分石头坡地，吉村没人愿意在那里下功夫，石头缝里能长出什么好庄稼？而叶荞麦不这么认为，她监督王得贵一镢头一镢头将地深挖三遍，冰草芦苇斩草除根，指头蛋大点石头也要一一捡干净，肥料呢，上足上饱。那块地果然没有辜负他们，粮食不比原地产得少。叶荞麦知道，那样的地之所以能长出好庄稼，一是因为她想得好，二是因为付出得多。可这头母牛呢，一开始，她就认为它不中用，而它果真就不争气。

叶荞麦认为是自己将牛想坏了，牛才成了今天这个样子，这就是你不把人家当盘菜，就休要怪人家端不上桌。反思的结果是：叶荞麦觉得首先得改变自己的心态，再看牛能不能朝好的方向发展。

不争气的小母牛第二次回家后，王得贵两口子态度大变，他们发誓要把牛喂出个名堂来。王得贵在西山屲不太好的地里种上紫花苜蓿和禾草，给牛当青草。叶荞麦隔段日子就趴在大铁锅上给牛炒料。尽管那时粮食短缺，人尚欠着肚子，但牛的精饲料却一顿也没有欠下。王得贵每天总是出神地望着小母牛，有时伸手摸摸牛头，有时拍拍牛身子，有时悄悄跟牛说话。王得贵最爱对牛说："牛儿牛儿快吃饱，黑了爷给你拌夜草。"面对着牛，王得贵总在心里祈祷，牛儿你早些长得膘肥体壮，好歹给我争点面子吧，当然，最好能下个犊子，要不然，吉村人会把我笑话死的。

这样的时候，小母牛往往会停止反刍，两只耳朵轮番动一动，一双大眼睛静静地望着王得贵，好像知道他的心思一样。王得贵觉得这不光是牛的事，还关乎一个家庭的尊严，他家在人前因这头牛失掉的颜面，还得靠这头牛给赎回来。

王得贵两次换牛的事在吉村成为笑谈，一次以表弟媳上门大闹，把牛换回去而结束，一次以叶荞麦学表弟媳的样子，去对方家大闹，换回自家的牛而告终。王得贵家换牛的事后来成为经典，几十年经久不衰地流传在吉村。当年有"刘拐子家的女子，王得贵家的牛"这样的说法，这话是什么意思？刘拐子家的傻女子嫁了三回，被退回来了三回，王得贵家的母牛换了两次，还是在王得贵家。

王得贵心里憋着一口气，不把牛喂好，誓不罢休。天冷后他在牛圈里盘了火炕住进去。马无夜草不肥，牛也一样，王得贵一夜几次起来给小母牛添草，额外加精料。此后十余年时间里，王得贵一直住在牛圈里，直到家里不再养牛。

眼看一年将尽，小母牛依然没有多大起色。吉村喂牲口有经验的老人说，牛毛色杂乱不亮，嘴刁不长膘，是肚子里有虫。王得贵便拉了牛，三番五次去找兽医。吃过大把打虫的西药片子，被三两个人摁住头，强行灌进好多汤药后，小母牛慢慢变得肯吃肯喝起来。

季节更替，不知不觉中，瘦牛脱胎换骨，新长的毛如同枣红锦缎一般。它长大了些，也变壮实了，看人的眼神不再躲闪，连叫声都浑厚了。

小母牛是比先前长健壮了，但雀儿长不了鸡大，咋说它还是个小号牲口，王得贵只好认为就是这么个品种。如此，耕田种地还是成问题。一头大犍牛能拉独犁下地干活，小母牛这样的牛得一犋才行。可很少有人愿意跟王得贵家合牲口。张百忍把瘸腿老牛倒换了后，全村就数刘拐子和王得贵两家牲口弱，刘拐子倒是很愿意同王得贵家合牲口，可他家那头瞎犍驴又踢又咬，死活不肯跟小母牛合作，只好作罢。

可养牛不是为了看，牛天生就要下地干活，这是它的使命。农忙时节，即使找不到合牲口的人家，小母牛一样得下地干活。叶荞麦是刀子嘴豆腐心，骂得比谁都厉害，却比谁都更心疼牛。犁地时，需要一个人充当另一头牛，娃娃们身子嫩，怕伤了筋骨，王得贵要扶犁，背麻绳的就只能是叶荞麦。叶荞麦和牛并排走在一起，弓着腰，深一脚，浅一脚地走在犁沟里。

大凡牲口，都有些脾气。马刚烈，驴奸猾，牛野蛮。红鬃烈马一撮毛，挨了鞭子，可以拉着犁铧任性地狂奔出几十里，它在向人示威，高贵的牲口是不甘心被人鞭打奴役的；像堵墙一样壮实的大犍牛，犯了疯病，可以将驱使它的主人一头打落河中，表现得牛气冲天；而一头身单力薄、被人嫌弃的小母牛，是没有任何脾气个性的，它只能温顺踏实地去干活，将扛得起、扛不起的活都硬扛上干，而且得将活干得有模有样才行。

这样子使叶荞麦想起第二次用小母牛换回来的黄牛犊，夫妻俩在黄牛犊身上心重，喂养得格外精心。一段日子后，到了秋播时节，王得贵套上牛耕种时，才发现这牛像没调教过一样，不认犁沟拉着犁满地乱跑不说，稍不注意还会偷吃麦种。王得贵想给牛一点教训，一鞭子打下去，黄牛犊扑通一声跪倒在地里，吓得王得贵不轻。叶荞麦直埋怨他下手重，把牛打疼了。后来他们才发现，这头牛只要你让它干活，只要你吆喝一声，鞭子响一下，它立即就会趴到犁沟壕里装死狗，任你抬头提尾，怎么也弄不起来。这样的牛王得贵从没见过，也没听人说过，便向吉村有经验的老人请教。老人们说："瞎了！瞎的瞎瞎的了！这是'奸牛'，几千头牲口里都出不了一头，就像人里头的瞎瞎人一样，游手好闲的时候像个人，担担子的时候，偷奸耍滑就不是人了。"王得贵两口子这才知道上当受骗了，真是天外有天，人外有人啊！

不能干活的牛要它做什么？总不能当神一样供起来吧？王得贵两口子当即决定去换回自己的牛。寻到那家才知道，事情远比他们估计的更麻烦。见好说不管用，叶荞麦急了，说："你们两个大骗子，把干不成活的'奸牛'换给我们。"那女人冷笑着说："恐怕你们是'奸人'吧？要不好好的牛，到你家咋就变成'奸牛'了？"叶荞麦说："自己的东西自己清楚，我要把我家的牛牵回去。"那男人说："那你们就是牲口。"

尽管王得贵两口子一点都不想用武力来解决问题，但事情后来还是发展到拳脚相见的地步。很快，四个人衣撕破，脸抠烂，头上起了大肿包。好在让邻居解劝开了。那次的事费尽了周折，叶荞麦把自己的厉害发挥到极致，外加学习表弟媳那一套，再加上以死相逼，总算把自己的牛弄回来了。以前，叶荞麦最痛恨出尔反尔的人，不承想自己也成了那样，可那是没办法的事情。

六

"娃是自己生的亲，地是自个种的好"，这话一点不假。分产到户头一年，粮食歉收的局面迅速发生了扭转。接下来的几年，风调雨顺，粮食连年大丰收，这让吉村显出一种前所未有的生机勃勃的气象。王得贵家那几年好事不断，猪产仔，鸡抱窝，牛寻犊，高兴得他整日合不拢嘴。小母牛怀孕后，王得贵开始心疼牛，去地里干活，手里的鞭子多是在空中虚张声势地啪啪乱甩，耕地时，犁铧吃土也比原先浅了好些。叶荞麦则天天给牛加精料，喝糊汤。

母为子贵，一头枣红牛犊的出生，使这头母牛在王得贵家终于有了地位，没人再敢轻看它。别看母牛长得瘦小，生出的牛犊却是俊秀体健。王得贵说，这就叫瞎马下好驹。牛犊在槽上精心喂养七八个月，鹑觚镇七月过交流会时，牵出去卖掉，得到一笔钱。从此以后，这头母牛像能生的女人一样，一发不可收拾，连续产下几头健壮的牛犊。这些牛犊均是在槽上精心喂养一段时日后，一个个拉出去换成了钱。吉村人曾劝说王得贵留下其中一头，来分担或接替母牛工作，原因是随着时间推移，这头牛年岁渐长，再不倒换，恐怕有一天会老死在王得贵手上。

王得贵不听劝，贪心的他还指望这棵摇钱树继续摇钱哩。按说生了那么多牛犊，确实该有一头留下来，接替母牛工作，可窘迫的日子总是寅吃卯粮，鸡屁股里往外掏蛋，牛犊一个也没留下。

小母牛到王得贵家十三年，前后产犊八头。牛犊换来的钱，为家里盖了大瓦房，给大儿子娶了媳妇，供女子上完了中专，供小儿子读到了高中。这让吉村人羡慕又嫉妒，感叹王得贵家的牛可真能生，真是牛也不可貌相啊！

这年七月，鹑觚镇过交流古会，王得贵准备把一头八个月大的牛犊牵到牛市上卖掉。这是母牛到家后产下的第八胎。王得贵去离家不远的山坡上，寻找早上打出去放牧的牛母子。远远地，他意外地发现母牛垂头卧在草坡上，牛犊正试图用嘴将母亲拱起来。王得贵的心一下子蹦到嗓子眼上，拔腿就往牛跟前跑。

母牛就这样突然死了。在此之前，这头牛干活已大不如从前，反应迟钝，步履蹒跚，王得贵知道它已经很老了，终究有一天会死掉。可这一刻突然来临时，王得贵还是一下子蒙了，他一屁股瘫坐在地上。

邻居帮忙来抬牛，王得贵让抬到他家的一块自留地里。时间不大，就来了好些帮忙宰牛的刀斧手。以前吉村也有牛老死的先例，只要没什么大毛病，通常都是大家凑份子，宰了牛全村人吃肉。皮钱肉钱多少能弥补些损失，这是辛劳一生的牲口死后为主人所做的最后的贡献。

看到七八个带着刀子斧头的人围着牛摩拳擦掌，王得贵突然咆哮起来："我家牛不宰！谁说我家要宰牛？"大家面面相觑，觉得莫名其妙，既不宰牛，费这大劲，抬个死货回来干啥？

王得贵要将母牛埋在他家自留地里。王得贵这个疯狂的决定遭到了帮忙的人的空前嘲笑，更遭到大儿子的强烈反对，所有人都认为他疯了。望着这块埋葬着他太爷太奶爷爷奶奶好几位亲人的风水地，大儿子口气强硬地问："埋哪儿不行，为啥偏要埋这儿？这是埋先人的地方。"

王得贵说："就埋个牛，影响先人啥事了？"大儿子态度恶劣地看着王得贵说："人跟牲口能埋一起吗？你不知道骂人的那句话吗？"王得贵问："什么话？"大儿子说："先人坟里把四条腿埋下了吗？"大儿子接着问，"你不怕人笑话就不说了，难道不怕影响咱家脉气吗？"王得贵说：

"谁爱笑话慢慢笑话去。脉气这东西，有就有，没有就算跟皇上埋一起都没有。"他接着说，"咱个农民，吃喝哪样不靠牲口，活着天天在一起，死了怎么就不能埋一起？不要太过相信那些臭讲究。"王得贵蹲下身子，抚摸着牛头继续说，"埋这里，日后我死了也能见着它。"叶荞麦听到这话眼圈红了。宰牛的人听到这话散了，大家只好认为吉村出了神经病。

王得贵父子间那天爆发了争吵，激烈程度前所未有。可争吵得再怎么厉害，都无法改变王得贵的决定，只好任由他胡整——把母牛埋在风水地里。先人们头枕田埂依次安眠在地头，老牛安睡在地脚，人畜算是分开了。风水地里埋四条腿的事让王得贵在吉村的威信一落千丈，大家伙对他从此带有一种复杂的感情，不拿他当正常人对待了。大儿子为此好些年来内心充满担忧，并对王得贵一直存有深重的偏见，直至后来，王得贵的孙子辈里出了两硕两博，这种偏见才得以消散。

七

母牛突然死去让王得贵黯然神伤了好些日子，十几年的共同劳作，牛早已成了这个家不可或缺的一分子，即使过了许久，一家人依然无法释怀。后来的好多年，每到田间地头干活时，他们总会不由自主地说起小母牛，回忆牛活着时的点点滴滴，细数牛的种种好处。养牛的经历，教给王得贵一个深刻的道理，那就是不管干什么都得用心，用心了，麻袋都能做成绣花衣。

王得贵不止一次地对儿女们说："牛是这世上最不能辜负的大牲口，虽然不能开口讲一句话，但同人一样有情有义，懂得知恩图报，你敬它一尺，它会敬你一丈。"

多年后，王得贵因为衰老完全丧失了劳动能力，不能再到田间地头去干活了，但每年春种秋收，他依然会戴起挂在檐下的旧草帽，挂着棍子颤颤巍巍走出去。王得贵长时间呆呆地望着田野里的庄稼和挥汗劳作的人们，他远离了的不光是热火朝天的劳动，还有世界的喧嚣，不管地里的人怎么使劲跟他喊话，他都没有回应，王得贵耳朵聋了，完全沉浸在自己的世界里。他总是深陷回忆，自言自语，说着庄稼；说着从前的人和事；说着死去多年的老牛。王得贵觉得人和牛的命运是一样的，汗尽力竭就没什么用了，离死也就不远了，这令王得贵伤感，总有泪水从他昏花的老眼里流出来。

一直到王得贵老得下不了床，整日只知道昏睡时，偶尔清醒，他还会说到牛，他说牛槽里没草了，说该饮牛了。到去世王得贵都不能停止对那头母牛的回忆。没有几个人能理解他，不就是头牲口嘛！何至于此？可王得贵觉得牛实在太可怜了，好像前世欠他们王家什么债似的，作为一头母牛，它无疑是最出色的，但却并未因此而受到任何优待。它的另一重身份是头耕牛，十多年时间，母牛总是扛着大肚子在田间地头耕作。

王得贵家后来还养过好几头大牲口，但在他心里，没有哪头能同这头牛相提并论。如果要给他家牲口写功劳簿的话，这头母牛当之无愧应位列第一。

王得贵去世前说过，细细思量他这辈子是个有福的，一是他娶到了叶荞麦这样斩劲的女人，二是包产到户那年，他分到了一头斩劲的母牛。

原载《延安文学》2023 年第 3 期

一

林立是在老王失踪第四天下午得知此消息的。自下基层挂职锻炼后，林立就鲜有空闲去打球，不打球，同老王就没什么联系，老王失踪了，球友们不找问，老王家人不说，林立还真不知道这件事。

叶琼走进林家客厅时，林立和万敏再三请她沙发上坐，但叶琼选择走向阳台上的一个小圈椅。林立回忆了一下，在这栋房子里，将本次算在内，叶琼来过他家三次或四次，基本上都是为老王的事而来。林立发现，叶琼每次来都会固执地奔那个小圈椅而去，那里有一盆过于茂盛的大叶绿萝，从某个角度看过去，绿萝会将圈椅上人的上半身遮掩住，林立觉得这不像是叶琼的风格。

叶琼面色凝重，端着万敏刚沏的一杯玫瑰花茶说："已经是第四天了，老王还是没有回来。"林立在明白叶琼又是为老王失踪的事而来后问："没有向球友们打听吗？说不定会在哪个球友家。"叶琼摇摇头，说："谁去球友家能待三四天？这不可能，所以我也没问。"万敏拿了只小凳子，在叶琼身边坐下，当她看到玻璃杯里的玫瑰花蕾逐渐舒展饱胀起来时，很有些为自己的体贴入微而得意了，据说玫瑰花能缓解焦虑。

万敏征求叶琼的意见，说要不让林立现在问问，保不准哪个球友会知道老王的去处。叶琼未置可否，呷了一小口茶，说："问一下可以，但不要说老王失踪了。"林立立刻在球友群里接连发了几条消息，问这几天谁见老王了。

叶琼说："老王失踪的事，除了你们两口子，我还没向旁人说起过。"林立问："干吗不报警？失踪24小时就可以报警呀。"万敏白了林立一眼："能报警找你干吗？"叶琼表情悲戚地说："老王以前玩失踪也就一两天，你们给找回来过，自己主动也回来过，无非是要要小性子，可这次不一样，出去已经三四天了，我很担心，又想着大家都是要面子的人，所以没有选择报警。"

这时群里陆续有人回复消息，有球友问，老王三四天不见人，跑哪鬼混去了？有球友说，去哪也不请个假，来了罚他请大家喝酒。林立本无心理会球友们的戏谑之言，但当一个球友问到老王该不会是失踪了吧时，林立才回复了一句，说，怎么会？不过是随便一问。

林立将情况告诉叶琼，叶琼心事重重地说："我担心老王会出事。"林立问："老王离家前发生过什么事吗？"叶琼摇摇头，犹豫片刻又说："他跟儿子闹得很不愉快。"林立像侦探发现了有价值的线索一样连忙追问："是跟老大，还是老二？"万敏瞪了林立一眼，说："什么老大、老二，老王就一个儿子，不用说是贝贝嘛！"万敏对林立的智商有些不满。

林立问叶琼："叶姐的意思，这事怎么办？"叶琼说："又得麻烦你们帮我找找。"说着她闭上眼睛，用手不停地揪着自己的鼻凹处，看起来像是头疼。接下来，叶琼说："这几天我一直担心会出什么事儿，又一想，觉得不大可能，他老王的心胸不至于此吧？跟自己儿子闹了，有什么想不开的？"叶琼停了停又说，"老王离家后，儿女根本没人找问，但我得找一找，不管怎么说我们是夫妻嘛。"

林立问："怎么个找法？"

叶琼说："农科所问过了，当然我不会说老王失踪了，所上说没见人，他马上要退休了，没什么要紧事一般不去单位。老王常活动的地方我也找过了，熟人基本问遍，都说没见。现在只能问问……"她明显犹豫了，但终究还是说出了一个人的名字，她说他肯定知道老王的行踪。

叶琼叹了口气，说："你们都知道，我辛辛苦苦把那个野种从小养大，从供他念书，到就业，再到成家，哪样不是我出钱跑路亲力亲为的？现在倒好，人家卸磨杀驴，反倒不认得我了。不跟我来往，我怎么问？问也问不出来。"叶琼眼里闪着泪光，将她称之为"野种"的那个人的电话找出来，发给了林立。

林立若有所思，问："你说老王跟儿子闹得很不愉快，为什么？不愉快到什么程度了？"叶琼颇为难为情地说："还不是为钱的事，贝贝想换车，老王不给拿钱，父子俩就闹翻了。"林立追问："老王怎么会不拿钱呢？没个多，还有个少呀。"叶琼叫起来："老王哪有钱？"林立说："老王工资不是挺高的吗？一个月少说也八九千呢，怎么会没有钱？"叶琼说："老王的钱都拿去供养野种了，有我家贝贝什么事？就是那天，贝贝发现他最近一次性从卡上取走了六万多块钱，问钱去哪儿了，老王死活不说，就为这事闹得一塌糊涂。"叶琼叹息了一声说，"贝贝跟我一样都是没脑子，钱去哪了还用问吗？"

万敏这时从厨房里探出头来说："你只管想办法找老王就是了，不要问那么多无用的。"她坐了一阵就进去准备晚饭了，林立刚从挂职的乡镇回家，本来他们准备出去吃，叶琼来了，万敏又改主意了。

叶琼说："没事，没拿你们两口子当外人，我家的事儿，你们又不是不知道。"叶琼抚弄着肥大的绿萝叶接着说，"现在的年轻人都很自私，光讲自己享受，换车其实我也不赞成，但贝贝不听劝，我能有什么办法？"林立明知故问："贝贝好像平时对老王不大尊重？"叶琼的情绪瞬间变得激动起来，她双眉紧蹙，脸色难看，用凛然不可侵犯的目光盯着林立问："你难道不知道老王年轻时干的那些好事儿？你说让孩子怎么尊重他？有这样的父亲，你会尊重他吗？孩子本来就对他一肚子成见，现在几万块钱又不知去向，"叶琼看上去既愤怒又痛心，说着双目紧闭，片刻后睁开来，再次揪着鼻凹处说，"那天的确把贝贝气坏了，一不小心将老王推倒了。"

说到这里，万敏不让林立再刨根问底，她已经麻利地蒸上了米饭，也备好了三四样能拿得出手的菜，她要留叶院长在家吃饭。在万敏看来，这时候亲自下厨做一顿饭，远要比请叶琼在外头吃更能显出体恤之情。

两家算是故旧，似乎有着某种深厚的缘分，从在 L 县人民医院数年，到调入市妇幼保健医院，万敏和叶琼一直在同一单位工作，而林立和老王在 L 县时属于同一系统，调入市里后，单位又是上下级关系。他们自诩是农村包围城市道路上的战友，这种一路走来保持交情的情况并不多见。尽管多年相处中，万敏阳奉阴违，背后没少说叶琼是非，更没少诋毁她，但万敏头脑清楚，人前人后分得开，她紧紧跟随叶琼，鞍前马后，分寸却又拿捏得当。当然，叶琼投桃报李，对万敏也非常器重，一直将她看作自己的左右膀。市妇幼保健医院二把手的交椅，从某种程度上说，是叶琼一手将万敏扶上去的。

二

叶琼走后，万敏催促林立赶快找人，林立没好气地说："找什么找，哪有个把老王当人的？失踪了也好，拔了这眼中钉、肉中刺，正好合了大家心意，岂不快哉？"万敏说："都什么时候了，还说风凉话，人家叶院长可没这样说。"

林立怀疑老王被贝贝打了。他认为叶琼刚才的话有避重就轻之嫌，"你仔细琢磨'推倒了'这三个字，老王那么大块头，岂能是随便推倒的？这里头肯定有事情。"林立分析说。

万敏思索了一阵，说："不可能吧？"继而她就变得义愤填膺起来，"就算有可能，也是老王咎由自取，自作自受。他老王当年风流快活不顾叶琼感受抱回一个私生子时，恐怕没想到会有今天这下场吧？"

林立反问："你怎么不说说叶琼那些见不得人的事呢？我觉得老王比她干净多了。"万敏撇撇嘴说："你难道不知道一个成功的女人背后站着一群男人吗？那叫本事。再说，人家又没弄出一个私生子来。"

林立说："那就好好向你们叶院长学习吧！"

万敏变了脸，说："你说话咋这么恶心呢？"

当天晚上，林立两口子又为老王家的事发生了争吵，以前他们为老王家的事争吵的还真不少，有一次甚至打了起来。在评判老王这件事上，他们的看法截然不同，观点完全对立，就像所有了解这件事的男人和女人一样。多数男人认为，老王真汉子一条，敢做敢担当，既然敢造娃，就敢把娃抱回家，比起那些鬼才知道把多少娃流入下水道、倒入垃圾箱的道貌岸然的货色，不知强了多少倍。女人们则相反，认为老王是天底下最不要脸、最下流无耻的东西，千刀万剐，不足解恨。女人们对老王有多痛恨，对叶琼就有多同情。不过，大家倒有个一致的看法：叶琼这女人忍辱含羞能走到今天，不容易归不容易，也绝非等闲之辈。

万敏多次咬牙切齿地说，换了她，先把那个小野种弄死，再把老王给阉了，不信治不了他的骚病。林立知道这是敲山震虎，觉得万敏这点伎俩很可笑。林立赞同大多数男人的观点，认为老王无非是犯了普天下男人都会犯的错，既然这种错误具有普遍性，就不是多大的事。问题在于老王不该将"劳动成果"带回家，这种昭告天下的做法简直是愚蠢至极，无异于小偷背着赃物招摇过市。

吵完架，林立才想起虽然在找老王，可连个电话都没打。拨打了两次，老王电话在关机中。林立又给叶琼所谓的那个"野种"——王盼打电话，电话一直无人接听。林立对王盼的情况知之甚少，他甚至从未见过老王那个私生子，只知道他大学毕业后在外省某市的环保局工作。晚些时候，林立又试着给老王父子打了几次电话，情况依然如故，林立只好以老王朋友的身份，给王盼短信留言。

第二天早晨七点多，万敏出去锻炼时，王盼回电话了。"出什么事了，我二爸电话怎么关机了？"他开口就问。林立问："谁是你二爸？"王盼说："就是你找的人呀。"林立有些吃惊，问："最近一次是什么时候跟你二爸联系的？"王盼说："七八天之前吧，我来北京给孩子看病前打过电话。"林立说："你仔细想想，近几天你们有没有再联系过？"王盼想了一会，说："哦！对了，三天前，我二爸打过电话，问孩子住上院了没有。"林立听王盼说在北京给孩子住院看病，估计是麻烦病，不想给他添乱，便搪塞说："我找他有点急事，联系不上，就打你这儿来了。"王盼显然不能相信这种拙劣的解释，问林立是如何知道他电话号码的，林立没有回答。

王盼接着问："我二爸是不是又跟家里闹翻了？"林立轻描淡写地说："应该没有。"王盼说："八成是闹翻了。"王盼说他打电话问问家里和亲戚，同时建议林立去老王老家找一找。

时间不大，王盼电话又打来了，说刚给家里打过电话，他爸说他二爸前几天回来过一趟，没停就走了。

林立将王盼这边的情况反馈给叶琼，不管是叶琼还是万敏，林立对她们都有所保留，只说王盼并未见到老王，也没跟他联系，其余话不提。叶琼在电话里忍不住骂起来，说："别指望从那个狼心狗肺的野种嘴里问出什么，他们就是在一起，也不会告诉你的。"

还是没有老王的消息，已经是第五天了，叶琼更加担忧，但她依然不让将事态扩大化，她相信老王没事，只是躲在什么地方，现在需要把他找出来，要不然老王没面子肯定不会主动回家。林立也相信老王没事，老王不是会寻短见的人。

当林立又一次接完叶琼的电话时，万敏感叹说："叶院长对老王不光有恨，还是有爱的，你看把人煎熬的。"林立觉得这说法很讽刺，闷闷地怼道："叶琼十指不沾阳春水，没有老王这个大伙计，生活恐怕不大方便吧！"万敏无言以对，反正只要一沾上老王家的事儿，他们说话总是剑拔弩张的。

林立决定去老王老家走一趟，万敏极力赞同，她将这件事当作院长分配给她的一项硬任务来完成。

三

老王老家只有老王哥哥一个人，林立说他是老王的朋友，顺道来看望一下老王哥哥。老王哥哥很感动，说："你来就很有心了，还花钱买这么多东西干啥？我兄弟前几天刚回来过，给我买了不少吃的用的呢。"他一瘸一拐地端出两把靠背椅子，用满是茶锈的玻璃杯给林立泡茶，然后两人坐在院子里说话。这天天气不错，阳光如同院子里的树叶一样稠密。

父母早已离世，儿子在外地工作，家里就老王哥哥一个人。林立问："嫂子呢？"老王哥哥嘿嘿一笑，说："哪有什么嫂子！结婚头一年就跟人跑了。"他说那会子家里穷，加上自己腿脚不好，没人愿意跟，就没再娶。林立这才搞清楚，老王哥哥所说的儿子，其实就是老王那个私生子。林立问："这孩子到底算谁的？"老王哥哥说："算我兄弟俩共同的。"

老王哥哥点燃一根烟，说："说来话长，姓叶的结婚好几年不生养。"林立明白他说的是叶琼。"省内省外的大医院跑遍了，医生说是子宫没发育好，生养不成。家里老人着急，就让我兄弟抱养一个，说抱个兴许就开怀了，咱们这里这种情况不少，不生不生，抱养个就能生了。姓叶的当时完全同意，她娘家也同意，我这傻兄弟就四处找问，最终打听到一个男娃。"

"娃都抱回来了，姓叶的话却变了，叫把娃户口上到我名下，放在老家喂养。说万一她开怀能生了，到时候双职工两个娃违反政策，会开除公职的。家里人觉得这话在理，就依了她的意思。你想想，我兄弟是我们村第一个大学生，是家里唯一干公事、拿工资的人，凡事都靠他，说什么也不能把我兄弟的铁饭碗给打了。就这样，娃放在老家，由我跟老人喂养。

"头一两年，两口子隔三岔五还回来看娃，便宜奶粉也没断过，谁知娃刚三岁，姓叶的子宫发育好了，开怀生下一个女女，过两年给上头打假报告，说女女是个残疾人，上头批准了，又生了一个男娃，按说我兄弟有儿有女，这下不用为娃娃的事发愁了，可不是这样。

"自打生了女女，姓叶的就翻脸不认账了，说当初是我们自作主张抱养娃的，叫我们爱咋整就咋整，她从此很少回来，吃喝穿戴一概不管不说，还不让我兄弟管。说给王家儿女生双全了，叫我们把娃退回去，你说这是人话吗？娃又不是东西，怎么能退回去？退给谁呢？

"姓叶的收了我兄弟的工资折子，还限制他回家，跟我兄弟三天一小吵，五天一大闹，大半辈子没消停过。为这娃，我兄弟把不受的气都受了，把不淌的眼泪都淌了。其实娃在我兄弟家一天都没生活过，是我和老人一手抓养大的，按说我没生子留后，娃归我正好，可自那年一场大病后，我就干不成出力活了，庄稼汉人干不成出力活，就等于废了。家里呢，情况也很具体，我爹瘫在床上，我妈常年药罐子不倒，光二老我都顾不过来，养活这娃，我是心有余而力不足。就这样，我管娃吃穿，兄弟管花销，所以说王盼既是我兄弟的儿子，也是我的儿子。"

说到这里，老王哥哥长叹一声，说："小时候还好，无非就是吃饱穿暖的事，上学又花不了几个钱，长大上大学时那才叫作难，我兄弟的工资姓叶的挖抓得紧，一个月上交过剩下的那点钱根本不够王盼的生活费，真不知道那些年我兄弟是怎么给娃凑学费的，你看嘛，他堂堂一个大干部，穿衣打扮还不如个老农民。"

林立给老王哥哥点上一根烟，老王哥哥狠狠咂了一口，如释重负般吐出一团烟雾，说："好在王盼争气，上了个一本学校，费用不高，学习上又肯下功夫，年年有奖学金，再加上家里卖猪粜粮，就这样东拼西凑，总算把四年大学供下来了。王盼工作后，我对娃说：'家里就这么个情况，不能再逼你二爸了，他这些年为你把心血早熬干了，明显给你借不上力了，你找对象要找个能帮补你的。'娃听我的话，找的对象家里是两个女娃，等于是倒插门，住的楼房是丈人家买的。可谁知我这娃也是个苦命人，前些日子，孙女得了白血病，这会正在北京看病呢。这下我兄弟的心又放不到肚子里了，我寻思着他肯定要给王盼打钱，娃说在大医院看病，钱花得跟消雪似的。"

"是啊！都是自己亲骨肉，不管于心何忍，你兄弟太不容易了！"林立在发出使他心情沉闷的感慨后问，"那女人这些年跟娃有来往吗？"老王哥哥半张着嘴，显然搞不懂林立的意思。林立笑着说："就是给你兄弟生亲骨肉的那个——娃他妈。"

老王哥哥激动起来："什么亲骨肉？你准又是听姓叶的胡说八道吧？这女人阴险得很，不想要王盼了，就给我兄弟胡造影响乱披皮，到处说娃是我兄弟和野女人生的，你看看，我兄弟是那种人吗？"

林立很惊诧，这撞击了他长期以来的某些认知，但他不能确定老王哥哥的说法。返回的路上，林立心情沉闷，他想再次给老王留言，可不知怎么说，思想了一路，进城前将车停在路边，给老王写了几句话。

　　"老王，你是好人！我知道你这些年的遭遇和心里的委屈，你在哪里？我来找你。"林立相信老王会看到此消息的。

四

　　林立现在多少能理解老王为什么总那么寒碜，他眼前浮现出一个胖胖的身影来，老王一年至少有三季老穿同一身球衣，那衣服由于年深日久，蓝色已变为酱紫色，绑在老王逐年发福的身上显得愈来愈紧迫。老王的另一特点是皮鞋底磨透了，铺上一层还要继续穿。林立敢肯定，在他周围除了老王，现在已没人穿铺底鞋了。很多人无法理解老王的"艰苦朴素"，工资那么高，破衣烂衫给谁看呢？大家认为即使领导家属装低调，也不至于此。

　　在林立看来，老王是个实诚人，没多少毛病，如果硬要挑，那就是他这人不怎么招人待见，谁说起他都摇头。老王影响不好，并非因为私生子，而在他不懂人情世故上。老王是出了名的铁公鸡，据说从未见过他主动给人发烟，周末闲聊聚会从来不会有老王，因为吃了人的就得回请。从L县到市上，单位同事的红白喜事、升迁调动，老王概不搭情参与。一个人无论因何原因抠门到这般没有人情礼数的地步，这人就算把人白活了。这让老王这个20世纪80年代初西北农学院毕业的高才生；让这个当年培育出耐旱耐冻高产杂交小麦，解决了陇东很多人温饱问题的农业专家；让这个获得过诸多荣誉，曾三次进京受奖，本该受人尊敬的老王，在大家眼里沦为一个神经兮兮的问题人，很多人打心里瞧不起他。

　　林立对老王的感情较为复杂，有哀其不幸，有怒其不争。以他的起点，完全可以发展得很好，但老王似乎不求上进，除了主持研究过一些课题外，几乎没有担当过什么重任，他好像更热衷于家务和打球，早早就活成了退休大爷。

这天傍晚，林立刚进家门，万敏就惊慌失措地跑过来将手机塞给他，原来她正在和叶琼通电话。叶琼告诉林立一个骇人听闻的消息，听说这天下午，从市区后峡水库里打捞上一具男人尸体，因为是马路消息，死者信息不详。林立第一时间想到了老王，他感到浑身发软。叶琼明显也受到了不小的惊吓，说话的声音都变调了。林立连忙找人打听，费尽周折，最终证实死者并非老王。

一场虚惊令大家意识到事态的严重性，特别是万敏，显得焦虑不安，好像失踪的并非老王而是林立。她一阵给叶琼打一个电话，报告情况、分析形势，又是安慰，又是开导，听得林立想塞耳朵。最后一通电话打完后，万敏说："叶院长说贝贝现在也后怕了，后悔不该那样对待老王。"林立冷笑一声，说："后悔恐怕迟了！"万敏定定地望着林立，说："老王今晚再不回来，叶院长就要报警了，她说顾不了那么多了。"

林立把老王哥哥的话讲给万敏听，万敏陷入吃惊当中，她想了一阵，说："我想起来了，当年跟叶院长在乡镇卫生院工作过的一个同事说过，叶年轻时的确不生养，听说正是这样才抱了王盼。但我也听好多人说，王盼确实是老王跟情人生的。老王下去搞试验田的时候，一并把人也搞出来了。为了息事宁人，叶琼只得接受这个孩子。当然，另一种可能是她当年确实不生养，刚好打算抱养一个。"万敏表情严肃地接着说，"这可不是无稽之谈，当年的见证者，一个还在 L 县医院上班，一个刚退下来，她俩亲眼看见那女的生孩子时，由老王和叶琼接来送去，费用也是他们负担的，听说给了那女的一大笔钱，才把事摆平。"

林立说："这事扑朔迷离，谁知道里头是什么内幕。"他点了根烟说，"凭直觉，我觉得老王哥哥的话不会有假。"万敏反问："你意思是叶院长的话有假？"

林立又给几个熟人打了电话，巧妙地问见老王了没有。回答无一例外令人失望，他只好又给老王发微信："贝贝很后悔，叶姐到处在找你，我今天去过你老家，过了今晚，你家人可能就要报警了，你到底在哪里？"

五

事情的转机出现在这天夜间 11 点左右，林立突然收到老王的一条消息："不好意思，我在呢。"林立速弃牌友而去，第一时间打通了老王的电话。

在翡翠苑徐军家里，林立找到了老王。徐军是他们共同的球友。老王自觉颜面丧尽，开门时将脸扭向一边，但还是让林立小受惊吓。原来徐军两口子近期去兰州照顾女儿生小孩，把家里的花草托付给老王照看，老王这几天一直待在这里，足不出户。老王在沙发上坐定后，将脸埋在膝盖上，说："尽给你添麻烦，每回都害你找我，实在不好意思。其实不用找，我一不会寻死，二无处可去，怕什么？"他指指脸说，"这样子不好见人，我想在这里养几天再回去。"

尽管室内只开着昏黄的壁灯，尽管已经过去数天，但老王尚未彻底消肿的熊猫眼和脸上的多处瘀伤依然令人触目惊心。完全可以想象，那个畜生一样身强力壮的家伙，怎样将挥舞的拳头砸向一个他称之为父亲的人的脸上。但老王的表情是平静的，他接过林立递过的烟，默默地吸了起来。良久，老王才说："我知道你今天去过我老家，哥哥给我打电话了。其实我的手机时开时关，你发的消息我也收到了，谢谢你的安慰，我躲在这里，主要是想静一静。"

老王说："哥哥打电话时哭了，说他指望我活人呢，我可不能有一差二错。"林立说："对啊，就是为了哥哥，咱也得好好往前活。"老王说："嗯，我这人想得开，要不几十年前早没我了。"

说起这次闹事的原因，林立才知道，是老王擅自把六万多块钱给了王盼，原因是王盼的女儿得了白血病，需要支付高昂的治疗费用，老王于心不忍就给了。老王的工资每月雷打不动必须向叶琼上交某四位数字，剩下的钱用来维持家里的日常开销，抠紧点会略有盈余。近一两年来，叶琼收账不那么准时了，每隔一段时间攒够一个较大的数额时，老王会上交一次。林立问老王，把这么一笔钱给王盼时，有没有想过怎么向家里交代?

老王说想过，他在不知道怎么交代的情况下，依然还是给了，毕竟孩子看病要紧。再者，老王说，他亏欠王盼的太多了，家里的存款数目他不清楚，三套房产叶琼说与王盼无关。王盼结婚时，叶琼不让从家里拿钱，联合两个孩子跟老王闹，老王只好带着每月硬抠下来的钱，业余在球馆当教练挣的外快，以及别人的一些借款，独自前往参加王盼的婚礼。得知老王只带来四万多块钱时，亲家的脸一下子难看到了极点。

王盼在结婚的前夜跟老王大闹了一场，质问老王为何要把他带到人世间受罪。喝了酒的老王，当着亲家的面痛哭流涕，将王盼的身世倒了出来。可惜没有一个人相信，所有人都认为，这不过是一个不要脸的窝囊废生父为逃避责任编造的谎言。老王说，就这，结婚后叶琼还不让王盼带媳妇回家探亲，反咬说儿子媳妇不认她，一想起这些，他的心就在滴血。

说起贝贝，林立说："叶琼把孩子惯得实在不像话。"老王说："让你见笑了。"他接着说，两个孩子打小就不拿他当回事，不把他当父亲不说，连最起码的尊重都没有。老王在家里可以说没有称谓，他的代号不过是"喂"或"哎"，给我拿个这，给我取个那，使唤仆人一般，不过老王早就习以为常了。老王长长吁了口气，说："大学刚毕业就给买了二十几万的车，这才开了一两年就要换，叶琼只会惯孩子，却从来不会去教育。我是没有资格说他们的，她从小灌输给孩子的思想是，我曾经背叛过他们的母亲，犯下了不可饶恕的错，是让这个家蒙羞的人，而他们宽宏大度的母亲含羞忍辱经营着这个家，孩子们藐视我，不拿我当人看，在他们看来，我不配做他们的父亲。"林立小心地问："都是因为王盼的事吗?"老王露出自嘲的神情说："还敢有别的事?"

"能不能告诉我事情的真相?"

六

秃顶的老王像只肥胖的企鹅，他抬了抬屁股，苦笑着说："真相就是全世界人都知道我有一个私生子。"林立说:"太夸张了,没那么多人知道。"但林立心里想,至少在L县,你老王算得上声名狼藉,因为县城就那么大点地方,放个屁都能臭遍全城,这事自然是尽人皆知。很多人说到其貌不扬的老王时都要感叹一句:"哎呀!这老实人尽整大事儿!"老王的坏名声,为叶琼赢得了相反的好名声,多少人替她打抱不平,感叹说这么优秀的一个女人,摊上这样的男人,真是倒八辈子血霉了。林立说:"关于这件事,我一直想问,但又不好意思问,如果你愿意,现在可以告诉我真相。"

老王说:"谎言说久了就是真相。现在有人问起来,我也大方地承认我有一个私生子,就这么回事儿,谁能把我怎么样?"老王起身给他们每人冲了一杯茶说,"这事被叶琼编排了大半辈子,最后就千真万确了。有时候我也认为是真的,我曾经诱骗过一个涉世未深的姑娘,让她未婚先孕,为我生下孩子。我将孩子抱回家,叶琼为了挽救我们的家庭,为了我的公职不被开除,把牙打了往肚里咽,接受了这孩子。"

"叶琼无中生有光会说你,怎么不说说她自己呢?"林有意引导老王,希望这个满腹委屈的男人会就此打开苦水闸一泻为快。没想到老王却连个唉声都没打,他用缄默结束了这个突兀的话题,这或许出于一个男人自尊心的需要。林立当场就后悔了,他觉得自己还是把老王想简单了。

林立走过去拍拍老王的肩膀,像给了他某种力量,又像某种暗示,老王便深陷回忆当中。

30年前,老王在花家岭搞试验田时,住在李巧哥家。那时候下乡都住农户家,李巧哥家里条件好,父母待人热情,老王在她家时断时续住过两三年。其实他和李巧哥并不熟,她常年在外,只有逢年过节才回来,李巧哥的父母只这么一个独生女,娇惯得很任性。

老王回忆说,他第一次见到李巧哥就被震撼了,你很难说她哪里长得好,却又觉得她身上的每一处都长得恰到好处,是多一分则多,少一分则少的那种;是无论同多少人在一起,你都会觉得此地只有她一个人的那种。这样一个人间尤物到了29岁还没有成家,在当年足以令人奇怪，也令她父母十分担忧。老王并不知道李巧哥在外边具体干什么，但她每次回家都有车接送，衣着讲究，出手大方，看起来派头十足。后来渐渐听到一些风言风语，说是李巧哥在城里被一个富商老头包养着。原来是个金丝雀，难怪那么张狂。

当然，这不关老王的事。

老王承认他为李巧哥动过心，那样一个人物谁见了会不动心？但那只是他一个人的心事，李巧哥并不知道。老王和李巧哥的交集，发生在某年李巧哥腆着大肚子回家时。在当时，这简直是骇人听闻。李巧哥回家后寻死觅活，原来包养她的富商老头回老家探亲时突然死了，在毫不知情的情况下，她被一帮人痛打了一顿后扫地出门，如果不是大肚子，说不定会有性命危险。穿着睡衣的李巧哥仓皇逃回家之后，肚子里的孩子就成了最棘手的问题，一个未婚姑娘怎能在娘家生孩子，以后还做不做人了？

得知老王老婆是妇科大夫时，李巧哥的父母跪地求老王帮忙，而这时正是老王夫妇四处打听，准备抱养一个孩子的时候。老王赶回去把这事一讲，叶琼当即同意了，两家人就在这个时间节点上有了交集。所以李巧哥生孩子时，是老王和叶琼跑前跑后照顾的。老王说："过程就这么个过程，有半句假话，我老王就是女子娃生养的，可谁知后来，我莫名其妙就成了孩子的生身之父，你说我冤不冤？"

老王叹了口气又说："这纯粹就是叶琼一手遮天编造的故事，其实无非就是自己有了孩子，不想要这个抱养的孩子了。她逼我把孩子退回去，你说我怎么退，退给谁？"

林立问："李巧哥人呢，你后来有没有再见过她？"

老王笑了，笑得很苦涩。

在上海一条他早已忘了名字的街上，老王和李巧哥如约见面了，那次距上次见面有十几个年头了，李巧哥的儿子已经长成了一个半大小子。而站在上海街头的李巧哥还是那么鲜亮，时光仿佛打她那里绕道而行了。老王是在被叶琼欺得忍无可忍的情况下，是在王盼一次次哭闹着逼问自己身世的情况下，趁出差之机，一时冲动跑到上海找李巧哥的。

老王事隔十几年去上海找李巧哥，没有别的意思，他无意打扰别人的生活，只想让她证明自己的清白，给王盼一个关于来处的交代，如此而已。

老王见到李巧哥时，如同找到失散多年的亲人，他的内心激动万分，毕竟这个女人给他生了一个儿子，他甚至厚颜无耻地想如果王盼是他俩生的该有多好啊。那天，老王心潮澎湃，他有很多话要向李巧哥倾诉，他要告诉她为了孩子，这些年来自己遭受的种种委屈。他渴望得到肯定与安慰。可是李巧哥不容他把话讲完，她冷若冰霜又极不耐烦地说："你找错人了，我们并不认识，我不过是和你要找的人重名重姓，而你恰巧又打通了我的电话而已，至于你说的那些，我一点都听不懂，希望以后不要来打扰我。"

林立说："难道没想过别的法子？一个亲子鉴定不就洗白了。"老王说："根本没必要，因为从上海还没回来我就后悔了，都说养育大于生身，咱自小抓养大的娃，跟亲儿子有什么两样？我为什么要跑到上海去找李巧哥证明，你说我蠢不蠢？更后悔的是，后来不该在王盼结婚时说那些话，干吗要说清楚？世上有些事根本不需要说清楚。干吗要洗白自己？干吗非要证实王盼有一个不体面的出身？这对他有什么好处？我不能光为自己而不顾王盼的感受。王盼丝毫不怀疑我是他的亲生父亲，这要比让王盼知道他是一个被双亲抛弃了的私生子强很多。我怎么能残忍地断了王盼的念想，让娃觉得他是这世上最可怜的人？如此一想，我老王活成什么样都无所谓。"

七

这天夜里，林立和老王谈心到凌晨三点多。告辞时，林立问老王怎么打算，老王不好意思地说："明早回去，每次也就是气不过，跑出来躲一躲，不回去又能去哪呢？"林立心里一时五味杂陈，他握住老王的手说："你太不容易了！"

老王说："没啥！细想我这一辈子也不亏，该干的事我心中有数，凭他们怎么反对阻挠，我还不都照自己的意思干了，谁能把我怎么样？"林立说："能这样想最好，明早我接你回家，我要跟他们谈谈。"老王说："别浪费言语，谈什么都没用。"

送到电梯口，林立开玩笑说："同志们辛苦了！同志们要坚守阵地。"不承想老王更幽默，身板突然挺直，举手敬礼说："请首长放心，人与阵地共存亡。"

林立第二天早上睡过了头，他一醒来就给老王打电话。老王说不用麻烦，他已经回家了，这会正在菜市场买菜呢。电话刚挂掉老王又打进来，林立想象得出他说话时难为情的样子。老王说："刚才忘了叮咛你，我这事，兄弟千万要保密，传出去丢人现眼不说，对家里人也没什么好处，特别是叶琼，还在领导岗位上。"最后他再三叮嘱说，"昨晚咱俩说的那些掏心窝子话，兄弟你就烂到肚子里去吧。"

林立听见一片喧嚣的市声里老王不住地跟人打招呼，他也许戴着墨镜，似乎走到某处停了下来。林立听见老王说，"今天的鲈鱼看起来真新鲜，斤二两左右的来两条"。那声音听起来就是一个生活十分惬意的老男人的声音。

火烈鸟

一

父亲一大早就带着郭茂林来找莫等闲，三个小时后，依然没有要离开的意思。火烈鸟这时候发来一条短信。

"有什么好看的，真无聊。"莫等闲恼火地嘟囔道。

一心一意盯着电脑看的父亲立马扭头问："怎么回事？"

"一个读者，说要来看我。"莫等闲回答。

"哪里的读者？"郭茂林很感兴趣。

"新疆的。"莫等闲耷拉着眼皮子回答。

"新疆的？这说明你的作品很有影响力嘛！"郭茂林煞有介事地说。

"莫等闲你给我记住，读者才是作家的衣食父母，人家大老远来看你不容易，怎么连个好态度都没有？"父亲永远以莫等闲的人生导师自居。

莫等闲冷笑了一声，这冷笑声令父亲极为不满，厉声问笑什么。

"还不许人家笑了，你这老头可真霸道！"郭茂林忙笑着打圆场。

火烈鸟很快又发来一条短信，重申两天后定要来看望莫等闲这件事。莫等闲都快要被两个神经病老头烦死了，又冒出这么个讨厌的家伙，气得直想骂人，但慑于父亲的威力，只得忍住。

"好好修你的汽车，小心母夜叉把你剁了当下酒菜。"莫等闲飞快地打出一行字。

火烈鸟秒回："千真万确要来看你，行囊都收拾好了。"

郭茂林见莫等闲早已不胜其烦又心猿意马，便对莫等闲父亲说："咱们还是走吧，等闲现在是名人了，时间对他来说很宝贵。"

"你郭叔的稿子怎么办？"

"我尽量抽空看，你们走吧。"

"那你可得抓紧些，给你郭叔帮这点小忙还有什么好推托的？别忘了你能有今天，全托你郭叔的福，当初要不是他，你能去新天地？"

真可笑！莫等闲很想站起来大声质问父亲，我能有今天，全是拜姓郭的所赐吗？转眼一想，算了，鸡同鸭讲，能讲出什么名堂？

郭茂林站起身，亲切地拍打着莫等闲的肩头，说："老提过去那丁点小事干什么？我早就看出这孩子有出息，要不当年也未必会帮忙，你看这不是硬靠写作闯出一片天地了吗？当然，与老同学的教育也是分不开的。"

"我哪里会教育？这是人家的本事。"父亲满口讥讽。

"老同学当年是怎么想到从岳飞的诗句里给等闲取名的？这名字寓意深远又励志，鞭策着孩子一直走上了成才之道。"

"叫我看，白白浪费这么好的名字了。"

"嗳，也不能这么说嘛！等闲是大器晚成。"

莫等闲的两耳早已满得塞不下了，吭吭了几声表示抗议。

两个老头果然知趣地住了嘴。父亲从座位上起身，目光在客厅里扫视了一圈，脸色瞬间变得难看起来。"要不我和你妈抽空过来帮你彻底清除打扫一下？现在不同以往了，保不准要在家里接待客人，你把房子弄得跟猪窝一样，难道不怕人笑话？"父亲疾言厉色道。

"不用，我自己会打扫。"莫等闲冷冷地拒绝了。父母好多年不来莫等闲家了，让他们来搞大扫除，莫等闲会受不了的。莫等闲差不多是将父亲和郭茂林推将出门的。"走吧，走吧。"莫等闲像个赶鸭子的人一样说。

关上门，莫等闲索性躺倒在堆满书籍和衣物的沙发上。多少年来，莫等闲习惯一回家就将自己摊开在沙发上，而一个正襟危坐的早晨让他倍觉受罪。这个早晨，莫等闲是被父亲和郭茂林夹在中间，将那些狗屁不通的句子录入他那经常卡壳的电脑中度过的。父亲一定要莫等闲先录部分稿子才肯放心。录的过程中，莫等闲几次忍不住停下问郭茂林："为什么要搞这东西，下下棋、打打麻将不更好吗？"

郭茂林说："生命终有时，文章可千古。"

面对如此有情怀的论调，莫等闲只好闭嘴继续。

听父亲说，郭茂林是花了三年多时间才搞成这部自传体小说的，小说具体字数不详，但两摞一拃厚的手稿表明体量不小。郭茂林通过父亲找莫等闲的目的是要他帮忙将这部小说推荐发表。当然，首先得将手稿录成电子版，录的过程中还要斟字酌句进行订正修改。

"要不发《人民文学》吧？《人民文学》人民写嘛！"郭茂林建议说。

这是父亲给莫等闲这个金刚钻揽的瓷器活。

父亲说："你写的东西能上《人民文学》，你郭叔的就能上。"父亲的理由是郭茂林遭遇坎坷，经历丰富，为写这部小说又付出了巨大的代价，包括时间、健康、感情。

莫等闲怼道："你说的这些都没用，上《人民文学》，唯有好作品。"

父亲两眼一瞪，问："你怎么断定就不是好作品？"

郭茂林见状便用插叙自己创作历程的艰辛来缓和气氛。郭茂林是年近七旬才迷上写作的，迷上后简直一发不可收拾，不分白天黑夜地写，其勤奋程度堪比旧时想考取功名的读书人。有没有头悬梁、锥刺股不清楚，但屁股结了几层痂，心脏病发作过好几回确有其事。讲到这些情况，郭茂林就差没把裤子褪下来给莫等闲看了。莫等闲听后唏嘘不已，可一想到父亲的话，当即就想一头撞死，写作若如此简单，猪都能成为作家。

二

下午三点钟，莫等闲骑电动车去新天地果菜批发市场。在路上，他想起最近停下来的这一个多月，不过是一个多月，莫等闲觉得比在新天地的十二年还要漫长难熬，他只好承认自己是个贱骨头。

新天地刚建成那会，背菜袋子的装卸工有十五六号人，后来几个有关系的被指派去学习开叉车。叉车这玩意儿，一旦使用起来，人就会显得多余，所以最终只留下六七个人，成为新天地的长期雇用装卸工。莫等闲当年之所以被留用，全凭郭茂林一句话。

大约十六七年前，莫等闲不顾父母百般拦劝，毅然决然辞掉林场的正式工作，怀揣梦想南下，希望能谋得一份与自己的爱好相吻合的职业。在跑遍了大半个中国，终于掂量清自己属于半斤还是八两后，无可奈何的莫等闲又回到了渭州。莫等闲当年厚着脸皮去找父亲的同学郭茂林帮忙，受到傲慢无礼的对待和羞辱。工商局局长郭茂林说了好些难听的话，有些莫等闲至今记忆犹新，比如"狂妄自大""这山看见那山高""不知天高地厚"之类。怎么说呢？郭茂林这人其实不错，话虽说得难听，忙却照帮不误，这点情莫等闲一直记在心上。

莫等闲当年看上新天地那份出苦力的活，一是到了那步田地，二是为了时间。那工作上班在晚上，白天的时间可以自由支配，对莫等闲来说，这样就可以做到读书写作与挣饭票两不误，最好不过了。虽然莫等闲当时混得相当狼狈，但并没有放弃写作的打算，他是个一条道走到黑的人。

莫等闲走进位于新天地果菜批发市场东北角的集体宿舍时，只见到陶金一个人。陶金说其他人都出去了。往常经过差不多一夜卸车、搬运蔬菜水果，天亮后莫等闲和他的同事们都会倒在又乱又脏的集体宿舍里昏昏沉沉睡去，直到中午才起来各干各的事。

陶金给莫等闲点烟时一本正经地说："苟富贵，勿相忘！"

"三天不见，你小子还变得有文化了！哪来的富贵？又怎么能相忘?"莫等闲自嘲地笑起来,"不过是解决了个烂工作而已。"

"不干活就拿工资还能是烂工作?"

莫等闲蹙起眉头说:"你的意思好像我是白拿一样,人家这是脑力劳动好不好?"说着他把上次没带完的书扎起来准备带走,见陶金眼巴巴地望着自己,便抽出两本送给他。陶金马上找来一支笔非要莫等闲签名不可,说莫等闲现在是名人了。莫等闲只好写下委实不好示人的几个字。

写字的时候,陶金说:"我最近才听人说,你的名字是宋朝的岳飞起的,怪不道这么有出息,哪像我家里人给我取的这俗气名字,'陶金'——'淘金',淘了半辈子金,还是个穷光蛋。"

"你可真能扯,不过是我家姓莫,父亲大约觉得顺口而已。"

"到底是你父亲有文化,给你取的名字就是不同凡响,我家里人就知道拜金。"

莫等闲无奈地看着陶金说:"名字不过是个符号,别老在这上头瞎琢磨。"

"反正人一生的运势都在名字里,这是我最近研究得出的结论。"陶金列举了一系列成功人士的名字。

"也有很多了不起的人,取的都是极普通的名字,这又怎么解释?"

陶金这才停止了关于名字的讨论。

莫等闲告诉陶金,他留下的生活用品谁用得上谁拿去,用不着的扔掉。陶金说莫等闲一准会出大名,他先挑几样收藏了。

在批发市场大门口告别时,陶金说:"以前你读书写文章,我没少跟着别人讽刺挖苦你,有时还不让你开灯,现在想来我们这些人心屈意短,有眼不识泰山,实在对不住了!"

莫等闲说:"说那干啥,我早都忘了。"

陶金吸了一口烟,说:"有知识的人不管多早晚都不会被社会遗忘,只可惜这道理我明白得太晚了。"

莫等闲拍拍陶金的肩头。莫等闲看见陶金比刚来那会子矮小苍老了许多,知道自己也一样,便想到了时间的苍茫和无情,心绪一时低落下去。

"有空了看看书，这东西最起码能止恓惶。"

陶金感激地点点头。

三

告别陶金，莫等闲去了龙隐寺。渭州市所谓的文学创作基地就在这里。不久前，这地方专门改造出一间房子成为莫等闲的工作室。打开门，乳胶漆和新家具刺鼻的气息扑面而来。这到底是不是一件好事？莫等闲问自己，他已不止一次地担心坐在这里还能否写出东西的问题。莫等闲觉得他不属于这里，他只能属于纷乱嘈杂的新天地果菜批发市场。

打开窗子，点燃一根烟，莫等闲坐在桌边吞吐起来。莫等闲并没有联系电视台的主持人李萌，虽然他答应过中午一到工作室就给她电话。在此之前，省台、市台、兄弟市台先后为莫等闲做的各类报道访谈节目大大小小不下十次，莫等闲对此已深感厌烦和不安，觉得有些过了。

火烈鸟那家伙又发来一条短信，说跟莫等闲相识已经 39 个月，28 天，6 小时 32 分钟了，到了非见面不可的地步了，再忍耐一天，对他都将是难以忍受的折磨和无尽的痛苦。莫等闲悲哀地想，这真是一个盛产神经病的时代。但还是忍不住好奇问："何以将时间弄得这么精准，又不是计算圆周率？"

火烈鸟回信说："是从我们加为微信好友那天的具体时间算起的。"火烈鸟又说，"从我们打第一声招呼到现在，聊天内容一句我都没舍得删。"

莫等闲心下感动的同时又觉得别扭，这家伙怎么老跟个娘们似的，喜欢说些黏黏糊糊的话。以前火烈鸟这样说，莫等闲肯定早不理睬了。但现在莫等闲正处于红运接连向他砸来的心情大好之中，人在这样的时候，必定会变得宽容大度些。

莫等闲把火烈鸟的表现理解为爱屋及乌，读者喜欢一个作家的作品，往往会转为对作家本人的热爱和崇拜，一旦陷入其中，就跟着了魔一样，难免会做出一些过后连自己都觉得匪夷所思的事情。

莫等闲不禁想起20多年前，为了去听某作家的文学讲座，不惜同不准他假的单位领导闹翻；春运期间一票难求，两天一夜的火车，他一路站到了长春；在长春，宁肯饿肚子，也要买一捧鲜花送给那位作家；当他回到家时，又挨了父亲一顿耳光子（偷拿了父亲的几百块钱做路费），当年他认为那些事情无一不值得去做，他无怨无悔，因为他太崇拜那位作家了。

莫等闲又想起另一件事，当年他读了《白鹿原》，惊为天书，遂起了拜访作家陈忠实的念头。七月的西安酷暑难耐，他在陕西省作协门口苦等了两天也未见到陈忠实，便疑心是门房从中作梗，于是趁人家送报纸偷偷溜了进去。就在门房要撵他出去的时候，陈忠实恰好来单位了。陈忠实听说情况后，把他带到了自己的办公室，他们就《白鹿原》谈论了半小时，莫等闲那天居然不知天高地厚地指出那部作品中不够完美的地方。陈忠实记在本子上表示虚心接受。握手告别时，陈忠实硬塞给莫等闲20块钱，让他出去吃碗面再回家。走出作协院子，莫等闲在建国路的大街上泪雨纷飞，他对那位朴实无华的作家充满了敬仰与不舍，觉得他才像自己的父亲，而他真正的父亲却像一个令他讨厌的陌生人。

想起往事，莫等闲心中感慨不已，虽然当年被人看作是神经病，但那时的他是那样纯真可爱，那样的情怀，大约永远不会再有了。

自从莫等闲被各种媒体大肆宣传成一个从果菜批发市场里走出来的作家后，一个多月时间，他的微信好友猛增好几百人。但火烈鸟不是，远在新疆喀什的火烈鸟早在几年前就因文结识了莫等闲，算得上旧时相识，在一众文友中，他们的交流属于最多的。这是一个纯粹的文友，莫等闲这样想着便礼貌地回复了一句："欢迎来渭州。"

接下来两天，莫等闲每天去工作室溜达一趟。莫等闲现在是渭州市文化馆的正式文学创作人员，除了开会，一般不用去文化馆，工作室也没人说非去不可，就是说，成天躺在家里也行。

莫等闲坐在桌边，一根接一根抽烟。莫等闲心里想着好些事，但等于什么也没想，因为没有一件事情能让他集中注意力好好思考上一阵，它们纷至沓来又稍纵即逝。既定的生活程序被打乱后，莫等闲一直处于心绪不宁之中。

事实上，这两天莫等闲曾下决心要把郭茂林的小说稿读完，但糟糕得很，无论他怎样努力说服自己应当心怀感恩，拿出点耐心来报答文字背后的人，可就是读不下去，实在无法勉强，只好作罢。

这天下午六点多，火烈鸟发信息说已经到了渭州市，约莫等闲在广场附近的好朵鱼餐厅见面。

莫等闲在好朵鱼餐厅门口一通探头探脑，只见一屋子谈笑风生大快朵颐的食客，却不知哪个是火烈鸟，便发信息问人在哪里。

"在好朵鱼餐厅里。"

"我在餐厅门口。"

等了好一会，也没见有人出来同莫等闲相认，倒是有几个吃饭的人喊着莫老师，过来跟他握手打招呼。自从莫等闲出名后，称他为老师的人日益增多，莫等闲挺享受这种称谓，觉得自己比以往高级了许多。莫等闲觉得一个被尊称为老师的人像讨吃要喝的一样老是徘徊在一家餐厅门口有失体面，走开些想要打电话，却苦于没有号码。正不知如何时，火烈鸟发信息说："这家店里的鲜椒酸菜鱼片真不错，你也来一小锅。"

"先见面，再吃饭。"

"坐车时间太长，饿得不行了，所以等不及你就先吃上了。"

莫等闲表示理解。问坐几号桌，穿什么衣服，以便相认。

火烈鸟回复说："先进来吃鱼，一会儿到你桌上找你，之前看过你的照片，应该能认出来。"

这家伙怎么这样，搞这么神秘是什么意思？莫等闲虽然心生不悦，但还是听从建议，像模像样地走进去点了一小锅鲜椒酸菜鱼片。直到吃完，也没见火烈鸟走过来，这下莫等闲真生气了，觉得火烈鸟是存心戏弄他，他甚至怀疑这家伙根本就不在好朵鱼餐厅，至于这地方，一定是火烈鸟从他的作品中得知的，莫等闲好几篇小说里都写到了好朵鱼餐厅。

离开餐厅时，莫等闲发信息说："没这么无聊吧！"

好朵鱼餐厅对过是一个休闲广场，那儿矗立着两座巨大的充气儿童游乐城堡，孩子们的尖叫声和混杂不清的广场舞音乐吵得人耳膜作疼，莫等闲有些受不了，等待片刻，抬腿便走。

"莫老师等等。"

有人从后面追上来。截住莫等闲的是个细高个的年轻女人，穿灰色连衣裙，扎丸子头，拎一个大包，肩背一个更大的，像个背包客。

"对不起，莫老师。"丸子头涨红了脸。

"你是谁？"莫等闲十分诧异。

"对不起，让您久等了。"丸子头红着脸再次说。

"我们认识吗？"莫等闲实在想不出这女人是谁。

"我……我就是那个火烈鸟。"丸子头显得很难为情。

莫等闲一时愣在那里。"你这家伙可真会装，闹了半天，居然是个女的！"为了减轻尴尬，莫等闲故作轻松地笑起来说。

"对不起。"火烈鸟又一次重复。这女人有一双略显忧郁的大花眼，一张薄而大的嘴。

"那好……咱们走吧。"莫等闲说。

"等一下，还有两个人，"火烈鸟说着卸下背包，同提包一并交给莫等闲，"我去把他们叫过来。"

火烈鸟跑向广场。过了一阵，两个孩子推推搡搡被送到了莫等闲面前。

"我是跟孩子一起来的。"火烈鸟说。女孩大约七八岁，细眉小眼，粉扑扑的脸，火烈鸟喊她"小眼睛"。大约刚才在城堡里疯玩，淡黄柔软的自来卷发被汗水濡湿贴在额颅上。男孩四五岁，黑黑胖胖，有一双奇怪的大眼睛，容易使人联想到受了惊吓的小鹿。

"小眼睛，大耳朵，快，叫叔叔，问叔叔好。"

两个孩子不知所措地望着莫等闲，带着明显的戒备，那眼神让莫等闲想起了自己儿子这么小的时候可爱的模样。儿子被莫等闲的前妻带走了，现在南方的某座城市里管另一个男人叫爸爸。前妻阻断了莫等闲和儿子的所有联系，他们父子好多年没见过面了。

莫等闲的心瞬间变得柔软起来，他抚摸着两个孩子的头亲切地同他们打招呼。火烈鸟显得心潮澎湃。

　　"我带你们去找住处，先得把住处安顿下来。"

　　"去哪里，远吗?"

　　"得走一段路，这一带没住处。"

　　"你家离这里远不远?"

　　"不太远。"

　　"那就住你家吧。"火烈鸟的大方令莫等闲始料未及。

　　"我家里不方便。"莫等闲后悔说了不太远这话。

　　"你不是一个人住吗，有什么不方便的?"

　　"主要是家里又脏又乱见不得人。"

　　"没事，我可以帮你收拾，再说我们也不是讲究的人。"火烈鸟把背包从莫等闲手里要过去重新背好，像命令自己丈夫一样说，"走呀!"

　　莫等闲只好领着这个叫火烈鸟的女人和两个孩子，像一家人一样穿街而去。

四

　　莫等闲家的状况还是大大超出了火烈鸟的想象，打开房门的瞬间，随着两个孩子发出的惊呼声，莫等闲发现火烈鸟愣在了门口。

　　进了屋，火烈鸟顾不上休息就要动手整理屋子。莫等闲坚决不让，火烈鸟却一再坚持，最后莫等闲只得同意她把绊在脚下的东西大概整一整，把那间堆满杂物、落满灰尘的卧室整理出来。

　　卧室终于让火烈鸟整出点样子时，两个孩子已经蜷缩在沙发上快睡着了。莫等闲让火烈鸟先安顿孩子休息。火烈鸟十分潦草地给孩子洗漱了一番，便拖着女孩，抱着男孩，走进了卧室。莫等闲听见男孩大耳朵问："妈妈睡在哪里，要和那个人睡在一起吗?"小眼睛打了弟弟一下，说："你胡说。"火烈鸟说："妈妈当然是跟你们睡在一起。"

　　莫等闲泡了茶，坐在客厅里等候火烈鸟出来。莫等闲心里不大舒服，几乎没怎么跟他商量，火烈鸟母子就先入为主住进了他家，这算怎么回事，自己怎么就这么随便呢？

大约半小时后，火烈鸟带上门轻手轻脚走出来。火烈鸟说路上出了好多汗，身上有味了，得洗个澡。

火烈鸟洗了很长时间才出来。火烈鸟出来时身穿粉白睡裙。只一眼，莫等闲就瞥见薄薄的睡裙下那两个凸起的乳头，如两枚若隐若现的红枣。莫等闲慌忙把目光移开了。

火烈鸟在莫等闲身旁坐下来。火烈鸟温湿的气息有些逼人。莫等闲边往沙发头上挪边问："我还不知道你名字，不会叫火烈鸟吧？"

"名字不重要，还是叫火烈鸟吧，你喜欢火烈鸟吗？"

"谈不上喜欢不喜欢。"莫等闲不假思索地回答。他想起这女人曾数次企图跟他探讨这种只在画面里见过的鸟儿，只是他对此了解甚少，也不感兴趣。

"干吗要伪装成男人？"

"你要知道我是女人，还能跟我交往下去，能让我过来？"

"那不正中下怀吗？我求之不得呢。"莫等闲发现自己极力想表现得幽默风趣一些。

"你这人挺有意思的。"火烈鸟笑着揶揄道。

"此行的目的是什么？带两个孩子一路上可真够辛苦的。"

火烈鸟坦率地看着莫等闲的眼睛说："目的来之前我就说过了，还要再重复吗？"不等莫等闲回答，火烈鸟接着说，"今晚我可不想回答太多问题，原以为有很多话要说，见面又不想说了。"

莫等闲说："不想说就不说。"

两人几乎就没怎么说话地坐着喝茶。喝了一杯又一杯，仿佛那茶水的滋味无穷无尽似的。夜深了，能听见钟表走动的嘀嗒声，莫等闲也困了，便谎称自己第二天早晨有个采访，以此为由结束了尴尬的干耗。

火烈鸟走进小卧室关上门后，莫等闲才进了自己的卧室。上了床，莫等闲习惯性地拿起一本书，却一个字也看不进去，他再次想到了自己的轻率，怎能随便就把一个根本不了解的女人带回家过夜呢？这简直太不可思议了。

索性关了灯。慢慢地，莫等闲开始留心对面卧室里的动静。那边很静，似乎也在倾听这边的动静。一些小虫子样的东西，开始在莫等闲心头爬来爬去，弄得他怪难受的。

莫等闲想着火烈鸟刚洗完澡走出来时热烘烘湿漉漉的样子，不得不承认，这女人本身就漂亮，沐浴又为她增添了几分白天所没有的动人之处，尤其是那年轻丰满的身体对莫等闲充满了诱惑，这令莫等闲感到吃惊，他已清心寡欲好多年了。

莫等闲想象着对面卧室的门忽然打开，火烈鸟像猫一样走向他的情景。不知是晚上吃的东西太咸了，还是心里有鬼，很快莫等闲就觉得口干舌燥。他像个小偷一样心跳得厉害，躺在床上一动不敢动。

不知过了多久，随着一绺幽光的出现，对面卧室的门果真轻轻打开了。火烈鸟像猫一样悄无声息地走了过来，他们四目灼灼，在黑暗中对视良久，然后狠命地抱在了一起。

五

早晨睡过了头。走出卧室时，客厅已被收拾成了陌生的样子。随处乱扔的书被分门别类整理成几大摞摆在桌上，脏衣物收进几个大塑料袋中，啤酒瓶和没用的东西像小山一样堆在门口。火烈鸟说："早餐买回来在餐桌上，快去吃，今早你不是有采访吗？"

昨晚的那个梦让莫等闲不好直视火烈鸟。莫等闲说："这多不好意思，怎么能让你千里迢迢跑来打扫卫生呢？快扔下别管了。"

火烈鸟说："没事，只要是个女人，谁都会帮你收拾的。"

莫等闲让火烈鸟一道来吃早餐。火烈鸟说："你有事忙先吃，我和孩子一会吃。"又问，"今天接受采访穿什么衣服？我帮你烫一下。"

"不用，我就这个样子。"

"得添置几身衣服，你现在是名人了。"

"这样说就没意思了，我不是名人，也不想当什么名人。"莫等闲现在最讨厌人说他是名人。

火烈鸟停住手里的活，吐了吐舌头，说："对不起啊！"她歉疚的样子看起来可爱又动人。

本来莫等闲这天依然不打算联系李萌，但昨晚既然对火烈鸟说今天要接受采访，那么吃完早餐就得向外走。出门时莫等闲说："别整理了，停下来休息吧，乱惯了，太整齐反倒不习惯。"

火烈鸟说："快忙去，等你回来一起吃中午饭。"

莫等闲出门就给李萌打了电话。李萌说昨天没有等到莫等闲的电话，今天正准备联系他呢。他们相约在市融媒体中心见面。

李萌开门见山谈起了这次节目的构想和内容。莫等闲对拍摄的内容表示反对。

"恕我不能配合。"莫等闲说。

李萌说："莫老师的个性我很欣赏，但出于某种需要，做节目不真实的情况也是有的，希望你能理解并配合。"

莫等闲说："市文联是这几年唯一和我打交道的政府单位，除此之外没别的。前几期节目，我已经给有关部门贴足了金，说了好些违心的假话，现在又让我瞎编工作解决之前组织对我的关怀，你们怎么好意思？"

李萌意味深长地笑了，起身给莫等闲沏茶水。李萌说："这是天目湖的手工白茶，你尝尝，很不错的，还有一罐，外加一桶咖啡，都是纯正的好东西，送给你，走的时候带上，熬夜写作时用得着。"

"无功不受禄，留着你自己享受吧。"莫等闲一副刀枪不入的样子

李萌在桌后坐下，说："来渭州工作有七八年了，以前确实不知道有你这么个人才，自从知道你的事迹后，我的内心充满了由衷的敬佩和深深的感动。"

"言过其实了。"莫等闲面无表情。

"能够在艰难困苦中坚持梦想的人不多，莫老师应该相信大多数人对你的赞美和敬佩是发自内心的。"

李萌抿了一小口玫瑰花茶，接着说："现在到处都在宣传你的事迹，

我知道莫老师为人低调，早已为此所烦，可还得难为你配合再做一期节目，为什么呢？你可能有所不知，现在有点麻烦。"

"什么麻烦？"

"自从你连获两个小说奖之后，一篇相关的新闻报道让见习记者小翟注意上了你。小翟决定在你身上做文章。小姑娘在批发市场找到你，软缠硬磨说服你，拍摄了一期反映你日常工作和生活的节目。那期节目在《百姓人生》栏目播出后，在渭州引发了不小的反响。接着《追梦者》栏目也做了一期节目。后来省台的记者觉得这个素材很不错，专程下来采访你，做了更为详尽，也更为感人的一期节目在省台播出。

"很多人都以为是这些节目播出后，群众的呼声引起政府重视为你解决的工作，实际情况并非如此。"

李萌接着说："有些情况你未必了解，今天我来给莫老师讲一讲。"

李萌走过来给莫等闲添上茶水，说："机缘巧合，省台做的这期节目让刚好下到渭州来视察工作的汪省长看到了。据说汪省长忙完一天的工作，打开电视想放松一下时，恰好就看到了这期节目。汪省长是个伯乐式的领导，据说又是个文学爱好者，也许是被你的故事深深打动了，那期节目刚一看完，就给咱们刘市长打了电话，询问你的有关情况。刘市长对此一无所知，据说，受到了批评。"

"这些我道听途说有所耳闻，多谢汪省长的知遇之恩。"

李萌手捧玫瑰花盛开的广口水晶茶杯，说："所以说你是多么的幸运，这就是神秘的命运。"李萌接着说，"第二天在新天地果菜批发市场视察时，汪省长又问到了你，并提出要见你。看看，他把你记在心上了。

"新天地集团的董事长根本不知道他们集团还有你这么个有文化的装卸工，这真够讽刺的。忙打发人去寻找。遗憾的是那天你不在，你去哪儿了，怎么刚好就不在呢？"

李萌兴奋地说："没见到你，汪省长若有所失，但他讲了一席直接改变你命运的话。据说汪省长对刘市长说：'物尽其用，人尽其才，特殊人才可以安排到对口的工作岗位上适当予以照顾。只有解决了后顾之

忧，才能够安心创作，写出更优秀的作品。'

"汪省长还说：'这个人不见得是个好装卸工，但很有可能成为个好作家。如果将来成了大作家，渭州这地方不就出名了？莫言的家乡高密东北乡，贾平凹的老家丹凤县棣花镇，陈忠实的家乡白鹿原，以前谁知道，现在知名度不都很高嘛。为什么啊？不就是一个作家带火了一个地方，带动了旅游产业吗？咱们周边的文学之乡西吉县，做得就很好，这样的例子全国不少啊！'"

莫等闲被李萌的一席话感动了，他为那天没见到汪省长而深感遗憾，这样的好领导，值得一见。

"于是，你的工作就这样顺利解决了。"

"是啊，真是没想到。"

李萌说："总的来说，你的命运好极了，每个对你有帮助的人，在某个重要的时间节点上都恰到好处地出现在了该出现的地方。你就说汪省长吧，人家大领导该有多忙呀，可那段日子偏偏就到渭州来视察工作了而不是别处。那天晚上，汪省长忙完工作肯定还有别的休闲方式，比如，给大家写几幅字，打几把牌，翻一翻介绍渭州人文历史的册子，但他偏偏选择看电视而不是别的。据说汪省长平时除了新闻，无暇看其他节目，可那天晚上汪省长不但锁定了那档节目，而且专心致志看完了。这样，你就具体生动地走到了汪省长面前，而第二天视察恰好又去了新天地果菜批发市场。这真是神奇，简直像有人在暗中导演似的。

"莫老师你想啊，从见习记者小翟独具慧眼发现你，费尽口舌说服你做那期节目，到汪省长看到省台的节目，再到你的工作得以解决，这中间多少环节呢？缺一就不会是今天这种样子。"

"所以，"李萌总结说，"一个人想要改变命运，除了自身足够努力外，关键时刻还得有人提携帮助。因此，咱们应该心怀感激，感谢省市相关领导的关怀，他们都是你生命中的贵人，特别是汪省长，他是那个画龙点睛的人，是你生命中的头号大贵人。"

莫等闲说："我明白，这次的事，实际上就是汪省长的一句话，没有他的金口玉言，一切都是扯淡。我是应该感谢汪省长，也应该感谢市上领导，但我认为最应该感谢的是实习记者小翟，没有她，我还是新天地那个背菜袋子的，我认为小翟才算我生命中的头号大贵人。"

李萌怔怔地望着莫等闲，说："现在我们来说做这期节目的原因。工作解决后，关于你事迹的报道可谓铺天盖地，随着知道你的人越来越多，出现了很多乱七八糟的声音，这些声音在社会上造成了极不好的影响。"

"什么声音？"

"多啦！信息时代，什么声音都有，"李萌摊开双手做出无奈的表情说，"网上批评、责骂的声音很多。"

"责骂什么？"

"多是责问你这样的人才为什么以前没人发现，无人关心，不给解决工作；说什么很多编制内的人占着茅坑不拉屎，有屎拉的却没茅坑。"

莫等闲说："前些年我确实一心想在文化部门谋碗饭吃，比如去电视台做文字编辑，到文化馆搞创作，去剧团当编剧，这些单位都有长期合同工，可得到的答复不是不缺人，就是没用人开支。"

"我相信莫老师说的是实情，但这些话从此坚决不能再说了。因为再这样说，既得罪了人，又坐实了咱们渭州的领导不重视人才的事实，这会使领导们更加被动和尴尬。正因为如此，我们才要做这期节目，得让那些声音平息下去。"

见莫等闲不解地望着自己，李萌望着窗外叹了口气，说："阳光也有照不到的角落，何况社会，关照不到的地方肯定是有的。"李萌转过脸，看着莫等闲诚恳地说，"我知道莫老师为人耿直孤傲，对此等弄虚作假的事极为反感，但我想，说几句话不影响什么，权当是演戏。"

中午莫等闲没能回家，做节目的事，李萌从办公室谈到了一家酒店里。与一个当地名媛在环境优雅的地方共进午餐，谁会不乐意？

莫等闲只好发短信给火烈鸟，让她带孩子出去买饭吃。火烈鸟回复说炒菜米饭已经做好了。

六

两点多莫等闲去了工作室，花芬芳在那里等他。

对于花芬芳，莫等闲内心的感情向来复杂，因为曾经爱恨交织，所以带有无法消除的偏见。花芬芳是莫等闲的初恋，当年为追求花芬芳，在与情敌的决斗中，莫等闲的头被开了两条寸把长的口子，那隐藏在头发中耻辱的伤疤，直至今日有时还隐隐作痛。

莫等闲出名后，以前很少联系的花芬芳打过两次电话，一次道喜，一次叙旧。这次有事找莫等闲帮忙。

花芬芳带来两小盆多肉和一盆纤弱的文竹。花芬芳说写作累了看看可以缓解疲劳。莫等闲用李萌送的白茶招待花芬芳。花芬芳一开始就掌握了话语权侃侃而谈。两小时后，想到火烈鸟还在家里等他，莫等闲心里不安起来，便问找他有什么事。

花芬芳说了两件事，一是要莫等闲帮她修改论文，论文能否发表，关乎她今年评职称的事。

"论文是专业性很强的东西，我恐怕改不来。"

"教育专业没什么神秘的，你只管大胆去改。"

第二件事是替花芬芳学声乐的女儿写篇音乐鉴赏类文章，光写倒还好说，关键还得负责推荐发表。花芬芳说："你发表了那么多文章，编辑总认识几个，我知道这点事难不住你。"

"既是学声乐的，发表这东西有什么用？"

花芬芳嫣然一笑说："怎么能没用？女儿今年大学毕业呢。"

"那就自己写嘛。"

"一个唱歌的女孩子哪有那水平？"

莫等闲觉得像吃了苍蝇一样恶心，心想：亏你还为人师表，这话也好意思出口！花芬芳说："我知道老同学怎么想，这有什么奇怪的，我同事评职称的那些论文，有几篇是出于自己之手？"花芬芳撒娇般央求说，"你就帮帮忙吧，谁让我有你这么一个作家同学呢！"

下午五点多，莫等闲才从外面回来，为表示歉疚，他买了两大袋东西拎在手上。

走进有了亮光的房子时，莫等闲几乎不能确认这是自己的家。上帝在创造世界的第一天时说"要有光"。于是，就有了光。也许上帝来过，莫等闲心想。正在椅子上擦玻璃的火烈鸟看到愣在门口的莫等闲，从高处跳下来，说："是不是有点样子了？"

莫等闲说："怎么像走进了别人家似的。"

莫等闲招呼小眼睛和大耳朵来吃东西，两个孩子欢呼雀跃地跑过来争抢。

火烈鸟说："你快看门口袋子里的东西，我不能确定到底有没有用，等你回来检查一下再扔掉。"

"只要不是书稿，整出来的全扔掉。"

"书稿我一页也没敢动，就是整了一下。"

"我们先出去吃饭。"

"先扔垃圾，堆在门口怪让人不舒服的。"

莫等闲笑了，说："行，听你安排。"说着肩背手拎就往外弄。刚到楼下，火烈鸟背着垃圾也下来了。

"太不好意思了，你别管了。"

"两个人背快些。"火烈鸟脸上汗津津的。

爬楼梯的时候，莫等闲说："对不起，今天一出去就让些恶心的事给缠住了，实在没法脱身。"

"我理解，你现在是名人了。"说着火烈鸟吐了一下舌头。

七

晚餐又去了好朵鱼餐厅。本来莫等闲要带火烈鸟母子去别处吃饭，毕竟好朵鱼餐厅是个加盟店，并没有真正的渭州美食。但两个孩子闹着非去不可，因为好朵鱼餐厅消费满198元就送孩子们玩具。前一天，火烈鸟母子的消费没有达到标准，所以没有送玩具，两个孩子对此念念不忘。

这顿饭很丰盛，莫等闲点了七八个菜。火烈鸟认为过于浪费。

"没关系，找个保洁一天还不得几百元工钱，你干了那么多活，应该吃好点。"

不承想这话却惹得火烈鸟不大高兴，她说："干吗要把我和保洁拉到一起，明显两回事嘛！"

吃完饭，几个人逛街到十点多才回家。洗漱完毕，火烈鸟带孩子们去小卧室睡觉。莫等闲也破例早早上了床。莫等闲希望真正的夜晚早些开始。躺在床上的莫等闲被自己内心的想法弄得躁动不安，他迫切地希望火烈鸟在这个夜晚真的向他走来，而不是在梦中。好多年了，莫等闲从没有如此强烈地渴望过一个女人，他打算如果火烈鸟再不来，自己就要主动出击了。

就在莫等闲等得火烧火燎忍无可忍时，对面的门轻轻打开了，火烈鸟像猫一样走了过来。莫等闲不知道自己是怎样从床上弹起将火烈鸟揽入怀中的。水到渠成，他们笨拙而又热烈地将自己交付给了对方，几度达到了水乳交融的境界。看到自己早已消失殆尽的激情被眼前这个女人重新激发出来，莫等闲一时百感交集，自从当年前妻带着儿子离开家后，这么多年，他几乎没有碰过女人。如果说莫等闲对女人还有正常的渴望和需求的话，那么，这种渴望和需求都幻化在他痴迷的文学中了，文学就是他的女人。

事后，莫等闲突然感到强烈的不安，他坐起来，点燃一根烟，说："真是对不起，我们不应该这样。"

火烈鸟双眼微闭，依着床头说："好好的事这样说就没意思了。"

莫等闲一时语塞，便换了话题，问："为什么要带孩子跑出来？"

"我受够了。"

"难道过得不好？孩子都生了俩呢。"

"这与生孩子有什么关系？你们不也生孩子了，还不照样离了。"火烈鸟说，"简直是糟透了，我们生活在不同的世界里。"

火烈鸟开始叙述她的生活，平常她在微信里向莫等闲诉说的那个被虐待得千疮百孔的修理工其实正是她自己，火烈鸟就是这样一步步获取了莫等闲的信任的。

除了日常的琐碎和带孩子的辛苦消磨掉一个年轻女人对生活的热情外，和修理工丈夫毫无共同语言才是最令火烈鸟痛苦的地方。修理工的世界简单，差不多就是修车、吃饭、睡觉三样事。而火烈鸟的世界相对丰富，除了包揽所有的家务还有读书、写作、做白日梦，后三样才是她倾心投入的。也就是说除了生活世界，火烈鸟还有精神世界。火烈鸟在叙述的过程中突然跳下床，抱来几大本厚厚的笔记本让莫等闲看。

"这些都是我写的，我从学生时代就开始写东西，这习惯一直保持到现在，我也投稿，但投中的很少。"

修理工不允许火烈鸟有自己的精神世界。修理工需要一个大脑简单，一门心思扑在丈夫和孩子身上，把家打理得井井有条的妻子，而不是一个异想天开的神经病。在这一点上，也许一开始他就看错人了。他们频频发生矛盾和冲突，修理工在深夜里撕过火烈鸟的书，烧过她的笔记，把她强行拖到床上办事情。在火烈鸟顿不顿就把饭烧糊，时不时忘记接孩子，千呼万唤无应答时常常教训她，火烈鸟每次也会进行激烈的反抗，有一回甚至将水果刀插进了修理工的小腿肚。

"太痛苦了，我们一开始就是个错误。"火烈鸟叹息着说，"我早就无法忍受了，一直想带着孩子出走，只是以前没找到接纳我的人，现在我找到了。"

这话让莫等闲瞬间认识到了问题的严重性。

"恕我多情，你说的不会是我吧？我恐怕难以担此重任，因为我只会让人失望。"

"你怎么啦？"

"我的狼狈你也看到了，前妻就是因为不堪忍受我的穷困和种种劣习离我而去的。"

"我们是同一类人，有共同的东西，不论精神还是生活上，我们彼此需要，在一起肯定会幸福的。"火烈鸟列举了好些文坛夫妻伉俪情深的例子。

莫等闲觉得火烈鸟幼稚得可笑，同一类人未必就能相处好，相处这事太复杂了。再说一个独居惯了的人，是很难做到与别人同饮食共起居而没有矛盾摩擦的。

　　"我一直穷困潦倒，现在虽然有了一份所谓的工作，景况依然好不到哪儿去，我什么也给不了你，何况你又带两孩子，我想孩子你肯定谁也无法舍弃。"莫等闲咽了口唾沫艰难地说。

　　"还是你了解我，孩子一个也不会留给他。"

　　"只怕修理工未必会答应，做父亲的同样舍不得孩子。"

　　"大耳朵还小，正是离不开妈妈的时候，我绝对不会丢给他。"

　　"小眼睛也不大嘛，一样是离不开妈妈的时候，难道你要留下她？"

　　"不会的，"火烈鸟急切地打断莫等闲的话，"小眼睛我更不会留给他，她和这个人没有关系。"

　　"你离过婚？"

　　"根本就没结过。"

　　"小眼睛的父亲另有其人？"

　　"我不知道她父亲是谁。"

　　"那你可真是太粗心了。"

　　"莫老师把我想成什么人了？"火烈鸟脸涨得通红，说，"她是一个男人送给我的礼物。"

　　"天哪！有这样的礼物？"

　　火烈鸟说："不要吃惊，先听我讲个故事。这些年来，我一直想把这个故事讲给别人听，因为有些东西压在心里太久，人会受不了的。可这故事又不是对谁都能讲的，我是说很难找到一个配听的人。虽然我跟修理工生活在一起，但我从没打算将真正的故事告诉他，因为他无法理解。

　　"读你写的爱情故事的时候，我总会被深深打动。我时常想，写这故事的是怎样一个人，有着什么样的一颗心呀？这人是多么懂得那些为爱痴迷、因爱犯傻的人，他对他们是多么体恤怜悯啊！即便是一个为爱犯了错或不择手段的人，这人对他们也抱以最大的理解和同情，而不是一味地批评责怪，所以，只有你配听。因此，我来了。"

火烈鸟叹息一声，说："世界上没有永远装在心里的故事，时间会让它们变成洪水猛兽，得给找个去处。"

莫等闲说："老天，那你最好别讲了，我怕自己不配听。"但火烈鸟已经开始讲了。

八

那时候，麦子正抄近道穿越一座湿地公园。在那片明净如镜的湖泊旁，支画架的男人突然停下手，认识似的盯着麦子一个劲儿地看。男人的头发乱糟糟的，穿一身满是口袋灰不拉唧的户外运动装，看上去有些邋遢，却也符合麦子对一般画画的人的印象。

那片湖泊叫白湖，水面开阔，绕湖芦苇丛生，湖里水鸟起起落落，对于画画的人来说，实在是个不错的地方，麦子经常见有人在支起的画架前涂涂抹抹。在这样的地方，被一个画画的人多看几眼本来极其正常，有可能是认错了人，也可能是无意之举。但麦子感受到的分明不是陌生的目光，而是一种熟悉的、温暖的、明亮的、父亲般的目光。那目光黏稠如胶，粘住了麦子的脚步。

"姑娘，你喜欢火烈鸟吗？今天我画火烈鸟送你怎么样？"麦子愣了一下，径直走了过去。什么火烈鸟，分明是想和我搭讪！麦子想。

走出几步，不知何故又要回头去看，麦子发现那人侧了身子依然站在原地定定地望着她，麦子迅速扭过头，匆匆走了。

那天晚上下班后，麦子回家走的还是那条路。那时候，湿地公园里暮色浓重，人迹稀少，远近的景致显得影影绰绰，只有白湖如一只巨大的水泡，泛着灰白的幽光兀自浮在那里。走到白湖边上，又看见早晨见到的那位画家坐在路灯下的一块石头上，悠闲地跷着二郎腿在抽烟。见麦子走过来，画家站起身来说："你让我好等啊！我跟自己打赌，说你一定还会走这条路的，怎么样？我赢了。"画家走到画架前翻看那些画稿说，"挑一张好点的送给你，我就可以收工回家了。"

像麦子这种来自农村的女孩，头脑里少不了有一种来自大人们灌输的固有观念，那就是大城市里的男人大多都很坏，打工的女孩稍不留神就会上当受骗，因此警惕性很高，便想当然地认为这人是想纠缠她。当画家把一张画取下来递给麦子时，她拒绝了。

"我并不认识你。"

"我也不认识你啊！"画家看着麦子笑着说，"看看再拒绝也不迟，我的火烈鸟画得可是很不错的，至少我这样认为。"

画家语气温和，显得自信而诚恳。麦子只好接过画来看。

"火烈鸟在哪儿？我一只也没有看到。"麦子只看到满纸涂抹的色彩。

"我拿远点给你看，这画上有很多火烈鸟。"画家拿过画，走到路灯正下方，歪着头贴在胸前让麦子看。

"还是一只也没有看到。"

画家垂下画，笑着说："我知道你想看到什么样的画，一大群火红的鸟儿挨挨挤挤漂浮在湖面上，倒影也是火红的，像火焰在燃烧，这种鸟儿有着修长的腿，曲线优美的脖颈，镰刀一样弯曲的嘴巴，对不对？"

麦子说："你画得一点都不好。"

"哈哈！"画家爽朗地大笑起来，"小姑娘真诚得太可爱了，但不能因为看不懂就说我画得不好。"

画家把画复又打开，说："中国画大体无非就是写实和写意两大类，就像世界分为有形和无形一样。我画的是写意，更意象一些。"

见麦子一脸茫然，画家接着说："你同我当年初次接触写意画法时的眼神一模一样。这么给你说吧，有句老话叫'眼见为实，耳听为虚'，我将这话改成'眼见为实，意象为虚'，画画就是这个道理。肉眼所见实实在在的东西是物质的，惟妙惟肖描画出来属于写实，而我画的是虚化、意象的东西，是雁过无声、船过无痕的那种感觉，比较抽象，重在精神。这种画法神秘而梦幻，有着独特迷人的风格，相对比较高级。这样的画，不是人人都能看懂的。"

麦子似懂非懂地点头，凝视那幅画。画家说："怎么能说这画上一只火烈鸟都没有呢？你看呀，不但有，而且很多。"画家四指抚过画面说，"这些是它们小树林一样的脖子，这是它们高昂的头，很明显这一块是它们的身子部分，下面这些色彩团，是火烈鸟在湖面上的倒影。"

奇怪的是，听了画家一番描述，麦子眼前竟展开一片浩渺的水域来，一大片火烈鸟憩息于波光粼粼的湖面上，它们身姿妙曼，伸长曲线优美的脖颈，小小的头正集体努力地看向某处。

"我看见火烈鸟啦！好多挤在一起。"麦子不由自主地说，"我觉得它们不像鸟，更像水中长出来的植物，身子像暴雨打过的残荷叶，头和脖子则像弯曲的莲蓬。"

麦子的话令画家兴奋地手舞足蹈。画家说："凡事都讲个缘分，这话一点不假，有人出钱求我的火烈鸟，我却常常因为没有灵感而难以完成一幅画，可今早见到你的时候，莫名其妙就想画一张送你。今天的火烈鸟画得很顺利，而且都挺不错。看来，我们是有缘人呀。"见麦子的脸色又严肃起来，画家变了话题说，"就凭刚才一番话，可以看出小姑娘天赋过人，你不学画画太可惜了。"说着，画家开始收拾画架，他们一同走出公园后分了手。画家未问麦子的名字，麦子同样也没有问。那幅画，麦子拿回去贴在了床头上方。

那个晚上，麦子梦见自己跟随画家去了千山万水之外的地方看火烈鸟。那场面真壮观，好多好多火烈鸟呀！

九

说不清原因，从此麦子上下班专走湿地公园里那条近道。有时候能碰上画家，她已经认为他是一个了不起的画家了。只要时间允许，麦子一般都会停下来看他画画，她喜欢画家画画时的那份专注与投入。画家画画的时候就走进他的画里去了，不管旁边站着谁，一概视而不见。这样的时候，麦子就像他的画架，只有默默立在那里的份。不画画的时候，画家倒是显得很热情，话特别多。比如，面对着湖面，画家突然会说："看到了吗？那里有数不清的火烈鸟。看，一只飞起来了，几只紧随其后，快看，更多的飞起来了。那阵势，简直太壮观，太震撼了！就像火在天边燃烧，又像绯红的轻云飘过。"麦子特别喜欢画家富有诗意和激情的表述，这样的时候，麦子认为她俨然已是画家的知己了。当然，对于画家云里雾里的描述，麦子时常也会陷入迷茫之中，这时画家便开导她说："人要没了想象力，世界就会静止不动。小傻蛋，毕竟眼见有限，启动你的想象力，化无形于有形嘛！"

有时候好些天见不到画家，麦子就会失魂落魄，怎么说呢？画家嘴里的艺术世界同麦子打工的世界是有天壤之别的，麦子知道，无论如何她也不可能涉足另一个世界了，但她是一个极其敏感又十分聪慧的姑娘，自小又喜欢读书写东西，所以，画家讲什么她都懂，不光是懂，麦子简直是喜欢上画画了。

火烈鸟坐起身说："这故事很老套，是不是没兴趣听下去了？"莫等闲未置可否。火烈鸟说她口渴了，莫等闲跳下床端来两杯温水，说："你不光在画画方面有天赋，写小说更有天赋，这故事的细节很动人。"

火烈鸟接过水一饮而尽，说："难道你不喜欢火烈鸟吗？它的腿是那样修长，身姿是那么美妙，浑身的羽毛又是那样绚丽，远看湖面上像落了红霞，实在太震撼了。"

"现在我明白了，为什么你以前总试图跟我谈论火烈鸟，我知道啦，单纯的女孩爱上了画家。"

"没错，十九岁的麦子爱上了画家雪泥。"随着两人的熟悉，麦子发现自己就是一枚小铁钉，面对画家这块大磁铁毫无抗拒之力。画家的学识谈吐，放荡不羁却又饱经沧桑的艺术气质已经足够吸引麦子，而像个温和宽厚的父亲的样子更让麦子身不由己地要靠近他。两人出去吃饭，画家总叫麦子坐着，自己一趟趟去拿饭取水。他带麦子去买鞋子，每次都要蹲下身，前前后后仔细捏揣个遍，看鞋子合不合脚。麦子有痛经的毛病，每回来例假，画家都会给她熬稠稠的红糖姜枣汤，逼着她趁热喝下去。画家叫麦子心尖尖、傻蛋蛋，家里家外都一样，从不避讳人。长了十九年，麦子从没有被人如此在乎过，画家这样对她，麦子觉得幸福极了。麦子时常在恍惚间觉得画家就是自己的父亲，尽管她对早早离世的父亲已无多少记忆。好多回，麦子被画家感动到流泪时，她在心里都忍不住想叫他一声爸爸。

画家曾是某地美院里的老师，早年因工作不顺心辞了职，到处游山玩水，是个居无定所的落魄之人。画家画画随性，山水、人物、花鸟草虫，什么都画，但画得最多的是火烈鸟。画家对火烈鸟很痴迷，为此去过非洲好些地方，那地方是火烈鸟的天堂。画家说他第一次在非洲看到火烈鸟的时候，竟然激动得哭了。

画家雪泥曾承诺要带麦子去肯尼亚的博戈里亚湖看火烈鸟，当然，纳库鲁湖也是不错的选择。但去非洲两个人花销巨大，画家总是攒不够那笔钱，所以这个愿望一直未能实现。画家靠画画养活自己，只是收入有限，相对于他抽烟喝酒无度和动辄就外出写生的巨大花销，那些收入无异于杯水车薪，所以画家总是很穷。就算很穷，画家在麦子眼里也是光芒四射，她崇拜他、热爱他，自视是上天特意安排她来照顾这位穷困潦倒的画家、自命不凡的才子的。麦子总是设身处地为画家着想，几乎不曾向他提出过任何条件。

"哦！忘了告诉你，"火烈鸟说，"画家早跟妻子离异了，孩子也不跟他来往。"

"小眼睛是麦子和画家生的，后来画家离开了麦子母女，我猜想是这样的，对不对？"莫等闲自以为是地问。

十

麦子和画家雪泥的关系曾一度变得十分紧张，原因倒不是小眼睛，而是麦子逼问画家什么时候跟她结婚。美好的时光过得飞快，很快他们在一起有两三年了，麦子认为该谈一谈正经问题了。画家却认为麦子提出的"正经"问题既荒唐又可笑。画家坦诚地告诉麦子，他要一直保持自由之身，此生绝不打算再跟任何一个女人以夫妻的名义捆绑在一起，他憎恶妻子，惧怕家庭，这是上段婚姻给他的馈赠。直到此时，麦子才知道画家对自己毫无想法。

麦子认为画家欺骗了她。画家却说他从未要求过麦子什么，两人实质性的关系一直都是麦子推动发展的。麦子仔细回忆了他们交往的过程，得出的结论是她爱画家，而画家并不爱她。幡然醒悟的麦子既愤怒又伤心，跟画家大吵大闹。画家最不能忍受的就是女人无理取闹逼他就范，于是就不辞而别了，而且不辞而别得相当彻底。

画家不辞而别后，麦子疯了一般四处打听他的消息，可画家就像潜入深海的鱼，连个气泡也不冒。那么爱麦子，那么温和，如同父亲般的画家说走就走了，麦子怎么也想不通。麦子在痛苦中熬过了几年，就在她彻底绝望，以若无其事的样子准备将生活继续进行下去时，画家却回来了。回来的画家并没有来找麦子。麦子是在白湖边上偶然发现他的。画家这次带回来一个人——一个背在背上的女婴。

关于女婴的来历，画家雪泥的解释很神圣，近乎传说。画家说应该是漫天飞舞的雪花叫醒了他，在那个初冬的夜晚，酒醒过来的画家竟一时难辨自己身在何处。于是，画家继续躺着进行了回忆，慢慢地他才明白自己为何睡在长椅上独自面对着星空。原来就在这个广场，当天有许多人曾围观画家作画。其中的一些人表现得兴味盎然，不停地向画家请教，同他交流频繁。这是个彩叶纷飞富有诗意的季节，画家很有感觉，不歇不停画了十几幅火烈鸟。画家拎着酒瓶，边喝边讲边画，后来的事情，画家就不大记得了。

回忆至此，画家雪泥揉着酸涩的眼睛微微欠起身，这时，画家看到了一个令他终生难忘，也难以用语言描绘的奇妙世界。灰黑的夜色如巨大的河流正在静谧安详地流淌，在这无边的灰黑当中，有一片耀眼的金色光芒，小粉蝶们正在翩翩起舞。很快，那片耀眼的光芒又变幻成金光四射的巨大锥体，小粉蝶仍然翩飞其中。画家逐渐感受到了空气的清冽甘甜，他抬头仰望，看到雪花与星光共同闪耀，画家这才明白自己一觉从深秋睡到了初冬。同时，画家又觉得这是一幕正在上演的舞台剧，自己正置身于灯光聚焦的舞台中央。就在画家如梦如幻时，对面的长条椅上，一样东西引起了他的注意。画家跳下地，踩着薄如柳絮的初雪走过去，揭开被角，一个被包裹得严严实实的婴儿正在熟睡。

看到婴儿的一瞬间，画家忘记了世界与自己的存在，他屏住呼吸凝视只有几个月大的婴儿，如同凝视当年的自己。画家真切地感受到来自四十三年前，父亲在雪夜里凝视一个弃婴时满是怜爱和柔情的目光。这简直是天意，画家不禁泪流满面。

画家说，他一直试图用画笔描摹那个夜晚的情景，灰黑色流淌的夜，遥远的星空，小粉蝶般的雪花，熟睡的婴孩，宁静柔和的金色灯光，但画家始终没能画出一幅令自己满意的作品，这使他极其沮丧。

画家在讲述这一切的时候，是那样动情，又是那样真诚、投入。令麦子惊奇的是，画家每次的讲述几乎没有出入，一个谎言制造者不会如此缜密而无疏吧？所以，麦子非但不怀疑，反而一次次被感动。画家说相隔几十年，两个弃婴一同在雪夜的星空下酣睡，不会是巧合，只会是上天的刻意安排。画家认为这是上天送给他的礼物。这样的礼物，连世界上最铁石心肠的人都难以做到狠心拒绝，何况满腔柔肠的他？

但时间还是让麦子变得疑虑重重，因为任何人自己都无法证明自己所说的一切。麦子怀疑小眼睛是画家和某个女人生的孩子，可画家坚决否认。画家说要生，为什么不和麦子生一个？麦子问画家为什么不把孩子送进收容站，不交给公安机关。画家反问麦子为何不思考孩子来到他身边的缘由。麦子哪里弄得清楚这些事情？画家解释说这就是天意，说麦子当年走向他也是天意。

"天意之说"令麦子看画家如同雾里看花。

十一

差不多两年后，画家又一次失踪了。这次画家是有辞而别的。那时麦子已经不上班了，专门在家里照顾画家和小眼睛。关于小眼睛，画家说过，无论是谁，要爱他，必须连同孩子一起爱，否则，没有可能在一起。

麦子心里明白，小眼睛跟画家的关系绝非如他说的那般简单，但麦子甘愿相信画家的说法。她选择爱孩子，是因为她爱画家，只有爱画家，她才能够嗅到幸福散发出的芬芳。

画家将他画画所得的钱除了一部分给农村的父母养老外，其余全部交由麦子打理生活，那些钱勉强能够维持他们三人的生活。但能待在画家这样的人身边，麦子已经很满足了，至于他们两人的关系，麦子不敢再强求，她相信时间会给她一个交代。麦子自信画家会越来越离不开她的。

画家那次接了一个大活，完工会得到一笔可观的收入。画家走时说好两个月回来，但两个月过去了，除了转过来不多的一些钱外，人并没有回来。画家抱怨说由于那些不懂艺术的人总是瞎掺和，致使那活一改再改而难以如期结束。麦子信以为真，直到三个月之后，画家的电话彻底打不通了，麦子这才意识到出了问题。

麦子带着小眼睛去找画家，从乌鲁木齐到库尔勒，再到喀什。在找画家无果的日子里，麦子曾有过把小眼睛送人的打算。一个未婚女子，带着一个非亲非故的孩子算怎么回事？可小眼睛已经两岁多了，会叫妈妈了，越来越招人疼爱不说，最主要的是长成了小小版的画家，每有此想法，只要看上一眼孩子天真无邪的脸，麦子就会觉得自己是在犯罪。

两年多时间，喂奶吃药，擦屎把尿，朝夕相处让麦子和小眼睛有了母女般真正的感情，此时想要舍弃已经很难做到了。又考虑到如果送了人，画家回来，该如何向他交代？麦子一直固执地认为画家会回来的，即便是为了这"上天的礼物"，画家也一定会回来的。

讲到这里，火烈鸟哽咽了，成串的泪水从她脸颊上滑落下来。她轻轻啜泣着说："我太傻了。"

"真不是个东西，欺骗你的感情不说，还把他的风流种子甩给你，这种人渣，不得好死。"

"你别这样骂他，太难听了。"

"你确实太傻了，傻得不可理喻。"

"你和修理工在一起是因为走投无路了？"

火烈鸟轻轻揩去脸上的泪水，说："不知道为什么，也许是出于感激吧。我去找画家，从库尔勒一路打听到喀什，因为我只知道个大概，具体地点并不十分清楚，画家经常外出写生或干活，有时几天，有时几十天，我向来不问太详细。这样找了好长时间，人没有找到，钱却花光了，当时我得了一场大病，带着小眼睛卧床旅店，可以想象是什么处境。修理工就是那时候认识的。他单纯、善良，十分同情我，出钱让我继续住在他楼上的旅店里，慢慢寻找孩子的父亲。修理工至今不知道小眼睛的身世，他要知道了，肯定会无法理解的。修理工用自己修车挣来的钱给小眼睛买奶粉，带我看病，笨手笨脚地给我熬药炖汤，也不知怎么回事，我们就在一起了。"

"后来还是没有找见画家吗？"

"打听到一点线索，在一面墙上作画时从高架上掉下来摔死了。"

"活该！太坏了。"莫等闲义愤填膺。

"他有高血压，经常犯头晕，估计是户外工作时热晕了。听说，掉下来头磕在一块石头上，当场就死了。我找到请他画画的那家公司打听情况，不知为什么，那些人都显得讳莫如深，只有一个人告诉我，说他的妻子已经领了赔偿款，处理过后事了。我只好带着小眼睛离开了，我是什么身份，还能怎么样呢？之后又听到一种说法，说画家在当地医院抢救过来后转到北京的大医院去了，命保住了，人却成了植物人。

"在喀什住了两年后我生下了修理工的儿子。我们至今没有结婚，我一直推脱不愿去办那个证。"火烈鸟说，"我不爱他，却稀里糊涂地跟他在一起了，孩子也生了，你看我就是这么荒唐的一个人。"

"唉！"火烈鸟叹息了一声接着说，"十九岁的时候，我已经明确地看到了自己的未来，无非是打几年工挣点钱，年龄差不多了找个和我一样来自农村的人结婚生孩子，老大不小时，拖儿带女再回到老家去，我身边的人都是这样的。那时候，我并不知道自己会遇到画家，也不知道会跟修理工在一起，更不知道自己会爱上你，我无法想象自己会是一个与我没有血缘关系的孩子的妈妈，我不知道我会那样爱她。真的，就是做梦也想不到。

"现在我终于明白，人是很难掌控自己命运的，我感觉暗地里有一双手，它老是随意地操控着我，让我事事难以如愿。我爱画家，却没能跟他在一起；我讨厌修理工，却跟他生了孩子；我以为痛苦使我失去了爱的能力，结果我依然还会爱；我以为我能舍弃小眼睛，却发现根本做不到，我就是这样活在身不由己中的。"

"这就是神秘的命运。"莫等闲说。

"我的事，对别人是万万不能讲的，而你不一样，我看到了你作品背后那颗不一样的心，即使对一个十恶不赦的家伙，你也会究其根源，找寻出最终导致这家伙走上不归路的种种原因，对他们有剖析，更有同情和理解。所以我带着自己的故事来了，我相信你会懂的。"

十二

"我想过了，"火烈鸟说，"无论走到哪里，无论跟谁在一起，两个孩子我必须带上，这是前提。画家雪泥当年说过，爱他必须连孩子一起爱，我也是这么想的，爱我就得连两个孩子一起爱。"

"你又要说我太傻，傻得不可理喻。在你看来，我应该诅咒画家，对他恨之入骨才对。可其实我并不恨他，因为我从他身上体会到了从未体会过的爱，不知道以后还会不会有人像他那样爱我。他的爱让我像花一样开放过，这是我至今唯一得到过的幸福。不是说，'只在乎拥有，不在乎天长地久'吗？现在我懂得了，这是多么无奈的说法，谁会不在乎天长地久？不过是你无法拥有罢了。就说我跟画家吧，我是多么情愿跟他天长地久，可上天没有那样安排，只好如此了。"

"也许你无法相信，"火烈鸟接着说，"我对小眼睛的爱胜过大耳朵，她带给我的是另一种爱，是让我在不幸中仍然能体会到幸福的爱。我时常想，画家和小眼睛都是上天送给我的礼物。如今一样礼物不见了，另一样我得好好珍惜。"

不知道该如何接这个沉重的话题，莫等闲又点燃一根烟，烟雾使他的脸越发迷离起来。

"唉！别折腾了，听我一句劝，回到生活里来吧！"

"我在哪里？"

"你在空中。"

"更多的时候，你选择生活只遵从自己内心的感受，你明白自己需要什么，你只为自己活，活得率性真实。虽然这样的人往往有飞蛾扑火式自取灭亡的不幸，但比我们这些靠演戏活着的人好很多，因为你勇敢地得到了自己想要的东西，哪怕最终还是失去了。"莫等闲弹了弹烟灰接着说，"刚才的话很让我感动，特别是你对小眼睛的感情。既然这样，就不要再折腾了，回去好好过日子吧！孩子是无辜的，应该给他们安稳的生活，让他们健康快乐地成长。"

"谁给我安稳的生活？"

"这个不太好说。"

"可我爱上你了。我以为除了画家，我不会爱别人了，可我还是爱上你了。几年来的交往，通过你的文字，让我确信我是了解你的。"火烈鸟大约觉得很委屈，眼泪像断了线的白珠子一样滚落下来，她的嘴巴一张一翕的。

"爱我什么，我有什么值得你爱的？别让有些东西误导了你。"莫等闲努力挤出一些不自然的笑容后赶紧将话题岔开了，"就说文学吧，玩玩可以，当成正事是万万不行的。为什么呢？想吃这碗饭，首先得有天赋，其次得坚持不懈地努力，同时还得忍受孤独和寂寞，这不过是基本条件。在这上头想弄出点名堂很难，这不像种庄稼，只要下地劳动，就会有收成。再说，这是一个金钱至上、娱乐至死的时代，有文学什么事？一句话，这玩意儿有时害人没深浅。就说我吧，当年因为爱好文学丢了正式工作跑到外面去闯荡时，所有人都笑我脑子有问题，实在无法理解的父亲一气之下将我赶出家门。后来又因为坚持搞文学，妻子跟我闹离婚，她认为想方设法弄钱才是正道，而不是将大把的时间浪费在什么写作上。我们离婚后，父亲愤然跟我断绝了关系，几十年来我们基本上不来往。

"一个人所做的事情是否有意义，主要看能否得到名和利，如果不能，多么高尚的事情都是歪门邪道，都属于不务正业，这是从过去到现在所有人一成不变的共识。这些年来，我一直在跟家人、社会上的人对抗，我用自己的坚持向他们宣战——只要能坚持下去的事情就是有意义的。这个过程中我一直是一个人，非常孤独。"回忆往事，莫等闲心情变得沉重。他长吁一口气说，"我劝你还是好好过日子，别像我，老在别人认为没意义的事情上耗神费力。"

火烈鸟怔怔地看着莫等闲，说："你这样说我就弄不明白了，难道你不是一个很成功的例子吗？"

莫等闲扔掉烟蒂，说："目前的这件事属于偶然现象，或者偶然事件，我成功在哪里？是一份正式工作吗？我成功什么了？我在菜市场背了十几年菜袋子，一直被当成神经病，任谁都瞧不起。我写了几十年，除了发了几十篇小说散文，获了几个没多大分量的奖之外，什么也不是。实话告诉你，写作对我而言只是一种习惯，我百无一能，除此之外不知道自己还能干什么。至于很多人都看重的这份正式工作，我刚才说了，那只是个意外，与我个人的努力无关。"

"想不到你会这样说，不管怎么样，你现在算是苦尽甜来了。"火烈鸟固执地分辩说。

莫等闲说："真正写作的人，没有苦尽甜来，他的心永远都是苦的。"

这时已到午夜，窗外突然淅淅飒飒声一片，宏大而又细密，像风正在穿越丛林。火烈鸟扭头看向窗外，梦呓般说："下雨了。"

莫等闲陷入了沉思，他觉得这个夜晚最大的错误并非是同这个女人上床，而是愚蠢地在床上探讨床下的话题。

十三

早晨起床时，火烈鸟又在卫生间洗衣物，从昨天开始，这所房子里就挂满了清洗出来的各类衣物，房子里那种年深日久的陈旧气息给洗掉了，取而代之的是薰衣草浓郁的香味，莫等闲觉得很不习惯。

经过这个夜晚，莫等闲和火烈鸟的关系变得微妙起来，他们都竭力回避着什么，仿佛两人中间有片雷区，谁也不敢轻易再往前迈步了。

出门前莫等闲对火烈鸟说："出小区往右走150米左右，有个公园，风景不错，你可以带孩子去游园划船。"莫等闲说着掏出几张钞票递给小眼睛，"拿着，出去玩时让妈妈给你们买零食。"莫等闲像爸爸命令女儿一样说。

小眼睛在迟疑中接住钱，仰头看着莫等闲问："你会做我们的好爸爸吗？"她问跑过来的大耳朵："你说他会做咱们的好爸爸吗？"眼睛大得出奇的大耳朵说："你胡说，咱们有爸爸呢。"小眼睛说："你忘了，在来的路上，妈妈说要带咱们去找一个特别好的爸爸。"

火烈鸟从卫生间里一个箭步冲出来，一把夺过小眼睛手里的钱，执意要还给莫等闲。"不用，我有钱！"火烈鸟面带愠怒。

火烈鸟逼得莫等闲连连往后退，推让中钱散落在地上。莫等闲捡起来搁在茶几边上，说："给孩子吃零嘴的，你干吗这样？"

莫等闲去了工作室，他不想待在家里。看得出，火烈鸟很想跟他一同去，因为她不止一次地问到那里的情况。但莫等闲并没有邀请她。当莫等闲知道火烈鸟是带着孩子从家里偷跑出来的时候，心里就有了负担，这算怎么回事呢？如果那个修理工找上门来，怎么说得清？莫等闲想起父亲的告诫，现在，他不那么反感父亲的话了，对于自己新长出的羽毛，还是爱惜一些为好。

莫等闲觉得再也不能这样不明不白下去了，得让这个自作主张的火烈鸟尽快离开他家。可接神容易送神难，逐客令不是那么好下的。莫等闲悔恨不该有昨天那个夜晚，本来一切简单明了，让她走就是了，可这个夜晚使一切变得复杂起来，事情一旦复杂，人就很难理直气壮了。

想不出办法，莫等闲决定干点事情。那篇题为《提高幼儿教师专业素养的策略》的论文，莫等闲认真地看了两遍，如果要他点评，莫等闲会送上"层次不清，逻辑混乱，语病百出"十二个字。对这样的论文，"操刀动手术"并非易事，莫等闲颇为苦恼，又想起答应给花芬芳的女儿写稿发稿的事，他琢磨着以一个艺术生的视角写篇音乐鉴赏类的散文或随笔。思索了好一阵才发现，对于小说以外的东西，他的了解十分有限，根本不知道写什么。

莫等闲抽了半盒烟却什么也干不成，这让他很烦心，想到从答应李萌做节目，到接承花芬芳的事儿，都是违背自己良心和意愿的，他一样都没能拒绝，但对真诚善良向他敞开心扉的火烈鸟却是如此态度，莫等闲觉得自己有些恶心。

　　中午莫等闲没有回家，他给火烈鸟发短信说下午要去一个学校做报告，午饭让他们自己解决，莫等闲希望火烈鸟能感受到他的有意冷落。

　　火烈鸟回信说："你说的这个公园风景确实不错。"

　　在工作室待到了下午六点钟，莫等闲想，还是回家吧，总不能老待在外面呀。这时候，父亲打来电话，问郭茂林小说的事。莫等闲说才看了个开头。父亲催促他赶快看完录成电子版，尽快投到编辑部去。

　　"你郭叔不停地催问他的稿子，准备请你吃饭呢。"

　　莫等闲决定如实相告，以免误人害己。"那东西根本算不上小说，也没什么价值。"

　　父亲在那头提高嗓门说："你看都没看完，凭什么说人家的小说没价值？"

　　"三句话分高下，不用看完，就那水平。"

　　"这样吧，"父亲似乎咽了口唾沫说，"你先给弄成电子版，然后多投几家刊物，你说了不算，让编辑看去。"

　　"编辑没时间看这种垃圾东西。"

　　"你说话一点水平都没有。"父亲生气了。

　　"有水平谁弄这事呢？"莫等闲也生气了。

　　"你这混账是怎么回事？"

　　"另请高明吧，我没有时间。"

　　父亲在那头咆哮起来："才有几天的你，就张狂成这样了，我求不动你了是不是？"

　　莫等闲一怒之下挂断了电话。"咱们还像以前那样不来往最好"，这句话到了喉咙眼上却没能说出来，莫等闲十分痛恨自己。

　　很快，父亲的电话又打过来了。莫等闲做好了干架的准备。

　　"你家里那带俩娃的女人是怎么回事？"

"一个读者过来暂住几天。"

"少给我装蒜，我刚去过你家，那女人说话支支吾吾的，绝不是什么正经人，正经人能带着娃住进一个单身男人家里？"

"不要随便评论我的客人，我的事你少管。"

"现在全社会都拿你当人看，你可不能自己把自己不当人。你现在是有身份的人，找女人肯定得找个体面的、般配的，这种来路不明送上门的，我们坚决不同意，你趁早让她走吧。"

"亏你还当过那么多年的中学校长，说话就这水平，你闲心操得太多了，小心累着。"

父亲的话反倒刺激了莫等闲，他决定立即回家。几乎一瞬间，莫等闲做出决定，要对火烈鸟母子好一点，让苦思冥想的那些打算滚蛋吧！让火烈鸟母子住着吧，住到什么时候是什么时候，何必认真，何须费神，一切顺其自然。

只是火烈鸟母子并不在家里，家里只有薰衣草的气息和满房子的陌生。床单、被套、沙发巾、桌椅套都以崭新的面貌归位原处，窗子上像安上了新玻璃，房间里的一切都闪着光。

上帝一定来过，莫等闲心想。

莫等闲发短信问火烈鸟在哪里。火烈鸟说还在街上。莫等闲说我来找你们，咱们一块吃饭。

火烈鸟回复说他们已经吃过了，让莫等闲自己去吃。莫等闲下楼要了一碗裤带面，这是他的最爱。

再回到楼上，一进屋就看见几张钞票搁在茶几上。"奇怪，刚才怎么没看见？"莫等闲问自己。这时候，他突然有种异样的感觉，忙到小卧室去看时，发现火烈鸟和孩子们所有的东西都不见了，那些东西肯定是被收进那两个大包中去了。

莫等闲急着打电话，又一次发现他到现在还是没有火烈鸟的电话。

"你们在哪里？我过去接你们。"莫等闲发消息问。

一连问了几次都没有回复，语音电话也无人接听，莫等闲觉得父亲一定说了什么过分的话，自己的父亲自己还不了解？他越想心中越不安，一直在不停地发信息。

到了凌晨，外面突然淅淅飒飒声一片，莫等闲走到窗前往外看，只见街道上正泻下一片橘黄朦胧的雨幕，雨下得细密又安静，像风正在穿越大片丛林。

这时候，火烈鸟终于回了一条短信。"下雨了。"她说。

燕郊之夜

张海时常能想起燕郊之夜，那个夜晚，他仿佛经历了三生三世。

一

张海提前两天到了北京。这是个秘密。本来，他打算星期一动身，培训班星期一报到，星期二正式开课，可杨柳在不停地召唤他，催促他早些行动，好利用开班前的两天时间。

杨柳在微信上说，这周末她正好有点时间，可以陪陪他，建议他最好提前一两天过去。张海当时反应平淡，这一点倒是出乎杨柳的意料，他说得视自己手头的工作而定。他猜想她失望了时，才又说："我尽量安排。"

这是欲擒故纵法。

实际的情况是张海已经蠢蠢欲动了，他正处在一个厌倦家庭、寂寞却又不甘寂寞的年龄，他暗自惊讶自己早已从内心听从了她的建议。于是乎，不动声色地编造出一个足以令单位和家人都信服的理由，在星期五这天踏上了旅途。

接张海回城的路上，杨柳说："为迎接老同学大驾光临，我提前两小时就到了机场。"杨柳补充说，"你知道我现在除了忙没别的，上海那边的培训机构要开业，徐州那边业务需拓展，近期还得去趟成都，这些事我都推后了，没什么比你来更重要。"

张海完全相信杨柳的话，不算长的行程，她的电话频繁响起，他目睹了她简洁而高效的办事风格，不由对她刮目相看。杨柳是搞 AI 智能教育培训的，公司开得挺大，是个女强人。对于杨柳表达的意思，按说应该客套话几句才对，但张海并没有。看着窗外倏忽而过的都市风景，他始终保持一种矜持的微笑听她讲话，他深知，面对一个对你上心的女人，最好不要表现出她所期望的样子，高冷一点也许效果更好。

正是由于张海的原因，两人见面反倒生疏了，完全没有平时微信上交流那般放松。杨柳颇为感慨地说："你不如从前健谈了，好像变文雅了。"她说的从前，应该是指他们的学生时代。她娴熟地把握着方向盘，意味深长地瞥了他一眼。而他正笑着望向她。杨柳是那种妩媚的女人，栗色长卷发随意挽在脑后，紧致的瓜子脸，笑起来月牙一样的眼睛，嘴角上有一颗调皮的痣，这使她的五官显得俏丽又活泼。张海觉得自己有些失态，忙挪开视线，说："没有啊！我怎么不觉得？"他心里想，难道你喜欢一个粗俗的人？

对于北京这座城市，张海的了解是肤浅的，他生活在偏远的西北小县城。几十年来，总共有四次去北京的经历。前两次是跟团旅游，被人牵着鼻子，浮光掠影走了个过场。后两次集中在近几年，都是去北京培训学习。对于一名职业中学的校长来说，这类培训学习近些年总是呈有增无减的趋势。培训大都时间短，课程紧，同一地方来的同行好几个，再加上来去行程都是提前安排好的，因此难得有个人空间。最后一次去北京在前年，当时张海和杨柳已取得了联系，那次培训当中，她来看望他。

十一月初的北京，天气已经转冷。可能是张海在聊天中抱怨北京初冬的寒意及水土不服而导致上火牙疼，说者无心，听者有意，杨柳来看望他时，带来一件鄂尔多斯牌薄羊绒衫，一盒西湖龙井，一包金菊，还有一只水晶杯。礼物贵重与否对张海来说并不重要，重要的是他感受到了她的用心和一片情意。他们之间的关系，就是从那次起了质的变化的。

那天，在张海参加培训的那所高校附近的一家西餐厅，杨柳请他吃饭，同去的还有来自同一地方的另两名校长，他们是稍作推辞就欣然前往的。他们全被杨柳的美貌和风度所吸引，对她的热情大方大加赞赏。那是张海和杨柳初中毕业近三十年第一次见面，这是第二次。

出机场二十多分钟后，张海发现路线不对，诧异地问："这是去哪？我们不是去北京？"杨柳说："去燕郊。我在那边有房子，平时没人住，很清静，这两天你就住那边吧。"张海立刻反对说："这怎么行呢！你事先也不跟我商量一下，住你家不方便，我还是住酒店吧！"

杨柳看着前方的路说："有什么不方便的？到了这里就得听我安排，你要相信我的办事能力。"张海说："你的办事能力我当然相信，但这是两码事，我不习惯住别人家，还是送我去北京那边的酒店吧。"

"只有你一个人住，有什么不习惯的，就当是酒店吧。"杨柳想了想又说，"让你住那边，还有另外一个想法，有个人你也可以见见。"张海一脸茫然，很快想到了一个人，但他希望最好不要是她。"谁呀？"他故作平淡地问。杨柳狡黠一笑，说："你就装吧！你的'耶利亚女郎'不也在燕郊那边吗？难道你不想见见她？"

张海"哦"了一声，说："我们一直没有联系过。"杨柳瞪了他一眼，说："虚伪的家伙！我一点都不相信你们到现在都没有联系。"他只好承认说："微信是有，但几乎不说话。"

"一个大男人，别这么小家子气，几十年都过去了，有什么放不下的？这不，我都主动联系你了。"她这么一说，他倒觉出一些愧疚来。的确，是杨柳主动联系他的，应该是他先联系她才对呀，毕竟当年他有对不住人家的地方。张海说："你说得对，我就是主动联系添加她微信的，但彼此无话可说，除了逢年过节问候几句，她不问我的具体情况，她的情况我也不想知道。"

杨柳说："听说她好像过得不大好，15厂迁到燕郊这边后，名义上是归入了某某集团，实际上就是外来户，跟这边职工的福利待遇完全不一样。首先是房子的问题。这边是什么房价？穷工人有几个能买得起的？再就是工作问题，脚跟还没站稳，企业改制就下岗了。没了工作，大多数人过得很糟糕。那种糟糕，你无法想象，有人连买一袋面都成问题。"她自嘲地笑笑说，"如今看来，我当年毕业后没有回 15 厂，跑到外面完全是正确的。否则，现在连住地方恐怕都没有，说不定正干保洁呢。"

张海开玩笑说："你要是干保洁，照样是抢手人物，这么漂亮的保洁，不干活我都愿意要。"她嗔怪地看了他一眼，说："别拿我开心。"听着她絮絮叨叨，他心里一时纠结起来，是一些说不清的情绪。

张海又同杨柳虚情假意地争执了一番，便放弃了坚持。他心里清楚，既然奔她而来，那么一切就得听从她的安排，否则他还不知道直接去住酒店？

二

很快到了燕郊杨柳家附近，时间是下午两点钟，杨柳建议吃点东西再上去，他没有异议。本着就近的原则，在一家人声鼎沸的大排档里，他们草草吃了顿饭。杨柳说："先随便吃点，晚上正式为你接风洗尘。"

吃完饭，从地下车库上到小区院子，杨柳家位于高档小区，院内院外两重天。喷泉、假山、草坪、错落有致的花草树木，把不太明丽的阳光和巨大的喧嚣过滤掉了大半，张海觉得耳根一下清静了。

进门前，张海还是显得颇为忧虑。他说："总觉得住你家不合适，我跟你老公又不认识，这样会造成误会的。"他感觉她老公应该不在，一直想问，又不好意思，现在他觉得必须问清楚。杨柳说："去上海那边了，估计三四天后才能回来。"他说："要是突然回来怎么办？"她吃吃笑着，按指纹开了锁，说："你什么时候变得跟个胆小怕事的女人一样了？他回不回来，与我们有什么关系？就是回来，也不住这里，我们在北京有三处房子，他一年来不了这边几次。"说着，将他连同行李一齐推了进去。

房间里半掩着窗帘，光线略显昏暗。杨柳开了灯，像个贤惠的主妇一样，帮张海挂衣服拿拖鞋，忙着烧水倒茶。他趁机四处走动看了看，这是一套面积不算大的复式楼房，简约精致的新中式装修风格，古玩、字画、花草，无一不彰显主人的品位。等他回到客厅沙发上时，杨柳已脱掉了宽大的深灰色大衣，质地柔软的紧身大红长毛衫勾勒出她妙曼娇小的身姿。柔和的灯光，映衬得她的皮肤愈发光洁白净。可能是保养得好，她整个人看不出多少这个年龄应有的虚肿松弛，他不由得心生感叹，岁月对人间尤物还是偏爱的。

坐着闲聊了一阵，杨柳伸了个懒腰，说："跑了大半天，灰头土脸的，我去冲个澡，你后边洗不会有意见吧？"张海不由脸红了，嘴里忙说："女士优先嘛。"去卫生间经过他面前时，她突然抓住了他的双手，把他从沙发上拉起来，半撒娇半开玩笑说："我们还没行见面礼呢，拥抱一下吧！"

张海机械地伸出双臂，把她揽进怀里，感觉自己又笨重又僵硬。不过她让他很快活泛过来，他感觉到一股强大的热流自身体的某个部位呈放射状迅速扩散开来。他紧紧地箍住她。他们耳鬓厮磨，急切地抚摸、探索，笨拙地亲吻，两个人无所适从地推来搡去，直到把她抵到墙上，她这才肩膀突然一缩，咯咯笑着从他怀里滑脱出去。她喘着气，脸色艳若桃花，像只灵动的兔子一样窜向卫生间。"等我一下，很快就好。"进去前她说。

这时连张海自己都不知为何，突然蹦出一句话："我觉得这样不地道，朋友妻不可欺嘛！"

杨柳猛地收住脚步，转回身怔怔地望着他，仿佛不认识似的。她眼里很快蒙上一层泪光，咬着嘴皮一副要哭出来的样子。她埋怨道："你这人真奇怪，白白辜负了我一片心意！"她泪光点点的样子令人心疼，他知道自己说错了话，忙过去哄她说："别生气，你的心意我知道，但我有心理障碍。"杨柳抬头看着张海的眼睛说："谁是你朋友？你是说罗伟吗？你恐怕忘了，我跟他早没关系了，如果非要这么说的话，罗伟才叫不地道。"他急忙用嘴封堵她的嘴，不让她再往下说。

杨柳进去冲澡后，张海整理好衣服，坐在沙发上喝茶。哗哗的水声刺激着他的感官，令他想到与水有关的撞击画面，浑身一时燥热起来。

不大一会儿的工夫，杨柳裹着大浴巾湿漉漉地从卫生间出来，见张海依然穿戴整齐，不由嗔怪他不做冲澡的准备。她将他推进去时告诉他，早已为他准备好了阿道夫牌子的洗护用品。张海问她是怎么知道的。杨柳笑道："我还没有闻香识人这点本事？"进了卫生间，张海边心急火燎地冲澡边回味杨柳刚才的话，"罗伟才叫不地道"，这话是什么意思？这么想着的时候，他发现自己的身体早已蓬勃而起，这是多久没有过的现象了，他很快放弃了思考，哪里还有时间想这些？

冲完澡出来时，张海意外地发现杨柳已经穿好了衣服，正弓着腰在妆台前忙乱，又是化妆，又是吹头发。她懊恼地说："实在不好意思，我得马上去机场接个人，完了很快回来。"她反复解释说这个人很重要，必须去接，这是没办法的事，希望他能理解。

突如其来的变化令张海措手不及，想要问明情况时，杨柳抱着衣服已经冲出了门，旋即又倒回来，抱住他亲了一下，才复又冲向电梯口。他不知道发生了什么，为使自己不至于慌乱，坐在沙发上点燃一根烟。正纳闷间，电话来了，杨柳说自己已在去机场的路上。他听得出她的气愤和无奈，她说那人不打招呼已经到机场了，得赶紧去接。他没有问那个"重要人物"是谁，只说："你不会把他接到这儿来吧？"

"怎么会？你不要担心，先好好休息，我直接送人回北京，很快会回来。"挂电话时，她说，"我想你。"

张海一连抽了两根烟，再三考虑，觉得此地不宜久留，便以极快的速度恢复了房间的原样，又仔细检查了一遍，认真到不放过地上的一根男人毛发，这才拉着箱子离开了杨柳家。他觉得很扫兴，有一种被人玩弄的屈辱感，同时又感叹自己特工一样缜密的心思，刚才果断撤离前，他将自己留在这所房子里的蛛丝马迹全都消灭干净了，连垃圾也随手带出来了。

三

走到大街上，张海放松下来，却感到茫然。不知何故，他想到了罗伟，临时起意给他发了条信息，说自己在北京。没想到罗伟像是专在等他似的很快打来电话。

"具体在哪？"

"在燕郊这边。"

罗伟惊叫起来："天哪！打井也没这么端吧！我正好也在燕郊。"他问，"怎么找你？"

想到自己暂无固定处所，张海说："我来找你。"

罗伟并不难找，不大一会儿工夫，手机导航便将他带到了罗伟面前。一见面，罗伟就夸张地给了他一个大大的拥抱，他明显喝多了，浑身酒气，满脸红光。原来罗伟今天恰好在这边跟战友聚会。

"你要来，我把他们都打发走了，接下来的两三个小时属于我们。"罗伟打着饱嗝说。张海问："为什么？"罗伟说晚上十点钟飞深圳，为了业务上的事。罗伟拉着张海非要跟他喝一场。他拒绝了，他说除非你不想飞深圳。

最终，两人决定在路边一家咖啡店里度过罗伟飞深圳前的这段时间。罗伟显得很遗憾，说："真没想到能在这儿见到你，可我偏偏要出差，回来一定请你吃饭，到时候兄弟们好好喝一场，不醉不休！"他们点了一壶乌龙茶，两杯咖啡，一个果盘。罗伟问张海来这边干什么，他编造了一个像模像样的理由，说来看一个亲戚。罗伟开玩笑说："我还以为你来会情人！"他说："倒是想会，可问题是没有。"

"到北京还联系别的同学了？"

"除了你不知道联系谁。"

"应该联系一下你的'耶利亚女郎'，抽空去看看她，你也许想象不到她过得有多么不好。"罗伟歪在软沙发上说，"前些年，我还经常去看她，力所能及地帮一把，这几年出于各种原因没有再联系。"张海说："最好不要提她，我不想说她。"

罗伟怔了一下，抱拳说："Sorry！我忘了。哦，对了！还有杨柳，"罗伟接着说，"告诉她你在北京。杨柳这人热心，咱们同学来北京，多半是她接待的。"

"不麻烦了。"张海语气淡淡的。

"借酒斗胆说你两句，一个老爷们心里咋这么不敞亮呢？几十年过去了，咱们都老了，该是恩仇一笑泯的时候了，别跟自己过不去。"

"呵呵。"张海弹了弹烟灰。

"你应该向我学习，我和杨柳现在就处得不错，毕竟我们有孩子，为了孩子，怎么着也得把关系处理好，再说人是感情动物，哪能全是仇恨呢？"

"还是你活得通透！向你学习！"

"时间改变了一切，包括偏见和仇恨，多么深刻的东西慢慢都会消散，你觉得不是吗？"

"没想到你成哲学家了！"张海满是嘲讽的口吻。

"什么混账话！"罗伟用小勺搅动杯子里的咖啡，一些咖啡漾到了桌子上，"我跟这个世界早已和解了，能设身处地为别人去想，能一分为二看待问题，不知是妥协，还是进步。哥们，跟你说一句掏心窝子话，杨柳是个难得的好女人，有情有义，这一点很多男人都比不上。我开公司那年，她借我五十万。还有，她把女儿给我培养得那么优秀，仅凭后面这一点，我都应该感激不尽。"他呷了口咖啡继续说，"走到今天，她也不容易，只可惜造化弄人，我们没有缘分走下去。"

"你现在活成精了！"

"我说的是真心话。还记得十几年前咱们在平凉喝的那场酒吗？"

"怎么不记得？"

"都喝大了，特别是我，说了很多不应该说的话。"

"原来你担心这个，那些话我可全都记得，明天就约杨柳告诉她。"

"饶了！饶了！回来请你俩吃饭还不行吗？"

那一年暑假，张海在市上培训学习时，遇到回家奔丧，返京前跟他住同一酒店的罗伟。初中毕业之后，他们再未见过面，也失去了联系，再见面时，差不多有十五六年过去，两人都进入了壮年。那天罗伟认出他后，当胸给了他一拳，这是他对人表示亲热的惯常动作。

在一家小酒馆里，他们谈起了别后各自的情况，罗伟告诉他，自己现在单身一人，走哪算哪。罗伟没说之前，张海还以为他和"风摆柳"早已成为优越感十足的北京人了。而自己的生活似乎乏善可陈，师范毕业后在一所乡村小学做了三年老师，然后带薪去大学进修，毕业后跟一个妇产科大夫结婚生女，如此而已。

开始他们谈话比较热烈，渐渐就变得沉闷起来，两人也不再相互劝酒，而是自斟自饮。张海极为反感罗伟提及他的过往，甚至几次以离开作威胁。这样一来，两人的话题就变得十分有限，只能说说从前，而且只能是罗伟的从前，因为后面的生活，他们缺乏共同的见证和参与。罗伟那次的谈话只在皮毛，并未触及深处，以致他都没听懂他们为什么离婚。

最终，他们都喝高了，深夜相互搀扶着回酒店时，天空大雨如注，罗伟跪在空旷的大街上号啕大哭，向每一个过路人哭诉，说杨柳是个婊子，一个高级婊子……

"为什么不问问我是怎么离婚的？"罗伟这天显得挺真诚。张海说："你想说就说。"罗伟说："一直想对你说。"可能是酒气扩散，他的脸越发显出油津津的红润。他自问自答："为什么离婚？这事儿说来复杂，其实挺简单，因为我们不是一条道上的人。不错，离婚的人都会这么说，多数人是把一条道走成了两条道，而我们一开始就是两条道，两条平行道，懂吗？走到天尽头也走不到一起，这是我后来才认识到的。"

罗伟边给张海添茶边说："一个没什么能耐的男人娶到一个漂亮女人，往往是不幸的开始，因为女人的漂亮需要男人用优秀去买单。悲哀的是，我不优秀，配不上杨柳。"

"别这样贬低自己。"张海说。

罗伟回忆说："初中毕业我去新疆当了三年兵，复员回家本可以安置一份稳定的工作，但杨柳去了北京，我便丢了工作追过去。杨柳的父母认为我配不上他们的女儿，坚决反对我们在一起，可杨柳愿意他们也没办法。杨柳为什么愿意？因为哥当年还是有两下子的。结婚时，我立下誓言，要在北京买房买车，不光让杨柳，还有她父母都过上好日子，要让他们对我刮目相看。

　　"杨柳起先在一家私立幼儿园当老师，我在一家建筑公司上班。我干检验，那活儿，一天十几个小时，跟在工人屁股后面，累死累活的。但为了杨柳，为了我们的小日子，我也是拼了。那段日子虽是辛苦，但很幸福，我干活的工地经常变动，离家时远时近，可即使再远，加班再晚，我也要骑着我的烂摩托回家陪杨柳。不瞒你说，哥器大活儿好，杨柳稀罕我，一天几次呢。"

　　这时一位女招待走过来送水，问他们还需要什么服务。张海红了脸，提醒说："你说话注意点。"

　　罗伟才不管这么多呢，女招待走后，他干脆把鞋脱了躺在沙发上，看来的确是喝多了。幸亏他们坐在一个不显眼的角落，否则在这样的环境中真是难堪极了。

　　罗伟说："有一天，幼儿园的园长找到我，说杨柳和她男人有染，说得有鼻子有眼的，我无法容忍她侮辱杨柳，把这女人给揍了一顿。离开幼儿园，杨柳去了一家健身中心上班。工作不错，待遇优厚，可好景不长，她将同事的鼻梁骨打折后被开除了，我赔了人家不少医药费，你知道为什么？她抢了同事的优质客户。

　　"后来杨柳去商场干促销，到酒店干前台，为保险公司卖过保险，在旅游公司做过导游，当然，远不止这些。总之，工作换得很勤。起初，我以为是人妒贤嫉能排挤她，后来发现并非如此。

　　"杨柳不停地添置衣服化妆品和包包，这些东西十之八九是我们消费不起的。我很怀疑，但她不准我看她的手机，不让我了解她的行踪，我不能问她去哪里，为什么回来得这么晚，反正什么都不能问，一问就跟我干仗。但对我却管得极严，典型的只许州官放火，不许百姓点灯。她总骂我没本事，这我也承认，但我至少记得自己的承诺，我要在北京买房买车，让他们过上好日子。我一直在为这个承诺而默默奋斗，可我发现我这号人，在北京想干出点名堂，简直难于登天。混出头，顶多也就是个领工的。

　　"两年后，杨柳意外怀孕，我以死相逼才保下孩子，因为我们的婚姻已经危机四起。我想，孩子也许会成为拯救我们。"罗伟说，"不要嫌哥婆婆妈妈，重点在后头呢。女儿刚满月，公司有个去非洲的援建项目，我想去，可杨柳不同意，理由是孩子没人管。但我非去不可，因为非洲那边的工资是在国内的人想都不敢想的，很多人想去还没机会呢。我给杨柳做工作，说不就是几百个日子嘛！忍忍就过去了。在这件事上，她母亲给我帮了大忙，答应帮我们带孩子，我这才去成了非洲。走之前，我就有种预感，也许等我回来，这个家就不在了。但我别无选择，一个男人得出去闯，不能老窝在家里看人眉高眼低。"

罗伟坐起来，点上烟猛吸了口，接着说："你能想到的是，回北京后，非洲苦干三年半的血汗钱，加上我家里的资助，买了一小套房子，算是初步兑现了自己的承诺。你想不到的是，回到北京的我，成了一个多余的人。杨柳的父母不跟我们一起住，他们带我女儿住在原来租的地方，过了很久我才知道，那地方杨柳早已买下了。杨柳成天不见人，每天家里就我一个。我这才发现，没有我，他们该干啥干啥，日子过得都挺滋润，反倒是我回来扰乱了他们的生活。

"杨柳总是很忙，因着工作的名早出晚归。三年多时间，她似乎一下子跻身上流社会，认识了那么多成功人士，嘴上成天吊的不是张总、王总，就是李经理、赵董事长。开不完的会，赴不完的饭局。她的老总、经理、朋友、同事、各种客户，充满了她的生活，人人都在分割她的时间。我不知道，他们除了分割她的时间还分割了什么。"

罗伟叹了口气，说："我对她的生活一无所知，但我又是多么想了解她，我无法容忍她无视我的存在。我去找她，跟她闹，她反说我不信任她，在监视她。事实上我已无法信任她，你说我怎么信任？我们之间变得无话可说，床上的那点事她也不愿应付。我就想，我走后她的生活里都发生了什么，有多少人替代了我的角色？

"这样，我们矛盾重重，先是恶语相向，继而动手打架，最后变成漠视冷战。她忙她的，我玩我的。她跳槽到姓冯的公司后，开始夜不归宿，经过一段时间跟踪，我发现她居然在别处还有房子。我盘问她，她说是自己挣钱买的。她从哪里挣来这么多钱？我要求查看她的收入，她骂我卑鄙无耻。她离家出走了。

"一天深夜，蹲守在一栋楼下的我，用喝剩的半瓶牛栏山酒敲破了姓冯的头，当时他们勾肩搭背刚从楼上下来。我进了拘留所，姓冯的没有难为我，很快我又出来了，不久我们就离了。

"我想通了，这样下去没任何意义，放手让她飞吧。姓冯的找我谈，给了我一笔还算可以的补偿。杨柳带走了女儿，房子归我。我拿着这些让我一想起来就恶心的钱经常去酒吧买醉，我跟吴语就是那时认识的，算是患难之交，她给了我很多安慰，我们就在一起了。"

这时，一个女人给罗伟打视频电话，张海听见她像一个妻子一样关切地责怪他又喝多了，提醒他九点前必须赶到飞机场。罗伟嘴里应承着，把电话拿给张海看，说："这是我老婆吴语，你看看，是不是叫人很无语？"张海看见一个风姿绰约的女人在手机里向他打招呼。他说："你小子艳福不浅呀！来去皆是美人。"罗伟说："哥是谁呀？"

罗伟若有所思地总结说："我常常想，你上了一艘自己无法驾驭的船，这就很难说是船的悲哀，还是你的不幸。往往越是豪华的船，想往上挤的人就越多，一个拙劣的船夫没了用武之地时，就只能弃船而逃。当年，有那么多人想挤进我们的生活，你知道两个人的世界很小，容不下太多人，他们进来了，我就得出去。后来我想明白了，这不是杨柳的错，她天生是一个无法被世界忽视的人，真的，一点都不是她的错。"

罗伟端起茶一饮而尽，说："杨柳最大的能耐是无论身在何处，都能很快成为这里的核心人物，没有谁能够忽视她，包括上天。而当初，我完全高估了自己，驾驭这样一艘船，显然我是力不从心的，最后只能逃离。"

罗伟说这些话的时候，张海一直在想叶利亚，沉思了一阵，他问："还记得《耶利亚女郎》那歌吗？"罗伟看着他，放声唱了起来。

很远的地方有个女郎/名字叫作耶利亚/有人在传说她的眼睛/看了使你更年轻/如果你得到她的拥抱/你就永远不会老/为了这个神奇的传说/我要努力去寻找/耶利亚神秘耶利亚/耶利耶利亚/耶利

罗伟明显带有哭腔的歌声引得咖啡店里的人纷纷探头观看。一个女招待送来一枝花，说："我们经理让送的，说您唱得太感人了。"张海说："快别鬼哭狼嚎了，再这样就要死人了。"谁知罗伟哇哇哭了起来。

两人告别，罗伟去机场，张海复又走到街上。张海看到杨柳发来消息问他在干吗。他说睡了一觉。杨柳回复说实在抱歉，她送人回北京后，让一摊烂事搅住无法脱身，冰箱里有吃喝，让他饿了先吃点。

这时，一个念头闪现，张海肯定了这个念头。他拨打电话，令他不安的几声振铃响过后，对方接通了电话。他猜想，得知是他时，她一定非常惊讶。

张海说："我在燕郊。"

叶利亚问："你来这边干什么？"

张海说来北京培训，顺道来看看她。他是试探性给她打电话的，这只是个备胎，如果电话打不通或她不愿见面，他就马上去北京。不承想，她迟疑片刻，说："你发个定位，我告诉你怎么找我。"

一个小时后，他们在一个公交车站见面了。叶利亚叫着张海的名字走过来，说一眼就认出了他。而他却没有认出穿着在他看来无异于街头大妈的她。这其中的原因，不光是一个女人过早衰老带来容颜上的变化，更有一些说不清的东西。总之，她是另外一个人了。

叶利亚家就在附近，他们找酒店登记了住处。叶利亚说："正好你今天来找我，如果是明天或后天，就不一定能见面了。"她告诉他，她兼做两家保姆，一家是周内住家保姆，今天没去上班，是因为这家人外出旅游去了，另一家是每个周末去打扫一次卫生。

在宾馆坐了片刻，叶利亚要请他出去吃饭。"你还没吃晚饭吗？"他问。

叶利亚说："这个点了，怎么会没吃？"他说那就不用了，自己已经吃过了，其实这天并没有正儿八经地吃晚饭，可他一点没有吃饭的意思。张海同叶利亚的谈话远不像跟杨柳那样轻松愉快，两人都有一种不能正视对方的拘谨和尴尬。她只问了他培训的事，没有提及其他，他倒是问了一些她家里的情况。

叶利亚告诉他，王师傅的儿子已经在北京工作了，说到小儿子，她颇难为情地说："不好好念书，不听话，勉强上完初中，就死活不去学校了，还离家出走过，现在学西餐厨师呢。"这是张海没想到的，他非常想问王师傅的情况，但还是忍住了。他看得出她神情的落寞和倦怠，她当年的美丽已不复存在，记忆中清澈动人的大眼睛变得涣散迟钝，耷拉着眼皮，脸上那种明艳艳动人的光泽也褪尽了，这令他想到某种失去水分的水果。他的心一时又快慰又有些难过。

十一点半，叶利亚起身告辞，说家里没人，她得回去，明早还要早早上班呢。张海终于忍不住问："王师傅怎么样？他还好吗？现在做什么工作？"她垂下眼帘说："我们早都双双下岗了，这些年什么工作都干过，他现在在挺远的一个地方给人看仓库，一个月回来一次。"

"那我送送你。"他说。

他们并排走在街道上，看到一个便利店，张海要进去买东西，叶利亚死活不让买。张海说："我来看你，一没请你吃饭，二没给你带东西，算什么看？"在她的拼命干涉中，他还是买好了两大包东西拎在手上。张海问："送你到什么地方？"叶利亚犹豫片刻，说："要不去家里坐坐？"他们拦了辆出租车，她报了一个他从未听过的地名。

十几分钟后，两人在路边下车，叶利亚领着张海走上一条坑坑洼洼、灯光昏暗的路。他努力想记住两边模糊不清的建筑物，以便返回时不会迷路。后来七拐八拐终于进到一个不大的院子，这里似乎远离了城市，高大的树木遮掩得灯光更为幽暗，也更显清静。借着微光，他看到院子里有两三栋大约五六层高的破旧建筑，她带他走进一条堆满杂物的楼道，打开了一楼的一户房门。

张海实在想象不到，在燕郊竟还存在着如此老旧的建筑，他更难以想象，她竟住在这样的地方。这种看起来年代久远的老式双面楼，就算在他们那样的小县城，也早已绝迹了。房间里挨挨挤挤，像杂货铺子，墙上打了架子，很多东西塞在高处，另一些因为摆得到处都是而唾手可得。她引导他侧身绕茶几移到了沙发正中坐下后，转身给他烧水泡茶。

张海环视房间，大概三十多平方米，属于自己改造的那种，两个被床占满的小卧室，一个仅容转身的厨房，逼仄的客厅里硬生生又安了一张小床。叶利亚在卫生间门口的龙头上洗水果，看样子，平时洗菜也应该在这里。

叶利亚除了隔一阵客气地劝张海喝茶吃水果外，便显得无话可说。他则尽量找些话题，以使气氛不至于太尴尬。她的眼睛一直看向放在膝盖的双手上，像个循规蹈矩的学生，问一句答一句。

张海打开手机看时间，发现杨柳在近一个多小时内发来若干条消息，问他吃了没有，在干什么，叮嘱他住在二楼靠书房的那间卧室里，说铺盖全是为他新换的，又说冷落他了，心里很不安。最后一条消息说，自己恐怕一时半会还是过不来，让他先休息，忙完了会联系他的。

从时间上看，这些消息隔一阵发一条，有时一句话分几次说，也就不难想象杨柳身处极度不方便或者忙碌当中。张海明白她说了那么多，只有最后一条是关键，那就是让他不要主动联系她。这似乎证实了他的某种猜想，他自嘲地笑了。在见叶利亚之前，他还担心她会找他，特地将手机调为静音状态，现在看来是多余的。

张海问起叶利亚母亲。叶利亚说母亲在厂子迁到这边第三年就病故了。得的是乳腺癌，切掉一侧乳房，花光家里积蓄后，癌还是扩散了。回忆起母亲最后的日子，她说她疼得日夜呻吟喊叫，对她和老王又打又骂。她说你知道她为了我一直没有再婚，从小到大把我当宝一样，那么文雅的一个人，最后到了这种地步，可见受了多大的罪。她讲述这一切的时候数度哽咽，他安慰她说不要难过，都过去了。

叶利亚说，母亲刚去世的时候，她觉得终于得以解脱，倒没有多少难过。但这些年，她越来越想她，时常会梦到她，心里总是很难受。说着她双手捂脸无声地哭了，张海看到泪水从她有些变形的手指间溢出来。他挪过去，将手搭在她背上，却不知道怎么安慰她才好。

张海感觉到叶利亚的身体似乎战栗了一下，她很快平静下来，向沙发一头挪过去，同他保持距离。她说："没想到你能来看我。"

张海说："我也没有想到。"这话他像是说给自己听一样，只有在今天，面对她的时候，他才意识到，心里对于她的爱和恨早已消散，时间的确改变了一切。

四

三十多年前，刚升入初中的张海，跟随工作调动的父亲来到了位于关山深处的一所职工子弟学校就读。来之前，他对土谷堆、石堡子这样的地方听都没听过。父亲声称这里很繁华，号称"小上海"。他不以为然，认为那不过是父亲骗他去外地读书的噱头罢了。作为一个农村长大的孩子，对于"繁华"一词没有什么具体概念，他想，顶多有他们鹑觚县城繁华就到头了。但令张海万万没有想到的是，当他真正走进苍莽的群山深处时，他才知道自己的想象力是多么的匮乏。一个外来人，绝对想不到，在这偏远的深山大沟里居然隐藏着一座现代化的工业城市，当时可能出于保密需要，这里的厂子都有一个以某两位数字开头的代号，像15厂、13厂、17厂等等。

张海在这里很快结识了一帮朋友，其中就有和他同年级的"风云人物"罗伟、"风摆柳"和"耶利亚女郎"。后两者是两个女生的绰号，据说是土谷堆子弟学校最出色的两个女生。当然，这种出色仅限于视觉的评判，那样的年龄，男生往往只看女生的外表。事实上，男生成长为男人，会更加看重女人的外表。男人天生是好色之徒。

"风摆柳"的真名叫杨柳，男生们对此的解释是，她走起路来总是扭腰摆臀，一副风摆柳的浪荡样。"耶利亚女郎"不过是这个女生的名字和一首歌中的"耶利亚"谐音而已。初到土谷堆，他发现一个奇怪的现象，无论走到哪里都能听见有人在唱：

很远的地方有个女郎/名字叫作耶利亚/有人在传说她的眼睛/看了使你更年轻/如果你得到她的拥抱/你就永远不会老/为了这个神奇的传说/我要努力去寻找/耶利亚神秘耶利亚/耶利耶利亚/耶利

一首不过如此的流行歌曲，在这里竟具有如此高的传唱度，张海难以理解。特别是子弟学校的男生，路遇某个女生或一群女生时，他们会突然唱起《耶利亚女郎》来，唱得阴阳怪气，耐人寻味，这就更令他感到匪夷所思。初听童安格的这首歌，他的理解是一首爱情歌曲，承认是好听，但并无什么特别感受。后来他喜欢上"耶利亚女郎"，一下子就觉出这首歌的千好万好来，它神秘的气息里蕴藏着无尽的忧伤和迷茫，最符合情窦初开的少年的心境，有一种让人无法抗拒的魅力。

多年后，每当张海的脑海里回旋这首歌时，一些复杂的情愫就会在心头弥漫开来，他会因伤感而消沉。他惧怕这首歌，只要一听到就想赶快逃离，就像不堪面对一个人或一段往事一样。成年后他终于明白，"耶利亚女郎"是一代人有关青春的特殊记忆，并非全部与那个叫叶利亚的女生有关。

罗伟是当地土著，杨柳和叶利亚则是跟随搞三线建设的父母从大城市来。她们带着天生高雅的气质和优越感，有着与他们不同的肤色和言谈举止，这使张海感到自卑。好在他学习出类拔萃，很快被大家重视起来。

罗伟总爱以亲历者的身份给张海这样的后来者讲述这里的从前和现在。上世纪六十年代末，响应国家三线建设的号召，这里要建办大型工厂。消息发出不久，大队人马就陆续到来，什么勘探设计的，架桥修路的，送电引水的，一时间红旗插遍了山头。紧接着，各种大型机械开进来，一车车的工人送进来，到处炮声隆隆，像打仗一样。

"一座山挡了道，"罗伟用手比画着说，"几天就给削掉了，再大的坑，三两下就能填起来。"讲到最后，罗伟咂咂嘴说，"那场面真叫他妈的一个壮观，那些人太厉害了！"当张海陷入罗伟描绘的宏大场景时，"风摆柳"却撇着嘴表示异议："你他妈尽瞎吹，那会你还在你妈肚子里呢，难道长透视眼了？"

罗伟红了脸，争辩说："我是在我妈肚子里，可这是我哥亲眼看到告诉我的。"第一次见一个漂亮又洋气的女生像混混一样说话时，张海十分震惊。穿牛仔背带裤，扎两把短刷刷的叶利亚的目光在罗伟和"风摆柳"之间徘徊。她小鹿一样的大眼睛显得有些迷离。"耶利亚女郎"向来都是安静的聆听者和追随者，从不反驳别人的观点，因为她没有自己的观点。罗伟说这是缺心眼。

罗伟用惋惜的口吻说："可惜你小子没赶上好时光，别看我们厂现在是生产自行车、架子车的，以前可是保密单位。对外说是机械厂，实际是军工企业，门口二十四小时有岗哨，这个杨柳和叶利亚都知道。"

罗伟神秘地说："我们厂生产的枪和炮，一车车都送到前线去了。七九年我哥在前线打越南鬼子，用的就是咱们厂生产的新 40 火箭筒，我哥说他认得出来。"罗伟唾沫乱飞地总结说，"现在知道这里为什么发展得这么好了吧？因为是武器生产基地，国家舍得投钱呀！"

罗伟抽几毛钱一包的便宜烟，喝光溜子劣质白酒，说与生殖器有关的脏话，留罩在眼睛上能甩成一道闪电的长发。罗伟学习差得一塌糊涂，属于老师放任自流的那类学生，但罗伟却一直担任班长，因为除了学习，他过早地表现出了成熟干练的一面，他的组织能力和号召力在学生中无人能及，像他这类不太好管教的学生，老师让他当班干部，可谓手段高明。张海格外崇拜罗伟，偶尔罗伟将抽烟的人才有的苦苦的气味喷到他脸上时，他不觉会迷乱起来，感觉身体里有什么沉睡的东西突然给唤醒了，心突突狂跳不止。他喜欢罗伟的味道。

父亲再三警告张海不要和罗伟走得太近，说罗伟是社会渣滓，会把他带坏的。一向听话的他与父亲发生了激烈的争吵，说父亲戴着有色眼镜看人，纯粹是对罗伟有偏见。早已忍无可忍的父亲上了他一顿巴掌。

张海依然跟着罗伟到处跑，灯光球场、歌舞厅、电影院、公共澡堂、机加区、总装区、经常有演出的大礼堂、装满产品在鞭炮的硝烟中缓缓驶出厂区的运输车队，构成了他那一个时期记忆的主要片场。还有完全不同于当地人的一群群"劳动蓝"工人，他们操着山南海北的口音，举止洒脱，行为超前另类。他一到那里就感受到一种全新的令他激动的东西。特别是叶利亚的母亲，她有一口好听的京腔，留大波浪短发，冬夏都穿腰身窄卡的连衣裙。她和叶利亚用很小的细瓷碗吃米饭，有滋有味地喝各种煲汤，而他们本地人吃饭从来不喝汤。还有她走路的姿势那么优雅，明显和当地女人不一样。

再比如杨柳的父亲，一个转业军人，一米八的大个，像电影演员周里京，他是总装区车间主任，人人都极尽所能地巴结他，但他丝毫不摆架子，待人亲切又不失威严，他的气质令他在想到自己的父亲时总是自惭形秽。而在这里，有这种气质的人比比皆是，这就使他对此地有相见恨晚之感。

五

当然，张海对罗伟也有不满的时候。在争论校花的问题上，他的观点令罗伟极为不高兴。罗伟说："我的杨柳才是当之无愧的校花，应排第一，'耶利亚女郎'顶多排第二。"他反驳说："什么叫'我的杨柳'，这话说得未免太狂太早了吧？"罗伟狠狠地瞪着他说："不是我的还能是你的？等着瞧吧！"张海没有再坚持，他在乎罗伟这个朋友，愿意做出让步，但心里一点也不服气。

在张海看来，叶利亚远比杨柳更出众漂亮，只不过她不打扮，不好表现自己罢了。杨柳走成熟路线，要么穿上紧下宽将屁股勒成两个肉球，像两把大扫帚似的喇叭裤；要么穿一弯腰就露出裤头的超短连衣裙，前胸后背开好大两方领口，将发育得很好的胸部炫耀似的挺出来。叶利亚正好相反，永远是白衬衫、T恤、球鞋，牛仔裤、背带裙，她的穿戴就跟她的人一样，简洁、朴素。叶利亚是个乖乖女，什么都听她母亲的，几乎没有绯闻，但这并不妨碍她在少年心目中的地位。

张海注意对比过两个女生的体形，凹凸有致的杨柳像饱满的花骨朵，娇艳的花瓣半包半绽，散发着令人亢奋的气息。对男生来说，这等于释放一种危险的信号，叫他们想拒绝，却又身不由己地沉迷其中。罗伟就是让这种气息给迷得魂不守舍，为此深陷苦闷当中的。张海认为每个女生都有独特的气息，就像每朵花有自己特殊的香味一样。杨柳的气息是浓郁醉人的。而胸部平平的叶利亚的气息是淡雅神秘的，容易使人想起清早草地上的阳光、长在深谷中的兰草。

上初二那年，杨柳开始化浓浓的烟熏妆，戴能把耳朵拽掉的大圆耳环，大嗓门的东北女人已管教不了这个叛逆的女孩，只好教唆杨柳的父亲一同来收拾她，结果越收拾越糟糕，纵使挨骂挨打，杨柳依然我行我素。杨柳的成熟令男生们兴奋不已，他们在厕所里偷偷抽烟的当儿、在打球休息的间隙，在任何一处地方，有事没事总会议论到她，这叫罗伟既自豪又担忧，进而是懊恼，他感觉到了前所未有的压力和挑战。就连学校里的几个年轻老师对杨柳也不怀好意，一个自称"青年才俊"的英语老师最为明目张胆。上课时，一双贼眼老在杨柳的脸上进而胸上扫来扫去。直到有一天爆发了著名的"癞蛤蟆事件"，英语老师才有所收敛。

有天晚上，只穿着一条裤头的英语老师拉开被子准备睡觉时，被窝里突然蹦出几只丑陋不堪，让人浑身起鸡皮疙瘩的东西。原以为好色之徒胆子大，结果恰巧相反，英语老师吓得看都没看清就喊爹叫娘夺门而逃。隔壁老师听到号叫声赶去救援时，几只癞蛤蟆正不知所措地在床上乱蹦跶。它们负命而来，每个背上都背着一张纸片，上书"盯着女生胸脯看，不是流氓，便是禽兽"。

这事在子弟学校盛传时被改了版本，说是被子里蹦出来的不光有癞蛤蟆，还有毒蛇，老师当即给吓尿了。罗伟那些日子异常开心，把"耶利亚/神秘耶利亚/我一定要找到她"唱得轻浮而愉悦，他逢人就说，估计老师那玩意儿给吓蔫了，以后不好给老婆交差呀。

针对那些纸片，学校搞了类似王熙凤搜大观园式的明察暗访，主要是一个个对学生笔迹，最后折腾出十几个字体相像，却又无法确定的学生，最终不了了之。

事后罗伟悄悄告诉张海，那事是他弄的。这证实了很多人的猜想。但罗伟当时并不在嫌疑人之列。面对罗伟的高度信任，张海发誓要永远保守秘密。与此同时，他也非常想知道罗伟是如何做到的，那些字是谁写的。

罗伟说，只有想不到，没有做不到。

有一天，当张海和罗伟征服了一座又一座山，登上顶峰鸟瞰脚下这座叫土谷堆的城市时，少年发出了由衷的感叹："这地方太好啦！我喜欢这里，将来我要进15厂当工人。"这是张海当时的崇高理想。罗伟对此不以为然。冷不丁，他对着山谷喊："我爱耶利亚！"张海给吓了一大跳，结结巴巴地说："你是不搞错了？"罗伟说："看把你吓尿了！怎么会？朋友妻不可欺嘛！"张海这才舒了一口气。

罗伟说："你没听懂这歌里的意思？'耶利亚'就是我们爱的人的代号。就跟把某某女的叫'蒙娜丽莎'一样。"张海一下就对这个正上初二的男生佩服得五体投地，只有他能说出他想说却又不敢说的话。受到鼓舞的张海也学罗伟的样子对脚下的城市喊："我爱耶利亚，我爱耶利亚！"那声音像鸟儿拍打着翅膀，在山谷里盘旋着飞走了。

罗伟照胸打了张海一拳，说："你小子这才像个男人，别总是假正经。男人不坏，女人不爱嘛！"受此鼓舞，张海热血沸腾。他说："我追我的耶利亚，你追你的耶利亚，追不到手，誓不为人。"

两个少年从此有了共同的秘密。开始了制造路遇、没话找话、传书送信、共同击败情敌等一系列活动。张海比罗伟幸运，虽然叶利亚没有答应他什么，但也没有反对交往。很快，两人偷偷摸摸有了第一次"约会"，地点在子弟学校后面的山上。其实他们还是单纯羞怯的孩子，即使坐在一起也会不自觉地保持距离。

罗伟问："你们在山上都干了些什么？"张海说："主要讨论正在看或看过的文学书。"罗伟说："讨论文学还要跑山上去？除此之外呢？"张海说："除此之外，干坐着看天上的星星。"罗伟说："上天确实不会只弄出一个神经病来！星星有啥好看的？"张海向罗伟请教该干什么。罗伟说："去没人的地方，就是为了干人不能见的事儿。"张海明白罗伟的意思，但对他的观点不能苟同，他认为只要是和叶利亚在一起，看星星也很有意思。他们坐在山边上，看繁星在黑得毛茸茸的天空明灭闪烁，他感觉他们似乎远离了脚下的城市和生活。他嗅见了奇异的花香，听到了千回百转的鸟鸣，还有风从草木间走过的声音，这甜蜜安静的幸福，轻柔地填满了少年的胸膛。

几年之后，张海在一个山区小学教书时，夏天周末的夜晚，他常和一个叫罗秀的同事去学校后面的山坡上。自从这个女孩和他有了第一次肌肤之亲后，就像影子一样总是粘着他。坐在山边上，张海一边看着山下稀疏的灯火，一边探索女孩衣服下丰满的身体。他像一个技艺高超的琴师，手指所过之处，总能拨弄出高山流水的声音。罗秀激动得浑身战栗，迷醉的呻吟中含混着他的名字。而他看似投入其中，脑海里浮现的却是和叶利亚在子弟学校后面的山上约会的情景。他只有将罗秀想象成叶利亚时，才能感受到片刻的安宁和幸福。

每次事后，张海的内心都充满了罪恶感，他清楚自己不爱罗秀，根本不可能娶她。既然这样，就不应该如此对待她，但他却深陷一些东西中无法自拔，罗秀浑然不知她只是一个假想体而已。

当年罗伟就没有张海那么幸运，张海代他写给杨柳的情书，送去的东西，原封不动地全被退回。受罗伟之托，张海去当说客，杨柳盯着他问：“癞蛤蟆不会是罗伟弄的吧？”他反问：“罗伟怎么会干这种事？”杨柳翻来覆去地欣赏着自己鲜艳的长指甲，说：“那我就高看罗伟了，还以为是他干的。”

张海马上意识到自己把意思还是领会偏了，忙纠正说：“骗你呢！就是罗伟替你出的这口恶气。”杨柳突然翻脸说：“我就知道是他，可真够卑鄙无耻的！”张海一时转不过弯来，第一次认识到杨柳脑子里的褶子远非他们几个能比。

那天他们在山上待了不算短的时间，这让在山下等候的罗伟不由得胡思乱想。杨柳的谈话老是跑题，似乎对他更感兴趣，下山时她挑衅似的望着张海说：“你小子还差不多，那个罗伟嘛，哪儿凉哪儿站着去！”张海跟罗伟接上头后，只把杨柳关于癞蛤蟆事件的话学给他听。罗伟一听就来气，骂他是猪脑子。他委屈地辩解说：“她比特务还狡猾，我这边说，人家那边截，换了你会怎么样？”

六

十二点半，张海准备回宾馆休息。离开前，他说了很多安慰的话，让叶利亚好好生活，说有空还会来看她。他们站在沙发和茶几之间窄小的过道里告别，两个人离得很近，这让他有种想抱她的冲动。她感受到了，本能地往后退。

叶利亚说："谢谢你，我挺好的，给老王的儿子在北京已经买房子了，就等着人家结婚。"张海说："你们奋斗得不错，在北京买房子可不是件容易的事。"他怜惜地看着她说，"听得出你跟王师傅的儿子处得不错，这很难得。"叶利亚说："从小一手带大的，有感情。"她又说，"再过两年就到退休年龄了，到时候有退休金，养老不成问题。"

叶利亚说着抬头环视房子："这房子早说要拆迁，只是迟迟没有落实下来，到时候肯定会有一笔赔偿款，留给小儿子安家正好。"她的一番话让他感到些许安慰。她要送他出去，被他拒绝了。

走入幽暗没多远，身后突然传来追赶的脚步声，转过身时，叶利亚已站在面前。"还恨我吗？"她问。他想了想，说："还是有点恨，但没有你想的那么恨。"她的面目在夜色里模糊成一团。

"我对不住你！"叶利亚说着哭了。最终张海留了下来，想想这天的经历，他觉得自己荒唐至极。他担心王师傅和儿子会突然回来。叶利亚说："老王我敢百分百肯定不回来，这个点了，儿子也不会回来。"她解释说儿子平时就不大回家。她让他在卫生间门口洗漱之后躺在客厅的床上休息，自己则关了大灯，开了台灯坐在沙发上陪他说话。

不知怎么的，张海突然问叶利亚这些年还能不能想起他。叶利亚说："怎么不能？一直会想到你。想你被张老师打折的那条腿后来还疼不疼；想起你用第一笔奖学金给我买的那套衣服，你还记得不？"她问道，不等他回答，她马上说，"荷叶领白衬衣，天蓝色背带裙，那套衣服我保存了很久；想起我们在平凉上学时，天天坚持给对方写信，一周满了，将长长的信寄出去；想起我们去半间屋吃炒面，你把碗里的肉丝全拣给我才开始动筷子。"叶利亚的声音很轻柔,有种缥缈的感觉。张海闭着眼静静地听着,她记住了那么多他们美好的过往,而他几乎全忘了,这些年偶尔想起她,只觉得不堪回首,留下的似乎只有恨。

叶利亚说:"那时候我并不知道自己失去了什么,也不知道什么才是最值得珍惜的。"这些话使张海的眼眶发热,鼻腔发酸,他阻止说:"快别说了,那时我们太年轻了。"

叶利亚继续说:"这世上,除了我妈,没有谁像你那样爱过我,我也没有像爱你那样爱过谁。"她说,"从离开土谷堆到现在,特别是我妈去世后,我的心就彻底死了。一个死了心的人,是不会再去爱别人,也不会被别人爱的。"说到心死,他又何尝不是呢?初中毕业那年,暴怒的父亲打折了他的小腿骨,打了石膏,在床上的一个多月里,他依然觉得幸福甜蜜,他不会想到,有一天,他的心会死掉。

当时的情况是,父亲动用了一切可以动用的关系,搞了一个让张海以15厂子弟的身份上技校的名额,就在他信心满满地备考时,情况却突然起了变化。张海和几个同学去叶利亚家玩,说起毕业后的去向,厂里的同学大都打算上技校,然后回厂工作。罗伟和另一个男同学准备去当兵。当叶利亚的母亲得知张海也要上技校时,大为惊讶,问他:"为什么要上技校,上技校有什么前途?最终不就是个出力流汗的工人吗?"她不解地问,"你父亲是怎么想的?你成绩那么好,又不像我们厂这些子弟,一个个都不好好读书,没办法,才去上技校。"

张海对叶利亚母亲解释说:"进15厂当工人,一辈子不愁吃穿,我觉得挺好的呀!"当时父亲让他报考中专上师范学校,他扳着指头给父亲细数进15厂当工人的种种好处:住的是分配的楼房;穿的是发放的工服;手套洗衣粉肥皂月月有;逢年过节发米面和油;夏天有消暑糖,冬天有护肤品;拿高工资,吃饭有酒有肉,总之,他认为上技校进15厂当工人,远比上师范出来当个小学老师强八百倍。当时刚从民请教师岗位上转正的父亲月工资是一百零八块,拖欠三四个月是常态,而15厂里随便一个刚参加工作的工人工资都是两三百块钱,听人说比县委书记的工资都高。

张海成功说服了父亲，父亲找关系给他弄到了一个上技校的名额。可怜的父亲哪里知道，儿子的目的只是能和叶利亚在一起。

可问题来了，叶利亚的母亲否定了张海的观点。她说："厂子暂时是不错，可谁知道往后的情况呢？这不，才十来年，已从军工转为民用了，效益也大不如从前。没准厂子以后会倒闭。一旦那样，饭都没得吃。"她望着窗外高过楼房的一转圈山脊梁说，"这穷山沟沟里有什么好？傻小子你为什么要待在这里呢？"

叶利亚母亲最后的这句话，使张海想起叶利亚父母离婚的事。叶利亚的父亲是名火车司机，当年他每次来这边探亲，总是怨声载道满腹牢骚。叶利亚说只要父亲回家，半夜她准会被父母的吵闹声惊醒。父亲总是显得很不习惯，对这里的一切表现出严重的厌恶。他老埋怨说这破地方太偏远了，光路上来回就得三四天，休假一周，在家其实只待了两天，长此以往，谁还受得了？父亲要母亲丢掉工作回北京，而母亲认为父亲的工作是流动性的，她回去依然跟分居两地没什么两样，更何况父亲从来不把工资往家里交，一旦她丢了工作回去，是有巨大风险的。因此，母亲迟迟不表态，父亲就怀疑母亲在这边有人了。

张海曾问过叶利亚那个人是谁，叶利亚踌躇再三说出一个人的名字。他问到底有没有这回事。叶利亚说不知道。但杨柳的母亲，那个大嗓门的东北女人来她家里闹过几次，有一次还打破了她母亲的鼻子。杨柳的父亲赶来将东北女人踏倒拖走了，是手拽着脚踝拖的那种。叶利亚的父亲后来直接不来 15 厂了，不久后他们离婚了。回忆到这里，张海想，叶利亚父母的离婚，会不会真的与这地方有关系？

记得那天离开时，叶利亚母亲说："你父亲是老师，目光应该比我们这些人长远。人要往远处看，北京、上海、广州、天津，好地方多的是，世界那么大，你出去会有更好的前途，待在这里没出息。"她叹了口气说，"利亚上技校是没办法的事，她小时候发高烧将脑子烧得不灵光了，学习太差，只能上技校当个工人。"叶利亚母亲看着叶利亚说，"我将来绝不会让利亚在 15 厂里找对象，两人拴在一根绳子上，厂子一旦倒闭，生活都成问题。我家利亚起码得找个老师或者干部什么的，要么有文化，要么有前途。"张海敏感地觉察到这是在向他传递某种信息。

回家后，张海跟父亲摊牌，死活又不愿上技校了，而是要报考中专。他的变化之快令父亲赶不上趟子，问不出原因就打骂、威逼，种种努力白费之后，父亲只好听之任之。他顺利通过了中专预选，参加完正式考试后，隐忍的父亲终以一件小事为由发作了，以一方凳子打折了他的一条腿。为争取上技校的名额，父亲请客送礼花掉了近半年的工资，他心疼那些钱啊！

七

夜深了，张海感觉到寒气和倦意阵阵袭来，几次叫叶利亚上床休息。叶利亚始终没有上这房子里的任何一张床，最终她从张海身边抱走了一条薄毯子，缩蜷在窄小的沙发上。"你累了，睡吧！我就睡在这里。"说着，她伸手关了台灯。

习惯性地打开手机时，张海看到如同一篇篇文章一样的长消息。杨柳讲了她来不及解释就匆忙离去的原因，原来老冯不打招呼，突然从上海回北京了。当时老冯一句话差点吓死她，他说要直接去燕郊这边的房子，叫她忙完了过来，说很久没在这边住了。杨柳说，谁知道这个老狐狸是怎么想的，难道他有第六感官？不过也不奇怪，近些年老冯经常搞这种突然袭击。他大她近20岁，上了年龄，对她越来越不放心，岗哨查得紧。这一点，两人都心知肚明，却谁也没有说破。面对如此突发情况，她只好先稳住他，说自己办事的地方离机场不远，马上过去接他，并使出看家本事，撒娇说想他了，要第一时间见到他，叫他千万不要走开。

杨柳说老冯以前有过两段婚姻，与前妻育有四个子女，加上她的女儿，一共五个孩子，因此家庭关系错综复杂，明争暗斗从未中断，这就得用脑子才能立于不败之地。杨柳说这些年她不仅学会用脑子，还学会了演戏，而且演得不错。她说当时没有告诉他实情，是怕吓着他。她无奈地说，这个夜晚本来属于我们，可谁知会是这样，真是遗憾！

这就使杨柳夜里难以成眠，躺在一个男人身边，心里想着另一个男人，这大约是世间最难受的滋味。现在她一人待在一楼客厅里，她晚上经常这样，等老冯睡着之后又起来，去客厅或其他房间。杨柳说知道他睡了，但还是忍不住想跟他说说话。她说女儿在国外念书，老冯上年纪了流连于牌桌、山水和古玩字画间，公司的一大摊事全丢给她。用"多情白天寂寥夜"来形容她的生活再恰当不过。漫漫长夜，红颜陪白发，个中的滋味，只有她知道。

杨柳说，越是风光的人，往往过得越不如意。当年她北漂的经历张海无法想象，什么都干过，什么屈辱都受过。商场促销、幼儿园老师、夜店歌手、珠宝顾问、售楼小姐，当然远不止这些。海洋有多深，社会的水就有多深，最初几年的悲惨遭遇让她明白，一个没有背景，又没读下多少书的人，想通过自己的奋斗改变人生简直是白日做梦。好在她有聪明和美貌，这两样资本帮了她很大忙。说到嫁给老冯，她认为是缘分，也是命运使然。当然，为了嫁老冯她也是煞费苦心，百般周折才修成正果，才有了今天的人生赢家。杨柳感叹说，走到这一步，得到了自己想要的，却又失去了更为珍贵的，此事古难全！

杨柳甚至对张海表现出好闺蜜般的信任，说当年为了老冯同罗伟离婚后，她连一个女人最起码的鱼水之欢都很难享受到。她说，成功的男人大多精力透支，因为他不属于某个人，也就很难全身心地给予你。但她不希望张海将她看成一个寂寞难耐而随便的女人。她说，一个人想要的不能太多，跟了老冯后我时常这样告诫自己，上天所能给你的是有限的，给了你这样，就给不了你那样，这是世间的平衡法则，过分贪心会毁掉一个人的。

杨柳说，这一路走来，也算阅人无数，她一直把持得很好，唯独对他例外。她感叹还是少年的情怀最真心啊！回忆起当年他挨打的事，她提着骨头和水果罐头去看他，只因为听说骨头汤能补钙。屁股还没坐热，他就态度生冷地赶她走，东西也不收，说怕叶利亚误会。她从他家出来就哭了，骨头扔了，罐头砸了。

杨柳又忆起一件事，当年在平凉，张海读师范，她和叶利亚上技校。每周末张海来看叶利亚时，她心里都会难受得要命，她偷偷截过张海写给叶利亚的情书，想知道他们都说什么。而她写给张海的信，他一次都没有回过。她背着叶利亚去找他，他警告她最好不要这样，说他的心只属于叶利亚。

杨柳说，当年我就是如此卑微，说句开玩笑的话，我答应和罗伟好，都是让你给气的。如今我依然想不通，我哪里就不如叶利亚了？你对她一往情深，换来的却是她不动声色的背叛。她跟你都好到那种程度了，却又偷偷地跟她师傅好，到结婚你都蒙在鼓里。一个看上去简单明了的人，心机怎么那么重呢？

<h1 style="text-align:center">八</h1>

张海长长吁了口气，关了手机。叶利亚说："睡不着就再聊会儿吧！"他们终于说到了王师傅。他问："他对你还好吧？"她说："凑合着过，不吵不闹，没有感情的那种。"她的话一下子激怒了他，他呼地坐起来问："当年一声招呼都不打就跟着走了能是没感情？没感情能生出孩子过几十年？"她被他吓得从沙发上也坐了起来。

张海愤怒地问："为什么？几十年了，我还是想听听你的解释。"他听见她在黑暗中喃喃自语："为什么？到底为什么？"

一阵难堪的沉默过后，不知是何表情的叶利亚缓缓地说："15厂要迁往燕郊的事说了好些年，总以为遥遥无期，可谁知那年我们刚毕业就真要搬迁了。当时我是老王的学徒，政策一宣布，母亲连夜就给我做工作，让我跟老王结婚。老王那时还是小王，离过婚，带个三岁的孩子。母亲认为他有技术，人正派，不会像父亲那样坑了我们。其实最主要的原因是老王有北京户口，我嫁给他，回去政策上有照顾。那时我才知道，母亲一开始就不同意我跟你在一起，她不愿我留在你们那地方。

"这与我父母的婚姻有关。他们是高中同学，去鞍山插队时相爱的，后来母亲因为招工先回到北京，而父亲却阴差阳错在当地被招了工。他们的婚事遭到姥姥的强烈反对，她对两地分居的婚姻一点都不看好。父母那时被爱冲昏了头脑，他们认为对于相爱的人，一切问题都不是问题。为了阻止母亲嫁给父亲，姥姥将我母亲打过好几次，她甚至给母亲下跪、拿头撞墙，但什么样的威胁都无法动摇母亲的决心，他们是在姥姥的诅咒声中结的婚。"

叶利亚叹了口气，说："事实证明姥姥的预言是对的，后来的两地分居，还是让父亲有了人。母亲逼着我和你分手时才告诉我，当年她回去办离婚手续时，那个女孩肚子都大了。母亲不愿我走她的老路，她说没听姥姥的话，是她这辈子最后悔的事。母亲认为，留在这个穷山沟沟里，一辈子就完了。"

叶利亚说："当时母亲的态度非常坚决，甚至闹到了以死相逼的地步。我不敢违抗母亲，更不忍心伤害她。我和老王的事很快决定了下来，而你瞒在鼓里什么也不知道。"叶利亚说，"我永远都记得结婚的前夜，你打在我脸上的那两巴掌，我记得你痛苦发疯的样子。"叶利亚又说，"我知道你恨我，这么多年，我一直想当面向你说一声对不起。"叶利亚哽咽着重复道，"我对不起你，那时我太小太懦弱，不知道反抗。"

"离开土谷堆之后的生活，"叶利亚说，"起初每个人都是满心欢喜，因为终于离开那个偏远的山沟，迁往大城市了，就像漂泊太久的人终于要回家了一样。我们抛弃了一切可以抛弃的东西，了断了一切应该了断的事情，满心欢喜地回去时，却发现已经回不去了。一切对我们来说都是陌生而困难的，就在大家还没有适应过来时，企业改制开始了，我们首当其冲又下了岗。这使我们的生活雪上加霜，房子、上学、就业、成家、养老，种种的问题全出来了。谁也不管我们这些人。最终大家七零八落，不知都去哪儿讨生活去了。"

叶利亚说："母亲的日记里有这么一段话，说当年去大西北是形势需要，而回城却像一个笑话。我们这些人都是时代浪潮里的泡沫，被裹挟着无情地抛起又摔碎，只能随波逐流，永远无法掌控自己的命运。"

张海逐渐冷静下来，为自己刚才的失态而懊悔。他想起自己貌合神离的婚姻。师范毕业后，他被分配到一所山区小学教书，本来就对工作不满的他，在遭受叶利亚的打击后一度变得颓废消沉。他烟不离手，拼命喝酒，动辄就醉得不省人事，以致没法给学生上课。校长批评他，被他打得住进了医院，教育局停了他的课，全县进行通报批评。一时间，他成了教师队伍里的典型人物。这样，在六个人的小学校里，他是被孤立的。只有代课老师罗秀对他没有偏见，是唯一跟他往来的人。罗秀给他端自己做的饭菜，默默打扫他醉酒后吐得满是秽物的房子，在他病倒卧床时替他代课，帮他批阅作业，周末陪他值班，用温柔的身体安抚他孤独的灵魂。他几乎是在被动中接受了这个一心爱上他的姑娘。

两年多时间，在罗秀的陪伴鼓励下，他逐渐走出了低谷。最终，重拾书本，考取了大学，带薪外出进修。离开的时候，他觉得愧疚万分，不知该如何向罗秀交代，但罗秀并未纠缠。她说，一开始就知道是这种结局。

大学毕业分配时，有人给他介绍后来成为他老婆的对象，见了一面，他就同意了。并非草率。叶利亚之后，他不再相信爱情。那个一只眼睛有点斜视，长相普通，谈吐庸俗的妇产科大夫其实根本就入不了他的眼，入了他眼的是她哥。她哥当时是县教育局局长，后来调任市教育局局长。他因此不但分到了好学校，而且没教几天书就被提拔到管理岗位上。当年如果不是他死了心做出这样的选择，恐怕到现在还在吃粉笔灰。想到这些，他觉得自己有什么资格责问叶利亚，他又何尝不是这样？他跟妇产科大夫纯粹是两路人，不照样忍受着她的傲慢无礼和粗俗不堪过了几十年，不也生出一个女儿来了吗？这几十年，他有过几次情节或轻或重的出轨经历，但都是在地下状态中开始并结束的，他从未动过离婚的念头。一个不再相信爱情的人，跟谁过还不都一样？

张海说："一切都是命运。"他长长吁出口气接上说，"都过去了，只要你过得好就行了。"他跳下床走近她说，"让我抱抱你，我只想抱抱你。"他连续抱了两次，她都竭力挣脱了。她甚至从沙发一侧跳下地，光脚站在地上，用手推着他说："不要这样，不要靠近我，我一个人挺好的，让我就这样生活，不要打扰我，不要让我死了的心又活过来。人死心不容易！"

燕郊的这个夜晚，张海内心的好些东西突然释然了，但他感受到了心里巨大的空洞。他想，如果当年跟叶利亚有情人成眷属，也难说能相爱过到老，也难保不会像杨柳和罗伟一样出问题。先不说叶利亚，就是自己，他都不能保证。

窗边隐约传来一片飒飒声，他想，是风穿过高大的树冠的声音，还是一霎夜雨落了下来？他想起身到窗边去看看，但身体是沉沉的，动不了。有一阵子，他感觉自己一直在向某个深处坠落。

叶利亚打起了轻微的呼噜，看来她熬不住了，他不想下地走动再去惊动她，让她休息吧！她盖的那条薄毯会不会冷？要不要把自己身上的这条给换过去？还是算了吧！没准她又会误解，又会从沙发扶手边跳下地，用一只手将他推远。

九

这时微信又进来一条像篇文章一样的长消息。杨柳说，后来才知道，罗伟是这世上最爱她的人，他在部队三年，津贴一分舍不得花，全打给了她。初到北京那几年，无论在哪里上班，风雨无阻，他都要接送她。有一回，她去唱歌，散场出来时，看见罗伟竟然像个乞丐，靠着墙角睡着了。她夹在一帮人里匆匆走过去，生怕他突然醒来，叫住她让她难堪。回家后，她才发现他的手机落在家里。那一夜，他等她等到了天亮。

还有，为租住个条件好点的地方，最困难时，罗伟靠偷偷卖血交房租。往事不堪回首，一想心里就难受，觉得特别对不起他。但话说回来，他也有太多对不起她的地方。罗伟这个人很复杂，当年有她依然不知足，居然跟风尘女子有染。再就是，老拿她的钱去资助某女同学，貌似有情有义，而真正的实质呢？唉！还是不说了，说出来大家伤感情。

杨柳说，罗伟爱折腾，十次投资九次赔，近几年才消停下来。他生意上的事，这些年明里暗里她没少帮忙，算是仁至义尽。他这人最大的问题是不靠谱，就说生活吧，他身边从来不缺女人，却一直单身。她倒挺希望他成个家的，免得她牵挂。可谁知道他是怎么想的！他跟吴语分分合合好些年了，把人家都耗成黄脸婆了，可就是不结婚，为这事，姓吴的给她打电话，让她劝劝他。她问他干吗老不成家，他贫嘴说等老冯死了跟她过。老冯没灾没病的，就那么容易死？就算老冯死了，她也不会跟他过，大家都回不去了！当然，这是玩笑话，不是他不想结婚的理由。

想想，她也不欠他什么，大家各自安好吧！可到现在她都想不明白，为什么她，她父亲，她爱的人，都和叶利亚母女纠缠不清呢？难道他们之间前世有情债？

十

早晨张海醒来时，发现房间里只有他一个人。茶几上摆着小菜馒头和白米粥，叶利亚在手机上留言说她上班去了，让他睡醒后给她打电话。

杨柳六点多也发来几条消息，除了问候，还告诉他搞家政的过一会就到，叫他到时不必惊慌也不要尴尬，因为大家都认识。并说自己九十点一准过来，那边已经安排好，今天全天陪他。

张海已猜想到了七八分，他给她们谁都没有回信息。继续躺在那张与他身板等宽的小床上发呆。后来整理床铺时，他将身上带的整百的现金全取出来，数了数，刚好4000块。他将那些钱压在了褥子下面。就在他准备洗把脸离开时，门被打开，一个高大的黑衣年轻人堵在门口，恶狠狠地盯着他。

"你是谁？"

张海被吓了一跳。

"你是谁？昨晚住在这里吗？我知道了，你是那个不要脸的罗伟。"

年轻人卷起一股冷风走进来，抓住了张海的衣领。他挣扎着解释："你千万别误会，我不是罗伟，我是叶利亚的同学。"

为了证明自己不是罗伟，张海请求年轻人放开他。年轻人看了他的身份证，说："哦！原来是你，以前我爸妈吵架常拿你说事。"他马上变得和善起来，不光主动跟他握手，还说，"对不起了，叔叔，我是王北海，叶利亚的儿子，我还以为你是罗伟那个王八蛋。"

张海语无伦次地向王北海解释，说他来北京培训学习，顺道过来看望几十年未见的老同学。昨天到燕郊的时候已经晚了，他本来是住在酒店里的，他们也是在酒店见的面。送老同学回家时，因为意犹未尽，一路走一路聊，聊着聊着就聊到了老同学家里。几十年未见了，要说的话实在太多，他落座后屁股就没有再抬起来。后来实在太困了，和衣倒在床上，不知不觉就睡着了。

　　王北海给他安了一支烟，自己也抽上。张海觉得自己的说法很是拙劣，睡在这里就是不争的事实，怎么解释都是此地无银三百两。好在王北海听完他前言不搭后语的一番话后说："叔叔不用这么详细，我完全能理解。"

　　张海感觉自己出了一身的汗。

　　王北海说他回来找个东西，一会儿就走。他边翻抽屉边说："如果是罗伟，我今天非揍死他不可。"

　　张海惊魂未定地问："罗伟怎么啦？你这么仇恨他？"

　　王北海说："我爸就是因为罗伟死的。"

　　他大吃一惊："你爸？你说王师傅？你妈不是说他在什么地方看库房吗？"

　　王北海摇摇头，说："我妈受过刺激，脑子有时不太正常。我爸死了少说也有十一二年了，可她就是不承认这个事实，对谁都说，他在什么什么地方看库房。这不，你看衣架上还挂着我爸的衣服，门口也摆着他的鞋子。"王北海关上一个抽屉，又拉出一个抽屉，继续说，"我爸是掉进他看的那座库房后面的水库淹死的，很难说是醉酒失足，还是跳进去的。这所房子就是雇我爸看库房的那家单位赔偿给我们的，他算是死在岗位上了。"

　　见张海惊得张大了嘴，王北海说："为什么那么恨罗伟，现在我来告诉你，那家伙跟你也是同学吧？瞧瞧你们这伙同学，都是些什么人呀，真是的！听说他当过兵，老婆跟大款跑了。有那么几年，我妈和他往来密切，差不多到了要和我爸离婚的地步，他们几乎天天闹。我爸没出息，我看见过他跪地求我妈的场面。那时我爸下岗了，没正经工作，身体又不好，这里上三天班，那里打两天工，生活压力很大，他学会了酗酒，成天醉醺醺的。"王北海把两只大手捏得嘎巴作响，他说，"我爸的死绝对与这个人有关，所以，有时候我想杀了他。"

张海双腿发软，缓缓站起来，跟王北海告别。王北海说："你急什么？不等我妈回来了？"

他说："我今天有很多事要办，就不等她了。"

王北海说："叔叔有空可以常来，家里平时就我妈一个人，如果不是为这房子赔偿的事，我哥几乎不回家，他从小就跟我妈处不来，后来又为我爸的死记恨她。"他叹了口气继续说，"我呢，不知为什么，跟我妈也说不到一块，没事一般不回来。"

张海有点反应不过来似的望着王北海，说："你们哥俩不应该这样啊！怎么不想想父母的艰难呢！别的不说，下岗职工在北京买房容易吗？"王北海自嘲地笑起来："谁在北京买房了？北京的房子是我们这些人买得起的？北京要有房，我哥三十好几了还能没结婚？"

王北海把张海送到门外，说："我妈其实特可怜，我爸去世后，她很自责，一直没有再成家。"他问，"你没发现她有点不对劲吗？"

张海回想了一下，说："这个我倒没发现。"他拉起行李箱说，"好好照顾你妈，有些事我们未必了解真相，而我们了解的也未必是真相。"

王北海说："你放心走吧，我知道该怎么做。"出了小区大门，王北海用一种意味深长的口吻问："此行的目的是什么？"张海被问懵了，思忖片刻，他说："目的可能不纯，但有一点可以肯定，那就是我爱'耶利亚女郎'。"王北海坏笑了一声，说："叔叔可真够坦诚的，你就不怕我揍你？"

张海说："你是个好孩子，我想你不会。"

走出老远，他听见王北海喊："叔叔，你们是同学，能说到一块，你要常来看'耶利亚女郎'哦！"

原载《飞天》杂志 2021 年第 11 期

后
记

　　如果这本小说集在你手中只是随便翻翻便被搁置一旁，或是随意挑
看几篇就被转手送人，那么文字背后的我将感到十分羞愧；如果这本小
说集受到你的青睐，而且你时常饶有兴趣地同别人谈论它，并将其介绍
出去，那么，我会既感动又恐慌，甚至是焦虑。我真是又欢喜，又担忧
啊！既希望你因为被吸引而手不释卷，又希望你因为无法得到共鸣而冷
落它。这么说并不矛盾，因为一个小说写作者，对于自己的文字，时而
觉得还可拿出来示人，时而又觉得自惭形秽。我时常深感焦虑是对自己
的作品总感到不满意，可这又是个一时半会难以解决的问题，也许对于
大多数写作者而言，不断地否定自己，是一个长期困扰他们，很难彻底
解决的问题，甚至是个解决不了的问题。不少文学大家都曾经表示，最
缺乏的就是看自己过往作品的勇气。大家尚且如此，何况我这样的人。
我认为出现这样的问题是因为世界一刻不停地在变，人也时时在变，一
个人的思想、情感、对事物的认知和看法，对世界的态度，一日都要变
化数次，还不要说经年累月。这就使得下一秒钟看上一秒钟表达的东西
总是感到相当失望。当然，另外一个原因，肯定是自己写作功力不够
所致。

　　这不是自谦，这只是一种写作态度。就像一个匠人，虽然建造的房
屋不够令人满意，但在修建的过程中，这个匠人必是倾注了全部心血，

是一心想要把房子修建得十分完美的。其实一直以来，我都是抱以近乎宗教般虔诚的态度去观察世界，书写生活的。我讲述平凡人的事情，提出一些看似平常，却又尖锐而深刻的问题，把真实的人性和生活的本真面目揭示给大家看。我希望能在小说的名义之下，带给大家点什么。无论是什么都好。

小说集你若能读到最后，写作者无疑是开心的，那么就说几句吧。说什么呢？心下有些茫然。但能告诉你的是，我们肯定还会再度在文字中相逢，我也肯定会继续写下去，而且会给予你更多阅读体验和信心。

我要对你说的话，小说中已经说了很多。"静海""炒面客""秋山""丁家奶""赵解放""我爸""野鸽子""莫等闲""蓝鼻子改过"，以及众多形形色色有名无名的人物都替我说了，那我还说什么呢？对于世态百相的观察，天马行空的意念，一路走过的所思所想，他们已经替我做了各自的表达，尽管不是最好的。

你也许会问，小说里写的都是谁？这么告诉你吧，小说中的人物是你却又不是你，不是他（她）却又就是他（她）。因为你们一定感受到切肤的疼痛，盛大的欢喜，平淡的幸福，无边无际的迷茫和无处可逃的悲哀，这是小说的面目，也是生活的面目，是它存在的意义。同时，你们在文字中也一定感受到了许多出乎我预料的东西。一棵树上生长着状态各异的枝条，开出不大相同的花朵，还会长出寄生枝，"节外生枝"是这棵树没有想到的，也是写小说的人所没有想到的。一百个你，一千个你，面对我的小说，肯定会得到超过一百种，一千种不同的情感体验，我从来都相信这一点，因为我深知读者是何等的敏感、聪明和复杂。这真是了不起！那么，一切就留给你们去玩味吧！

《望鹑鸹》这本小说集里大多写的都是鹑鸹原上的故事，"鹑鸹原"并非只是一个虚构的文学地理，在现实生活中它是真实存在的，即今天的灵台县邵寨镇及周边地区。据传说，大约在公元前220年，秦国公子扶苏受王命与大将蒙恬北上戍边，途经今长武县与灵台县交界处时，见地势开阔，风物优美，塬高水浅，便打算在此筑城设县加强边境防御，以庇佑此地百姓平安。筑城前要祭祀天地，因而置酒杀牲，列鼎摆觚，祷告于野，仪式很浓重。正进行间，有鹑鸟（有说是鹌鹑，有说是赤凤）因闻酒香，飞落于青铜觚之上。古人认为鹑鸟吉祥，认定是祥瑞之兆。公子扶苏随后将此新建之城命名为"鹑觚城"，并将这个县命名为"鹑觚县"。今灵台县邵寨镇正是鹑觚县城所在地，也有说城池设在长武县的。很多人认为，鹑觚原还应该包括现在的长武县与泾川县，还有麟游县的部分地方，是沟壑丘陵顶部被大自然的鬼斧神工削出来的一片片广阔的原野。

我无数次凝视"鹑觚"这两个字的时候，时常想到的不是几千年前，秦公子率部将在此地建城设县的传说，想到的而是很多人只读半边字，将"鹑觚"读作"鸟瓜"的事。起初我也曾嘲笑过这些"半边字先生"，后来却又觉得他们真是太有才了，一个有鸟有瓜的地方，一定会是一个特别不错的富庶之地，因为鸟不会在不毛之地生活，而能种出瓜果的地方一定是良田沃野。

事实上我自小生活的邵寨塬（古鹑觚）的确是个很不一般的地方。灵台县境内几乎全是黄土，而唯邵寨塬上是黑油土，这里人多地少，巴掌见方的土地也要精耕细作。此地的农民干活个个是把式，农作物种植以小麦和玉米为主。土壤肥，气候好，地气热，人勤快，庄稼自然比旁处好。更为奇怪的是，此地几乎年年比别的地方偏得雨露，因而自古就被誉为陇东粮仓。

我从小就生长在这里，熟悉这里的风土人情，由于地处陕甘交界处，深受关中文化的影响，此地饮食讲究，礼数周全。一方水土养一方人，这里的人普遍性情刚烈，嫉恶如仇，是那种爱你时能把你爱死，恨你时又能把你恨死的纯粹性格。此地人对于住宅十分讲究，修房建屋最喜四合院，房高屋亮，门要四扇，窗有八开。这里从古就有酿酒酿醋的手艺，米酒尤其醇香。此地人做豆腐，蒸罐罐蒸馍，洗酿皮，做甑糕，就是一碗面，也能变换出18般样子，特别是酸汤面很有名，到了邵寨塬，如果没吃上几盘又辣又汪的酸汤面，那就等于白来了。

人生在世，不光要会吃，还要会耍，此地流行唱秦腔，男女老少都能吼几嗓子。最了不起的是社火，我见过的社火表演，能与邵寨塬上的社火相提并论的几乎没有。马社火、地摊社火、车社火、锨把社火，样样让人喜欢。马社火重在表现单个历史或神话人物，一个个角色骑在盛装打扮的马背上缓缓前行。地摊社火重故事，一个个故事，靠欢快有力的肢体语言来表达，最有名的像《出五关斩六将》《黑虎搬三宵》等。车社火重造型，一车人物如一座雕塑，一车车人物就是一组雕塑，很壮观地从街上走过，小孩甚至一动不动被绑在杆子上长达数小时。顶有看头的莫属锨把社火（高跷社火），邵寨塬上人踩的木棍实在高啊！至少有三个锨头把的长度，以致社火身子休息的时候，都难以找到坐的地方。

从前的邵寨镇是极热闹的，人们到处去赶庙会，跟交流会。一三五逢集日，街上卖的东西全是塬上出产的，编的笼，打的耱，筛子簸箕木锨钉耙麻绳草帽和扫帚，东西琳琅满目，应有尽有。此地把麻花叫麻糖，小小的又酥又脆，吃食除了瓜果李桃，油糕、御面、血条、豆腐灌汤包，野味有兔腿、瓜拉鸡翅膀等等。那年月吹糖人和做耍活的摊前总是围满人，他们会用染了色的玉米秸秆制成栩栩如生的小公鸡和母鸡，一吹会发出打鸣声。

毡匠、石匠、骟匠、纸匠、银匠、裁缝、铲驴蹄子的，箍瓮换瓦缸的，卖芦席的，开油坊的，打铁的，说媒牵线的奔忙在每个日子里，扮演着古老的鹑觚原画卷上不可或缺的角色。一交上腊月，做鞭炮的，制蜡烛的，印门神的，写对联的，还有糊灯笼的便忙得不可开交，他们负责着一个个古老节日的浓重气氛。

邵寨塬上讲究颇多，种地要种出样样行行，盖房不光要坚固耐用，还要看上去气派，就是待客，借米借面也要整出三碟子六碗，否则，就是没有人情门户，就是不热激。娶媳妇，孩子满月相当讲究，所谓："媳妇看来时，娃娃看小时"，一个人什么样，看来头便可知。就是一个老人殁了，也讲究礼乐全套班子，杀猪献羊砖箍墓，真所谓礼多人不怪。就是这样一个热腾腾活泼泼的地方孕育了我最初的文学梦。其实当时我并不知道自己怀揣这样一个梦想。只是热热闹闹深入地生活其中。

一晃几十年过去了，时代的迅猛发展使这方土地发生了巨大的变化。一切似乎都向着更好的方向发展，但不可否认的是，我们已经失去了且还在继续失去很多本不该失去的东西。这是时代的悲哀，也是鹁鸪原的悲哀，传统而古老的东西，受到前所未有的挑战和遗弃，它们正以决绝的姿态消失于我们的生活中，我们也已经变得面目全非。

这是我要写作的理由之一，那一个个曾经四处奔走的鲜活身影，那些赤红色满是汗渍的脸、被艰难的生活压弯曲的脊梁、忍辱低下的头颅；那粗糙的手脚、失望的神情；那无助的喘息，痛苦的呻吟和生动的话语，我想我应该以文字的形式记录下来。

一个家族如果没有名垂青史的人物，如果不出达官显贵，上溯三四代，就算是本家族的，也已经没有人能记得他们是谁了，那就让他们留于文字中吧。如此说来，书写者的工作是有意义的。

再说回小说，小说的世界隐秘而复杂，把许多难以启齿的话题轻松地讲了出来，相反，把许多轻松愉快的话题剖析得沉重晦涩，使我们因为真相而变得难以接受。小说是神秘的偷窥者，隐秘的叙述者，它处于生活的虚与实之间，架起了现实与理想的桥梁，它是我们的梦和影子。

算来写作也有几十年了，至今仍是个不能出师的学徒，仍是个大山脚下的攀登者、仰望者，荒原上的问道者，这条路注定艰难而寂寞，但我乐在其中，因为我感受到了幸福和心灵的安宁，尽管写作的过程不乏痛苦。只是风光在顶峰，绿州在远方，于我，只有默默攀登，只有背着星光赶路，无怨无悔，其余一切交由时间。

文学永远与我们的生活息息相关，是我们永远无法离开的话题。

一路走来，得到了许多无私而慷慨的帮助，需要感谢的人很多，在此不一一提名道姓。我认为只有这样，才是对你们最大的尊重，才是永远的铭记。说一声谢谢！你们将永远留于我心中。

2024 年 3 月